ताश्री

ताश्री

DON'T LOOK INTO HER EYES

सुमित मेनारिया

Ekatra

Ekatra
A joint imprint of
MANJUL
&
pratilipi

ताश्री

यह संस्करण 2021 में पहली बार प्रकाशित

ISBN 978-93-90924-01-1

ईमेल : ekatra@manjulindia.com
वेबसाइट : www.manjulindia.com

मुद्रण व जिल्दसाज़ी : थॉमसन प्रेस (इंडिया) लिमिटेड

यह कहानी आपको, मुझे और उन्हें समर्पित है।

आभार

किसी महान व्यक्ति ने कहा है कि लिखना तब तक संभव नहीं है, जब तक कोई पढ़ने वाला न हो। लेखन एक जश्न की तरह है, जिसका आनंद कभी अकेले नहीं लिया जा सकता। यह मेरा सौभाग्य है कि 'ताश्री' के लेखन के वक्त अनेक श्रुति पाठक मेरे साथ मौजूद थे। मैं आभार व्यक्त करना चाहूंगा उन समस्त पाठकों का जिनकी प्रतिक्रियाओं, सुझावों एवं प्रेरणा के बगैर इस उपन्यास का लेखन संभव नहीं था।

इसके अतिरिक्त मैं विशेष आभार व्यक्त करना चाहूंगा विशाल पांडे और विक्रम शर्मा का, जिन्होंने इस उपन्यास के लेखन में अपना सक्रिय सहयोग दिया। मैं सौरभ लक्षकार और नीलेश अग्रवाल का नाम भी लेना चाहूंगा, जिन्होंने मुझे हमेशा मेरे जीवन में प्रेरित किया।

इस कहानी के आध्यात्मिक भाग हेतु में उमा मोहन जी का सदैव आभारी रहूंगा, जिनके संगीत ने मुझे आध्यात्म से जोड़े रखा। इसके साथ ही आध्यात्मिक जानकारी हेतु ईशा ब्लॉग (सद्‌गुरू) को भी धन्यवाद देना चाहूंगा, जिन्होंने इस विषय पर बेहतरीन जानकारी उपलब्ध करवाई है। अंत में, मैं आभारी हूं अपने परिजनों का, जिन्होंने मुझे इस योग्य बनाया कि मैं यह कहानी आप के समक्ष प्रस्तुत कर पाया हूं।

प्रस्तावना

आप कोई भी कहानी या फिल्म उठा कर देख लीजिए। आपको एक न एक दृश्य अवश्य मिल जाएगा, जहाँ नायक कुछ गुंडों से नायिका की रक्षा करता है या फिर उसे किसी मुसीबत से निकालता है। प्रेम कहानियों का तो आधार ही यही है कि जब तक नायक किसी अद्वितीय वीरता का प्रदर्शन नहीं करता, नायिका उसके प्रेम में नहीं पड़ती। जैसे कि नायिका को किसी प्रेमी की नहीं, किसी अंगरक्षक की आवश्यकता हो। हालांकि पूरी मनुष्य जाति ही किसी अवतार के आश्रय बैठी है, परंतु स्त्री जाति को हर समय एक पुरुष अवतार की आवश्यकता होती है, फिर वह उसका पति, प्रेमी, पिता, भाई या मित्र कोई भी हो।

'ताश्री' एक विपरीत कहानी है। यह कहानी है एक आत्मनिर्भर लड़की की, जिसे किसी अन्य की सहायता नहीं चाहिए। जो अपने दुश्मनों को स्वयं ही सबक सिखा सकती है। एक प्रेमी की, जिसका कोई गूढ़ उद्देश्य है, जिसमें उसका प्रेम उलझा नजर आता है। एक पुलिस अफसर की, जो समस्त विषमताओं से जूझते हुए एक मासूम को न्याय दिलाने के लिए प्रतिबद्ध है। एक माँ की, जो माँ से बढ़कर भी बहुत कुछ है, मगर एक माँ से कम बिल्कुल भी नहीं है। यह कहानी है रहस्य, रोमांच, प्रेम, आध्यात्म, विश्वास, छल और अभिलाषाओं की। किन्तु उन सब से अधिक यह कहानी है स्वयं की। यह दर्शाने की कि खुद को जानना जरुरी नहीं, समझना जरूरी है।

ताश्री

1. अजनबी

नोट : यह डायरी एक पुलिस संपत्ति है। इसका अनाधिकृत अध्ययन, अन्यत्र स्थानान्तरण, किसी भी भाग की नकल या प्रकाशन भारतीय दंड संहिता, 1860 की धारा 204 के अंतर्गत एक कानूनी अपराध है।

मैं कॉलेज जाने के लिए घर से निकली ही थी कि मुझे लगा कोई मेरा पीछा कर रहा है। आज कोई रिक्शा भी नहीं दिख रहा था। कॉलेज के लिए देर हो रही थी, तो मैंने चल कर जाना ही बेहतर समझा। इतनी सर्दी की सुबह में सड़क बिल्कुल सुनसान थी। कोई गाड़ी भी नहीं दिख रही थी। मुझे अब भी कोई मेरे पीछे आता लग रहा था। मैंने पीछे मुड़ कर देखा लेकिन कोई नजर नहीं आया और अब मुझे डर लगने लगा था। सुनसान सड़क थी और सारी दुकानें बंद पड़ी थी, मानो कर्फ्यू लगा हो। मैं दौड़ने लगी थी लेकिन क्या फायदा, कॉलेज तो दो किलोमीटर दूर था। तभी वो अचानक मेरे सामने आया।

एक हट्टा-कट्टा, लम्बी दाढ़ी वाला, काला चोगा पहने बूढ़ा तांत्रिक। गले में नरमुंड की माला, हाथ में एक छोटा त्रिशूल और बड़ी-बड़ी लाल आँखे। मैं पूरी तरह पसीने से भीग गई। मेरे पैर बंध से गए और मैं बुत बन कर खड़ी हो गई। उसकी लाल आँखें मुझे घूरने लगीं। ग्यारहवां सूत्र... उसने कहा और मुझे अपने कंधे पर उठा लिया। दिन-दहाड़े मेरा अपहरण किया जा रहा था। मैं चीखना चाहती थी, मगर मेरी आवाज नहीं निकल रही थी। अचानक जोर की चीख के साथ मेरी नींद खुल गई। मैं पसीने से भीग चुकी थी।

मुझे पिछले कुछ दिनों से लगातार ऐसे सपने आ रहे थे। किसी मनोविज्ञान के विद्यार्थी के लिए सपने भी अध्ययन का विषय होते हैं, फिर

चाहे वे डरावने ही क्यों न हों। लेकिन लगातार ऐसे सपने आना मेरे लिए चिंता का विषय था। शायद ज्यादा ध्यान की वजह से ऐसा हो रहा था। मेडिटेशन के साइड इफेक्ट्स भी होते हैं, ये मुझे अब पता चला था।

आजकल लड़कियों का कॉलेज जाना भी मुश्किल हो गया है। जैसे हम लड़कियाँ न होकर कोई मोम का पुतला हों। कुछ नजरें चुरा कर देखते हैं, कुछ सीना तान कर और कुछ तो कमेंट्स भी करते हैं, लेकिन हम सिर्फ नजरें उठा कर देख लें तो इसे हमारी गुस्ताखी समझा जाता है। अगर गलती से किसी से बात कर लें, तो उसे लगता है कि हमें बस उसके लिए बनाया गया है। कुछ लड़के हमारे कॉलेज के बाहर चाय वाले की दुकान के पास भी खड़े रहते हैं। इस उम्मीद में कि कोई न कोई लड़की तो फंसेगी। वैसे हमें भी इसकी आदत पड़ चुकी है।

रिक्शे से उतरते वक्त एक बार मैंने उस ओर नजर उठा कर देखा। आज वहाँ पर एक नया लड़का खड़ा था। उनके साथ नहीं, उनसे थोड़ा दूर। वो शायद मुझे ही देख रहा था। मेरी नजर उस पर पड़ी, तो वो थोड़ा सतर्क हो गया और उसने नजरें चुरा लीं। नजरें चुराए या लड़ाएं, इन लड़कों का इरादा एक ही होता है। बस किसी भी तरह लड़की सेट होनी चाहिए। मेरे रिक्शा से उतर कर कॉलेज में घुसने तक वो मुझे ही देख रहा था। वैसे यह लड़का बाकियों से अलग था। शक्ल-सूरत और पहनावे से थोड़ा सभ्य लग रहा था। उसके चहरे पर एक स्थिरता झलक रही थी, ठहरे हुए समंदर जैसी। हो सकता किसी को कॉलेज छोड़ने आया हो या बस वहाँ खड़ा किसी का इंतजार कर रहा हो। मासूम भी लग रहा था।

अरे! नहीं... नहीं... यहाँ पहली नजर में प्यार जैसा कुछ नहीं है। यहाँ हर लड़का खुद को हीरो और लड़की को हिरोइन समझता है। ऐसे में हम हर लड़के पर ध्यान देने लगें, तो हो गया हमारा सत्यानाश। वैसे भी आजकल प्यार करता कौन है? प्यार बस किनारे तक पहुंचने की एक नाव भर है। ताश्री तो इन सब लफड़ों से दूर ही भली। कॉलेज से लौटते वक्त वो लड़का वहाँ नहीं दिखा।

अगले दिन फिर वो लड़का वहीं खड़ा था और आज उसने मुझे देखकर नजरें भी नहीं चुराई। लगातार घूरे जा रहा था। एक बार को मन में आया कि बोल दूं, खा जाएगा क्या? अब कल स्कार्फ से चेहरा ढंक कर

आऊंगी। घूंघट प्रथा खत्म हो गई पर इन छिछोरों की वजह से हमें आज भी चेहरा छुपाना पड़ता है। वैसे हम कितना भी चेहरा छुपा लें, ये देख ही लेते हैं। नजरें तो इनकी खराब हैं। घूंघट तो इन्हें निकालना चाहिए। आज वापस लौटते वक्त भी वो वहीं खड़ा था। मेरे साथ-साथ वो भी निकल गया। शाम को फेसबुक चेक करने लगी, तो देखा एक अजीब फ्रेंड रिक्वेस्ट आई थी, 'ब्रह्म राक्षस' नाम से। लोग आज कल दूसरों को इंप्रेस करने के लिए क्या-क्या टोटके अपनाते हैं? इस रिक्वेस्ट के साथ मेसेज भी था! एक लड़की के लिए ऐसी फ्रेंड रिक्वेस्ट आना नई बात नहीं। रोज पाँच-सात फ्रेंड रिक्वेस्ट आती हैं और उतने ही मेसेज। खैर मैं फ्रेंड रिक्वेस्ट हाईड कर दोस्तों से चैट करने लगी।

परसों डायरी लिखते वक्त मां ने खाना खाने के लिए बुला लिया और कल जो हुआ उसके बाद डायरी लिखने की हिम्मत नहीं थी। अगले दिन कॉलेज पहुंचने तक सब ठीक था। वो लड़का भी वहाँ नहीं था। दो पीरियड निकलने के बाद ही मेरे पेट में दर्द होने लगा। मैं समझ गई कि यह मासिक आफत फिर आने वाली है। मैंने घर के लिए निकल जाना ही ठीक समझा।

दिन के बारह बज रहे थे और इस वक्त रिक्शा मिलना मुश्किल था। मैंने रिक्शा स्टैंड तक चल कर जाना ठीक समझा। सोचा, तब तक रास्ते में कोई न कोई रिक्शा मिल जाएगा। मैं धीरे-धीरे चलने लगी। मेरा कॉलेज जयपुर से थोडा बाहर है और रास्ता थोड़ा सुनसान है। बस गाड़ियां चलती हैं।

शुक्र है यह कोई सपना नहीं और कोई तांत्रिक आकर मुझे उठा कर नहीं ले जाने वाला। वैसे भी दिन के वक्त मुझे किसी से डरने की जरुरत नहीं थी। तभी सामने से दो लड़के बाइक पर आते दिखे। ये चाय की दुकान पर खड़े रहने वाले लड़को में से ही थे। पीछे वाले ने मुझे देख कर आवाज लगाई "मिस गॉगल!" हाँ! कॉलेज में मेरा यही नाम पड़ गया था। हमेशा एक काला चश्मा जो लगाए रहती हूं। यहाँ तक कि क्लास-रूम में भी। माँ ने इसके लिए कॉलेज के डीन से बात की थी। अब इन छिछोरों को कौन समझाए कि यह चश्मा मैं उनकी भलाई के लिए ही लगा कर रखती हूं।

मैं यह सोचते हुए जा रही थी कि तभी एक जोर का झटका लगने पर मैं नीचे गिर गई। वो दोनों लड़के वापस आए थे। उनमें से पीछे वाले

ने मेरा दुपट्टा खींच लिया, जिसका झटका लगने से मैं नीचे गिर गई। नीचे गिरने से मेरा चश्मा भी निकल गया। मैंने उनकी तरफ देखा तो पीछे वाला लड़का खी-खी कर हँस रहा था। अचानक उसने हाथ आगे कर बाइक का ब्रेक लगा दिया। बाइक अचानक रुक गई और वो दोनों नीचे गिर गए। तभी मेरे पास एक रिक्शा आकर रुका।

"बैठो गुड़िया," रिक्शा वाले अंकल ने कहा। मैंने पीछे देखा तो वो दोनों उठने की कोशिश कर रहे थे। मैंने जल्दी से चश्मा पहना और रिक्शे में बैठ गई।

"तुम ठीक तो हो?," अंकल ने रिक्शा कुछ आगे बढ़ने पर बैकग्लास से मुझे देखकर पूछा। "हाँ अंकल," मैंने कहा। मगर नीचे गिरने से मेरे घुटने में चोट आई थी और दायां हाथ भी छिल गया था। "तुम्हारा कोई बॉयफ्रेंड है?" अचानक अंकल ने पूछा तो मैं सकपका गई। न, नहीं, मैंने उन्हें घूरते हुए कहा। तो फिर वो कौन है? उन्होंने साइड ग्लास से पीछे देखकर कहा। मैंने पीछे मुड़ कर देखा तो कोई लड़का उन लड़कों को पीट रहा था। यह तो वही था, जो दो दिन से कॉलेज के बाहर खड़ा था। "मुझे नहीं मालूम...," मैंने कहा।

घर पहुँच कर मैंने घुटने पर आयोडेक्स की मालिश की और हाथ पर दवा भी लगाई। मां ने पूछा तो मैंने चक्कर आने की बात कहकर टाल दिया। मैं उन्हें बेवजह परेशान नहीं करना चाहती थी। वैसे भी उन छिछोरों का इलाज तो हो चुका था। शाम को जब फेसबुक चलाने बैठी, तो उसी ब्रह्म राक्षस का मैसेज था। मैं उसे ब्लॉक करना भूल गई थी।

"तुम ठीक हो?" उसने सीधे पूछा। "तुम हो कौन?" मैंने कुछ देर रुककर जवाब दिया। वही जिसने तुम्हें आज उन लफंगों से बचाया। उसकी ये बात सुनकर मेरी हंसी निकल गई।

"तुमने बचाया था? तुमने बस उन्हें पीटा था।" मैंने उसकी गलतफहमी दूर की। "बात तो एक ही है," उसने कहा। "नहीं, उनका इलाज तो पहले ही हो चुका था। तुमने बेकार में ही मारपीट की।"

"हो सकता है, पर वो दोबारा ऐसा न करें इसलिए उन्हें थोड़ा समझाने की जरूरत थी।" वो अपने ही गुरुर में था। मैंने कुछ देर रुककर पूछा, "तुम कौन हो?" लेकिन मेरी इस बात का जवाब न देकर मुझे सलाह देते हुए

उसने कहा, "माँ से कहना गुड़ और अजवाइन का हलवा बना कर खिलाए, दर्द कम हो जाएगा।"

"नहीं, मैंने आयोडेक्स की मालिश कर ली है।" मुझे समझ में नहीं आ रहा था कि मैं क्यों एक अजनबी से इतनी बात कर रही थी। फिर भी उसके सवाल का जवाब देना मैंने जरुरी समझा।

"मैं उस दर्द की बात नहीं कर रहा हूं।" उसकी बात सुनकर मैं सन्न रह गई। "तुम्हें उस बारे में कैसे पता?" मेरा चेहरा शर्म और डर से लाल पड़ गया।

"तुम कॉलेज से जल्दी निकली थी और चेहरा दर्द से पीला पड़ा था। ठीक से चल भी नहीं पा रही थी।" "तुम आखिर हो कौन और मेरी जासूसी क्यों कर रहे हो?" मुझे उस पर गुस्सा आने लगा था।

"कल मिलना सब बता दूंगा।" यह कहकर उसने अकाउंट लॉगआउट कर दिया। अजीब इंसान है। खतरनाक भी लगता है। ऐसे इंसान से तो मैं सात जन्म में भी न मिलूं।

अगले दिन जब कॉलेज पहुंची, तो वो वहीं खड़ा था। मुझे देख कर मुस्कुराया, लेकिन मैंने अपनी नजरें घुमा ली। अब मुझे भी डर लगने लगा कि आखिर क्यों ये लड़का मेरे पीछे पड़ा है? आज शाम को माँ को इस बारे में बताना पड़ेगा या बेहतर होगा कॉलेज के डीन से बात करूं।

आज मुझे प्रेक्टिकल का प्रोजेक्ट सबमिट करवाना था। इतने दिनों तक एब्सेंट रहने के कारण मेरा काफी काम बाकी था। मैंने पूजा से उसका प्रोजेक्ट लिया और कॉपी करने लगी। मुझे मालूम था कि मैडम इसे पकड़ लेगी लेकिन कुछ नहीं से तो कुछ ही अच्छा था। कॉलेज खत्म होने पर मैं निकली, तो वो अब भी वहीं खड़ा था। अजीब निठल्ले लोग हैं। इन्हें कुछ काम-धंधा भी होता है या नहीं? और मान लो अगर सप्ताह भर यहाँ झक मार कर कोई लड़की पट भी गई, तो वो कौन सा इन्हें कमा कर खिलाने वाली है? ऊपर से उसके नखरे का खर्चा अलग उठाओ। लेकिन होंगे अमीर बाप की औलाद, इन्हें इतनी परवाह कहाँ?

मैं धीरे-धीरे चलने लगी। वो लड़का भी मेरे पीछे आने लगा। मुझे गुस्सा आ रहा था। एक बार तो दिल में आया कि मुड़ कर एक थप्पड़ मार दूं, लेकिन मैंने खुद पर काबू रखा और चलती रही। वो मेरे पीछे ही था

लेकिन तभी वो अचानक एक दुकान में घुस गया। मैंने राहत की सांस ली। एक रिक्शा रुकवाकर मैं उसमें बैठ गई। शाम को फेसबुक ऑन किया तो वो ऑनलाइन था। आज मैंने उसे मेसेज किया, "तुम मेरा पीछा क्यों कर रहे थे?"

"मैं तुम्हारा पीछा कर रहा था?" कुछ ही पल में उसका जवाब आया। "हाँ, और नहीं तो क्या?" लेकिन मेरे इस सवाल के जवाब में एक और सवाल करते हुए उसने कहा, "तुमने रिक्शा क्यों नहीं लिया?" "कॉलेज के बाहर कोई रिक्शा था ही नहीं।" मैंने कहा।

"ताश्री! वहां रिक्शा था। रिक्शा वाले ने तुम्हें आवाज भी दी, लेकिन तुमने सुनी नहीं। मैंने एक पल के लिए सोचा, हाँ शायद वहां रिक्शा था। अगर नहीं भी था, तो भी मुझे इंतजार करना था। मैं चलकर क्यों जा रही थी?

"तुम कॉलेज के बाहर क्यों खड़े रहते हो?" मैंने मुद्दे का सवाल किया। "तुम्हारे लिए।" उसने बेशर्मी से कहा। "मैं ऐसी-वैसी लड़की नहीं हूं। बेहतर होगा तुम अपना वक्त बर्बाद न करके अपना काम-धंधा करो।"

"मैं जानता हूँ तुम ऐसी-वैसी लड़की नहीं हो। तुम बहुत खास हो ताश्री!" मुझे गुस्सा आ गया। "बकवास बंद करो! मैं तुम लड़कों की यह तरकीबें अच्छे से जानती हूँ। पहले किसी लड़की का पीछा करो, कुछ भी करके उससे बात करो। उसे जताओ कि वो बहुत खास है और फिर अपना मतलब पूरा कर भूल जाओ।"

"तुम जानती हो तुम्हारे साथ ऐसा कुछ नहीं हो सकता। तुम एक बार मुझसे मिलो तो सही। तुम समझ जाओगी कि मैं वो नहीं, जो तुम समझ रही हो।"

"तुम क्या हो मैं अच्छी तरह से जानती हूं! मेरा पीछा करना बंद करो वरना मैं कॉलेज के डीन से शिकायत कर दूंगी।" मैं फिर से गुस्से से भर गई थी। "तुम नहीं कर सकती।" उसकी इस बात पर मैने आँखे तरेरी। "अच्छा! तो फिर देखो।" यह कहकर मैंने उसे ब्लॉक कर दिया। इन छिछोरों को जितना मुँह लगाओ उतना ही माथे चढ़ते हैं। इसे तो मैं कल बताऊँगी कि ताश्री किसे कहते हैं!

2. मुलाकात

अगले दिन जब कॉलेज पहुंची तो वो लड़का मुझे नहीं दिखा। वापस लौटते वक्त भी नजर नहीं आया। मैंने सोचा चलो पीछा छूटा। मैं पूजा के साथ नई ड्रेस लेने चली गई। ब्लू जींस और ब्लैक टी-शर्ट ली, यह मेरी फेवरेट थी। साथ में एक सलवार सूट भी लिया। अगले महीने मौसी की लड़की की शादी थी।

घर पहुँच कर फेसबुक ऑन किया तो वहां भी कुछ खास नहीं था। आज कोई कविता लिखने का मन था। वैसे मन तो नए जीन्स टी-शर्ट में फोटो खींच कर पोस्ट करने का था लेकिन नहीं कर सकती थी, काफी खतरा रहता है। पता चला किसी 'हाय, मैं कैसी लग रही हूं?' वाले पेज के एडमिन ने कॉपी कर लिया, तो मेरी तो बैंड बज जाएगी। मैंने कविता लिखना ही बेहतर समझा।

अजनबी कौन हो तुम?
दिल में तुम, दिमाग में तुम,
राग में तुम, आवाज में तुम,
पर फिर भी अनजान हो तुम,
अजनबी कौन हो तुम?
खुद कोई सवाल हो या,
हर सवाल का जवाब हो तुम,
अपने हो या बेगाने कोई,
या किस्मत का कोई राज हो तुम,
अजनबी कौन हो तुम?

अजीब कविता लिखी थी। खास तो कोई था नहीं, तो अजनबी पर ही लिख दी। अपनी कविता के पोस्ट पर आए लाइक्स-कमेंट्स गिन ही रही थी कि तभी एक मेसेज आया।

"सॉरी! मैं आज नहीं आ पाया।" अरे! ये तो उसी ब्रह्म राक्षस का मैसेज था, पर मैंने तो इसे ब्लॉक कर दिया था। फिर इसने मेसेज कैसे भेजा? मैंने पूछा, "तुमने मुझे मेसेज कैसे किया? मैंने तो तुम्हें ब्लॉक कर दिया था?"

"*1234567890* उम्मीद है तुम अगली बार इससे बेहतर कोई पासवर्ड रखोगी।" "ओह! तो तुम एक हैकर हो?" मैंने सवाल किया। "नहीं, पर वैसा ही कुछ... और तुम मुझे अगली बार ब्लॉक कर अपना पासवर्ड बदलो, उससे पहले तुम अपना नंबर भी बदल लेना। फिर तुम डीन के पास जा सकती हो या बेहतर है तुम एक बार मुझसे मिल लो, तो तुम्हें इसकी जरुरत नहीं पड़ेगी।" उसने खुद एक रास्ता सुझाया।

"तो तुम मुझे ब्लैकमेल कर रहे हो?" मेरी इस बात का जवाब देते हुए उसने कहा, "नहीं, तुम बिना पैसों के भी आ सकती हो।" उसने इसके साथ एक स्माइली भी भेजी।

"मैं कहीं नहीं आने वाली।" पर मेरी इस बात को अनसुना कर उसने कहा, "फ्रेश-ड्रिंक कॉफी शॉप पर, तुम्हारे कॉलेज खत्म होने के बाद और हाँ नई जीन्स और टी-शर्ट पहन कर ही आना। तुम उसमें अच्छी दिखोगी। बाय!"

वो चला गया था। परेशान कर दिया इसने तो। ठीक है! मिल कर देख लेते हैं। कौनसा खा जाएगा? वैसे भी कॉफी शॉप में ही बुला रहा है। रोज-रोज के इस झंझट से छुटकारा मिलेगा।

अगले दिन कॉलेज पहुंची तो अजीब-सी बैचेनी हो रही थी। वैसे बैचेनी तो कल शाम से ही थी। ठीक से सो भी नहीं पाई। एक अजनबी से मिलने जो जा रही थी, जो काफी अजीब भी था। ऊपर से आज फिर वही तांत्रिक वाला सपना आया था। 'ग्यारहवां सूत्र'... दिमाग खा गया ये तो। आखिर कहना क्या चाहता है? मुझे साइकोलोजी न लेकर मैथ्स लेनी चाहिए थी? मैंने नेट पर भी सर्च किया, लेकिन ग्यारहवें सूत्र जैसा कुछ है ही नहीं। आखिर ये बला है क्या?

मैंने आज नया सलवार सूट पहना था। वैसे इच्छा तो जीन्स-टी-शर्ट पहनने की थी, लेकिन वह कमीना भी तो यही चाहता था। अगर मैं वो पहन

लेती, तो उसे कुछ उल्टा-पुल्टा लगने लग जाता। वो लड़का न तो सुबह और न कॉलेज के बाद वहां दिखा। शायद मुझसे मिलने की तैयारी कर रहा था। कॉलेज खत्म होने के बाद मैं कॉफी शॉप पहुंची। धड़कन तेज रफ्तार से चल रही थी। इतनी टेंशन तो मुझे बोर्ड एग्जाम देते वक्त भी नहीं हुई। वैसे मुझे लड़कों से कभी डर नहीं लगा क्योंकि वो मेरे लिए खतरा नहीं बन सकते, लेकिन मुझे इस लड़के से डर लग रहा था। इसके बात करने से तो ऐसा लगा, जैसे मुझे बरसों से जानता है और मुझे भी उसके बारे में कुछ ऐसा ही लगता था। जब रिक्शा से उतरी तो वो कॉफी शॉप में बैठा था। एकदम शांत, जैसे अपनी बरसों पुरानी गर्लफ्रेंड से मिलने वाला हो। बार-बार इधर-उधर देख रहा था, जैसे सबकी निगरानी कर रहा हो।

मुझे तो आईएसआई का एजेंट लगता है। कहीं हमारे शहर में धमाका करने तो नहीं आया! खैर, मैं जैसे-तैसे उसके पास पहुँची। मुझे देखते ही उसने कहा, “सलवार सूट से, आयातित ही सही भारतीयता छलकती है और सफेद रंग शान्ति का प्रतीक है। मुझे तुमसे यही पहन कर आने की उम्मीद थी।”

“तुम्हें तो जींस-टी-शर्ट पसंद थे। मैं उनमें तुम्हें अच्छी लगती थी।” मैंने बैठते हुए कहा। “नहीं वह तो तुम्हे पसंद है।” उसका इतना कहते ही वेटर लैमन जूस लेकर आ गया। कॉफी शॉप में लेमन जूस, अजीब है! “यह लो तुम्हारे लिए! तुम कॉफी नहीं पीती न? तुम्हारे लिए स्पेशल ऑर्डर करवाया है।”

“तुम कौन हो और मेरी जासूसी क्यों कर रहे हो?” मैंने पूछा। “यह सवाल तो तुम्हें खुद से पूछना चाहिए कि तुम कौन हो?” उसने पलट कर जवाब देते हुए कहा। “हुँह! ये आध्यात्मिक पहेलियां मैं बहुत पढ़ चुकी हूं। बेहतर होगा तुम मुद्दे की बात करो।”

“पढ़ने में और उन्हें सुलझाने में काफी फर्क होता है। क्या तुमने कभी इसे समझने कोशिश की है?”

“बकवास बंद करो और मेरी जासूसी भी। वरना मैं अपने पापा से तुम्हारी शिकायत कर दूंगी।” मैंने गुस्से में कहा।

“नहीं, तुम नहीं कर सकती। मरे हुए लोग शिकायतें नहीं सुनते।” उसने मुस्कुराकर कहा। मुझे अब और गुस्सा आने लगा था। यह इंसान मेरे बारे में बहुत ज्यादा जानता है और मैं इसका नाम तक नहीं जानती थी।

"तुम चाहते क्या हो? मुझे परेशान क्यों कर रहे हो?" मैंने अपनी आवाज थोड़ी तेज करते हुए कहा। "मैं तो बस तुम्हारी मदद करना चाहता हूं।"

"मेरी मदद? किसलिए? मुझे किसी मदद की जरुरत नहीं। सीधे-सीधे बताओ तुम क्या चाहते हो, वरना मैं खुद ही पता लूंगी।" मैं अपना हाथ अपने चश्मे की तरफ ले गई। "हाँ बिल्कुल। लेकिन तब तुम केवल वहीं जान सकोगी जो मैं जानता हूं। वो नहीं जो तुम जानना चाहती हो।"

"मैं कुछ नहीं जानना चाहती। बेहतर है तुम मेरा पीछा करना छोड़ दो।" इतना कहकर मैं वहाँ से उठ खड़ी हुई। "अपने पिता के बारे में भी नहीं?" मेरे मुड़ते ही उसने कहा। "बकवास बंद करो।" मैं जोर से चिल्लाई। इतनी जोर से कि सब लोग हमारी तरफ ही देखने लगे।

"अगली बार तुम मुझे नजर भी आए तो मैं तुम्हारी शिकायत सीधे पुलिस में करुंगी।" मैंने उसे उंगली दिखाते हुए कहा और फिर बाहर निकल गई। कितने घटिया लोग होते हैं। किसी लड़की को पटाने के लिए उसके मरे हुए पिता का सहारा लेने से भी नहीं चूकते। घर पहुंची तो सिर दर्द से फट रहा था। मैं खाना खाए बगैर बाम लगाकर सो गई। सुबह उठी तो सब कुछ किसी तूफान की तरह वापस याद आ गया। माँ चाय लेकर आ गई थी।

"तुम्हारा फोन कहाँ हैं ताश्री?" माँ ने चाय टेबल पर रखते हुए पूछा। "वो... फोन..." मैं इधर उधर ढूंढने लगी। "क्या ढूंढ रही हो? यहाँ नहीं है। तुम रिक्शा में भूल आई थी। किसी लड़के का फोन आया था। कल जाकर हॉस्पिटल के बाहर उससे ले लेना।"

"थैंक गॉड! लेकिन माँ..." मैं कुछ परेशान सी हो गई। "क्या हो गया ताश्री? आजकल बहुत परेशान लग रही हो। कोई प्रॉब्लम है क्या?" माँ ने पास बैठते हुए कहा। "नहीं माँ! कुछ नहीं। बस थोड़ा-सा सरदर्द है।"

"कोई बात नहीं। चाय पीकर कुछ देर और आराम कर लो। मैं खाना बना लेती हूँ।" माँ ने प्यार से सिर पर हाथ फेरा और फिर बाहर चली गई।

अगले दिन सुबह उठते ही जो पहला काम मुझे करना था, वो था अपना मोबाइल लेने जाना। कल से मोबाइल के बगैर ऐसा लग रहा था, जैसे किसी ने हाथ काट दिए हों। हॉस्पिटल पहुंचने पर अजीब सी बैचेनी हो रही थी। पता नहीं उस रिक्शे वाले को कैसे पहचानूंगी? वो मुझे पहचान भी पाएगा या नहीं? ये सोचते हुए आधा घंटा बीत गया, तो मुझे लगने लगा कि

शायद अब वो रिक्शा वाला नहीं आएगा। शायद इरादा बदल गया हो। तभी मुझे सामने से वहीं लड़का आता दिखा। मैं उसे देखते ही पीछे घूम गई और दुकान की ओर देखने लगी। वो मेरी तरफ ही आ रहा था।

"ताश्री!" उसने पुकारा तो मैं काँप गई। मैं पीछे मुड़ी और गुस्से से उसे देखने लगी। "तुम्हारा मोबाइल," उसने मोबाइल जेब से निकालते हुए कहा। "ओह! तो यह तुम्हारे पास था।" मैंने राहत की सांस ली। "हां, तुम गुस्से में कैफे में ही भूल आई थी," उसने मुस्कुराते हुए कहा। "तुमने तो पूरा खोल कर देख लिया होगा," मैंने फोन चेक करते हुए कहा। "नहीं, पासवर्ड लगा हुआ था," वह मुस्कुराते हुए मुझे ऐसे निहार रहा था जैसे मैं कोई छोटी बच्ची हूं।

"पर तुम तो हैकर हो?" मैंने कहा। "नहीं, मैं कोई हैकर-वेकर नहीं हूं। वो तो साइबर कैफे पर तुम्हें पासवर्ड डालते हुए देखा था।" उसने कहा। "तुम कबसे मेरे पीछे लगे हुए हो?" मुझे सच में आश्चर्य हो रहा था। "जब से तुम पैदा हुई हो," उसने अपनी मुस्कराहट और चौड़ी करते हुए कहा। "बकवास मत करो!"

"तो चलो काम की बात करते हैं।" उसकी इस बात पर मैंने कहा, "काम की बात? वो क्या?"

"तुम्हारे पिता..." मेरे पिता के बारे में फिर बात करके उसने मुझे गुस्सा दिला दिया था लेकिन मेरे मुंह से एक शब्द तक नहीं निकल पाया। "ताश्री! मेरी बात तो सुनो।" वो गिड़गिड़ाया। "क्या कहना है?" मैं गुस्से में चिल्लाई। "तुम्हारे पिता मरे नहीं हैं, जिंदा हैं।"

उसकी ये बात सुनकर मेरी आँखों में आंसू छलक आए। इसलिए नहीं कि मुझे उसकी बातों पर लेश मात्र भी विश्वास था, बल्कि इसलिए कि वह लड़का अपने घटिया मकसद के लिए मेरे मरे हुए बाप तक का इस्तेमाल कर रहा था।

"तुम जो कोई भी हो और मेरे बारे में जितना कुछ भी जानते हो। एक बात कान खोल कर सुन लो, मैं तुम्हारी इन बकवास बातों पर बिल्कुल भी विश्वास नहीं करने वाली।" मैंने गुस्से से भर्राते हुए कहा और मुड़कर जाने ही लगी थी, कि फिर उसने कहा, "और अपनी माँ पर?"

"क्या तुमने उनसे कभी नहीं पूछा कि क्यों वो अब भी लाल साड़ी पहनती हैं और सिंदूर लगाती है?" मैंने उसकी बात तो सुनी लेकिन मुड़ कर उसकी तरफ देखा तक नहीं। मैं चलती गई। आधे किलोमीटर तक चलने के बाद मैंने रिक्शा ले लिया। मैं अच्छी तरह से जानती हूं कि क्यों माँ लाल साड़ी पहनती है? क्यों सिंदूर लगाती है?

3. सबक

आज छुट्टी का दिन था, सो सुबह लेट उठी। सिर चकरा रहा था। सिरदर्द नहीं था, लेकिन तरह-तरह के विचार आ रहे थे। रह-रह कर रोना भी आ रहा था। लड़कियों के लिए यह आम बात है, जरा सी तकलीफ हो तो आँसू निकल आते हैं। यह एक तरह का वरदान है, दर्द अगर अंदर जमा हो जाए तो तेजाब बन जाता है। लेकिन रोना कोई उपाय नहीं था। मैं जानती थी, मुझे क्या करना था। मैं उठी और आसन जमाने लगी। अक्सर जब बहुत ज्यादा परेशान होने पर मैं कुछ देर मेडिटेशन कर लेती हूं। दूसरों के दिमाग में घुसने की वजह से मेरे दिमाग को जिस तरह की उथल-पुथल से गुजरना पड़ता है, उसके लिए यह जरूरी भी था।

वर्षों के अभ्यास से मैं अपने मूलाधार को मजबूत कर चुकी थी और कुछ उच्च्व चक्रों की अनुभूति भी मुझे होने लगी थी। मैंने अपनी आँखे बंद की और धीरे-धीरे अपने अंतर्मन की गहराइयों में खो गई। एक सफेद प्रकाश के बाद मैं अब एक जाग्रत स्वप्न में थी। यह एक आम सपने जैसा ही था, फर्क बस इतना था कि मैं जानती थी कि यह एक सपना है और मैं इसे एक हद तक नियंत्रित कर सकती हूं।

एक लम्बा-चौड़ा हरा-भरा घास का मैदान था, जिसके पास ही एक नदी बह रही थी। मैं अक्सर यहीं पर आती हूं। नदी के किनारे एक घोडा खड़ा था। मैं उस घोड़े के पास गई, तो वो मुझे देख कर हिनहिनाया। हल्के सफेद रंग के उस घोड़े को देखकर मैंने उसकी पीठ सहलाई, तो वह शांत खड़ा हो गया। मैं उसे जुगाली करते हुए निहारने रही थी कि अचानक वो रुक गया। शायद उसके गले में कुछ फंस गया था। उसकी साँस अटक रही थी और इस वजह से वो इधर-उधर उछलने लगा। मैं धीरे-धीरे अपना हाथ

उसके पास ले गई, ताकि वो शांत हो जाए। फिर मैंने उसकी गर्दन पर जोर से एक मुक्का मारा। उसके गले में फंसी चीज बाहर निकल कर उसके मुंह में आ गई, जिसे उसने बाहर उगल दिया। यह तो एक मंगलसूत्र था। मैं अपने सपने से जाग गई और बाहर आ गई।

बाहर आकर देखा तो माँ तैयार हो रही थी। तैयार क्या हो रही थी, खुद को व्यवस्थित भर कर रही थी। वह आज भी किसी नवयौवना की भाँति खूबसूरत लगती थी। पीपल के पत्ते पर रखी नीली मणि जैसी आँखें, संध्या को आसमान में डूबते सूरज जैसी माथे पर छोटी लाल बिंदी, लाल साड़ी और आभूषण के नाम पर गले में मात्र एक मंगलसूत्र। मुझे इस सब पर कभी आश्चर्य नहीं होता, क्योंकि इसकी वजह मैं खुद थी।

माँ कहती हैं कि पापा के गुजरने के बाद जब मैंने उन्हें सफेद साड़ी में देखा, तो उनके पास तक नहीं गई थी। काफी देर तक रोती रही। तब किसी ने समझाया की शायद बच्ची सफेद रंग से डरती है, इसलिए तुम्हारे पास नहीं आ रही। फिर बड़ी हुई तो दूसरी औरतों को देखकर मैंने भी माँ से सजने संवरने की जिद की। बहुत आनाकानी करने के बाद आखिर उन्हें अपनी एकलौती बेटी की बात माननी पड़ी।

वैसे भी ये सही लगता है। कैसे किसी स्त्री का शृंगार किसी पुरुष के होने या न होने पर निर्भर हो? और वास्तव में ऐसा है, तो फिर कुंवारी कन्याओं का श्रंगार भी वर्जित हो। अगर समाज किसी विधवा के श्रंगार को लेकर इतना ही चिंतित है, तो ऐसे ही नियम पुरुषों पर क्यों नहीं थोपे गए? यह भी तो हो सकता था कि विधवा स्त्री को देखते ही सारे पुरुष आँखों पर पट्टी बाँध लेते। लेकिन नहीं, सारी जिम्मेदारियों, सारे कर्तव्यों, सारे महानताओं के टैग केवल स्त्रियों पर ही लगाए गए हैं।

“मुझे घूर क्या रही है? पहले कभी देखा नहीं क्या?” माँ ने मुझे उनकी ओर निहारते हुए देखकर कहा। “आप बिल्कुल परी जैसी लग रही हो माँ!” मैंने मुस्कुराकर कहा।

“धत्! परी तो तू है मेरी। तू उठ कर तैयार भी हो गई? मुझे तो लगा रविवार है, तो दो बजे तक पड़े-पड़े मोबइल देखती रहेगी।” मां ने कहा तो मैंने मेडिटेशन करने करने की बात बताई।

"तेरे टोटके तू ही जाने। सब लड़कियाँ व्रत-पूजा-पाठ करती हैं। वो तू करती नहीं, मंदिर कभी जाती नहीं, ये मेडिटेशन लेकर बैठ जाती है।"

"जरुरी है माँ! दुनिया भर का कचरा अपने दिमाग में लेकर घूमती हूं। जो चीजें लोग पूरी जिंदगी में नहीं देख पाते, वो मैं कुछ मिनटों में देख लेती हूं। कभी-कभी तो मैं सोचती हूं, ये मुझे ही क्यों मिला? पूरे दिन चश्मा लगाकर घूमो, वो भी आम नहीं बड़ा काला चश्मा! मिस गॉगल नाम है मेरा। इसका कोई इलाज-विलाज नहीं होता क्या?" मैंने झल्लाते हुए कहा।

"इलाज बीमारी का होता हैं ताश्री! वरदान का नहीं।" मां ने कहा। "बकवास! ऐसे वरदान से तो श्राप ही अच्छा और आखिर मुझे ही क्यों मिला यह *वरदान?"*

"क्योंकि तुम खास हो ताश्री!" मां की ये बात सुनकर मुझे उस लड़के की बात याद आ गई। उसने भी तो यहीं कहा था। "मार्किट चलेगी?", माँ ने मेरी तन्द्रा तोड़ते हुए कहा। मैंने भी हामी भर दी। रविवार को घर में अकेले बैठ कर करती भी क्या?

★★★

अगले दिन कॉलेज पहुँची तो वो लड़का नहीं दिखा। एक पल को तो सुकून मिला, लेकिन फिर सोचा कि क्या फायदा, अभी नहीं, तो दोपहर को आ जाएगा। मैं लाइब्रेरी में बैठकर पढ़ रही थी कि पूजा मेरे पास दौड़ कर आई। मैंने पूछा, "क्या हुआ?" उसने एक खत मेरी और बढ़ा दिया। किसने दिया है? मैंने पूछा, तो उसने हांफते हुए रोहित का नाम लिया।

यह रोहित भी काफी दिनों से मेरी ताँका-झांकी कर रहा था। पिछले महीने मैंने उससे नोट्स मांगे थे। पढ़ने में थोड़ा होशियार था और राइटिंग भी अच्छी थी, तो मैंने उसी से ले लिए। मुझे लगा सीधा-साधा है, तो कोई दिक्कत नहीं होगी। लेकिन यहाँ तो सभी ताक में घूमते हैं। खत में भी वही सब था। दो-चार शायरियाँ, थोड़ी मेरी, थोड़ी मेरे बालों की तारीफ... तुम्हारी खूबसरत आँखों में डूब जाना चाहता हूँ। (कोशिश तो कर!) और अंत में मैं तुम्हारे बिना नहीं जी सकता (हाँ तो मर क्यों नहीं जाते? कौन तुम्हारे लिए यहाँ करवा चौथ करके बैठा है?)। पहले तो मन

किया कि फाड़ दूं, लेकिन फिर जवाब देना ही ठीक समझा। चल, मैंने पूजा से कहा।

"कहाँ?" उसने मुझे घूरकर देखा। "उसको जवाब देकर आते हैं।" मेरे इतना कहते ही पूजा डर गई। "पागल हो गई है क्या? ये लड़के तो होते ही लफंगे हैं। किस-किस से भिड़ती फिरेगी?"

"हाँ लेकिन सब बांस की मचान हैं, एक खींचेंगे तो सारे के सारे निचे आ गिरेंगे।" मैंने कहा।

मैं क्लास तक पहुंची। क्लास में प्रोफेसर पढ़ा रहे थे और वो आगे ही बैठा था। ऐसे ध्यान से सुन रहा था जैसे सारा ज्ञान इसी को अपने अंदर समाना हो। मैं अंदर गई और आगे स्टेज पर जाकर खड़ी हो गई। सब आँखें फाड़ कर देखने लगे। "एक सेकेंड सर! मुझे कुछ कहना है," मैंने प्रोफेसर से कहा और फिर मैं सबकी तरफ मुड़ गई।

"दोस्तों! मुझे एक खत मिला है। हमारी क्लास के बहुत ही होनहार छात्र ने लिखा है। जिसकी राइटिंग सबसे खूबसूरत है," मैं रोहित की तरफ देखकर ही बोल रही थी। सब समझ गए थे कि मैं किसकी बात कर रही थी। मैंने बात आगे बढ़ाते हुए कहा, "यह मुझे दिलोजान से चाहते हैं। कहते हैं मैं तुम्हारे बिना एक पल भी नहीं रह सकता। तो ठीक है! मैं इनका प्रेम प्रस्ताव स्वीकार करती हूं। यह अभी इसी वक्त चलें और मुझसे शादी कर लें।" मेरी इस बात पर सभी ठहाका लगाकर काना-फूसी करने लगे।

"सर यह लेटर मैंने नहीं लिखा है... यह मेरा नहीं है।" रोहित अपनी सीट से खड़ा हो गया और थरथराते हुए बोला। "बकवास बंद करो। मैं अच्छी तरह से पहचानता हूँ, यह राइटिंग तुम्हारी है," प्रोफेसर ने उसे डपटते हुए कहा। "चलो ताश्री! हम डीन के पास चलते हैं।"

"नहीं सर! उसकी कोई जरुरत नहीं। मैं डीन से शिकायत करुंगी, वो इसके माँ-बाप को बुलाकर उनके सामने इसे दो-चार बातें सुनाएंगे और क्या होगा! मेरी इससे कोई दुश्मनी नहीं। क्लास के सभी लड़के सुन लें, अगर कोई मुझसे प्यार-व्यार करता हो तो अभी सबके सामने बता दे वरना फिर यह हरकतें करने की जरुरत नहीं।" मेरा चेहरा गुस्से से तमतमा रहा था। क्लास तालियों से गूंज उठी। मेरी आँखों से आंसू आने लगे थे। मैं चुपचाप बाहर आ गई।

"इतनी हिम्मत कहाँ से लाती हो?" बाहर आकर पूजा ने पूछा। "क्या पता? शायद पैदाइशी है," मैंने मुस्कुराकर कहा। कॉलेज खत्म होने पर मैं बाहर निकली। सामने देखा तो वो लड़का नहीं था। मैंने चैन की सांस ली। मैं वहीं खड़ी होकर पूजा का इंतजार करने लगी। तभी पीछे से आवाज आई। "वहां कहां ढूंढ रही हो? मैं यहाँ हूं।" वह मेरे पीछे ही खड़ा था, बिल्कुल गेट के पास छिपकर। "भाड़ में जाओ!" मैंने उसे घूरकर कहा और मैं आगे बढ़ गई।

"अच्छा सबक सिखाया तुमने उसे।" इसे कैसे पता चला? पर पूछने से क्या फायदा? इसे तो सब पता रहता ही है। मैं चुपचाप आगे बढ़ गई। "तुम जैसी अगर सारी लड़कियाँ हो जाए, तो हम जैसे लड़कों की जरुरत नहीं होगी।" वो मेरे पीछे-पीछे ही चलने लगा।

"तुम जैसे लफंगों की वैसे भी जरुरत नहीं है," इस बार मेरे मुंह से निकल ही गया। मैं ऑटो में बैठ गई। उससे बात करते हुए मैं यह भूल गई कि मैं तो वहां पूजा के लिए रुकी थी। थोड़ी सी आगे बढ़ी ही थी कि मैंने ऑटो के कांच से पीछे देखा। मैं यह देखना चाहती थी कि क्या वो अब तक वही खड़ा है या निकल गया है लेकिन ये क्या?!!

"अंकल-अंकल! ऑटो रोको!," मैं जोर से चिल्लाई। ऑटो रुकते ही मैं वापस पीछे लपकी। मेरे ऑटो में बैठते ही एक जीप उस लड़के के पास आकर रुकी। उसमें से तीन-चार लड़के उतरे और उन्होंने उस लड़के को पीटना चालू कर दिया। दो लोग अब भी जीप में ही बैठे थे। उसमें से एक तो उस दिन बाइक चलाने वाला लड़का था। दूसरा कोई 45-50 साल का आदमी था। उस आदमी ने सलीके से एक काला सूट पहन रखा था, गले में मोटी सोने की चैन, जिसमें एक त्रिशूल लटका हुआ था। दोनों हाथो में रत्नजड़ित चार-चार अंगूठियाँ और कटावदार राजपूती मूँछें। कुल जमा कोई रईस लग रहा था।

मुझे आता देख जीप में बैठा वो लड़का चिल्लाया, "दादा! यही है वो लड़की। यही है।" उसके इतना कहते ही वो आदमी जीप से उतरा और मेरी और बढ़ने लगा। मैं चश्मा उतारने ही वाली थी कि रुक गई। इसने भी तो बड़े काले रंग का चश्मा पहना था। वो आदमी मुझसे चार कदम दूर रुककर मुझे घूरने लगा, जैसे मुझमें कुछ ढूँढ रहा हो। इतने में जीप में बैठा वो लड़का भी उतरा और मेरी और बढ़ने लगा। "इस लड़की को तो मैं नहीं छोड़ूँगा... साली..."

इसकी तो मैं भी आज बैंड बजाने वाली थी। मेरा हाथ चश्मे की तरफ बढ़ने ही वाला था कि उस आदमी ने पीछे से उस लड़के का कॉलर पकड़ लिया। "रुको!," वो आदमी पीछे मुड़ कर चिल्लाया। यह सुनते ही वो लड़के, जो पीछे उस लड़के की पिटाई कर रहे थे, रुक गए। उस आदमी ने एक बार फिर मुझे घूरा और उस लड़के से कहा, तुमने इसे छेड़ा था? उसका दबाव 'छेड़ा' की बजाए 'इसे' पर ज्यादा था, मानो छेड़ना तो आम बात हो।

"वो दादा... लेकिन..." लड़का मिमियाया। "घर चल चुपचाप! इससे पहले की मैं यहाँ तुम्हे सबके सामने जूतिया दूं," उस आदमी ने आँखे दिखाते हुए कहा और उसका कॉलर पकड़ ले गया। उसने जीप में बैठते हुए मार खाए उस लड़के की तरफ उंगली करके कुछ कहा। वो चारों लड़के भी हतभ्रत से जीप में बैठ गए।

यह सब कुछ इतने अजीब तरीके से हुआ कि मुझे कुछ समझ ही नहीं आया। मैं दौड़ कर उस लड़के के पास गई और उसे सहारा देकर उठने में मदद करने लगी। इतनी देर में ऑटो भी हमारे पास ही आ गया।

"यह सच में तुम्हारा बॉयफ्रेंड नहीं हैं?," ऑटो वाले अंकल ने उसे ऑटो में बिठाते हुए कहा। "नहीं... सवाल ही पैदा नहीं होता," मैंने कहा और ऑटो में बैठ गई।

"तुम्हें ज्यादा चोट तो नहीं लगी?," मैंने डरते हुए उससे पूछा। "नहीं, बस मामूली है," उसने रुमाल से अपने होंठो को दबा रखा था। शायद खून आ रहा था। "बड़ा हीरो बनने का शौक था न? अब बनो हीरो। तुम्हें क्या जरुरत थी मेरे मामले में पड़ने की?," मैंने गुस्से से उसकी तरफ देखते हुए कहा। "तुमने अपना चश्मा तो नहीं उतारा?," उसने मुझे अनसुना करते हुए कहा। "नहीं, वो तो मुझे घूर रहा था।"

"उसने तुमसे कुछ कहा?" उसने फिर सवाल किया। "नहीं तो... बस घूर रहा था," मैंने झल्लाते हुए कहा। "किस्मत वाले हो बचुआ! सस्ते में बच गए। राणा साहब के भतीजे को पीटा था तुमने, जिंदा जला देते," ऑटो वाले अंकल ने कहा।

"राणा साहब..." मेरे मुंह से धीरे-से निकला। नाम तो मैंने भी सुना था। शहर में बहुत सारी फैक्ट्रियाँ और होटल हैं उनके। बहुत ही अमीर आदमी हैं। "और वो कौन था अंकल? काले कोट वाला?," मैंने पूछा। "अरे!

वही तो राणा साहब हैं।" मुझे भी समझ में नहीं आया कि राणा साहब कब से इन बच्चों के झगड़े निपटाने लगे। इतने में ऑटो वाले अंकल ने ब्रेक लगाते हुए कहा, "हॉस्पिटल आ गया।"

"काका! इसे घर छोड़ देना," वह लड़का ऑटो से उतरते हुए बोला। "अरे रुको! मैं आ रही हूं," मैंने कहा। "कुछ नहीं, मामूली खरोंचें हैं। मैं खुद ही दवा लगा लूंगा।" उसने इस दर्द में भी मुस्कुराते हुए कहा। "हाँ, तुम तो आयुर्वेद के ज्ञाता हो," संदर्भ सोच कर मुझे शर्म आ गई। मैं इससे आगे नहीं बोल सकी और ऑटो से उतर गई। अंदर हॉस्पिटल काउंटर पर उसे देखते ही रेसेप्शनिस्ट ने पूछा, "इतनी चोट कैसे लगी? किसी से झगड़ा हुआ है?"

"नहीं, बाइक से गिर गया था।" उसने कहा। "यह भी थी साथ में?", उसने मेरी तरफ इशारा करते हुए कहा। लड़के ने हामी भरी तो रिसेप्शनिस्ट ने फिर पूछा, "तो इसे चोट क्यों नहीं लगी?"

"इसने हेलमेट पहन रखा था।" रिसेप्शनिस्ट ने अपनी भौंहे उछालते हुए पूछा, "और तुमने नहीं पहन रखा था? हेलमेट कहाँ है?"

"आपको इलाज करना है या मैं किसी दूसरे हॉस्पिटल में जाऊँ?", वह थोड़ा गुस्से से बोला। "ठीक है... ठीक है। नाम बताओ?"

मैं उसकी ओर आँखें फाड़ कर देखने लगी। चलो आज इसका नाम तो पता चलेगा। "राणा... राणा ठाकुर," उसने मेरी ओर देखकर कहा। मैं बुरा सा मुँह बनाकर दरवाजे की तरफ देखने लगी। इसके बाद वो अंदर डॉक्टर के पास चला गया। मैं बाहर बैंच पर बैठ कर इंतजार करने लगी। थोड़ी देर बाद वो बाहर आया और मेरे सामने आकर खड़े होकर उसने हिचकिचाते हुए पूछा, "पांच सौ रूपये हैं?" मुझे हंसी आ गई। मैंने पर्स से पैसे निकाल कर उसे दे दिए। वो चुपचाप गया और अंदर डॉक्टर को दे आया।

"तुमने अपना नाम गलत क्यों बताया?," हॉस्पिटल के बाहर मैंने उससे पूछा। "क्यों? तुम्हें जानना है?" वो बोला। "नहीं, पर सही बता देते तो कोई मार नहीं डालता।"

"अंतस... अंतस नाम है मेरा," मेरे ऑटो में बैठते वक्त उसने कहा।

4. रहस्य

सुबह देर से उठी। कोलेज के लिए पहले ही लेट हो गई थी। मैं जल्दी-जल्दी नहाकर तैयार हुई। माँ ने नाश्ता बना रखा था। मैंने मां से पूछा, "मुझे उठाया क्यों नहीं माँ?"

"मैं कौन-सा उठ गई थी, जो तुझे उठाती? मैं भी तो अभी-अभी ही उठी हूं।" मां बोली, तो मैंने कहा, "तो आपको कौन सा कॉलेज जाना है?"

"मुझे भी आज जल्दी जाना है। NGO की कोई ऑडिट आई हुई है। शाम को भी शायद लेट आऊंगी। तू खाने का क्या करेगी... बना के जाऊँ?"

"नहीं आज व्रत रख लूँगी," मैंने नाश्ते की प्लेट रखते हुए कहा। "पागल है? आज कौन सा व्रत रखेगी और अभी जो नाश्ता खाया है, उसका क्या?"

"तो मैं बाहर से कुछ खा लूंगी।" मैं बैग में किताबें भरने लगी। "रहने दे! बाहर से अनाप-शनाप कुछ भी खाएगी। मैं अनीता आंटी को बोल दूँगी, उनके बच्चे भी स्कूल से उसी वक्त आते हैं। तेरे लिए भी खाना बना देगी।"

"रहने दो!" मैंने भी उसी टोन में कहा। "उनके विचार आपके लिए ज्यादा अच्छे नहीं हैं। कॉलेज तो मैं उनके हिसाब से मौज-मस्ती करने जाती हूं।"

"तू सबके दिमाग पढ़ती फिरेगी, तो उसमें उनकी क्या गलती? कोई सतयुग नहीं चल रहा है। सबकी सोच ऐसी ही होती है।"

"इसकी माँ की..." अचानक मेरे मुंह से निकला। माँ मेरा मुँह ताकने लगी। "यह बैग की चेन खराब हो गई है," मैंने संभलते हुए कहा। "बाहर

नुक्कड़ पर बैग वाला बैठता है, उसे दिखा देना। माँ ने कहा। फिर मैं बाहर निकल गई।

“दीदी! यह बैग तो पूरा ही खराब हो गया है। चेन तो में नई डाल दूंगा, पर अंदर से पूरा फट चुका है। नया ही ले लो,” बैग वाले ने कहा। “एक बार तो तुम चेन ही लगा दो।” मैंने घड़ी देखते हुए कहा।

मैं भाग कर कोलेज पहुंची, लेकिन आधा घंटा तो लेट हो चुकी थी। बाहर ऑटो से उतरी तो, सोचा 15-20 मिनट लाइब्रेरी में बैठ कर ही पढ़ लूंगी। तभी सामने अंतस खड़ा था।

“अरे! तुम्हारे जख्म तो बहुत जल्दी भर गए।” मुझे आश्चर्य हुआ। वास्तव में उसके चेहरे पर सिर्फ निशान ही बचे थे। कोई और होता तो, चार दिन बिस्तर से न उठता। “आयुर्वेद का ज्ञाता होने का कुछ तो फायदा होता ही है।” उसने वहीं चिर परिचित मुस्कान बिखरते हुए कहा।

“और क्या-क्या आता है तुम्हें?” मैंने कहा, तो उसने बोला कि धीरे-धीरे सब जान जाओगी। ‘धीरे-धीरे’ तो ऐसे बोल रहा था जैसे मेरी इससे सगाई होने वाली हो। ये लो तुम्हारे पैसे! उसने पांच सौ रूपये मेरी ओर बढ़ाते हुए कहा। “थैंक्स!” मेरे मुंह से इतना ही निकला।

“वैसे यह पीरियड तो तुम्हारा अटेंड होने से रहा। अगले पीरियड के भी तुम्हारे टीचर नहीं आए। तुम्हारी पूजा भी आज नहीं है। अकेले कॉलेज में धक्के खाने से बेहतर है, अगर चाहो तो मेरे साथ कॉफी पीने चल सकती हो।” वह एक सांस में ही सब कह गया। मैं आँखें फाड़कर उसे देख रही थी। वैसे मैं भी इससे थोड़ी बात करना चाह रही थी। पता तो चले आखिर यह चाहता क्या है?

“एक शर्त पर... तुम कोई बकवास नहीं करोगे।” मैंने उंगली दिखाते हुए कहा। “जैसा तुम चाहो,” उसने कहा और हम दोनों कॉफी पीने निकल गए।

5. अंत

“मे आय कम इन मैम?” इस्पेक्टर विजय ने कहा, तो एसीपी नंदिनी जैसे किसी सपने से बाहर आई। उनकी नजरें अब भी उस डायरी पर गड़ी हुई थीं।

“मे आय कम इन...,” विजय ने दोबारा पूछा। “हां...हां आ जाओ,” नंदिनी ने बिना उसकी ओर देखे हुए ही कहा। एसीपी नंदिनी का ट्रांसफर दो दिन पहले ही जयपुर के लोकल थाने में हुआ था। यह उनका गृह नगर भी था। तीन साल पहले ही वो ट्रेनिंग के सिलसिले में मुंबई गई थी। ट्रेनिंग के बाद पास के थाने में बतौर इंस्पेक्टर उनकी ड्यूटी लगी। वहां उनके काम ने बदमाशों की नींदें उड़ा दी थीं। उनके काम को देखते हुए उन्हें जल्द ही एसीपी बना दिया गया। बाहर से सख्त और अंदर से नर्म नंदिनी दो दिन में ही यहां के स्टाफ से घुल-मिल गई थी। इंस्पेक्टर विजय उन्हें काफी काबिल और समझदार लगे। वह उनसे यहाँ के सारे मामलों की जानकारी ले रही थी। आज उन्हें किसी महेंद्र प्रताप के केस की जानकारी लेनी थी, लेकिन आते ही डायरी में ऐसे खो गई कि दो घंटे निकल गए।

“ये सुबह से आप क्या पढ़ रही हैं?,” विजय ने अंदर आकर सीट पर बैठते हुए कहा। “ये ड्रॉर में मिली थी। यही देख रही थी। शायद किसी की डायरी हैं... ताश्री नाम की किसी लड़की की!,” नंदिनी ने नाम देखने का नाटक करते हुए कहा। “ओह ताश्री! अजीब मर्डर केस था यह भी...” विजय ने नंदिनी की तरफ देख कर कहा। “मर्डर केस?” नंदिनी ने चौंकते हुए पूछा। “हां! इस लड़की का मर्डर हो गया था, दो साल पहले का केस है।”

“मर्डर... मगर किसने किया था?,” नंदिनी ने एक दम दबी आवाज में पूछा। “इसके बॉयफ्रेंड ने।” विजय बोला। “बॉयफ्रेंड!! मतलब अंतस

ने?," नंदिनी ने आँखे फाड़कर कहा। "हां, शायद यही नाम था। हमारे पुराने एसीपी सर ने इसकी जांच की थी, लेकिन कुछ मिला नहीं। यह लड़का भी फरार है।"

"फरार मतलब? यह केस अब तक सोल्व नहीं हुआ?" नंदिनी ने पूछा। "सोल्व क्या?... साल्व्ड ही है मैडम। पहले लड़का-लड़की में प्यार हुआ फिर किसी बात को लेकर झगड़ा और फिर लड़के ने गुस्से में आकर लड़की का खून कर दिया। बड़ा ही मामूली केस था।" विजय ने बात खत्म करने के इरादे से कहा। "मामूली? ये कोई मामूली केस नहीं हो सकता विजय!"

"ऐसा क्यों मैम?," विजय ने पूछा। "क्योंकि ताश्री कोई मामूली लड़की नहीं थी। वो बहुत खास थी," नंदिनी ने अपनी आँखों के कोरे पोंछते हुए कहा।

★★★

"तुम रहते कहाँ हो?" मैंने कुर्सी पर बैठते हुए पूछा। "हरिद्वार," अंतस ने उत्तर दिया।

"इसका मतलब तुम जयपुर से नहीं हो। तो फिर यहाँ क्या कर रहे हो?" मैंने कहा। "किसी काम के सिलसिले में आया हूं।"

"और मेरे कॉलेज के बाहर खड़ा रहना भी तुम्हारे काम में ही आता है?," मैंने उसे घूरते हुए पूछा। वह केवल मुस्कुराया। इतने में वेटर जूस के दो गिलास लेकर आ गया।

"आज तुम भी जूस ही पियोगे?" मेरे सवाल पर उसने कहा, "अनानास का रस जख्मों को जल्दी भरने में मदद करता है।"

"वैसे तुम काम क्या करते हो?" मैंने जूस पीते हुए पूछा। "तुम्हारे साथ यही दिक्कत है ताश्री! तुम सब कुछ एक पल में जान लेना चाहती हो। सच एक बहुत ही कड़वी दवा होती है। उसे धीरे-धीरे लेना चाहिए। वक्त आने पर सच खुद ही सामने आ जाता है।"

"तो तुम मेरे बारे में इतना सब कुछ कैसे जानते हो?" मैंने कहा। "जानना महत्वपूर्ण नहीं है, समझना जरूरी है। सवाल यह है कि क्या मैं तुम्हें समझता हूं? क्या तुम स्वयं अपने आप को समझती हो?"

"मैं अपने बारे में जो जानती हूं, वही समझती हूं। नया कुछ नहीं है। जैसी हूं वैसी हूं। मेरे खुद के बारे में कोई सवाल नहीं है।"

"मैं विशेषण की नहीं उद्देश्य की बात कर रहा हूं।" अंतस बोला। "उद्देश्य से तुम्हारा क्या मतलब है? भला मेरे ऊपर कोई विशेष जिम्मेदारी क्यों आएगी?"

"ईश्वर तोहफे ऐसे ही नहीं देता। वह जो कुछ भी करता है, उसका एक उद्देश्य होता है। वो सूरज को रोशनी देता है, ताकि वह उजाला कर सके। नदियों को पानी देता है, ताकि वे दूसरों की प्यास मिटा सकें। हर ताकत के साथ एक जिम्मेदारी भी होती है।" अंतस बोला।

"जलना सूरज का विशेषण है, कोई ताकत या जिम्मेदारी नहीं। पानी नदियों का अस्तित्व है। पानी का उपयोग जीवों पर निर्भर करता है। जीव अगर न भी हों, तब भी नदियाँ सूख नहीं जाएंगीं, सूरज चमकना बंद नहीं कर देगा। सृष्टि अपना पालन खुद कर सकती है। उसे किसी संयोजक की आवश्यकता नहीं है। रही बात मेरी, तो मैं जो कुछ भी हूँ, स्वयं की वजह से हूं, अपने माता-पिता की वजह से। किसी तीसरे की प्रति मेरी कोई विशेष जिम्मेदारी नहीं है।" मैंने एक सांस में बात निपटाते हुए कहा।

"आँखे बंद कर लेने से अँधेरा नहीं हो जाता। रात को एक दिया जला कर अगर हम सोचें कि हमने सारे जहां में उजाला कर दिया है तो हम भ्रम में हैं। तुम व्यक्त की बात कर रही हो, मैं अव्यक्त का कह रहा हूं।"

"तो तुम ही बता दो, अव्यक्त क्या है?" मैंने झुंझलाकर कहा। मैंने अब तक जूस खत्म कर दिया था लेकिन उसने ग्लास छुआ तक नहीं। "मैं तुम्हें सब कुछ एक दिन में नहीं समझा सकता," उसने फिर हल्की सी मुस्कान के साथ कहा। "तो तुम मुझसे अब रोज मिलना चाहते हो?," मैंने भी यह कहते हुए मुस्कुरा दिया।

"अगर तुम चाहो तो?" अंतस ने कहा। "मैं चाहूं तो! मतलब कि अगर मैं न चाहूं तो तुम मेरा पीछा करना छोड़ दोगे?"

"बेशक! अगर तुम न चाहो तो यह हमारी आखिरी मुलाकात होगी।" अंतस गंभीर होते हुए बोला। "अच्छा! तब तो मैं कई बार मना कर चुकी हूं।"

"मैं भ्रम की स्थिति में लिए गए निर्णयो को सही नहीं मानता।" अंतस के बोलते ही मैंने कहा, "सत्य तो लेकिन मैं अब भी नहीं जानती।"

"लेकिन जानना तो चाहती हो, वही काफी है।" अंतस ने कहा। "ठीक है... मैं सोच कर बताऊँगी," मैंने उठते हुए कहा।

★★★

मैं भरे हरे-भरे घास के मैदान में सरपट भाग रहे एक सफेद घोड़े पर सवार हूं। आसमान में घने काले बादल छाए हुए हैं। काले घोड़े पर सवार एक तांत्रिक भी मेरा पीछा कर रहा है, जिसके हाथ में एक बड़ा-सा त्रिशूल है। वह बार-बार चिल्ला रहा है, तुम ग्यारहवां सूत्र हो ताश्री! तुम ग्यारहवां सूत्र हो।

मैं घोड़े की लगाम खींचकर और तेजी से भागने लगी। उस तांत्रिक ने भी अपनी गति बढ़ा ली और धीरे-धीरे मेरे पास आने लगा। जब वो ठीक मेरे बराबर आ गया, तो मैंने उसका चेहरा ध्यान से देखा। यह तो राणा ठाकुर था। "तुम खास हो ताश्री! तुम ग्यारहवां सूत्र हो।" उसने अपनी बड़ी आँखों से मुझे घूरकर कहा। तभी मैंने देखा कि सामने अंतस हाथ में एक लाठी लिए खड़ा है। उसने तांत्रिक के घोड़े के पैरों पर लाठी मारी और तांत्रिक घोड़े समेत नीचे गिर गया। तभी वहां तीन-चार लड़के आ गए और अंतस को पीटने लगे।

मेरा घोड़ा दौड़ते-दौड़ते आगे निकल गया और अब मैं एक जंगल में पहुंच गई थी। जंगल के अंदर एक फूलों का बगीचा था। उस बगीचे के दरवाजे पर माँ खड़ी थी। उन्होंने मेरी और देखा। जैसे वो मुझसे कुछ कहना चाहती हो, लेकिन मैं घोड़े से उतरी और बगीचे के अंदर चली गई। सामने बैंच पर कोई बैठा हुआ था। मैं पास में गई तो देखा कि मेरे पिता थे!

"बैठो ताश्री!," उन्होंने कहा। "मैं तुम्हें किसी से मिलवाना चाहता हूं।" उनके इतना कहते ही एक छोटा बच्चा कहीं से निकल कर सामने आया। "ये तुम्हारा दोस्त है मेरी बच्ची! यह तुम्हारा ध्यान रखेगा।" मैंने उस बच्चे की तरफ देखा।

"मैं तुम्हारा ध्यान रखूंगा," उस बच्चे ने कहा। तभी मेरे पिता पूरी तरह से कांप गए। एक चाकू उनके सीने से बाहर निकल गया। "पापा... पापा...," मैं रोते हुए चिल्लाने लगी और तभी मेरी नींद खुल गई।

"तुम ठीक तो हो ताश्री?" माँ मेरे पास ही खड़ी थी। "हां...बुरा सपना देखा था।" मैंने बैठते हुए कहा। "अपने पापा को देखा था?," माँ ने पास में बैठते हुए कहा। "हाँ..." शायद उन्होंने मेरी आवाज सुन ली थी।

"हम्म! तुम तैयार हो जाओ मैं तुम्हारे लिए चाय बना देती हूं।" मां बोली। माँ मेरा बचपन में कोई दोस्त था क्या? जब मैं बहुत छोटी थी, मैंने पूछा। "तुम्हारे बचपन में बहुत सारे दोस्त थे। तुम थी ही इतनी प्यारी," माँ ने मुस्कुराते हुए कहा।

"नहीं, मेरा मतलब है कोई खास दोस्त?" माँ एक पल के लिए रुकी। "खास भी थे। क्या हुआ? आज उनकी याद कैसे आ गई?" उन्होंने कहा। "मैंने अपने सपने में पापा के साथ छः साल के एक लड़के को देखा।"

"ताश्री! तुम दिन में कई सारी चीजें देखती रहती हो। वो भी जो आम लोग नहीं देख पाते। तुम कई सारे लोगों की यादों से रूबरू होती हो और इसलिए तुम्हारे सपने सिर्फ तुम्हारे नहीं होते। उनमें दूसरे लोगों की यादें भी शामिल होती हैं। इतनी चिंता मत करो। फटाफट तैयार होकर बाहर आ जाओ।"

मैं नाश्ता करके कोलेज पहुंची, तो देखा कि अंतस बाहर नहीं था। मेरी भी अजीब आदत हो गई थी। पहले तो उसे ढूंढती थी और फिर अगर वह नहीं होता था तो परेशान होती थी। कुछ देर बाद पूजा भी आ गई। वो आज मुझे अजीब मूड में दिख रही थी। न ठीक से बात कर रही थी और न ही पढ़ाई में उसका ध्यान लग रहा था। पीरियड खत्म होने पर हम दोनों बाहर आ गए।

"क्या हुआ पूजा, कुछ परेशान लग रही है," मैंने उससे पूछा। "कुछ नहीं। मेरी तबियत कुछ ठीक नहीं है।"

"ओह! क्या हुआ? डॉक्टर को दिखाया?" मैंने फिर पूछा। "नहीं, लेकिन अब दिखा दूंगी। मैं घर जा रही हूं।" उसने उठते हुए कहा। "मैं चलूं साथ में?" मैंने कहा, तो वो साफ मना करते हुए घर के लिए निकल गई। मुझे उसकी बातें कुछ अजीब लग रहीं थीं। वो सोच कुछ रही थी और बोल कुछ रही थी। खैर! मैंने सोचा कि मैं अब कुछ देर लाइब्रेरी में जाकर पढ़ती हूं। मैं उठी ही थी कि किसी ने मुझे आवाज दी। मैंने मुड़ कर देखा। रोहित था। मैं रुक गई।

"मुझे तुमसे कुछ कहना है।" रोहित बोला। "अब और क्या कहना है? खत में सब कुछ कह तो चुके हो।" मैंने तंज कसते हुए कहा। "तुमने मुझे समझा नहीं ताश्री!" वो मेरी आँखों में देखकर बोला। "मैं तुम्हें अच्छी तरह से समझ चुकी हूं और बाकी सबको समझा भी चुकी हूं। मुझसे प्यार करते हो!"

"शक्ल देखी है तुमने अपनी?" मैंने कहा। "यहीं तो तुमने मुझे गलत समझा। मैं तुमसे प्यार नहीं करता।" उसने खुद को संयत रखते हुए कहा। "मतलब?" मैंने चौंकते हुए पूछा।

"तुम एक निहायती घमंडी लड़की हो। मुझे नहीं मालूम तुम्हें किस बात का गुरुर है, लेकिन तुम इसमें इतनी डूबी हुई हो कि ये नहीं देख सकती कि कौन तुमसे प्यार करता है और कौन नफरत? तुमसे कोई प्यार नहीं कर सकता ताश्री!" वह इतना कह कर चला गया।

मैं बस उसे देखती रही। मुझे समझ में नहीं आया कि उसने क्या कहा? लेकिन जैसे वह मुझे झकझोर कर चला गया।

कॉलेज खत्म होने पर मैं बाहर आ गई। अंतस वहां नहीं था। शायद अपना काम कर रहा हो। वैसे भी मुझे नया बैग लेना था सो मैं मार्किट चली गई। एक दुकान से मैंने बैग लिया और वहीं पर खड़ी होकर ऑटो का इंतजार करने लगी। तभी वहां से किसी को बाइक पर गुजरते हुए देखा।

अरे! यह तो पूजा थी। वह बाइक पर एक लड़के के पीछे बैठी हुई थी। उसने अपना चेहरा स्कार्फ से ढक रखा था, लेकिन फिर भी मैने उसे पहचान लिया। इसकी तो तबियत खराब थी, तो फिर यह इस लड़के के साथ क्या कर रही थी? कहीं इसका कोई चक्कर-वक्कर तो नहीं? मैं वहाँ खड़े-खड़े यह सब सोच ही रही थी कि मुझे लगा कोई मुझे घूर रहा है। मैंने मुड़ कर देखा तो कोई सच में वहां खड़ा था। यह तो राणा साहब थे। वह धीरे-धीरे मेरे पास आने लगे। मुझे डर लग रहा था।

"तुम वही लड़की हो न, परसों वाली?" उन्होंने मुझे घूरते हुए ही पूछा। "जी...," मेरे मुंह से इतना ही निकला। "मैं अपने बच्चों की गलती के लिए तुमसे माफी मांगता हूं। उन्हें तुम्हे छेड़ना नहीं चाहिए था।" मैंने कुछ नहीं कहा। चुपचाप खड़ी रही। वह बोलते रहे।

"पैसे वाले हैं तो घूमें-फिरें, मौज-मस्ती करें, किसने रोका है? लेकिन इस तरह किसी की इज्जत पर हाथ डालना ठीक नहीं है। मैंने उन्हें घर

जाकर खूब डांटा और धमकी भी दी कि अब अगर तुम्हारी तरफ आँख उठा कर भी देखा तो हालत खराब कर दूंगा।"

"तो फिर आपने अंतस को क्यों पीटा था?" मैंने उनकी माफी मांगने के बाद पूछा। "कौन? वो लड़का? उसने राणा ठाकुर के भतीजों को मारा था। उसका तो भुगतान करना ही था। आखिर हमारी भी इज्जत का सवाल है," उन्होंने हंसते हुए कहा। "तुम क्या यहां ऑटो का इंतजार कर रही हो?," वह कुछ देर रुक कर बोले। "तुम चाहो तो मैं तुम्हें तुम्हारे घर छोड़ देता हूं," उन्होंने अपनी जीप की तरफ इशारा करते हुए देखा। "शुक्रिया! पर मैं खुद घर चली जाऊंगी।" उसके बाद मैंने ऑटो पकड़ा और घर आ गई।

6. राणा

एसीपी नंदिनी और इंस्पेक्टर विजय काफी देर से कुछ चर्चा कर रहे थे। "तो मैडम यह है महेंद्र प्रताप के व्यवसाय का पूरा कच्चा-चिट्ठा। कहने को तो बहुत बड़ा उद्योगपति है, लेकिन शहर के सारे काले कारनामे यही संभालता है।" विजय ने पूरी बात नंदिनी को समझाते हुए कहा।

"ठीक है, कल इससे भी मिल लेते हैं। तुम बात कर लेना कि एसीपी मिलना चाहती हैं।" नंदिनी ने फाइल बंद करते हुए कहा। "जी मैडम!" विजय ने सहमती दी।

"अब मैं घर के लिए निकल रही हूं।" नंदिनी यहां उसको मिले सरकारी क्वार्टर में रह रही थी। उसके पास खुद का घर तो पहले भी नहीं था। वह अनाथ थी और यहां के एक अनाथाश्रम में ही पली थी। बचपन से ही पढ़ाई-लिखाई में अव्वल होने के कारण अनाथाश्रम ने भी उसकी पढ़ाई-लिखाई में कोई कसर नहीं छोड़ी। विशेषतः उसकी अंजनी माँ ने। वह वहाँ की संचालिका थी। अनाथाश्रम का सारा काम वही देखती थी। उनको नंदिनी से विशेष लगाव था। बचपन से ही उसको बहुत प्यार से पाला था।

नंदिनी की ट्यूशन के लिए उन्होंने खुद पैसे दिए थे। नंदिनी भी उनकी उम्मीदों पर खरी उतरी। एक के बाद एक परीक्षा प्रथम प्रयास में ही पास करती गई। आज वह अपनी काबिलियत के कारण ही एसीपी बन पाई थी। मुंबई जाने के बाद कई दिनों तक तो वो रोज अंजनी माँ से फोन पर बात करती रही, लेकिन धीरे-धीरे उसकी बात कम होती गई। अब तो उनका फोन भी नहीं लगता था। नंदिनी ने सोचा था कि आते ही उनसे मिलेगी लेकिन यहाँ थाने के काम समझने में इतनी व्यस्त हो गई कि शाम तो थाने

में ही हो जाती। उसने सोच लिया था कि कल वह किसी भी हाल में अनाथ आश्रम जाकर ही रहेगी।

अगले दिन नंदिनी और विजय, महेंद्र प्रताप से मिलने के लिए निकले। विजय जीप ड्राइव कर रहा था और नंदिनी पास वाली सीट पर बैठी थी। "तो विजय! तुम्हें उस लड़की की लाश कहाँ मिली थी?" नंदिनी ने ताश्री का जिक्र करते हुए। "कौन मैडम?" विजय ने पूछा, तो नंदिनी ने ताश्री का नाम लिया।

"हमारे पास एक फोन आया था कि पास के एक जंगल में किसी लड़की की लाश पड़ी है। उसके पास ही एक बैग था, जिसमें उसकी आईडी और मोबाइल था। वह आईडी और मोबाइल ताश्री के ही थे। हमने उसकी माँ को बुलाकर शिनाख्त करवाई तो वो ताश्री ही थी।"

"रेप जैसा कुछ था क्या?" नंदिनी ने बिना विजय की और देखकर पूछा। "नहीं मैडम, ऐसा तो कुछ नहीं था। वैसे पोस्टमार्टम में ज्यादा कुछ नहीं आ पाया। लाश काफी पुरानी हो चुकी थी।" विजय बोला। "तो तुमने उसके बॉयफ्रेंड को दोषी कैसे माना?" नंदिनी ने फिर सवाल किया। "वो लड़की आखिरी बार उसके साथ ही देखी गई थी। उसकी माँ ने भी बताया था कि अंतिम बार वो जब ताश्री से मिली थी तो वो अपने बॉयफ्रेंड के साथ कहीं जाने की बात कर रही थी। उसके बाद हफ्ते भर तक उसका कुछ अता-पता नहीं था और फिर हमें वो लाश मिली।"

"तो तुम्हें उसके बॉयफ्रेंड का कोई सुराग मिला था?" नंदिनी ने पूछा। "नहीं, वह फरार हो गया था। वैसे एक अंदर की बात बताऊँ? इस केस में कुछ बड़े नाम भी आए थे, जिसकी वजह से इस केस की जाँच आगे नहीं बढ़ी।"

"बड़े नाम?," नंदिनी ने चौंकते हुए पूछा। विजय ने भौहें चढ़ाते हुए कहा, "जैसे कि... एक के यहाँ तो हम अभी जा रहे हैं।"

"महेंद्र प्रताप?," नंदिनी ने आँखे फाड़कर पूछा। "नहीं, उनके बड़े भाई ठाकुर प्रताप उर्फ राणा ठाकुर।"

जीप महेंद्र प्रताप के घर के बाहर आकर रुकी। घर क्या था, यह तो एक आलिशान महल था। दरवाजे के पास ही दो हट्टे-कट्टे लोग हाथ में बंदूकें थामे खड़े थे। नंदिनी को देखते ही दोनों चौकन्ने हो गए। उन्होंने उसे दरवाजे पर ही रोक लिया। नंदिनी ने उन्हें घूर कर देखा लेकिन उन पर कोई असर न हुआ।

तभी विजय बोला, “प्रताप साहब से मिलना है, बारह बजे की अपॉइंटमेंट ली हुई है। ‘अपॉइंटमेंट’ सुनकर नंदिनी ने विजय की तरफ देखा, तो उसने नजरें चुरा ली।

“आप आधा घंटा बैठिए। साहब खाना खा रहे हैं,” गार्ड ने बाहर पड़ी बेंच की ओर इशारा करते हुए कहा। “मेरे पास एक इससे बेहतर रास्ता है,” नंदिनी गुस्से से बोली। “विजय इन दोनों को हथकड़ी लगाओ और जीप में बिठाओ। दो दिन जेल की हवा खाएंगे, तो अक्ल ठिकाने आ जाएगी।”

“मैडम मेरी बात तो सुनिए,” विजय गिडगिड़ाया। “ठहरिए! हम बात करते हैं,” एक गार्ड नंदिनी का मिजाज भांपते हुए बोला। उसने फोन निकाला और फोन लगाया।

“हुकुम! कोई पुलिस साहिबा आपसे मिलना चाहती हैं। बारह बजे के अपॉइंटमेंट के लिए बता रहे हैं... नहीं हुकुम संभव नहीं हो पा रहा हैं... जी हुकुम।”

“आप जा सकती हैं मैडम,” चौकीदार ने फोन रखते हुए कहा। अंदर हवेली काफी शानदार बनाई हुई थी। यह बाहर से जितनी खुबसूरत दिखती थी, अंदर से उससे भी ज्यादा सुंदर थी। फर्श पर सुंदर संगमरमर के पत्थर लगे थे। छत पर नक्काशी के बीच लगे शानदार झूमर किसी राजा के महल जैसे अनुभव देते थे। सामने बड़ा खाने का टेबल लगा हुआ था। इसके चारों तरफ कुर्सियां लगी थीं और उसके एक सिरे पर राजसी कोट और पूरी सफेद पोशाक में तीखी मूँछों वाला एक आदमी बैठा हुआ था। यही महेंद्र प्रताप था।

“बैठिए मैडम, बैठिए!” प्रताप ने पास ही पड़े एक सोफे की तरफ इशारा करते हुए कहा। “मेरा भोजन हो ही गया है।”

नंदिनी और विजय सोफे पर बैठ गए। “और भाई विजय क्या हाल चाल है? क्या बात है आजकल तो तुम्हारा आना होता ही नहीं इस तरफ?” प्रताप ने कहा।

“जी वो बस काम की व्यस्तता है। बाकी तो आता ही रहता हूं।” विजय हिचकिचाते हुए बोला।

“प्रताप जी, मैं आपके व्यवसाय के सिलसिले में आपसे कुछ बात करना चाहती हूं,” नंदिनी ने बात बीच में काटते हुए कहा। “जी कहिए,” प्रताप ने थोड़ा आगे झुकते हुए कहा।

"शहर में आपके बहुत-से शराब के ठेके और होटल हैं..." नंदिनी की बात पूरी हुए बगैर प्रताप बोला, "हाँ लेकिन वो सब वैध हैं। हमारे पास सबके लाइसेंस हैं।"

नंदिनी एक पल रुकी और फिर प्रताप की आँखों में आँखें डालते हुए बोली, "जी हाँ बिल्कुल, लेकिन आपके नाईट क्लबों में नशाखोरी होती है। कई शराब के ठेकों पर नकली शराब बेची जाती है और होटलों में खुले आम जिस्मफरोशी होती है।"

"क्या बकवास कर रही हैं? जानती हैं किस पर इल्जाम लगा रही हैं आप?" प्रताप ने गुस्से में आकर कहा। "मैं बकवास कर रही हूं या सच कह रही हूं, वो तो आपको जल्द ही पता चल जाएगा। बेहतर है कि वक्त रहते आप अपने काले कारनामे बंद कर दें, वर्ना मुझे अपनी कार्यवाही करनी पड़ेगी।"

"पुलिस का रौब किसे दिखाती है? तुझ जैसी पुलिस वालियां मेरी जेब में रहती हैं," प्रताप अब पूरे गुस्से में आ चुका था। तभी पीछे से एक आवाज आई। "अपनी आवाज नीचे करो महेंद्र!" प्रताप अपनी जगह पर खड़ा हो गया। साथ ही विजय भी खड़ा हो गया। नंदिनी भी उन्हें देखकर खड़ी हो गई। "यही राणा साहब है" विजय नंदिनी के कान में बुदबुदाया।

"वो दादा ये...," महेंद्र धीरे से बुदबुदाया। "होटल पद्मिनी से फोन आया था। वहां स्विमिंग पूल में कोई हादसा हो गया है। आपको जाकर देखना चाहिए," राणा सीढ़ियों से नीचे उतरते हुए बोले। "जी दादा..." प्रताप मिमियाया और नंदिनी को घूरते हुए निकल गया।

"मैं महेंद्र की ओर से आपसे माफी मांगता हूं मैडम! यह व्यवसाय करना तो सीख गए हैं, लेकिन स्त्रियों का सम्मान करना अब तक नहीं सीखे," प्रताप के जाने के बाद राणा ने कहा। "जी कोई बात नहीं। मैं समझ सकती हूं," नंदिनी धीरे से अपना गुस्सा शांत करते हुए बोली।

"बैठिए मैडम। क्या लेंगी आप... चाय, कॉफी, शरबत या और कुछ?" ठाकुर ने पूछा। "जी कुछ नहीं," नंदिनी ने बैठते हुए कहा। "ऐसे कैसे कुछ नहीं? काका! चाय-नाश्ता लेकर आओ।" ठाकुर साहब ने अपने नौकर को आवाज लगाते हुए कहा। "जी मैडम कहिए, क्या कह रही थीं आप?" ठाकुर बोला।

"ठाकुर साहब आपके कुछ व्यवसाय में गलत काम हो रहे हैं। पिछले महीने ही आपके एक शराब के ठेके से नकली शराब पीने से कुछ लोगो की मौत हो गई।"

"हां मैडम! हमें सूचना मिली थी। तब हमने खुद ही उस ठेके को बंद करवाकर वहां के ठेकेदार को पुलिस के हवाले कर दिया था और मरने वालों को क्षतिपूर्ति भी की थी।" ठाकुर ने कहा। "लेकिन राणा साहब...बहुत सी और भी ऐसी चीजें हैं जो सही नहीं हैं।"

"देखिए एसीपी साहिबा! व्यवसाय लड़की के ब्याह जैसा होता है। हजार तरह के लोगों का ख्याल रखना होता है, थोड़ा बहुत ऊपर नीचे तो चलता ही है। उम्मीद है आप समझती होंगी। फिर भी अगर आपको कोई विशेष आपत्ति हो तो बता दीजिएगा, हम दिखवा देंगे।"

"शुक्रिया राणा साहब! विजय के जरिए मैं आपको आवश्यक मामलों से अवगत कराती रहूंगी। अच्छा अब मैं चलती हूं।" नंदिनी बोली। "अरे! आपने तो नाश्ता वगैरह कुछ नहीं लिया। कोई बात नहीं... जरा एक पल ठहरिए... काका! जरा तोहफा लाना।" ठाकुर के इतना कहते ही काका एक पार्सल लेकर आ गए। नंदिनी उसे घूरने लगी।

"इसे रिश्वत मत समझिए मैडम। हमारे घर का रिवाज है कि कोई भी मेहमान पहली बार आता है तो उसे खाली हाथ नहीं भेजते।" इस पर नंदिनी ने कुछ देर सोचा और फिर बोली, "शुक्रिया राणा साहब, लेकिन मैं ये तोहफा नहीं ले सकती। अगर आप देना ही चाहते हैं तो मेरी तरफ से किसी अनाथालय में दान कर दीजिएगा।"

राणा मुस्कुराए। "बेशक, जैसा आप कहें मैडम... काका! जैसा इन्होंने कहा है, इसे किसी अनाथालय में दान करवा दीजिएगा। और कुछ सेवा हो तो बताइए मैडम।" ठाकुर बोला। "जी शुक्रिया... और कुछ नहीं," इसके बाद नंदिनी और विजय बाहर आ गए।

रास्ते में विजय और नंदिनी काफी समय तक खामोश रहे। शायद विजय को अब नंदिनी से डर लग रहा था। "यह राणा ठाकुर किस तरह का आदमी है?," नंदिनी ने चुप्पी तोड़ते हुए कहा। "सच कहूं मैडम, तो राणा एक बंद किताब की तरह है। कोई उसके बारे में ज्यादा कुछ नहीं जानता, लेकिन एक बात मैं अच्छी तरह से जानता हूं। राणा जो दिखता है, वो है

नहीं और जो है वो कभी सामने नहीं आया।"

"मतलब?" नंदिनी ने हैरानी से पूछा। "मतलब यह कि महेंद्र एक मोहरा मात्र है। सारा कारोबार राणा खुद संभालता है, लेकिन हमेशा प्रताप को आगे रखता है।"

"लेकिन मुझे तो वो काफी अच्छा आदमी लगा," नंदिनी ने दूसरी तरफ देखते हुए कहा। "लोग उसे बातों का जादूगर कहते हैं। अपनी बातों से दूसरों को वश में करना और अपना मतलब निकालना उसे बखूबी आता है।"

"यह कारोबार इसका पुश्तैनी है?," नंदिनी ने सामने देखते हुए कहा। "कहाँ मैडम? यह सब इसने खुद खड़ा किया है। वो भी केवल 20 सालों में। इससे पहले राणा को कोई जानता तक नहीं था। पता नहीं कहाँ से आया और कैसे इतना बड़ा कारोबार खड़ा कर दिया?" नंदिनी और विजय थाने पहुंच चुके थे। "विजय अब मैं घर जा रही हूं। कुछ जरुरी काम है।"

"जी मैडम! आप बेफिक्र होकर जाइए, बाकी काम मैं संभाल लूंगा।" विजय बोला।

घर से नंदिनी सीधे अनाथालय गई। वहाँ पहुंचते ही पुरानी सहेलियों ने उसे घेर लिया। वह काफी देर तक उनसे बात करती रही। उसकी सहेलियां भी अपनी दोस्त को एसीपी के रूप में देखकर गर्व महसूस कर रही थीं। काफी देर तक उनसे बात करने के बाद नंदिनी को अंजनी माँ का ख्याल आया।

"अंजनी माँ कहीं नजर नहीं आ रही?" नंदिनी ने पूछा। "वह अब नहीं आती," एक सहेली ने जवाब दिया। "क्यों?" नंदिनी ने हैरानी से पूछा। "उन्हें कुछ प्रॉब्लम हो गई थी। उसके बाद उन्होंने यहां आना बंद कर दिया। अब दूसरी वार्डन काम संभालती है।" ये सुनकर नंदिनी को बहुत बुरा लग रहा था। इतने दिनों बाद आई, लेकिन अंजनी माँ से नहीं मिल पाई।

7. विश्वास

जिंदगी में विश्वास सबसे बड़ी चीज है। इसे बनाने में उम्र गुजर जाती है लेकिन टूटने में एक पल भी नहीं लगता। आज सुबह से एक ही उधेड़बुन थी कि अंतस से मिलूं या नहीं। पिछली बार जब उससे मिली थी, तो उसने मुझे एक अजीब पशोपेश में डाल दिया था। उससे मिलने का निर्णय मुझे खुद ही करना था। अगर मैं उससे न मिलूं तो कोई फर्क नहीं पड़ेगा। सब जैसा है, वैसा ही चलता रहेगा लेकिन बहुत सी ऐसी बातें जो मैं जानना चाहती हूं, नहीं जान पाऊंगी।

लेकिन क्या मेरे लिए जानना इतना ही जरुरी है? रोहित ने जब मुझे कहा था कि कोई मुझसे प्यार नहीं कर सकता तो मेरे अंदर एक अजीब डर बैठ गया। क्या मैं सच में मैं प्यार के काबिल नहीं थी? तो फिर अंतस क्यों मेरे पीछे पड़ा था? कहीं वो मुझे फंसाने के लिए कोई जाल तो नहीं बुन रहा था? मैंने लोगों को जिज्ञासा की अक्सर बड़ी कीमत चुकाते देखा है। मैं इसके लिए तैयार नहीं हूं, नहीं बनना मुझे खास। मैंने फैसला कर लिया था कि मैं अंतस से नहीं मिलूंगी। मैं इसी उधेड़बुन में तैयार हो रही थी। जैसे ही मैंने बैग उठाया मुझे याद आया कि आज तो मुझे नया बैग लेना है। मैने फटाफट किताबें बैग में भरीं और कॉलेज के लिए रवाना हो गई। कॉलेज में भी आज मन नहीं लग रहा था। पूजा भी दो पीरियड बाद आई थी।

“इतनी लेट क्यों आई?,” उसके आते ही मैंने पूछा। “वो...कुछ काम आ गया था यार।” उसकी बात पूरी होने से पहले मैं बोल पड़ी, हाँ! मुझे पता है तेरे सारे काम।

“मतलब?,” उसने बुरा सा मुंह बनाया। “कल तू किसके साथ थी बाइक पर?” मैंने कहा। “कौन सी बाइक? मैं तो ऑटो से घर गई थी।”

उसका चेहरा देख कर पता चल रहा था कि वो साफ झूठ बोल रही थी। “झूठ मत बोल। तू कल एक ग्रीन टी-शर्ट वाले लड़के के साथ नहीं थी? मॉल के बाहर से निकली थी।”

“नहीं तो। कल तो मैं पूरे दिन घर से बाहर ही नहीं निकली। घर पर ही आराम कर रही थी। वैसे तेरा उस लड़के के साथ क्या चक्कर है?,” उसने अचानक तीर मेरी ओर मोड़ दिया। “कौन? कौनसा लड़का?” मैंने सकपकाते हुए पूछा।

“वही जिसको कल तू हॉस्पिटल ले कर गई थी। सब बात कर रहे थे,” उसने मेरे ही अंदाज में कहा। “मैं तो उसे जानती तक नहीं हूं। कुछ दिन पहले कुछ लडकों ने मुझे छेड़ा था, तो उसने उन्हें पीटा था। अब वापस उन्होंने बदला लेने के लिए उसे पीट दिया। इसीलिए मैं उसके साथ हॉस्पिटल गई थी,” मैंने सफाई देते हुए कहा।

कॉलेज खत्म होने पर हम दोनों बाहर निकले तो सामने ही अंतस खड़ा था। “लो आ गए आपके आशिक!,” पूजा ने मुझे छेड़ते हुए कहा। “भाड़ में जाए,” मैंने गुस्से से कहा और आगे बढ़ गई। “तो फिर तुमने क्या सोचा है?,” अंतस पास आकर बोला। “तुम यहाँ कॉलेज के बाहर क्यों खड़े रहते हो? मुझे बदनाम करोगे क्या?” पूजा की बात अब भी मेरे दिमाग में खटक रही थी। “तो कहाँ मिलना चाहोगी?” वो बोला। “मुझे कहीं नहीं मिलना। आज के बाद मेरा पीछा मत करना।”

“तो यह तुम्हारा अंतिम निर्णय है?,” वह जहाँ था वहीं खड़ा हो गया। “अंतिम और प्रथम... जो समझो वो यही है,” मैंने ऑटो में बैठते हुए कहा। घर आकर मैं सो गई। खाना भी नहीं खाया। मैंने अंतस को तो मना कर दिया था, लेकिन शायद अंदर ही अंदर कहीं मैं भी उससे बात करना चाहती थी। बड़ी अजीब बात है। मैं खुद नहीं जानती कि मैं क्या चाहती हूं? मैं उठी तब तक माँ भी आ चुकी थी।

“तुमने खाना नहीं खाया?” माँ ने कमरे में आते हुए पूछा। “वो... भूख नहीं थी माँ।”

“इस उम्र की पता नहीं भूख से क्या दुश्मनी है? अच्छे-अच्छों की भूख मर जाती है। तबियत तो ठीक है तेरी?” मां ने पूछा। “ठीक हैं माँ! आप आज जल्दी आ गई?”

"वो एक फंक्शन था सो मैं जल्दी फ्री हो गई।" इतना कहते ही माँ मेरे कपड़े समेटने लगी। इतने में उनकी नजर मेरे बैग पर पड़ी। "तू नया बैग ले आई?"

"इस बैग की चैन सही ही नहीं हो रही थी और पूरा खराब भी हो गया था।" मैंने सफाई देते हुए कहा। "ठीक है...लेकिन यह पुराना तो स्टोर में रख आ। सारा कचरा अपने कमरे में ही जमा करेगी क्या? मैं चाय बना रही हूं। साथ में कुछ नाश्ता कर लेना।"

माँ के जाते ही मैंने मोबाइल निकाला और फेसबुक चालू कर दिया। कुल 39 नोटिफिकेशन थे। कुछ किसी की टैग की हुई फोटो पर लाइक और कमेंट के थे, तो कुछ किसी जबरन एड किए हुए ग्रुप के पोस्ट थे। दो-चार हाय हैल्लो के मेसेज थे। दो ही काम के थे। एक तो यह कि मेरी कविता के 17 लाइक आए थे और तीन कमेंट। एक कमेंट उस ब्रह्म राक्षस का था... अंतस का :

जो उलझे-उलझे रहते हो, ये सवाल किसका है?
जो डूबे-डूबे रहते हो, ये ख्याल किसका है?
यूं तो बहुत कहते थे, याद न आएगी मेरी,
जो बुझे-बुझे रहते हो, ये मलाल किसका है?

अजीब आदमी है? पीछा ही नहीं छोड़ता। फिर नीचे देखा, यह तो तीन दिन पहले किया हुआ कमेंट था। इतने में माँ चाय लेकर आ गई। "तू अब इस मोबाइल में घुस गई। तुम खुद का ख्याल कब रखोगी ताश्री?"

"आप जो हो मेरा ख्याल रखने के लिए," मैंने माँ को प्यार से बाँहों में भरते हुए कहा। "तू चाय गिरा देगी," माँ ने झूठा गुस्सा दिखाते हुए कहा। "मुझे मस्का मत लगा और फटाफट मुंह धो ले।" माँ चाय रखकर बाहर चली गई।

मैंने चाय पी और फिर बैग को लेकर स्टोर रूम में पहुंची। अंदर बहुत भीड़ हो रखी थी। पता नहीं माँ ने भी क्या-क्या सामान इकट्ठा कर रखा था। एक ओर पापा का गिटार पड़ा था। माँ कहती थी पापा को गिटार बजाने के बहुत शौक था। एक तरफ मेरी बचपन की किताबें पड़ी थीं। मेरी तीन पहियों वाली साइकिल तक माँ ने संभाल कर रखी थी। मुझे कहीं बैग रखने की

जगह ही नहीं मिली। मैंने एक स्टूल लिया और उस पर पैर रखकर ऊपर ताक में देखा। वहां भी काफी सामान पड़ा था लेकिन थोड़ी बहुत जगह दिख रही थी। मैंने वहीं बैग रखा और वापस नीचे उतर गई।

मैं लाइट बंद कर बाहर आने ही वाली थी कि अचानक ठिठक गई। मैंने ऊपर काले रंग का एक बक्सा देखा था। उस बक्से पर एक त्रिशूल का निशान था। मैंने यह त्रिशूल कहीं न कहीं देखा था। हाँ! याद आया... यही तो मेरे सपने में तांत्रिक के हाथ में था। लेकिन ये निशान मेरे सपने में कैसे आ सकता है? मैं वापस उपर चढ़ी और उस डिब्बे को नीचे उतार लिया।

उस पर काफी धुल जमी हुई थी। उसमें एक लाल कपड़ा और एक तस्वीर उलटी करके रखी हुई थी। मैंने जब उस तस्वीर को सीधा करके देखा तो मेरे पाँवों तले जमीन खिसक गई। इस तस्वीर में एक आदमी के साथ शादी के जोड़े में मेरी माँ थी और वो आदमी मेरा पिता तो नहीं था।

मैंने वह तस्वीर लेकर बक्सा वापस ऊपर ही रख दिया और तस्वीर को लेकर कमरे में आ गई। मैं उस तस्वीर को घूरे जा रही थी और मेरी आँखों से आंसुओ की धारा बह रही थी। मुझे अपनी आंखों पर जरा भी विश्वास नहीं हो रहा था। क्या सच में मेरी माँ की दूसरी शादी हुई थी? क्या मेरी माँ ने पूरी जिंदगी मुझसे झूठ बोला? क्या मैं जिसे अब तक अपना पिता समझती थी वो मेरे पिता थे ही नहीं?

मुझसे सच ज्यादा दिन तक छुपा नहीं रह सकता और न ही कोई छुपा सकता है। मैं लोगों की आंखों में देखकर वो जान लेती हूं, जो जानना चाहती हूं। मैं सबका सच जान लेती हूं, लेकिन कई बार मैं वो बातें भी जान लेती हूं जो मुझे नहीं जाननी चाहिए। इसलिए मुझे सच से नफरत सी हो गई थी क्योंकि मुझे मालूम था कि सत्य अधिकतर कड़वा होता है और यह कड़वाहट मैंने अपने जीवन में घुलते हुए देखी थी। एक उम्र तक कोई मेरा दोस्त नहीं था क्योंकि मैं हमेशा जानती थी कि कौन-कौन मेरे बारे में क्या सोचता है? लेकिन एक शख्स ऐसा था जिसके साथ ऐसा नहीं था। जिसकी आंखों में झांककर मैं उसका दिमाग नहीं पढ़ सकती थी, वह थी मेरी माँ। मुझे हमेशा इस बात की खुशी रही थी क्योंकि सब कुछ न जानकर ही मैं उनसे इतना प्यार कर पाई थी।

लेकिन आज मुझे इसका अफसोस था। मैंने जिस पर सबसे ज्यादा विश्वास किया था उसी ने मेरा विश्वास तोड़ा था। मैं आज अपने सारे सवालों के जवाब चाहती थी और वो भी बिना अपनी माँ को पूछे। मेरे इन सवालों के जवाब केवल एक ही शख्स दे सकता था... अंतस।

आज सुबह से सिर दर्द से फटा जा रहा था। नींद किसी दूसरी दुनिया जैसी होती है। सारी परेशानियां, सारी मुश्किलें भूलकर हम उस दुनिया में चले जाते हैं लेकिन हमें कभी न कभी तो नींद से जागना होता है, वास्तविकता में आना ही होता है। मैंने घड़ी की ओर देखा तो नौ बजने को आए थे, लेकिन उठने की इच्छा ही नहीं हो रही थी। आखिर उठ कर करना भी क्या था? तभी माँ कमरे में आई। "अब तक उठी नहीं! तबीयत ठीक नहीं है क्या?" उन्होंने अस्त-व्यस्त पड़े कपड़े उठाकर अलमारी में रखते हुए कहा। मैने कुछ नहीं कहा। "जल्दी उठ जा। चाय भी ठंडी हो गई है। मैं वापस बनाऊं या तू बना लेगी?"

मैं खामोश ही शून्य में ताकती रही। अजीब बात है, जिस इंसान से मैं इतना प्यार करती थी, आज मुझे उससे बात करने में भी घुटन हो रही थी। "कॉलेज नहीं जाएगी क्या?" अब उन्होंने मुझे घूरते हुए कहा। "नहीं!," मैंने बस इतना सा कहा और वापस कंबल से अपना मुंह ढक लिया।

माँ कुछ देर मुझे देखती रही और फिर चली गई। उनके जाते ही मैंने उस तस्वीर को निकाला और फिर गौर से देखा। ऐसा लगा तस्वीर के दोनों शख्स मुझ पर हंस रहे हो। मैंने अपना फोन निकाला और अंतस को मेसेज किया, "मैं तुमसे मिलना चाहती हूं।" कुछ ही देर में उसका रिप्लाई आया, "कब?"

"आज...अभी..." उसने मेरे मैसेज का रिप्लाई करते हुए कहा, "तो फिर कैफे में 11 बजे।"

"नहीं! मैं अकेले में मिलना चाहती हूँ।" मैंने कहा। "मेरे कमरे पर आ सकती हो?" अंतस बोला। "कहाँ?" मैंने एक पल रुककर मेसेज किया। "होटल मीरा में रूम नम्बर 331," उसके कहते ही हामी भर दी।

मैं 10.30 बजे तक तैयार होकर घर से निकल गई। अजीब बात थी कि एक दिन पहले तक जिस आदमी से बात करने से भी मैं घबरा रही

थी, आज उससे मिलने उसके कमरे पर जा रही थी। मुझे डर लगना चाहिए था लेकिन नहीं लग रहा था। शायद मेरे अंदर का गुस्सा मेरे डर पर हावी हो गया था।

★★★

एसीपी नंदिनी ने विजय को आवाज लगाई। "जी मैडम! कहिए।" विजय ने अंदर प्रवेश करते हुए कहा। "मुझे यह ताश्री केस की फाइल चाहिए।"

"मैडम आप क्यों गड़े मुर्दे उखाड़ रहे हो? यह केस कब का बंद हो चुका है।" विजय ने पल्ला झाड़ने की कोशिश की। "क्या आरोपी जेल में है?" नंदिनी ने अपनी भोंहे चढाते हुए कहा।

"नहीं लेकिन..." उसकी बात काटते हुए नंदिनी बोली, "तो फिर मुझे फाइल लाकर दो।" विजय चुपचाप चला गया। कुछ ही देर में फाइल नंदिनी के टेबल पर थी। नंदिनी ने फाइल उलटते हुए कहा, "एक डायरी भी थी इसके साथ में। मेरे पास तो फोटोकॉपी है।"

"नहीं मैम इसके साथ तो नहीं है। शायद एविडेंस बॉक्स में हो।" मैंने उसे बॉक्स लाने को कहा। "मैडम वो एविडेंस तो...," विजय रुक गया। "क्या हुआ?" नंदिनी ने फिर से विजय को घूरा। "कुछ नहीं।"

"तो जाओ।" नंदिनी बोली। नंदिनी ने फाइल को खोली। पहले पन्ने पर ही ताश्री का फोटो लगा था। एक प्यारी-सी खूबसूरत लड़की, चेहरा ऐसा कि किसी को भी भा जाए। नीली-नीली आँखें जैसे बर्फ के बीच में नीला सागर हो। उसके चेहरे को देख नंदिनी सोच में पड़ गई। ऐसा लगता था जैसे नंदिनी ताश्री को बरसों से जानती हो। कम से कम ये आँखें तो उसने कहीं न कहीं देखी थीं। उसके बाद एफआईआर, गवाहों के बयान, वगैरह दस्तावेज थे और अंत में एक पेज पर क्राइम सस्पेक्ट और एक नाम अंतस। नंदिनी को आश्चर्य हुआ उसके नाम के अलावा और कोई जानकारी नहीं थी। न पता, न कोई फोटो! उसने वापस विजय को आवाज दी। "जी मैडम...डायरी तो नहीं मिली।" विजय हाँफते हुए आया। "नहीं मिली का क्या मतलब?" उसने विजय को घूरते हुए पूछा। "वो... सबूतों के साथ तो नहीं है।"

"और वो अंतस का फोटो वगैरह भी कुछ नहीं हैं इस फाइल में।" नंदिनी ने पूछा। "मैडम इसका फोटो नहीं मिला था बल्कि इसके बारे में इसके

नाम के अलावा और कोई जानकारी नहीं मिल पाई थी। कौन था, कहाँ से आया था, क्या काम करता था? कुछ पता नहीं चल पाया।" विजय बोला। "तो तुम लोगों ने इसका स्केच नहीं बनवाया था?"

"बनवाया तो था। इसी फाइल में होगा।" विजय बोला। "इस फाइल में तो कोई स्केच नहीं है," नंदिनी ने फाइल को विजय की ओर दिखाते हुए कहा। "अजीब बात है! तब तो मैडम एसीपी चतुर्वेदी ही बता सकते हैं। वही यह केस देख रहे थे।"

"हम्म... तो चतुर्वेदी सर को फोन लगाकर मेरी बात कराओ।" नंदिनी बोली। "फोन! जी मैडम...," विजय कुछ नहीं बोला। कुछ देर बाद वो वापस आया। "मैडम कल वो किसी काम से जयपुर ही आ रहे हैं। कह रहे थे, थाने आकर आपसे मिल लेंगे।" विजय बोला। "अच्छी बात है," नंदिनी ने फाइल बंद करते हुए कहा।

★★★

मैं होटल पहुंची और उसके कमरे का दरवाजा खटखटाया। कुछ ही देर में उसने दरवाजा खोला और अंदर आने को कहा। यह एक फाइव स्टार होटल का शानदार कमरा था। अंदर तीन-चार अजीबो-गरीब पेंटिंग्स लगी हुईं थीं। सामने एक 52 इंच की बड़ी एलइडी टीवी लगी थी। बीच में एक बड़ा सा पलंग था, जिसके पास ही एक टी-टेबल और दो कुर्सियां थी। टी-टेबल पर एक गिलास जूस, एक गिलास पानी और एक कॉफी पड़ी थी। ऐसा लग रहा था, जैसे पूरी तैयारी करके बैठा हो। मुझे आश्चर्य हुआ कि आखिर इतना पैसेवाला लड़का मुझ जैसी आम लड़की के पीछे क्यों पड़ा हुआ है?

"तुम्हें मेरे रूम पर अकेले आते हुए डर नहीं लगा?" उसने मुझे कुर्सी पर बैठने का इशारा करते हुए कहा। "क्यों? तुम्हे लगता है कि मुझे तुमसे डरने की जरुरत है?" मैंने उसकी ओर देखते हुए कहा। मैं जानना चाहती थी कि मेरा उस पर भरोसा करना कितना सही है। "नहीं... बिलकुल नहीं... लेकिन फिर भी अचानक तुम्हारा इरादा कैसे बदल गया?"

"तुम मेरे पिता के बारे में क्या जानते हो?" मैंने सीधे मुद्दे पर आते हुए कहा। "यही कि जो तुम जानती हो वो सही नहीं है।" उसके इतना कहते ही मैंने अपने पर्स से फोटो निकालकर टेबल पर रख दी। मेरी आँखें भर

आईं थीं। वह भी कुछ देर तक उस फोटो को घूरता रहा और फिर उसने मेरी तरफ देखा। "तुम्हें यह फोटो कहाँ से मिला?" अंतस ने पूछा।

"मेरे घर के स्टोर रूम से। काश मैं वहां न जाती!" मैं रोने लगी। "तुम्हें कभी न कभी तो हकीकत का सामना करना ही था। तुमने अपनी माँ से इस बारे में कुछ कहा?" अंतस बोला। "मेरी इतनी हिम्मत नहीं हुई।" मैं रोते हुए कहा।

"देखो ताश्री! माना अज्ञात का अपना ही एक आकर्षण होता है, लेकिन कभी-कभी सब कुछ जान लेना भी घातक होता है। हर रहस्य से पर्दा उठने का एक सही वक्त होता है। मेरी बात सुनो..." उसने कहते हुए मेरा हाथ पकड़ा। वो अचानक रुक गया। उसने मेरे सिर को छुआ। "तुम्हें तो बुखार है!," उसने कहा। "नहीं... बस थोडा सा सिरदर्द है।"

"बुखार और सिरदर्द में फर्क होता है। चलो हॉस्पिटल चलते है।" उसने मेरा हाथ पकड़कर मुझे उठाते हुए कहा। "नहीं, मैं ठीक हूं। पहले मैं सच जानना चाहती हूं।"

"मैं तुम्हे सब बता दूंगा लेकिन अभी तुम हॉस्पिटल चलो।" इतना कहकर उसने मुझे जबरदस्ती उठाया और हॉस्पिटल ले गया। मुझे 103° का बुखार था। उसने डॉक्टर को बताने के बाद दवाई ली और फिर हम बाहर आ गए। हम ऑटो का इंतजार कर ही रहे थे कि अंतस की नजर सामने खड़ी एक जीप पर पड़ी। "यह यहाँ क्या कर रहा है?," अंतस ने कहा।

"कौन?" मेरे पूछते ही अंतस ने राणा ठाकुर का नाम लिया। मुझे आश्चर्य हुआ। यह राणा ठाकुर की ही जीप थी। "मुझे मिले थे वह।" मैंने कहा। अंतस ने पूछा तो मैंने बताया कि परसों मॉल के बाहर मुलाकात हुई थी और वो माफी मांग रहा था।

"किसलिए?" अंतस ने हैरानी से पूछा। "मुझे उन लडकों ने छेड़ा था इसलिए और तुम्हे पीटा था इसलिए भी।"

"मुझे पीटा था इसलिए भी माफी मांगी थी," उनसे हंसते हुए कहा। "हाँ। क्यों?" मैंने हैरानी से पूछा। "नहीं, कुछ नहीं।" इतने में ऑटो आ गया। हम ऑटो में बैठ गए।

घर पहुँच कर जब मैं उतरने लगी तब उसने कहा, “ताश्री! मैं जानता हूं कि तुम सच जानना चाहती हो लेकिन सच तो तुम पहले से ही जानती हो। तुम्हें बस उसे स्वीकार करना होगा। *सत्य कहना आसान है, सुनना मुश्किल है लेकिन उसे स्वीकार करना सबसे मुश्किल है।”*

★★★

पिछले एक घंटे से नंदिनी और एसीपी चतुर्वेदी की मीटिंग चल रही थी। चतुर्वेदी इस थाने के मामलों के बारे में एसीपी को बता रहे थे। बड़े-बड़े गुनाहगार जो पुलिस के लिए सिरदर्द बन गये थे, राजनैतिक चेहरे जो खुद गुंडों से कम नहीं थे। किससे कैसे निपटना है, किसको नजरअंदाज करना है - ये सब वह नंदिनी को विस्तार से बता रहे थे। वह भी सारी बातें ध्यान से सुन रही थी। अंत में चतुर्वेदी बोले, “कल विजय किसी फाइल के बारे में पूछ रहा था।”

“हां! वो ताश्री मर्डर केस के बारे में कुछ पूछना था।” नंदिनी ने कहा। “ताश्री मर्डर केस! उसमें क्या पूछना है? वो केस तो बंद हो चुका है।” चतुर्वेदी बोला। “बंद हो गया था या कर दिया गया?,” नंदिनी ने चतुर्वेदी की आँखों में झांकते हुए पूछा। “आप कहना क्या चाहती हैं मैडम?” चतुर्वेदी के कहने पर नंदिनी ने बात साफ करते हुए कहा, “जब तक आरोपी कानून की पकड़ में न हो, केस बंद नहीं माना जाता।”

“हमने कोशिश की थी, लेकिन आरोपी फरार हो चुका था।” इतना कहने पर नंदिनी ने फिर पूछा, “आपने फोटो सर्कुलेट किए थे? क्योंकि जहां तक मुझे याद है, इस केस से जुड़ा कोई भी फोटो मेरे थाने में तो नहीं आया था।”

“फोटो नहीं था। हमने स्केच बनवाया था और सर्कुलेट भी किया था। हो सकता है किसी कारणवश आपके पास न हो।” चतुर्वेदी ने कहा। “और अब वो स्केच कहाँ है? उस स्केच के साथ एक डायरी भी थी?” नंदिनी बोली।

“दोनों यहीं थे, इस फाइल के साथ। और उस डायरी को वैसे भी सबूत के तौर कैसे पेश किया जा सकता है? वो डायरी किसी काल्पनिक कहानी जैसी थी। एक लड़की जिसके पास किसी को भी सम्मोहित करने और

उसका दिमाग पढ़ने की शक्ति थी। भई जब वो सबका दिमाग पढ़ सकती थी, तो भला कोई उसे कैसे मार सकता था? वो अपने कातिल का दिमाग क्यों नहीं पढ़ पाई थी?"

"यह तो आपको जांच करनी चाहिए थी कि कैसे, क्यों और किसने ताश्री को मारा था?" नंदिनी ने शक की निगाहों से चतुर्वेदी को देखते हुए कहा। "तो आपको क्या लगता है कि हमने किसी के दबाव में जांच रोक दी थी?" चतुर्वेदी ने नंदिनी को घूरते हुए कहा। "मुझे तो इस केस में दो ही बातें लगती हैं, या तो किसी को बचाने की कोशिश की जा रही थी या फिर किसी को फंसाने की।"

"मिस नंदिनी! सच अक्सर वो नहीं होता, जो कि हमें दिखता है। हम बस उसकी परछाई का पीछा करते रहते हैं, जबकि वो ठीक हमारे सामने होता है, बस नजर नहीं आता।"

"सच कहीं भी छुपा हो एसीपी साहब! मैं उसे ढूंढ ही निकालूंगी।" नंदिनी बोली। इसके बाद एसीपी चतुर्वेदी चले गए। नंदिनी को एक बात तो समझ में आ गई थी कि यह केस वह नहीं था, जो दिख रहा था। इसे काफी उलझाया गया था। बहुत कुछ छुपाने की कोशिश की जा रही थी। लेकिन एक बात फिर भी उसे समझ में नहीं आ रही थी।

चतुर्वेदी सर ने कहा था कि अगर ताश्री किसी का भी दिमाग पढ़ सकती थी, तो कोई उसे कैसे मार सकता था? क्यों वह अंतस का दिमाग नहीं पढ़ पाई? क्यों वो नहीं जानना चाहती थी कि अंतस के दिल में क्या है? शायद ताश्री अंतस पर विश्वास करती थी। इतना विश्वास कि जो वो आसानी से जान सकती थी, वो भी नहीं जान पा रही थी। अपने सामने खड़े सच को नहीं देखा। ऐसा विश्वास तो सभी करते हैं। नंदिनी ने भी तो किया था, बेइंतहा विश्वास... और वो भी नहीं देख पाई थी जो उसकी आंखों के सामने था।

8. याग्निक

यह कोई पाँच साल पहले की बात है। नंदिनी आईपीएस परीक्षा की तैयारी कर रही थी और दिन-रात पढ़ाई में लगी रहती थी। उसका एक ही लक्ष्य था, किसी भी तरह इन परीक्षाओं में पास होना। इसके लिए नंदिनी ने शहर की सर्वश्रेष्ठ कोचिंग क्लास ज्वाइन की थी। सुबह जाना, शाम को आना, फिर पढ़ाई, रिवीजन। यही उसकी दिनचर्या बन गई थी। लेकिन एक दिन यह सब कुछ बदल गया।

उस दिन नंदिनी रोज की तरह कोचिंग जाने के लिए ऑटो का इंजार कर रही थी। हल्की बारिश हो रही थी, जिससे मौसम काफी ठंडा हो गया था। कुछ देर इंतजार के बाद नंदिनी को एक ऑटो मिला। उसने ऑटो रुकवाया और उसमें बैठ गई। तभी किसी ने पीछे से ऑटोवाले को आवाज दी। "भैया कहाँ जाओगे?" एक 24 साल के नौजवान ने पास आकर पूछा। "माफ करना भैया! सवारी मिल गई है," ऑटो वाले ने कहा। "आप कोई दूसरा ऑटो देखो।"

"आप जा कहाँ रहे हैं? सिटी हॉस्पिटल?" उस लड़के ने पूछा। "हाँ भैया! लेकिन ऑटो बुक हो चुका है।" ऑटो वाले के इतना कहते ही उस लड़के ने कुछ देर सोचा और नंदिनी की तरफ देखते हुए कहा, "सुनिए! अगर आपको कोई तकलीफ न हो तो मैं साथ आ सकता हूं? मेरी गाड़ी खराब हो गई है और मैं काम के लिए पहले ही लेट हो चुका हूं।" उसने पास ही मेकैनिक के यहाँ पड़ी अपनी बाइक की तरफ इशारा करते हुए कहा।

"यहाँ ऑटो बहुत मुश्किल से मिलते हैं और आपको भी सिटी हॉस्पिटल ही जाना है। किराया पूरा मैं दे दूंगा।"

"ठीक है," नंदिनी ने बस इतना ही कहा। वो लड़का ऑटो में बैठ गया और ऑटो चल पड़ा। "आप कोचिंग जा रही हैं?" उसने पूछा। "हम्म...," नंदिनी ने बाहर देखते हुए कहा। "शाह कोचिंग क्लासेज?"

"हां।" नंदिनी ने अपनी क्लासेज का नाम सुनकर उसकी तरफ देखा। "आप आकांक्षा को जानती हैं? मेरी कजिन है। वो भी वहीं तैयारी कर रही है।"

"नहीं... वहां इतने सारे स्टूडेंट्स हैं कि सबसे जान-पहचान नहीं हो पाती।" नंदिनी बोली।

"वैसे मेरा नाम याग्निक है। पास ही सिटी हॉस्पिटल में काम करता हूँ। कोई काम हो तो बताइएगा।" उसने कहा। "शुक्रिया...," नंदिनी ने कहा। कोचिंग सेंटर भी आ गया था। नंदिनी वहीं उतर गई।

दोपहर को कोचिंग खत्म होने पर नंदिनी ऑटो का इंतजार कर रही थी। तभी याग्निक वहाँ पहुंच गया। वह नंदिनी को देखकर मुस्कुराया। "आपकी क्लास खत्म हो गई?" उसने नंदिनी से पूछा।

"हम्म... आपकी छुट्टी हो गई?" नंदिनी ने एक बार उसकी तरफ देखा और फिर सामने देखने लगी। "अरे नहीं! लंच ब्रेक हुआ है। बाइक लेने जा रहा हूं। शाम को ऑटो की दिक्कत रहती है न?" नंदिनी कुछ नहीं बोली। कुछ देर चुप्पी के बाद याग्निक बोला, "ऑटो शेयर कर लें?"

"किराया आप ही देंगे।" नंदिनी के चेहरे पर हल्की सी मुस्कान तैर गई। "हाँ...हाँ...क्यों नहीं?"

दोनों ऑटो में बैठ गए। रास्ते में याग्निक कुछ-कुछ देर में बात करता रहता था। नंदिनी समझ रही थी कि वो उससे बात करना चाह रहा था लेकिन इसमें कुछ गलत भी नहीं था। आजकल हर लड़का लड़की से बात करना चाहता है और लडकियाँ भी।

अगली सुबह नंदिनी कोचिंग के लिए ऑटो का इंतजार कर रही थी। वह आज वैसे ही आधा घंटा लेट हो गई थी और ऊपर से ऑटो मिल ही नहीं रहा था। तभी सामने बाइक पर याग्निक आकर रुका। "लिफ्ट चाहिए?" उसने हेलमेट उतारते हुए कहा। "जी नहीं! मैं चली जाऊँगी।"

"लगता है आज आपको देरी हो गई है। मेरे पास अहसान चुकाने का अच्छा मौका है," उसने हँसते हुए कहा। "नहीं, कोई बात नहीं। मैं चली

जाऊँगी।” नंदिनी ने झिझकते हुए कहा। ठीक है, जैसी आपकी मर्जी, याग्निक ने वापस हेलमेट लगा लिया। “रुको!”, नंदिनी ने इधर-उधर देखा कोई ऑटो दिख नहीं था। “मैं आती हूं,” उसने धीरे से कहा और बाइक पर बैठ गई।

यह सिलसिला धीरे-धीरे आगे बढ़ने लगा। नंदिनी को याग्निक पहली नजर में ही भा गया था। उसकी बातें नंदिनी पर जादू करती थीं। जैसे वो एक नई ही जिंदगी जी रही हो। इधर नंदिनी की छुट्टी होती, उधर याग्निक का लंच ब्रेक। दोनों साथ ही खाना खाते। उनकी बातें ऐसी थी की खत्म ही न होती।

नंदिनी अब दिन रात याग्निक के ही ख्वाबों में खोई रहती थी। कुछ दिनों बाद याग्निक ने नंदिनी को मोबाइल लाकर दे दिया। अब दोनों को दिन में जब भी वक्त मिलता फोन पर बात कर लेते। पूरे दिन एसएमएस-चैटिंग होती रहती। नंदिनी इस सब में इतना खो गई कि उसकी पढ़ाई पर भी असर होने लगा था। *मोहब्बत चाहे जितना भी सुकून दे मगर पढ़ाई का तो यह सत्यानाश ही करती है*। महीने भर बाद ही उसके एग्जाम थे और उसका आधा कोर्स भी नहीं हुआ था। अब उसकी कोचिंग खत्म हो गई थी और वो घर पर ही पढ़ाई कर रही थी। अंजनी माँ को भी यह बदलाव नजर आ रहा था। उन्होंने नंदिनी से पूछा भी था, लेकिन उसने परीक्षा की टेंशन बता कर इसे टाल दिया था।

एक दिन नंदिनी शाम को अपनी परीक्षा का प्रवेश-पत्र डाउनलोड करने बाजार गई। साइबर कैफे से बाहर आते वक्त उसने बाइक पर याग्निक को देखा। उसके पीछे साड़ी में एक लड़की बैठी थी। नंदिनी ने घर आकर याग्निक को फोन किया। “हैलो याग्निक! कहाँ हो?”

“घर पर हूं।” याग्निक बोला। “तुम अभी मार्किट गए थे?” नंदिनी ने पूछा। “हां! क्यों?”

“नहीं, ऐसे ही। तुम्हें देखा था सो... तुम्हारे साथ वह लड़की कौन थी?” नंदिनी ने सीधे बात करते हुए कहा। “क्यों? क्या हुआ?,” याग्निक ने हँसते पूछा। “ऐसे ही पूछ रही हूं। बताओ न?” नंदिनी बोली। “अरे बाबा! मेरी भाभी थी।” याग्निक ने कहा। “तुम्हारे भैया कब से हो गए? तुमने कभी बताया नहीं।”

"तुमने कभी पूछा ही नहीं।" वो फिर से हंसा। "अरे! वो मेरे पड़ोस में रहती हैं। उनके पति बाहर रहते हैं। उन्हें कुछ सामान लाना था, तो माँ ने मुझे भेज दिया उनके साथ। तुम भी कितना शक करती हो।"

"याग्निक मैं तुमसे बहुत प्यार करती हूं। अगर कुछ भी ऐसा-वैसा हुआ तो मैं मर जाऊँगी।" नंदिनी ने रुआंसी होते हुए कहा। "ऐसा कुछ नहीं है। कहो तो बात कराऊँ तुम्हारी उनसे?" याग्निक बोला। "नहीं! उसकी जरुरत नहीं। मैं ऐसे ही पूछ रही थी।" नंदिनी ने धीमे से कहा।

एक दिन नंदिनी बैठ कर पढ़ाई कर रही थी कि फोन बजा। यह याग्निक ही था। "तुम मिलने आ सकती हो?" उसने कहा। "अभी?" नंदिनी ने पूछा तो याग्निक ने कहा, "कुछ नहीं। आज छुट्टी थी तो सोचा कि मिल लेते हैं।"

"कहाँ पर आना है?" नंदिनी ने पूछा। "मरुधरा होटल।" होटल का नाम सुनकर नंदिनी चौंक गई। उसने होटल में न मिलकर याग्निक से कैफे में मिलने की बात कही। "कैफे में अच्छे से कहाँ बात हो पाती है? होटल में शांति से मिल पाएंगे।" नंदिनी इस 'शांति' का मतलब समझ रही थी। "नहीं याग्निक! मैं होटल-वोटल में नहीं आऊँगी। मिलना है तो और कहीं मिलते हैं।" नंदिनी ने अपना बचाव किया। "तुम्हें मुझ पर भरोसा नहीं?" याग्निक बोला।

"नहीं! वो तो है लेकिन..." नंदिनी की बात पूरी हुए बगैर याग्निक बोल पड़ा, "तो फिर तुम मुझसे प्यार नहीं करती।"

"हां, वो भी करती हूं।" नंदिनी ने कहा। "तो फिर उस प्यार के वास्ते आ जाओ।" यह कहकर याग्निक ने नंदिनी को बड़े धर्म संकट में डाल दिया था। उसे प्यार और विश्वास के बीच में से एक को चुनना था और उसने प्यार को चुना। नंदिनी ने अपना सर्वस्व याग्निक को अर्पित कर दिया। अब ऐसा और कोई नहीं था जिस पर नंदिनी को भरोसा हो। ऐसा कोई नहीं जिससे वो और ज्यादा प्रेम कर सके। अब उसका सब कुछ वह एक ही था।

एक दिन नंदिनी ने याग्निक को फोन किया। "याग्निक! मुझे तुम्हारी माँ से मिलना है।"

"यह अचानक तुम्हें क्या हो गया है?" याग्निक ने आश्चर्य से पूछा। "कब तक हम ऐसे ही छुप-छुप कर मिलते रहेंगे? तुम अपने घरवालों से बात करो। मैं भी अंजनी माँ को सब बता रही हूं।" नंदिनी बोली।

"और फिर क्या? पढ़ाई-वड़ाई सब छोड़ कर घर बैठ जाओगी? अपना करियर भी बनाना है या नहीं? पहले अपने एग्जाम की तैयारी करो। शादी का बाद में देखते हैं। ओके?" याग्निक के इस तर्क का नंदिनी के पास कोई जवाब नहीं था।

"हम्म...ठीक है।" नंदिनी ने भी हामी भरी। अभी तो नंदिनी मान गई थी, लेकिन उसके मन में अजीब डर बैठ गया था। कोई लड़की बहुत कम ही किसी से प्यार करती है, लेकिन जब करती है तो उस पर पूरा अधिकार चाहती है।

★★★

तीन दिन तक ताश्री बिस्तर पर ही पड़ी थी। वायरल हो गया था। आज थोड़ा ठीक हुआ। परसों माँ ने NGO से छुट्टी ले ली थी। कल वैसे भी रविवार की छुट्टी थी। माँ से अब मैं बहुत कम बात करती थी, लेकिन माँ ने बुखार को इसकी वजह मान कर कुछ नहीं कहा। अंतस रोज फोन कर हालचाल पूछ लेता था। मैं अब उसके साथ थोड़ी सामान्य हो गई थी। माँ से मेरी जो दूरी बनी थी, शायद उसे अंतस भर रहा था। वो मेरे इस अकेलेपन का साथी था।

आज थोड़ी तबीयत ठीक होने पर मैं कॉलेज गई। माँ तो मना कर रही थी, लेकिन मेरा अब घर में दम घुटता था। पूजा आज भी गुमसुम लग रही थी।

"तेरी तबीयत कैसी है?," उसने पूछा। "अब थोड़ी ठीक है।" मेरा गला एकदम बैठा हुआ था। "तुझे क्या हो गया है?," मैंने पूछा। "नहीं! कुछ भी तो नहीं। ठीक हूं।" उसकी बात सुनकर मैंने कहा, "इतनी उदास-उदास क्यों लग रही है? कोई परेशानी है क्या?"

"नहीं, कुछ नहीं," उसने मुझसे भी धीरे आवाज में कहा। "तू मिलने भी नहीं आई।" मैंने अब वो बात कही जो मुझे सबसे पहले कहनी थी। "सॉरी यार! वो थोड़ा बिजी हो गई थी।"

"तो कम से कम फोन ही कर लेती।" मैंने नाराजगी साफ करते हुए कहा। उसने कुछ नहीं कहा। मुझे वह अजीब लग रही थी, लेकिन हो सकता उसको भी कोई परेशानी हो। वैसे भी मेरी जिंदगी में भी कौन सी कम मुसीबतें थीं? दो पीरियड बाद ही किसी काम का बहाना कर चली गई। हाफ ब्रेक के बाद मैं भी बाहर आ गई। मैंने कॉलेज से बाहर आकर अंतस को फोन किया।

"तुम कहाँ हो?," मैंने पूछा। "कहाँ आना है?," यह कभी सवाल का जवाब नहीं देता। हमेशा प्रतिप्रश्न ही पूछता है। "मैं कॉलेज में हूं।"

"ठीक है! तो तुम कैफे में पहुँचो मैं वहीं आ रहा हूं।" अंतस बोला। "नहीं, वहां नहीं! वो कॉलेज के पास ही पड़ता है। कोई पहचान वाला आ गया तो दिक्कत रहेगी।"

"हम्म... तो स्वीट कैफे आ जाओ।" उसने कहा। "ठीक है," मैंने कहा। मैं वहाँ पहुँची, तो अंतस वहां पहले से ही मौजूद था। अजीब बात है, मुझे बस कोई आधा घंटा ही लगा होगा यहाँ आने में, लेकिन फिर भी वो मुझसे पहले आ गया था। उसने जूस-कॉफी सब पहले से ही ऑर्डर कर रखा था। "तुम्हें कोई काम-धंधा नहीं हैं क्या?," मैंने बैठते हुए कहा। "वही तो कर रहा हूं," वो मुस्कुराया। "यह लड़कियाँ पटाने का काम कौन करता है?"

"तुम्हें लगता है मैं तुम्हें पटाने की कोशिश कर रहा हूं?" अंतस बोला। "करना भी मत... मेहनत बेकार जाएगी।" वो फिर से हँस दिया। "अब कैसी तबीयत है तुम्हारी?" उसने पूछा। "अब ठीक है... वैसे थैंक्स," मैंने कहा। "वो किसलिए?"

"हॉस्पिटल ले जाने के लिए।" मैंने कहा। "वो तो तुम भी मुझे लेकर गई थी।" अंतस बोला। "हां, सो तो है लेकिन...," मैं कहते कहते रुक गई। तभी मेरी नजर सामने की टेबल पर पड़ी। यह तो पूजा थी और उसके साथ वही बाइक वाला लड़का था। हम्म... तो ये काम था मैडम का, जिसके लिए यह कॉलेज छोड़कर आई। मैं आज इसे रंगे हाथों पकड़ना चाहती थी, ताकि इसके पास झूठ बोलने का कोई बहाना न रहे। मैं उठकर उसकी टेबल के पास गई।

"हाय पूजा!" वह मुझे देखकर एकदम सन्न रह गई। "ताश्री!!" पूजा ने धीरे से कहा। वह लड़का भी मुझे देख रहा था। "अपने दोस्त से नहीं

मिलवाओगी मुझे?," मैंने चेहरे पर झूठी मुस्कान लाते हुए कहा। "हां... वो... यह याग्निक है। मेरे पड़ोस में रहता है," पूजा ने हड़बडाकर कहा।

★★★

नंदिनी के एग्जाम सिर पर थे और वो पूरी जी-जान से तैयारी में जुटी हुई थी। लेकिन समय इतना कम रह गया था कि सारा कोर्स कर पाना संभव ही नहीं था। नंदिनी याग्निक से भी कम ही बात कर रही थी। दिन में एक-आध बार फोन पर हाय-हैल्लो हो जाती थी। मिलना तो अब हो ही नहीं पाता था।

आज सुबह कोचिंग से फोन आया था। रिवीजन क्लास थी। नंदिनी भी पहुँच गई। क्लास खत्म होने के बाद नंदिनी वापस आ रही थी कि रास्ते में उसने किसी को सब्जी खरीदते हुए देखा। अरे हां... यह तो वही भाभी थी, जो उस दिन याग्निक की गाड़ी के पीछे बैठी थी। एक बार तो नंदिनी ने सोचा कि उन्हें इग्नोर कर दे लेकिन फिर जाने उसे क्या सूझा वो उसके पास गई।

"नमस्ते भाभी!" नंदिनी ने कहा। "नमस्ते...! आप कौन?," उसने चौंकते हुए कहा। "नंदिनी... मैं याग्निक की दोस्त हूं।" नंदिनी ने हल्की की मुस्कान बिखेरते हुए कहा। "नंदिनी! अरे हाँ! तुम यग्निक के साथ काम करती हो। याग्निक ने बताया था मुझे तुम्हारे बारें में, लेकिन तुमने मुझे कैसे पहचाना?" काम के बारे में सुनकर नंदिनी थोड़ा चौंकी, मगर फिर उसने सोचा हो सकता हैं याग्निक उसके बारे में पूरी बात उनको न बताना चाहता हो।

"मैंने दो दिन पहले आपको याग्निक के साथ देखा था, यहीं मार्केट में।" नंदिनी ने बताया। हां, वो मेरे लिए साड़ी लेने आए थे। एनिवर्सिरी गिफ्ट... कल हमारी शादी की सालगिरह है ना... उन्होंने तुम्हें बताया तो होगा?" उस लड़की ने चहकते हुए कहा। "क्या? एनिवर्सिरी?!!" ये बात सुनकर नंदिनी की आँखें फटी की फटी रह गईं।

"मुझे मालूम था कि वह बताना भूल गए होंगे। मैंने उन्हें ऑफिस के सभी कलीग्स को इन्वाइट करने को कहा था। कम से कम तुम्हें तो लेकर आएं। बहुत तारीफ सुनी थी तुम्हारी। आखिर मिलना तो हो। ठीक है, अब मैं चलती हूं। कल तुम जरुर आना। मैं यग्निक से भी फोन करवा दूंगी। एक नंबर के डफर हैं वो।"

"जी बिल्कुल!" नंदिनी जैसे सुधबुध खो बैठी थी। उसके पैरों तले से जमीन खिसक गई थी। वो एक दम बुत-सी बन कर रह गई। उसे अपने कानों पर विश्वास नहीं हो रहा था। उसे यकीन नहीं हो रहा था, कि याग्निक उसके साथ धोखा कर सकता है। इतना मासूम सा शख्स भला कैसे इतनी बड़ी चाल चल सकता है? उसने घर आते ही याग्निक को फोन किया। यह लम्हा उसके लिए बहुत ही डरावना था। वो ईश्वर से बार-बार दुआ कर रही थी कि काश! उसने जो सुना, जो समझा वो सब एक गलतफहमी हो।

"याग्निक..." आगे के शब्द नंदिनी की जुबान पर ही सिमट गए। "हाँ जान! कैसी हो? क्लास कैसी रही तुम्हारी?"

"अच्छी थी।," नंदिनी ने दबी-सी आवाज में कहा। "क्या हुआ? तबीयत तो ठीक है तुम्हारी? मुझे मालूम है तुम खाना खाकर नहीं गई होगी। मैंने कितनी बार तुमसे कहा है..." याग्निक की बात को नंदिनी ने बीच में ही काटते हुए कहा, "याग्निक! मुझे तुमसे कल मिलना है," नंदिनी फोन पर यह बात नहीं करना चाहती थी। "कल...? कल तो मुश्किल होगा।"

"क्यों? क्या दिक्कत है? कल तो वैसे भी संडे की छुट्टी है।" नंदिनी ने कहा। "नहीं... वो घर पर कोई फंक्शन है," नंदिनी का शक अब यकीन में बदलने लगा था। उसने फंक्शन के बारे में पूछा तो याग्निक ने मम्मी-पापा की सालगिरह का बहाना बनाया। ये सुनकर नंदिनी के चेहरे पर एक हल्की सी मुस्कान आ गई, जैसे ज्वालामुखी का लावा निकलने से पहले धरती पर एक छोटी सी दरार पड़ी हो। फिर भी अपने शक को दूर करने के लिए उसने कहा, "मम्मी-पापा की या तुम्हारी?"

"क्या बकवास कर रही हो? पागल तो नहीं हो गई हो?," याग्निक ने चौंकते हुए पूछा। "मुझे तुम्हारी वो भाभी मिली थी आज मार्किट में। कल तुम्हारी और उसकी शादी की सालगिरह में इन्वाइट कर के गई है।"

"वो... वो... तुम्हें कोई गलतफहमी हुई है। मैं तुमसे अभी आकर मिलता हूं।" याग्निक ने हड़बड़ाहट में कहा। "नहीं! कल ही मिलते हैं न... शांति से... होटल में..." नंदिनी ने कटाक्ष किया। "मैं अभी आ रहा हूं। तुम बस स्टैंड के पास वाले गार्डन में आ जाओ।"

रात के आठ बज रहे थे। बरसात के बाद की सर्द हवा शरीर को ठिठुरा रही थी। उस गार्डन में इक्के-दुक्के लोग ही बचे होंगे। एक बेंच पर एक

साया अकेला घुमसुम सा बैठा था। निष्प्राण, निर्जीव किसी वृक्ष के समान। जिस व्यक्ति से मिलने के लिए वो दिन-रात बैचेन रहती थी, आज उससे मिलने में भी उसे कोफ्त हो रही थी। याग्निक से उसकी डोर तो टूट ही चुकी थी, अब तो केवल वजह जाननी बाकी रह गई थी। कुछ ही देर में याग्निक सामने था।

"हैप्पी अनिवर्सिरी जानू!" आँसूओं से डूबे उस चेहरे ने एक झूठी मुस्कान बिखेरते हुए कहा। उसकी आँखों से आँसूओं का झरना बह रह था। वह टूट चुकी थी। "नंदिनी! देखो, तुम्हें कोई गलतफहमी हुई है। वह दरअसल...," याग्निक ने सफाई देनी चाही। लेकिन नंदिनी ने उसे बीच में रोकते हुए कहा, "बस याग्निक, बस! मुझे सिर्फ एक सवाल का जवाब दो। क्या वह औरत तुम्हारी पत्नी है?"

याग्निक कुछ पल रुका। "हां!", उसने एक लंबी सांस लेते हुए कहा। "लेकिन..."

"तो फिर तुमने मेरे साथ यह खिलवाड़ क्यों किया? क्यों तुमने मेरे प्यार का मजाक बनाया?"

"मुझसे बहुत बड़ी गलती हो गई! प्लीज मेरी बीवी को इसके बारे में कुछ मत बताना।" नंदिनी जैसे सन्न रह गई। याग्निक को अब भी केवल अपनी बीवी की परवाह थी। "तुमने कभी मुझसे प्यार किया भी था याग्निक?" नंदिनी ने आखिरी सवाल पूछा। "हां! प्यार तो करता हूं लेकिन..." बस जैसे नंदिनी को अपने सारे सवालों के जवाब मिल गए। यह 'लेकिन' बहुत ही महत्वपूर्ण शब्द है। यह भावनाओं के मायने बदल देता है।

इसके बाद याग्निक ने हजारों दलीलें दी, लेकिन सब किसी बहाने जैसी थी। जिस रिश्ते की नींव ही खोखली हो, उस पर चाहे जितना सीमेंट-पत्थर लगा दो, वो दीवार नहीं टिकती।

इस घटना ने नंदिनी को पूरा तोड़ कर रख दिया। दो दिन तक वो सिर्फ रोती रही। उसके बाद बीमार हो गई और एग्जाम भी नहीं दे पाई। अंजनी माँ ने जब नंदिनी को पूछा, तो उसने सब कुछ बता दिया। उन्हें भी यह जान कर गहरा सदमा लगा। विश्वास टूटने पर कैसा लगता है, इस अनुभव को वो खूब जानती थी। लेकिन वो भी नंदिनी को ढांढस बँधाने के अलावा और कुछ न कर सकी।

खैर! उसके बाद जिंदगी धीरे-धीरे आगे बढ़ने लगी। नंदिनी अब पहले से कई गुना मजबूत हो चुकी थी, जैसे लोहा आग में तपने के बाद और भी कठोर हो जाता है। उसका स्वभाव भी गंभीर हो गया था। इस बार उसने जी-जान से परीक्षाओं की तैयारी की और पहली ही बार में साक्षात्कार के लिए चयनित हो गई।

★★★

"मैम! वो हवलदार रामनायक पर फायरिंग हुई है," कहते हुए विजय ने केबिन में प्रवेश किया। नंदिनी जैसे किसी नींद से जागी हो। उसकी आँखे आँसूओं से भीगी हुईं थी। "कम से कम नॉक करके तो आया करो," नंदिनी ने अपने आँसू पोंछते हुए कहा।

"सॉरी मेम वो अर्जेंट था इसलिए..." उसकी बात टोकते हुए नंदिनी बोली, "फायरिंग कहाँ पर हुई है?"

"वो टोल नाके पर गश्ती पर गया था। कोई ट्रक वाला ठोक कर चला गया। सिटी हॉस्पिटल में एडमिट करवाया है उसे।"

★★★

"यह मेरी दोस्त ताश्री है याग्निक!," पूजा ने कहा। "अच्छा तो तुम ताश्री हो, बड़ी तारीफ सुनी है तुम्हारी," उस लड़के ने चेहरे पर झूठी मुस्कान बिखेरी। "हां... लेकिन मैंने तुम्हारे बारे में कभी नहीं सुना," मैंने पूजा को घूरते हुए कहा।

"वो... ताश्री... मैं तुम्हें बताने ही वाली थी।" पूजा की बात को काटते हुए ताश्री ने कहा, "चलो कोई बात नहीं। एन्जॉय करो।" मैं वापस अपनी टेबल पर आ गई और मैंने अंतस को कैफे से चलने के लिए कहा। उसने कारण पूछा, तो मैंने घुटन का बहाना बना दिया। "हां, वायरल का असर होगा, इतनी जल्दी ठीक भी नहीं होता।" अंतस ने कहा।

वायरल का नहीं यह विश्वास टूटने का असर था। मेरी माँ के बाद पूजा दूसरी इंसान थी, जिस पर मैंने सबसे ज्यादा विश्वास किया था। मेरी सबसे अच्छी दोस्त! मेरी माँ का दिमाग तो मैं पढ़ नहीं सकती थी लेकिन पूजा

को तो मैंने खुद चुना था। मैंने कभी उसका दिमाग नहीं पढ़ा था, क्योंकि मैं किसी पर विश्वास करना चाहती थी और किसी के बारे में सब कुछ जानने बाद यह संभव न था। लेकिन मैं गलत थी... दोबारा। उसने भी मुझसे झूठ बोला। साफ... मेरे मुँह पर... यह बात मैं अब तक समझ नहीं पा रही थी, कि आखिर यह बात पूजा ने मुझसे क्यों छुपाई?

9. बदला

अब तो मेरी यह हालत हो गई थी कि न घर में रुकते बनता था और न कॉलेज जाते। घर में माँ से बात नहीं करना चाहती थी और कॉलेज में पूजा से। मगर फिर मैंने आज घर पर रहना ही बेहतर समझा। माँ आज मेरे उठने से पहले ही एनजीओ चली गयी थी। वैसे मैं उठी भी तो नौ बजे थी। मुझे अंतस के फोन ने उठाया था। "कॉलेज जाओगी?"

"क्यों?" मैंने पूछा। "नहीं, ऐसे ही पूछ रहा था।" उसने कहा। "ताकि तुम बाहर चाय वाले के पास खड़े रहकर तांका-झांकी कर सको," मैंने चुटकी लेते हुए कहा। "हा हा!! मुझे अब उसकी जरुरत नहीं। मुझे जो चाहिए था वह मिल चुका है।"

"ओए मिस्टर! ऐसे किसी भ्रम में मत रहना। तुम्हें कुछ भी मिला-विला नहीं है।"

"तुम्हें ऐसा लगता है क्योंकि शायद तुम्हें पता नहीं है कि मुझे क्या चाहिए।" अंतस बोला। "मुझे जानना भी नहीं है।" मैंने कहा। अंतस ने इसके बाद मेरी तबियत के बारे में पूछा। "हाँ! अब बेहतर है।" मैंने हल्के से मुस्कुराते हुए कहा। उसके फोन रखने के बाद मैंने चाय-नाश्ता किया और नहा कर ध्यान करने बैठ गई। आज मन थोड़ा ठीक था।

मैं अपनी आँखें बंद करके पद्मासन मैं बैठ गई। मैं सिर्फ अपनी साँसों का आना-जाना महसूस कर रही थी। अपना पूरा ध्यान दोनों आँखों की भोंहो के बीच केंद्रित करने के कुछ देर बाद मुझे वहां एक लाल प्रकाश दिखा जो कि सफेद हो गया।

मैं एक रेगिस्तान में थी, लेकिन यह बिलकुल गर्म नहीं था। आसमान में काले बादल छाए थे। चारों तरफ रेत थी। कुछ ही दूर एक पानी की झील थी, जिसके किनारे पर वही सफेद घोड़ा था मगर आज इसके पंख भी थे। मैं उसे पास जाकर सहलाया। वह एक बार हिनहिनाया और फिर दूर जाकर खड़ा हो गया। पता नहीं इसकी मुझसे क्या दुश्मनी है? मैं जब भी इसके पास जाती हूं, यह मुझसे दूर चला जाता है। मैं फिर उसके पास गई और अपनी एक हथेली उसके सर की ओर कर अपनी नजरें झुका लीं। मैंने सुना था कि घोड़े की आँखों में देखने पर वो बिदक जाते हैं। मैं धीरे से अपना हाथ इसके पास ले गई और इसके सिर पर रख दिया। इस बार वह शांत खड़ा था। मैं इसे प्यार से सहलाने लगी।

"मुझे तुम पर विश्वास है," मैंने धीरे से इसके कानों में कहा। वह फिर से हिनहिनाया। "तुम्हें मुझसे डरने की जरुरत नहीं है। तुम भी मुझ पर विश्वास कर सकते हो।" इस बार उसने अपने पंख जोर से फड़फड़ाए और नीचे बैठ गया। यह बिलकुल अजीब बात है, घोड़े कभी जमीन पर नहीं बैठते। मैं कुछ देर उसे देखती रही और फिर उसके ऊपर बैठ गई। वो उठा, कुछ दूर भागा और फिर हवा में उड़ गया।

यह आज तक का मेरा सबसे शानदार अनुभव था। मैं अपने सपनों की दुनिया की उड़ान भर रही थी। मुझे डर भी था, मगर यह रोमांचक था। पहले हम रेगिस्तान के ऊपर से गुजरे, जिसके किनारे पर एक समुद्र था। इसके दूसरे छोर पर जंगल था, जो कि एक पहाड़ के करीब खत्म हो रहा था। इस पहाड़ के दूसरी ओर बर्फ जमी थी। आगे पूरी एक बर्फ के पहाड़ों की श्रंखला थी। उस घोड़े ने मुझे एक पहाड़ पर लाकर उतार दिया। यहाँ चारों ओर बर्फ ही बर्फ थी मगर ठंड नहीं थी। मुझे नीचे उतार कर वो घोड़ा उड़ गया। मैंने देखा कि उसने मुझे जहाँ उतारा है, उसके ठीक सामने एक गुफा थी। आखिर यह घोड़ा मुझे यहाँ इतनी दूर क्यों लाया? जरुर यहाँ कुछ न कुछ है जो वो मुझे दिखाना चाहता है।

मैं उस गुफा में घुसने ही वाली थी तभी आसमान में बिजली कड़की। मगर इसके गरजने की आवाज थोड़ी अलग थी। मैं ध्यान से ऊपर देखने लगी। वहां एक और बिजली कड़की मगर इस बार आवाज और भी अलग थी। यह किसी घंटी जैसी बिलकुल पतली आवाज थी। फिर दो तीन बार और

घंटी बजी। तभी मेरे पास आकर एक बिजली गिरी, बिल्कुल अँधेरा हुआ और मेरी आँखें खुल गई। मैं ध्यान से बाहर आ गई थी। कोई लगातार डोरबेल बजाए जा रहा था। मैं सामान्य हुई और दरवाजा खोला। यह पूजा थी।

"क्या कर रही थी? इतनी देर क्यूं लगा दी गेट खोलने में?" उसने अंदर घुसते हुए पूछा। "कुछ नहीं। वो हेडफोन लगा रखे थे," मैंने झूठ बोलते हुए कहा। "ओह! मुझे लगा सो रही थी।"

"तू कॉलेज नहीं गई?" मैंने कहा। "गई थी, लेकिन तू नहीं थी तो वापस आ गई।" वो अब तक अंदर आकर बैठ चुकी थी। "मैं तो पहले भी दो-तीन दिन कॉलेज नहीं आई थी," मैंने बुरा-सा मुँह बनाते हुए कहा। "तो तू मुझसे अब तक नाराज है।"

"और क्या पता, आज भी अपने बॉयफ्रेंड से मिलने के लिए ही छुट्टी मार ली हो," इस बार मैंने थोड़ा सा गुस्से में ही कहा। "वो मेरा बॉयफ्रेंड नहीं है।"

"इस तरह छुप-छुपकर अकेले कैफे में बॉयफ्रेंड के साथ ही जाते हैं।" मैंने कहा। "तो वो जो तुम्हारे साथ था, वो तुम्हारा बॉयफ्रेंड था?," उसने इस बार फिर से तीर मेरी ओर घुमा दिया।

"कम से कम तुम उसके बारे में जानती तो हो। मैंने तुम्हारे मुँह पर झूठ तो नहीं बोला," मैं तैश में आ गई थी। वह सिर झुकाकर बैठ गई। मैं कुछ शांत हुई और फिर बोली, "हम्म...तो तुम्हें मुझ पर विश्वास नहीं है। मेरी सबसे अच्छी दोस्त ही मुझ पर भरोसा नहीं करती। पता है, जब तुम बीमार होने का बहाना बनाकर घर जाती थी, तब मुझे हमेशा पता होता था, कि तुम झूठ बोल रही हो मगर क्यों बोल रही हो यह मुझे कभी समझ नहीं आया। मैं उस लड़के के बारे में ज्यादा तो नहीं जानती पूजा, मगर एक बात मैं उसे देखकर ही बता सकती हूं कि वो लड़का तुम्हारे लायक नहीं है।"

"मैं जानती हूं ताश्री! वह एक नंबर का कमीना है।" पूजा की ये बात सुनकर मैं चौंक गई। मैंने मतलब पूछा, तो उसने कहा, "तुम जानकर भी क्या करोगी? तुम दिमाग पढ़ सकती हो मगर अतीत नहीं बदल सकती।"

"क्या हुआ? बताओ तो सही।" मैंने झल्लाकर कहा। "वह लड़का मुझे ब्लैकमेल कर रहा है।"

“तुमने ऐसा क्या किया था, जो वह तुम्हें ब्लैकमेल कर रहा है?” मैंने अपनी भौंहे सिकोड़कर कहा। “तुम्हे अंकित तो याद होगा?” पूजा ने कहा। “हाँ! वो लड़का जो तुम्हारे पीछे पड़ा था।”

“हां वो ही। मुझे भी उससे प्यार हो गया था।” पूजा बोली। “अंकित से!!?” मैंने आँखे फाड़ कर पूछा। पूजा ने अपनी बात आगे बढ़ाते हुए कहा, “और मैं प्रेग्नेंट हो गई थी।” मेरा मुंह खुला का खुला रह गया। यह मेरे लिए असली झटका था। “तुम प्रेग्नेंट हो?” मैंने पूछा। “नहीं, अब नहीं हूं।” पूजा ने कहा। “मतलब तुमने एबॉर्शन करवाया था?” उसने हामी भर दी। “कब?” मैंने पूछा। “तुम्हें याद है, मैंने महीने भर पहले दो-तीन दिन की छुट्टियाँ ली थी कॉलेज से?”

“तो तुमने अपने घरवालों को क्या बोला?” मैंने पूछा। “दोस्त की शादी में जा रही हूं।” पूजा ने कहा। “और तुम्हारे घरवाले मान गए?” मैंने फिर सवाल किया। “हां, क्योंकि मैंने कहा था कि तुम्हारे साथ जा रही हूं।” मैंने अपना सिर पीट लिया। “लेकिन इस सब का उस लड़के से क्या कनेक्शन है?”

“वो मेरे पड़ोस में रहता है और सिटी हॉस्पिटल में काम करता है। मैं वहीं एबॉर्शन करवाने के लिए गई थी। मुझे क्या पता था, वो इतना कमीना निकलेगा? उसने मेरी सोनोग्राफी की रिपोर्ट देख ली थी और उसके बाद मुझे ब्लैकमेल करने लगा।” पूजा बोली। “वो तुझसे क्या चाहता है?” मैंने पूछा। “लड़के लड़कियों से क्या चाहते हैं?”

“कमीना कहीं का!,” मेरे मुँह से निकला। पूजा ने बताया कि याग्निक ने उसे होटल में मिलने के लिए बुलाया है। “और तू जाएगी?” मैंने उसे गुस्से से देखा। “मेरे पास और रास्ता ही क्या है?” वो मायूस होकर बोली।

“तू अपने घरवालों को क्यों नहीं बता देती?” मैंने सुझाव दिया, तो उसने कहा कि इससे बेहतर वो आत्महत्या ही कर ले। पूजा की बात सुनकर मैं रुआंसी सी हो गई। “पागल है क्या? अंकित ने क्या कहा?” “वह मेरा एबॉर्शन करवाने के बाद दिल्ली चला गया।”

“और तू यहाँ इस चक्कर में फँस गई।” मेरा इतना कहते ही वो रोने लगी। “काश! वो मनहूस दिन मेरी जिंदगी में आया ही नहीं होता, जिस दिन मैं उस हॉस्पिटल में गई थी।”

मैं सोचने लगी थी। मुझे पूजा के लिए अफसोस हो रहा था। तभी अचानक मुझे आइडिया आया। “और अगर सचमुच वो दिन तुम्हारी जिंदगी से निकल जाएं तो?” मैंने कहा, तो पूजा चौंक गई। “तुमने कहा था न कि मैं अतीत नहीं बदल सकती? शायद तुम गलत हो।”

पूजा से ये मैंने कह तो दिया था, लेकिन मुझे सुबह से घबराहट हो रही थी। मैं आज एक ऐसा काम करने वाली थी जो मैंने पहले कभी नहीं किया था। यह एक प्रयोग की तरह था। मैं हमेशा से ही अपने अवचेतन में उस सफेद घोड़े को देखती रही हूं। मैंने उसे देखा था, छुआ था मगर कभी उसकी सवारी नहीं की थी। वह घोड़ा दरअसल मेरी कुंडलिनी उर्जा का प्रतीक था। उसकी सवारी का अर्थ था कि मैं अब अपनी कुंडलिनी उर्जा को नियंत्रित कर सकती हूं। इसका कैसे प्रयोग करना है यह मैं अच्छी तरह से जानती थी।

मैंने पूजा को कॉलेज बुलाया, ताकि मैं एक बार देख सकूँ कि मैं कितनी तैयार हूं। यह किसी बड़े काम से पहले एक टेस्ट की तरह था। पूजा अचरज में थी कि मैं क्या करने वाली हूं? वह बार-बार मुझसे पूछ रही थी कि आखिर मैं क्या करने वाली हूं। उसने पूछा तो मैंने सिर्फ उसे इंतजार करने को कहा। पहला पीरियड खत्म होते ही सब बाहर चले गए थे। दूसरा पीरियड वैसे भी खाली था। “मुझे एक पेन दे,” मैंने पूजा से कहा। उसने मुझे बैग से एक पेन निकल कर दिया।

“तुझे रोहित को थप्पड़ मारना है।” मैंने रोहित की तरफ इशारा करते हुए कहा। वो बाहर गार्डन में बैठा था। “तेरा दिमाग खराब है क्या?!! मैं भला उसे क्यों थप्पड़ मारने लगी?” उसने मुझे घूरते हुए कहा।

“तुझे उस याग्निक से मुक्ति चाहिए?” उसने हामी भरी तो मैंने पूजा को मेरी बात मानने के लिए कहा। मैंने कहा कि वो रोहित को थप्पड़ मारने के बाद अपनी आँखें बंद कर ले। वह मुझे गुस्से से देख रही थी। मैं उसका हाथ पकड़ कर उसे गार्डन में ले गई। हमें देख कर रोहित खड़ा हो गया। मैंने पूजा को इशारा किया। उसने मुझे मना किया। मैंने फिर से उसे थोड़ा गुस्से से इशारा किया। इस बार उसने खींच कर रोहित को एक थप्पड़ जड़ दिया। इससे पहले की रोहित कुछ बोल पाता, मैंने अपना चश्मा उतारा और उसकी आँखों में देखने लगी। आधे मिनट बाद वापस मैंने अपना चश्मा पहन लिया। रोहित एकदम सामान्य लग रहा था। “तुम दोनों यहाँ? क्या हुआ? कोई

काम है क्या?", उसने पूछा। "नहीं! वो बस उस दिन के लिए सॉरी बोलने आई थी।" मैंने कहा और पूजा को लेकर वापस आ गई।

"तूने क्या किया था, उसके साथ? मैंने उसे थप्पड़ मारा फिर भी वो कुछ नहीं बोला?" पूजा ने पूछा। "मैंने उसकी पिछली पाँच मिनट की याददाश्त मिटा दी थी।"

"क्या?!! मगर कैसे?" उसने पूछा। "वो सब छोड़। अब मैं याग्निक के साथ भी यही करने वाली हूं। वो भूल जाएगा कि कभी तू हॉस्पिटल भी गई थी।"

"तुझे पता भी है ताश्री तू क्या बोल रही है? यह एक महीने पहले की बात है।" पूजा ने घबराकर कहा। "इसीलिए मुझे ढेर सारा वक्त और एकांत चाहिए।" मैंने कहा। "और वो तुझे कहाँ मिलेगा?" पूजा बोली। "किसी होटल के कमरे में", मैंने उसे आँख मारते हुए कहा।

★★★

नंदिनी और विजय हॉस्पिटल के लिए निकल गए। नंदिनी विजय की और नहीं देख रही थी। विजय ड्राइव कर रहा था मगर चुपके से नंदिनी की ओर देख भी रहा था। नंदिनी गुमसुम सी एक ओर देख रही थी। उसने अपनी आँखों पर चश्मा लगा रखा था। "मैम! मैं माफी चाहता हूं। मैं... वो अचानक केबिन में आ गया था।" उसने खामोशी तोड़ते हुए कहा। "नहीं, कोई बात नहीं। मगर अपने सीनियर के केबिन में पूछ कर ही जाना चाहिए।"

"आप परेशान लग रहीं थीं... चतुर्वेदी सर ने कुछ कहा क्या?" नंदिनी समझ गई थी कि विजय उसके आँसूओं के बारे में पूछ रहा था। "नहीं! ऐसा कुछ नहीं है। वो बस कुछ पुरानी बात याद आ गई।" विजय भी बातों के जरिए नंदिनी का मन बहलाना चाहता था। "मैंने सुना है कि आपके भी माता-पिता...?"

"हां! वो इस दुनिया में नहीं हैं। मैं अनाथ आश्रम में ही पली बढ़ी," नंदिनी ने एक सेकेंड रुक कर कहा। "आपके भी, मतलब... तुम्हारे भी माता-पिता नहीं हैं क्या?"

"नहीं मैम! मैंने कभी उनकी सूरत तक नहीं देखी।" विजय बोला। "तुमने देखी होगी। बस तुम्हे याद नहीं होगा," नंदिनी ने मुस्कुराते हुए कहा।

विजय भी मुस्कुराया। “वैसे मैम, आप बहुत मेहनती हैं। अनाथाश्रम में पलने के बावजूद भी आप यहाँ तक पहुँच गई।”

“इंस्पेक्टर तो तुम भी बन ही गए।” नंदिनी ने कहा। “हां, पर मुझे गोद ले लिया गया था।”

अब तक वो हॉस्पिटल पहुँच गए थे। नंदिनी एक पल तो ठिठकी मगर फिर अंदर चली गई। उसने रिसेप्शन पर देखा, मगर वहाँ कोई नहीं था। याग्निक यहीं तो काम करता था। इसी रिसेप्शन काउंटर पर। नंदिनी आगे बढ़ी और आईसीयू में पहुँची। नंदिनी ने हवलदार से मिलकर उसका हालचाल पूछा। उसके साथ वाले हवलदार को आवश्यक निर्देश दिए और वापस नीचे आ गई। उसने रिसेप्शन पर खड़ी लड़की से पूछा, “पहले यहाँ एक लड़का काम करता था?”

“कब? दो साल से तो मैं ही यहाँ काम कर रही हूं।” उस लड़की ने जवाब दिया। “हम्म... और उससे पहले।” नंदिनी बोली। “हां! उससे पहले एक लड़का था।”

“उसने कहीं और ज्वाइन कर लिया?” नंदिनी ने फिर पूछा। “नहीं! कहते हैं उसकी यादाश्त चली गई।” नंदिनी को ये बात सुनकर हैरानी हुई। वह बाहर चली गई। विजय भी उसके पीछे निकल गया।

“आप उस ताश्री वाले केस की वापस तहकीकात कर रही हैं?” उसने जीप में बैठते हुए कहा। “क्यों?” नंदिनी ने पूछा। “आप जिस लड़के के बारे में पूछ रहीं थीं, वो तो उसी केस से ही जुड़ा हुआ हैं न?”

“तुम याग्निक से मिले थे?” नंदिनी ने पूछा। “हां! चतुर्वेदी सर ने मुझे उसके घर पूछताछ के लिए भेजा था, मगर कोई फायदा नहीं हुआ।” नंदिनी ने विजय की ओर प्रश्नवाचक दृष्टि से देखा जैसे पूछ रही हो क्यों? विजय आगे बोलता रहा।

“उसे कुछ भी याद नहीं था। वो दस साल के किसी मासूम बच्चे की तरह था।” विजय ने कहा। “मासूम!” नंदिनी ने धीरे से कहा। नंदिनी की इस बात को शायद विजय ने सुना नहीं। विजय ने कहा, “मैम! सुबह से भूख लग रही है। कुछ नाश्ता कर लें क्या?” नंदिनी ने विजय से लंच न लाने के बारे में पूछा, तो उसने टिफिन वाले की छुट्टी के बारे में बताया।

"हम्म... ठीक है। आगे कहीं रोक लो।" नंदिनी ने कहा। विजय ने एक जूस वाले के पास जीप रोकी। उसने दो गिलास जूस के लिए कहा। वे दोनों गाड़ी में ही बैठे थे। कुछ ही देर में जूस वाला जूस लेकर आया। "यहीं मकान है उसका!" विजय ने जूस पीते हुए कहा।

"क्या? किसका मकान?" नंदिनी ने विजय की अचानक सुनी बात पर प्रतिक्रिया दी। "वो उस लड़के याग्निक का... यह सामने वाला मकान ही है और इस गली के अंदर ही ताश्री की उस दोस्त का मकान है।" नंदिनी का जूस उसकी हलक में ही रह गया। फिर सामान्य होते हुए उसने अंदर चलकर पूछताछ करने को कहा।

★★★

हम दोनों तय समय पर होटल के नीचे पहुँच गए। मैंने पूजा को वहीं रुकने को कहा। "तुम्हे कितना समय लगेगा," पूजा ने पूछा। "यही कोई लगभग आधा घंटा।" मैंने कहा। "ताश्री! मुझे तो डर लग रहा है। अगर तुम यह नहीं कर पाई तो। मैं नहीं चाहती कि मेरी वजह से तू किसी मुसीबत में पड़े।" पूजा डरते हुए बोली।

"तू मेरी एक ही तो दोस्त है। अगर मैं तेरे ही काम नहीं आ सकती तो फिर मेरी इस शक्ति का मतलब ही क्या? यह याग्निक आज के बाद कभी तुझे परेशान नहीं कर पाएगा, यह मेरा तुझसे वादा है। तू मुझ पर भरोसा रख कोई दिक्कत नहीं होगी।" मैंने चेक किया वो पेन अब भी मेरी जेब में ही था।

"अगर तू आधे घंटे के अंदर नहीं आई तो मैं ऊपर आ जाऊँगी।" पूजा ने कहा। "ठीक है।" इतना कहकर मैं होटल के अंदर चली गई। याग्निक के कमरे के बाहर जाकर मैंने डोरबेल बजाई। मेरा दिल तेजी से धड़क रहा था। रोहित की बात अलग थी। वहाँ अगर मैं यादाश्त न भी मिटा पाती तब भी मैं उसे नियंत्रित कर ही सकती थी मगर यहाँ मामला दूसरा था।

कुछ देर बाद उसने दरवाजा खोला। "ताश्री!...तुम? तुम यहाँ क्या कर रही हो?" उसने चौंकते हुए पूछा। "अन्दर नहीं बुलाओगे मुझे?" मैंने एक झूठी मुस्कान बिखेरते हुए कहा। "हां... हां... आओ न?", वो सकपका गया था। "तुम आखिर पूजा से चाहते क्या हो?", मैंने बेड पर बैठते हुए कहा। "वो... वो... उसने तुम्हें क्या बताया?"

"यही कि वह आज नहीं आएगी।" याग्निक ने कारण पूछा तो मैंने जरूरी काम कहकर बात टाल दी। "ऐसा कैसे हो सकता है? वह जानती है न कि आज उसका मुझसे मिलना कितना जरुरी है?"

"हां... बेशक... तभी तो उसने मुझे भेजा है। जरा मुझे देखकर बताओ...क्या मैं उससे कम खूबसूरत हूं?" मैंने एक शैतानी मुस्कान के साथ कहा। "न... नहीं... तुम भी खूबसूरत हो।"

"तो जरा मेरी आँखों में झांककर बताओ कि क्या ये किसी झील से कम गहरी हैं?" मैंने अपना चश्मा उतार दिया। "हम्म...बिलकुल नहीं।" उसने कहा। "मैं जिस दिन से तुमसे मिली हूं, तुमसे कुछ कहना चाहती हूं याग्निक!" मैंने उसके पास आते हुए कहा। "क्या?" उसके माथे से पसीना छलक गया था। "भाड़ में जाओ!!" इतना कहते ही मेरी आँखों के सामने एक रौशनी चमकी और मैं उसके दिमाग में थी।

नीचे हरा-भरा घास का एक मैदान। ऊपर बिजलियों से चमकता हुआ एक आसमान जिसमें बादल गरज रहे थे। पास ही एक नदी थी, जिसमें उसकी यादों के प्रतिबिम्ब दिख रहे थे। यह नदी पास ही एक पहाड़ से आ रही थी। मैंने एक सीटी बजाई और कुछ ही देर में एक नीला घोड़ा मेरे सामने हाजिर था। यह याग्निक का अंतर्मन था। मुझे देखकर एक बार तो वो जोर से हिनहिनाया जैसे किसी अजनबी की घुसपैठ से परेशान हो। मैं उसके पास गई और उसकी गर्दन पर हाथ फिराया।

"शांत रहो! मैं तुम्हारी दोस्त हूं। मुझे वहां ऊपर जाना है," मैंने पहाड़ की तरफ इशारा करते हुए कहा। उसने एक बार मुझे देखा और फिर वो नीचे बैठ गया। अब मैं उसके ऊपर सवार थी और वो आसमान में उड़ रहा था। कुछ ही देर में हम उस पहाड़ पर थे। वहां चारों ओर टीवी स्क्रीन लगी हुई थी जिस पर उसकी यादें परिलक्षित हो रही थीं। मैंने अपनी जेब से वह पेन निकाला और उसे घूर कर देखा। वह एक तलवार जितना बड़ा हो गया। मैं उन स्क्रीन्स के पास गई और उन्हें एक-एक करके तोड़ने लगी। यह देखकर वो घोडा जोर से हिनहिनाया।

"चुपचाप वहीं खड़े रहो!" मैंने उसे डपटते हुए कहा और वापस वो स्क्रीन्स तोड़ने लगी। यह उन यादों को मिटाने का एक तरीका था। इससे भले ही यादें पूरी तरह से न मिटे पर वो किसी काम की भी नहीं रहती।

मैं पूरी मग्न होकर यह काम करने लगी तभी मुझे कुछ आवाज आई। मैंने पीछे मुड़ कर देखा वह घोड़ा गायब हो चुका था और उसकी जगह एक जंगली कुत्ता खड़ा था।

"अरे नहीं!" अब यह एक दिक्कत थी। यह कुता वास्तव में अन्तर्मन का रक्षक था। मैं वहाँ से भागी। कुछ देर भागने के बाद रुकी, तो देखा कि मैं उसी जगह आ गई थी। मैं पीछे मुड़ी और मैंने एक पत्थर उठा लिया। वह कुत्ता रुककर फिर वापस भाग गया जैसे वो डर गया हो। मैंने चैन की साँस ली और सामने मुड़ी। अब डरने की बारी मेरी थी। सामने वही तांत्रिक था। काला चोगा पहने, गले में रुद्राक्ष की माला और हाथ में एक त्रिशूल लिए। मेरे लिए यह वास्तव में डरने की बात थी, क्योंकि सपने में उस तांत्रिक का आना दूसरी बात थी और यहाँ अंतर्मन में आना दूसरी बात। मुझे अब समझ में आया था कि मैं जैसे-जैसे याग्निक के अंतर्मन की गहराइयों में उतरी थी, खुद के भी अंतर्मन की गहराई में उतरती गई थी और शायद इसी वजह से मेरा इस तांत्रिक से सामना हुआ। मैं भागने के लिए वापस पीछे मुड़ी मगर पीछे भी वो ही खड़ा था।

"तुम ग्यारहवां सूत्र हो... तुम ग्यारहवां सूत्र हो!" वह बार-बार यही बोल रहा था। मेरे चारों तरफ वही तांत्रिक था, जैसे उसने एक घेरा बना लिया हो और वह मेरे पास आने लगा।

"मेरे पास मत आओ," मैंने उसे धमकाते हुए कहा मगर मेरी धमकी बेअसर थी। वह धीरे-धीरे मेरी और बढ़ रहा था। "तुम ग्यारहवां सूत्र हो!" वह किसी मंत्र की तरह इस लाइन का जाप कर रहा था।

"मैं ताश्री हूं... ताश्री," मैं जोर से चिल्लाई। मैंने आसमान की तरफ देखा। बिजलियां और जोर से कड़कने लगी और नीचे जमीन पर गिरने लगी। वहां हर तरफ बिजलियां गिर रही थी। वो सारी स्क्रीन्स उन बिजलियों से एक एक कर जलने लगी और तभी एक बिजली मेरे ऊपर आकर गिरी। कुछ देर बाद मेरी आँख खुली तो मैं एक होटल के कमरे में थी। मेरा सिर बहुत जोर से दर्द कर रहा था, जैसे किसी ने इस पर तेजाब डाल दिया हो। मैंने ध्यान से देखा, यह कमरा याग्निक का तो नहीं था।

"थैंक गॉड! तुम्हें होश आ गया," पूजा ने कहा। वह मेरे पास ही बैठी थी। उसके पास ही अंतस भी खड़ा था। अरे हाँ! यह तो अंतस का कमरा

था। मैं थोड़ी सी उठी और अपने सिर पर हाथ लगाया, उस पर किसी लेप के जैसा कुछ लगा हुआ था।

"मैं यहाँ कैसे आ गई?" हैरानी से मैंने पूछा तो अंतस ने कहा कि वो और पूजा मुझे बेहोशी की हालत में इस कमरे में लाए थे। "बेहोश...मगर मैं बेहोश कैसे हो गई?"

"वह तो तुम ही बता सकती हो। मैं कमरे में पहुँची तब तक तो तुम और याग्निक दोनों बेहोश पड़े थे," पूजा ने कहा। "और तुम वहां कैसे पहुँचे?" मैंने अंतस से पूछा। "मेरे कमरे में पहुंचने तक तुम दोनों बेहोश थे और तुम्हारे फोन पर अंतस का फोन आ रहा था। मैंने फोन उठाया और इसे वहीं बुला लिया," पूजा ने ही जवाब दिया। "और माँ...?" इतना कहने पर पूजा ने बताया, "मैंने उन्हें फोन करके बोल दिया है कि आज तुम मेरे घर पर ही रुकोगी। तुम्हें अपना बाकी का होमवोर्क करना है।"

"मगर हम तुम्हारे घर पर तो नहीं हैं।" मैने कहा। "इसके घर ले जाने और तुम्हारे घर ले जाने में ज्यादा फर्क नहीं है। दोनों जगह तुम्हें बहुत सारे जवाब देने पड़ते, जो शायद तुम देना नहीं चाहती।" अंतस ने गंभीरता से कहा। मैं कुछ देर चुपचाप बैठी रही और स्थिति का आकलन करने लगी। मगर मुझे सिरदर्द के आगे कुछ समझ ही नहीं आ रहा था। "यह मेरे सिर पर क्या लगा रखा है?"

"चंदन है। यह तुम्हारी कुंडलिनी उर्जा को नियंत्रित करने में मदद करेगा," अंतस ने कहा।

"मतलब?" मेरे सवाल पर अंतस ने कहा, "मतलब यह कि तुम्हें जो हुआ था वो दरअसल कुंडलिनी उर्जा का आधिक्य प्रवाह था, जो तुमने अपने बाकी चक्रों से आग्नेय में खींच ली थी। इससे तुम्हारी उर्जा का संतुलन बिगड़ गया और तुम बेहोश हो गई।"

"मगर मैं तो उसके दिमाग में थी!" मैने कहा। "यही तो समस्या थी। इसीलिए तुम अपनी उर्जा को नियंत्रित नहीं कर पाई। तुमने उसके दिमाग को नियंत्रित जरुर किया मगर वास्तव में तुम दोनों के दिमाग आपस में जुड़े हुए थे।"

मुझे अंतस की जानकारी पर आश्चर्य हो रहा था। ऐसा लग रहा था जैसे उसने इस विषय पर पी.एच.डी. कर रखी हो। पूजा तो बस हम दोनों

को आँखे फाड़ कर देख ही रही थी, जैसे हम दोनों किसी दूसरी दुनिया की भाषा में बात कर रहे हों। "मुझे तो उस लड़के याग्निक की फिक्र हो रही है। अगर तुम्हें होश आने में छः घंटे लगे हैं तो उसका क्या हाल हुआ होगा?" अंतस ने कहा। "क्या!...? मैं छः घंटे से बेहोश थी?" मैंने चौककर कहा।

★★★

नंदिनी और विजय याग्निक के घर के बाहर पहुँचे। नंदिनी का दिल जोरों से धड़क रहा था, मगर वो निश्चिंत थी। आखिर इस दिन के लिए ही तो उसने सालों से इंतजार किया था। विजय ने दरवाजा खटखटाया। एक औरत ने दरवाजा खोला। नंदिनी पहचान गई। यह याग्निक की पत्नी वेदिका थी, पर शायद वो नंदिनी को नहीं पहचान पाई थी।

"इंस्पेक्टर विजय आप! सब ठीक तो हैं न?" याग्निक की बीवी ने उन्हें देखकर कहा।

"यह एसीपी साहिबा हैं। ताश्री के केस में कुछ पूछताछ करना चाहती हैं," विजय ने नंदिनी की तरफ इशारा किया। "उसके खूनी के बारे में कुछ पता चला क्या?" वेदिका ने उल्टा उससे ही सवाल किया।

"नहीं लेकिन जल्द ही चल जाएगा। आप ताश्री के बारे में क्या जानती हैं?" इस बार नंदिनी बोली। "ताश्री के मर्डर के पहले मैंने कभी उसका नाम भी नहीं सुना था। मैं पूजा को जरुर जानती थी। वह हमारे पड़ोस में रहती थी।"

"पूजा का आपके घर आना-जाना होता था?" नंदिनी ने पूछा। "नहीं! एक-दो बार मिली जरुर थी लेकिन घर पर कभी नहीं आई थी।"

"आपके पति कहाँ हैं?" नंदिनी ने फिर सवाल किया। "वह अंदर कमरे में ही हैं। आप मिल लीजिए, तब तक मैं चाय लाती हूं।"

"मैं इससे अकेले में बात करना चाहती हूं," नंदिनी ने विजय से कहा। विजय हामी भर कर बाहर चला गया। अंदर एक कमरे में याग्निक फर्श पर बैठा हुआ था। ढीले-ढाले कपड़े, अस्त-व्यस्त बाल, खुद से बातें करते हुए किसी बच्चे की तरह खेल रहा था।

"याग्निक!" नंदिनी ने याग्निक को धीरे से पुकारा। एक अनजाने खौफ ने अब भी नंदिनी की आवाज को दबा रखा था। याग्निक ने एक बार नंदिनी की ओर देखा। "वेदिका बाहर है," उसने कहा और वापस खेलने लग गया। "याग्निक! मैं नंदिनी हूं" नंदिनी ने उसके पास बैठते हुए कहा।

"वेदिका! नंदिनी आई है," याग्निक ने वेदिका को जोर से आवाज लगाई। उसने नंदिनी की तरफ देखा तक नहीं। नंदिनी को अब गुस्सा आने लगा था। "तुम मुझे ऐसे नहीं भूल सकते याग्निक! तुमने मेरी जिंदगी बर्बाद कर दी और अब तुम मुझे पहचान तक नहीं रहे?"

"चलो हम घर-घर खेलते हैं। यह मेरी वेदिका, यह मैं और यह तुम लेकिन तुम हमारे घर में नहीं रहोगी। तुम बाहर खेलोगी। तुम गंदी हो, वेदिका अच्छी है।" उसने पास ही पड़े गुड्डे-गुडियों को जमाते हुए कहा।

"बकवास बंद करो! तुमने न जाने कितनी लड़कियों की जिंदगियां उजाड़ी हैं। मैं तुम्हें कभी माफ नहीं करुँगी।" याग्निक ने कुछ देर नंदिनी की ओर देखा तो वह चुप हो गई। वह कुछ देर नंदिनी की ओर देखता रहा और फिर बोला, "धप्प!" और हँसने लगा। "उल्लू बनाया... नंदिनी को उल्लू बनाया।"

नंदिनी गुस्से में थी। याग्निक ने भले ही अंतिम वाक्य पागलपन में कहा था, मगर वह सच था। वो बहुत कुछ कहना चाहती थी, लेकिन कोई फायदा नहीं था। याग्निक सच में अपनी सोचने-समझने की शक्ति खो चुका था। नंदिनी बाहर आ गई। उसने लाख कोशिश की लेकिन अपने आँसूओं को पलकों तक पहुँचने से न रोक पाई। विजय ने उसे आँखे पोंछते हुए देख ही लिया। तब तक वेदिका भी चाय लेकर आ गई।

"तुम नंदिनी हो? मैं सोच ही रही थी कि मैंने तुम्हे कहाँ देखा है? उस दिन के बाद हमारी मुलाकात ही नहीं हुई।" शायद उसने याग्निक की आवाज सुन ली थी।

"हां... मैं वो ट्रेनिंग के लिए शहर से बाहर चली गई थी।" नंदिनी ने कहा। "लेकिन तुम तो याग्निक के साथ हॉस्पिटल में काम करती थी न?" वेदिका के इस सवाल पर कोई जवाब न देते हुए नंदिनी ने उससे ही सवाल किया, "आपके पति की यह हालत कैसे हुई?"

"पता नहीं। एक दिन होटल के कमरे में बेहोश मिले थे। डॉक्टर ने बताया कि कोई बड़ा सदमा लगने की वजह से इनकी यादाश्त चली गई।" वेदिका बोली। "और आपने कभी सोचा नहीं वह वहाँ होटल में क्या कर रहे थे?"

वैदिका चौंक गई, "वो... होटल में...?" नंदिनी ने बीच में बात काटते हुए हैरानी से पूछा, "विजय तुमने इन्हें कभी नहीं बताया की हम ताश्री के मामले में याग्निक से क्यों पूछताछ कर रहे हैं?"

"मैडम वो... हमने इन्हें बताया था ताश्री की डायरी में याग्निक का नाम भी था।" विजय बोला। "और किस तरह का जिक्र है यह?" नंदिनी ने विजय को घूरते हुए कहा।

"यही कि वह ताश्री का दोस्त था," विजय ने नंदिनी की आँखों में आँखें डालकर कहा जैसे वह नंदिनी से अब रुक जाने के लिए कह रहा हो।

नंदिनी के चेहरे पर एक मुस्कान आ गई। "मुझे आपके पति के लिए अफसोस है। मैं दुआ करूँगी कि वह जल्द से जल्द ठीक हो जाए।" इतना कहकर विजय और नंदिनी दोनों बाहर आ गए। "आप याग्निक को जानती थीं?" विजय ने हैरानी से पूछा। "हां, वह मेरा पुराना दोस्त है।"

"और ताश्री को?" विजय ने फिर पूछा। "नहीं, मैंने पहले कभी उसके बारे में नहीं सुना। तुमने पूजा का घर कौन सा वाला बताया था?"

"वो इस गली में आखिरी वाला मगर अब वो यहाँ नहीं रहती है।" नंदिनी ने पूछा, तो विजय ने जीप में बैठते हुए बताया, "उसकी शादी हो गई है। वह अब अपने ससुराल है।"

10. रहस्य

"ताश्री! मुझे अब चलना चाहिए," पूजा ने कहा। "चलना चाहिए का क्या मतलब? तुम यहाँ नहीं रुकोगी?"

"नहीं, मैंने तुम्हारे घर पर झूठ बोला था। अपने घर पर नहीं। मुझे जाना होगा।" पूजा बोली। "और मैं यहाँ इसके साथ अकेली रहूंगी?"

"मुझे लगा यह तुम्हारा बॉयफ्रेंड है," उसने बेतल्खी से कहा। मैंने गुस्से में पूजा को घूरा। तभी अंतस बोला, "वैसे तुम्हें मेरे साथ रहने की जरुरत नहीं। मैंने इसी होटल में दूसरा कमरा ले लिया है। तुम यहाँ आराम से रह सकती हो।"

पूजा उसके बाद अपने घर चली गई। मुझे अजीब लग रहा था। मैंने जिसके लिए यह आफत मोल ली थी, वही मुझे इस मुसीबत में अकेला छोड़ कर चली गई। "लगता है तुम्हारी दोस्त हमारे बारे में नहीं जानती," पूजा के जाने के बाद अंतस ने कहा। "मैं खुद कौन सा जानती हूं, जो वो जानेगी?" मैंने तंज कसते हुए कहा। वह मुस्कुरा दिया। मेरे हर सवाल पर वह मुस्कुरा देता था जैसे उसकी मुस्कराहट उसके सारे रहस्यों पर लगा ताला हो, जिसे मैं चाह कर भी नहीं खोल सकती थी।

"मुझे भूख लगी है," मैंने कहा। "मैंने खाना आर्डर कर दिया है। आता ही होगा।"

"और यह सरदर्द कब तक रहेगा?" मैंने पूछा। "कुछ घंटे, कुछ दिन, कुछ महीने या फिर कुछ साल!"

"साल का क्या मतलब? मुझे जिंदगी भर ऐसा सिरदर्द रहेगा?" मैंने हैरानी से पूछा। "उड़ने से पहले गिरने के बारे में पता कर लेना चाहिए।

अगर पेड़ की जड़ों के साथ खिलवाड़ करोगी तो पूरा पेड़ ही हिल जाएगा। वैसे अगर तुम चाहो तो मैं तुम्हारी मदद कर सकता हूं।" अंतस ने कहा, तो मैंने पूछा, "वो कैसे?"

"जिस तरह से पानी ऊपर चढ़ता है, वैसे ही नीचे भी आता है। नियमित ध्यान से यह उर्जा वापस अपने स्त्रोत तक पहुँच जाएगी। मैं तुम्हारी इसमें मदद कर सकता हूं।"

तभी खाना आ गया। खाना खाकर वो अपने कमरे में सोने चला गया। मैंने सोने की कोशिश की लेकिन नींद नहीं आ रही थी। दिन को छह घंटे सोने के बाद भला नींद आती भी तो कैसे? मैंने कुछ देर टीवी देखा लेकिन टीवी पर भी होमशॉप-18 और हनुमान कवच के अलावा कुछ नहीं था। पूरे दिन बकवास सीरियल दिखाने वाले चैनल रात को धर्म की दुकानें बन जाते हैं। वैसे भी मुझे सिरदर्द की वजह से कुछ देखने की इच्छा नहीं हो रही थी। अचानक मैंने सोचा की क्यों न अंतस के रूम की तलाशी ली जाए, आखिर पता तो चले की यह है क्या?

मैं कमरे में खोजबीन करने लगी। उसके कमरे में बहुत सी अजीब चीजें थीं जैसे अलग-अलग तरह की आयुर्वेदिक दवाइयाँ, बहुत सारी किताबें जो आध्यात्म, ध्यान और मनोविज्ञान से जुडी हुईं थीं। कुछ ऐसी चीजें जिनका कोई तुक ही नहीं था जैसे कि मोर पंख, सफेद पत्थर कुछ जानवरों के दांत और पता नहीं क्या-क्या सामान था इसके पास! मैंने पहली बार किसी के पास ऐसा सामान देखा था।

तभी मुझे एक ड्रॉर में गले में पहनने की माला मिली। बड़े-बड़े मोतियों की उस माला में सोने का एक त्रिशूल था, जो की हूबहू वैसा ही था जैसा की मुझे स्टोर रूम में मिले उस बक्से के ऊपर दिखा था। उस माला के नीचे एक लिफाफा पड़ा था। मैंने उस लिफाफे को उठा कर खोला तो उसके अंदर एक फोटो थी, एक छोटी बच्ची की। यह तो मेरी ही तस्वीर थी। भला मेरी बचपन की फोटो इसके पास क्या कर रही है और यह त्रिशूल का निशान! यह अंतस के पास कैसे आया? क्या अंतस मेरी माँ को जानता है? क्या उसने सच कहा था की वह मुझे तबसे जानता है जबसे मैं पैदा हुई हूं? लेकिन अगर वो मुझे जानता है तो मैं उसे क्यों नहीं जानती? ये सारे सवाल मुझे परेशान करने लगे।

मेरी नींद पूरी तरह उड़ गई थी। मैं अब इस आदमी पर और भरोसा नहीं कर सकती। मुझे इसकी हकीकत जाननी ही होगी। मैं सुबह चार बजे सोई और जब उठी तब तक नौ बज चुके थे। अंतस ने दरवाजा खटखटाया। मैं उठ कर बैठ गई। मेरा दिल तेजी से धड़क रहा था। मैंने अपना चश्मा पहना और दरवाजा खोला।

"शुक्र है तुम उठ गई वरना मुझे तो लगा था आज भी तुम्हारा पूरा दिन सोने का इरादा है," वो कहते-कहते अंदर आ गया। मैं खामोश खड़ी थी। "तुम्हारा सिरदर्द अब कैसा है?" उसने पूछा। "ठीक है," मैंने धीरे से कहा। "चलो जल्दी से तैयार हो जाओ। मैं तुम्हें घर छोड़ आता हूं," उसने कुछ अस्त-व्यस्त पड़े सामान को व्यवस्थित करते हुए कहा। "अंतस!" मैंने वहीं खड़े हुए कहा। उसने मेरी ओर प्रश्नवाचक दृष्टि से देखा।

"तुम कौन हो?" मैं उसके पास आकर खड़ी हो गई। "मतलब?" वह जड़वत हो गया। मैंने बेड के ड्रॉर से वो माला और वो तस्वीर निकाल कर उसके सामने रख दी।

"जिज्ञासा एक बहुत ही बुरी चीज है, अगर इसे नियंत्रण में न रखा जाए।" उसने वो माला उठा कर हाथ में ले ली। "मगर अज्ञानता से तो बेहतर ही है। मैं एक हाथ अपने चश्मे की तरफ ले गई। "मुझे सब बताओ अंतस! वरना फिर मुझे दूसरा तरीका अपनाना होगा।"

वह हंसा। "अगर तुम यह करना चाहती, तो पहले ही कर चुकी होती।" उसने कहा। वह सच कह रहा था। हर चीज के कुछ फायदे होते हैं, तो कुछ नुकसान भी। सब कुछ जानना एक श्राप है, क्योंकि किसी के बारे में सब कुछ जानने के बाद हम उससे प्यार नहीं कर सकते। यही वजह थी कि सच जानने की इच्छा के बावजूद मैं आज तक अंतस की आँखों में नहीं देख पाई थी।

"मगर अब तुम मुझे मजबूर कर रहे हो," मैंने कहा। वह चुपचाप खड़ा रहा जैसे कोई निर्णय ले रहा हो। मैं उसके जवाब के इंतजार में थी। "मैं एक तांत्रिक हूं," उसने माला लेकर गले में पहनते हुए कहा। "तुम मजाक कर रहे हो," मैंने आश्चर्य से उसकी ओर देखा।

"क्यों? तुम्हें क्या लगा कि सिर्फ बड़ी दाढ़ी वाले और काला चोगा पहनने वाले ही तांत्रिक हो सकते हैं?"

मेरा दिमाग घूमने लगा। कुछ-कुछ अब साफ होने लगा था। वह सपनों का आना, फिर अंतस का मुझसे मिलना शायद वे सपने चेतावनी थे कि मुझे अंतस से दूर रहना चाहिए और मैं पागल उस पर ही विश्वास करने लगी थी। मैं वहीं बैड पर ही बैठ गई। मुझे समझ में नहीं आ रहा था कि यह हो क्या रहा है!

"मुझे घर जाना है," मैंने कहा। "मैं तुम्हे छोड़ देता हूं।" वह बोला। "नहीं मैं चली जाऊँगी," मैंने अपना बैग उठाया और घर आ गई।

★★★

"क्या मैं अंदर आ सकता हूं मैडम?" राणा ने पूछा। कुछ फाइलों को देखती नंदिनी अचानक चौंक गई। "अरे! राणा साहब आप? आइए बैठिए। आज इधर का रास्ता कैसे भटक गए?"

"बस इधर से गुजर रहा था तो सोचा कि आपसे मिलता चलूं।" राणा ने कहा। "चलिए अच्छा किया। वैसे भी मैं आपसे बात करने ही वाली थी।"

"किस सिलसिले में?" उसने पूछा। "आपको अपने पर्लटॉप होटल पर भी ध्यान देना चहिए। आपके लिकर का लाइसेंस खत्म हो चुका है।" इस बात पर राणा ने नंदिनी को सवालिया नजर से देखा। "पिछली बार भी आपने लेट रिन्यू करवाया था। डिपार्टमेंट ताक में बैठा है। आगे फिर आपकी जिम्मेदारी होगी।"

"हा हा हा! शुक्रिया। अच्छा हुआ आपने बता दिया वरना ज्यादातर पुलिस वाले तो छापा मारने के बाद ही बताते हैं।" राणा बोला। "मेरा मानना है कि जब तक जरूरत न हो ताकत का प्रयोग नहीं करना चाहिए।" नंदिनी बात करते-करते अचानक रुक गई। उसकी नजर राणा के गले में पड़ी एक माला पर पड़ी जिसमें एक त्रिशूल लटका था। राणा ने नंदिनी की नजरों को भांप लिया।

"क्या हुआ?" राणा के पूछने पर नंदिनी ने माला की ओर इशारा किया। "आपको पसंद आई? मैं आपके लिए भी एक भिजवा दूंगा।" उसने कहा। "नहीं, उसकी जरूरत नहीं। यह आपने कहीं से खरीदी थी?" नंदिनी ने पूछा। "नहीं। मेरे पिता ने दी थी। क्यों, कोई खास बात है?" नंदिनी ने इसके बाद बात पलटते हुए कहा, "आप ताश्री को जानते थे?"

"कौन ताश्री?" राणा ने सीधे होते हुए कहा। "वही लड़की जिसका दो साल पहले मर्डर हो गया था।" "अरे हां! याद आया। विजय उस वक्त मेरे पास पूछताछ करने के लिए आया था। कह रहा था उस लड़की की डायरी में मेरा भी नाम है। अब भला इतने बड़े आदमी के बारे में अखबार वाले कुछ का कुछ छाप देते हैं। कोई लड़की अपनी डायरी में कुछ लिख दे, तो मैं क्या कर सकता हूं?"

"उस लड़की के कातिल के पास भी ऐसी ही माला थी जैसी की आपके गले मैं है।" नंदिनी बोली। "मिस नंदिनी! यह बस एक त्रिशूल है। दुनिया में लाखों शिवभक्त हैं और उनमें से कई ऐसी रुद्राक्ष की माला पहनते हैं। कल को अगर मैं ऐसी ही माला आपको भेंट कर दूँ तो क्या आप भी इस केस में शामिल हो जाएँगी?" राणा ने हंसकर कहा।

"मगर ताश्री ने मेरे बारे में अपनी डायरी में नहीं लिखा है।" नंदिनी ने गंभीरता से कहा। "पता नहीं आप भी कौन से गड़े मुर्दे उखाड़ने बैठ गई हैं? आपके पास आज के केस कम हैं जो आप यह दो साल पुराना केस लेकर बैठी हैं? वैसे आपके हवलदार की तबीयत कैसी है?"

"आपको इस बारे में कैसे पता?" नंदिनी चौंकी। "अगर आप मेरी मदद कर सकती हैं तो आपकी मदद करना मेरा भी फर्ज बनता है।" उसने कहा। "मदद? कैसी मदद?" नंदिनी ने पूछा। "आपके हवलदार पर फायरिंग करने वाले ड्राईवर अभी एमजी रोड पर शाह ढाबे पर खाना खा रहे हैं।"

"क्या?," नंदिनी चौंक गई। राणा जाने के लिए उठ खड़ा हुआ। "अब आज्ञा चाहूँगा मैडम!" राणा के जाते ही नंदिनी ने विजय को आवाज लगाकर कहा, "रामनायक पर हमला करने वालो के बारे में पता चल गया है। वे अभी एमजी रोड पर एक ढाबे पर हैं।" नंदिनी ने कहा। "आपको राणा ने बताया?" विजय ने नंदिनी को घूरते हुए पूछा। "हां, क्यों?"

"कुछ नहीं। मैं जीप निकालता हूं।" नंदिनी और विजय कुछ देर बाद ढाबे पर थे। विजय जीप से उतरते हुए एक ट्रक की तरफ देखता है। "4091... मैडम यही ट्रक है।"

"मतलब खबर पक्की है।" दोनों ढाबे के काउंटर पर पहुँचते हैं। "उस ट्रक का ड्राईवर कहाँ है?" नंदिनी ने ट्रक की तरफ इशारा करते हुए कहा। उस आदमी ने खाट पर बैठ कर शराब पी रहे दो आदमियों की तरफ

इशारा किया। वे दोनों नंदिनी और विजय को देखते ही भागे। नंदिनी और विजय भी उन दोनों के पीछे भागे। कुछ दूर जाकर एक को तो विजय ने पकड़ लिया। दूसरे के पीछे नंदिनी थी। थोड़ा सा आगे जाकर उस आदमी ने पिस्तौल निकाली और नंदिनी पर गोली चला दी। गोली नंदिनी के कंधे को छूकर निकल गई। इतने में पीछे से विजय ने भी गोली चला दी। गोली उस आदमी के पैर लगी और वो नीचे गिर गया।

विजय ने पास आकर नंदिनी से पूछा, "आप ठीक तो हैं मैडम?" अपने दूसरे हाथ से जख्म को दबाते हुए नंदिनी ने हां में सिर हिलाया। विजय उस ड्राईवर के पास गया और खींच कर दो थप्पड़ लगाए। "हरामखोर! पुलिस वाले पर गोली चलाता है।" विजय ने तीन-चार लात-घूंसे और लगा दिए। "बस विजय! इन्हें जीप में बिठाओ।" नंदिनी ने पास आते हुए कहा। विजय ने उन दोनों को हथकड़ी डाली और जीप में पीछे बिठा दिया।

"हिम्मत तो देखो कमीनों की! पुलिस वालों पर हमला करते हैं। बेटा! तू तो लंबा अंदर जाएगा।" विजय ने जीप में बैठते हुए कहा। "मैडम में आगे हॉस्पिटल पर रोक देता हूं।" उसने कहा। "नहीं, उसकी जरुरत नहीं। जख्म ज्यादा नहीं है। पहले इनको थाने पहुंचाते हैं फिर मैं हॉस्पिटल में दिखा दूँगी।"

थाने जाने के बाद वो दोनों हॉस्पिटल पहुँचे। पट्टी करवा कर दोनों बाहर आए। "मैडम! मैं आपको घर छोड़ देता हूँ।" विजय ने कहा। "कोई बात नहीं। मैं चली जाऊँगी।" नंदिनी बोली। "ऐसे में ड्राइव करना मुश्किल होगा। मैं छोड़ देता हूं।"

"ओके!" नंदिनी ने कुछ सोचकर कहा। रास्ते में काफी देर दोनों खामोश रहे। "आज आप खाने का क्या करेंगी? ऐसे में खाना बनाना तो पॉसिबल नहीं होगा," विजय ने चुप्पी तोड़ते हुए कहा। "हां! मैं देखती हूं कुछ। बाहर से मंगवा लूँगी।"

"अगर आप चाहें तो शाम को हम दोनों बाहर डिनर पर चल सकते हैं," विजय ने नंदिनी की तरफ देखते हुए कहा। "नहीं, नहीं। कोई बात नहीं। मैं मैनेज कर लूँगी।"

"जी मैडम!" विजय को शायद इतने सख्त जवाब की उम्मीद न थी। दोनों फिर खामोश हो गए। "एनीवे, थैंक्स विजय!," कुछ देर बाद नंदिनी खामोशी तोड़ते हुए बोली। "किसलिए मैडम?" विजय बोला। "मेरी जान

बचाने के लिए। तुम अगर ठीक समय पर फायर न करते तो दूसरी गोली मेरे भेजे में होती। शायद बिना टीम के जाना मेरी गलती थी।”

“नहीं मैडम! अगर हम इंतजार करते तो हो सकता था की वो हमारे हाथ न लगते।” विजय बोला। इतने में नंदिनी का घर आ गया। नंदिनी जीप से उतर कर आगे गई और वापस मुड़ी। विजय उसे ही देख रहा था। नंदिनी को मुड़ते देख उसने नजरें झुका लीं। “आठ बजे” नंदिनी ने पास आकर कहा। “जी मैडम?” विजय चौंक गया। “डिनर... हम आठ बजे चलेंगे।” नंदिनी ने बोला, तो विजय ने मुस्कुराते हुए हामी भर दी। “और तुम मुझे नंदिनी बुला सकते हो। यह मैडम बिलकुल अजीब लगता है।” नंदिनी बोली। “जी मैडम! आई मीन नंदिनी।” विजय फिर मुस्कुराया और उसके साथ नंदिनी भी मुस्कुरा दी।

11. पूजा

घर पहुँची तब तक माँ एनजीओ जाने की तैयारी कर रही थी। मुझे घूरते हुए उन्होंने कहा, "आ गई तू! इतनी थकी-थकी क्यों लग रही है?"

"वो रात को काफी लेट तक पढ़ाई कर रही थी।" मैंने कहा। "तो आज कॉलेज नहीं जाएगी?"

"आज वैसे भी छुट्टी है।" मैंने बोला। "हम्म...मैंने खाना बना के रख दिया है, खा लेना।" इतना कहके माँ निकल गई। मुझे अब भी काफी जोर से सिरदर्द हो रहा था। मैं नहाने चली गई। नहाकर निकली ही थी कि दरवाजे की घंटी बजी। मैंने फटाफट चेंज कर दरवाजा खोला। यह पूजा थी। "अब तबीयत कैसी है तुम्हारी?" पूजा ने पूछा।

"अब ठीक है मगर यह सिरदर्द खत्म होने का नाम ही नहीं ले रहा।" मैंने बोला। "कब आई थी वहां से?" पूजा ने सोफे पर बैठते हुए कहा। "अभी आधे घंटे पहले," मैं भी सामने ही बैठ गई। "कुछ हुआ था क्या?" उसने धीरे से पूछा।

"क्या बकवास कर रही है। मैं उस लड़के को जानती तक नहीं हूं।" मैंने बोला। "जानना क्या है? हैंडसम है, स्मार्ट है और पैसे वाला भी लगता है।" पूजा की ये बात सुनकर मुझे गुस्सा आ गया। "तेरे को इतना ही पसंद है तो तू ही कर ले। तेरा तो वैसे भी...," मैं कहते कहते रुक गई। पूजा मुझे देखती रही, वह रुआंसी हो गई थी। मैने माफी मांगी।

"कोई बात नहीं...बट थैंक्स यार...तूने मेरे लिए जो किया, उसका एहसान मैं जिंदगी भर नहीं चुका सकती।"

"ऐसी कोई बात नहीं है। तू मेरी दोस्त है। अगर तू पहले ही बता देती तो अच्छा होता।"

"मैं डर गई थी यार! मुझे लगा जाने तू मेरे बारे में क्या सोचेगी?" पूजा बोली। "तू मेरी सबसे अच्छी दोस्त है और रहेगी।" मैंने हँसते हुए कहा। वह भी हँसने लगी। "वैसे उस लड़के का क्या हुआ?" मैंने पूछा।

"कल शाम को ही उसे घर लाए थे। लोग कह रहे थे उसकी यादाश्त चली गयी है। शायद पागल ही हो गया है।"

"क्या? यह मैंने क्या कर दिया?" मैंने अपना सर पकड़ लिया। "कोई बात नहीं ताश्री! अच्छा ही हुआ। ऐसे लोगों के साथ तो ऐसा ही होना चाहिए। पता नहीं उसने और कितनी लड़कियों की जिंदगी बर्बाद की होगी?" मैं सोचने लगी मगर मुझे अफसोस ही हो रहा था।

"चल ठीक है। मैं चलती हूं। मुझे मार्किट भी जाना है," पूजा ने उठते हुए कहा। पूजा के जाने के बाद मैंने खाना खाया और सो गई। कुछ देर बाद मुझे झटका सा लगा जैसे किसी ने मुझे बिजली का शॉक दिया हो। मेरी नींद खुल गई। यह माँ थी। मेरे पास बैठ कर मेरा सिर दबा रही थी।

"तबीयत तो ठीक है तेरी?" माँ ने पूछा। "हां... बस थोड़ा सा सिरदर्द है," मैंने उठते हुए धीरे से कहा। "चल उठ जा! मैं चाय बना रही हूं, पी लेना।"

माँ के जाने के बाद मैंने अपना मोबाइल चेक किया तो देखा कि 10-12 मिस्ड कॉल थीं। सारे के सारे किसी अनजान नंबर से थे। शायद मेरा फोन साइलेंट मोड पर था। यह अंतस भी जाने कब मेरा पीछा छोड़ेगा? मैंने मन ही मन सोचा। तभी वापस फोन बजा। मैंने फोन उठाया। "क्यों बार-बार फोन कर रहे हो? मुझे तुमसे बात नहीं करनी है," मैंने गुस्से से कहा।

"ताश्री! मैं रोहित बोल रहा हूं। वो पूजा..." सामने से आवाज आई। "क्या हुआ पूजा को?" मैंने घबराते हुए कहा। "वो... पूजा का एक्सीडेंट हो गया है। जल्दी से सिटी हॉस्पिटल पहुँचो।"

★★★

आसमान में काले घने बादल छाए हुए थे। कहीं बरस चुकी बरसात की ठंडी-ठंडी हवा आ रही थी, जिससे मौसम सुहाना हो चुका था। एक ओपन

रेस्तरां में खुले गार्डन में एक टेबल पर नंदिनी और विजय बैठे थे। "तुम अपनी फेमिली को यहाँ क्यों नहीं ले आते?" नंदिनी ने खाना खाते हुए कहा। ऑफिशियल बातों के बाद अब निजी जीवन की बातें हो रही थी।

"मेरा कोई नहीं है।" विजय ने कहा। "मगर तुमने तो कहा था कि तुम्हें गोद लिया गया है?"

"हां, मगर कुछ समय पहले ही मेरे पिता गुजर गए।" विजय ने कहा। "ओह, आई एम् सॉरी! तुम्हें यहाँ अकेलापन महसूस नहीं होता?" नंदिनी ने कहा। "अकेली तो आप भी हैं।" विजय ने मुस्कुराकर कहा।

"मेरी बात अलग है। मुझे आदत है।" नंदिनी ने एक पल ऊपर देखा और वापस खाना खाने लगी। "आपने अब तक शादी नहीं की?" नंदिनी एक सेकेंड के लिए चुप हो गई। "मुझे शादी नहीं करनी है।" नंदिनी की बात सुनकर विजय थोड़ा चौंका। उसने मतलब पूछा, तो नंदिनी बोली, "मुझे रिश्तों से नफरत है।"

"और इस नफरत का कारण क्या है, डर या अनुभव?" विजय बोला। "तुम्हें मुझे देखकर लगता है कि मुझे डरने की जरूरत है?"

"लोग अक्सर वह होते नहीं हैं जो वह दिखते हैं या दिखना चाहते हैं?" विजय ने पहेली सी बूझी। "मेरी छोड़ो। तुम अपनी सुनाओ, तुम्हें कोई नहीं मिला?" नंदिनी अपने पुराने जख्मों को नहीं कुरेदना चाहती थी, इसलिए उसने मुद्दा बदल दिया। "मैंने ऐसा कब कहा?" विजय बोला। "मतलब कि तुम्हारी जिंदगी में कोई है?" नंदिनी के हाथ में निवाला जहां था, वही रह गया। "है नहीं... थी।" विजय बोला।

"छोड़ कर चली गई?" नंदिनी ने कौर मुंह में रखते हुए कहा। "हां! हमेशा के लिए।"

"ओह! आई एम् सॉरी।" नंदिनी ने कहा। अब तक दोनों खाना खा चुके थे। वेटर बिल लेकर आया और विजय ने बिल पे किया। "एक सेकेंड! मैं वाशरूम जाकर आती हूं।" नंदिनी ने उठते हुए कहा। अंदर कांउटर पर एक लड़की बैठी थी। नंदिनी ने उससे वॉशरूम का रास्ता पूछा।

"जी आप आगे से लेफ्ट ले लीजिएगा। ठीक सामने ही है," लड़की ने ऊपर देखकर मुस्कुराते हुए कहा। जब उस लड़की ने ऊपर देखा तो नंदिनी को वो कुछ जानी-पहचानी सी लगी।

"तुम... तुम पूजा हो न?" नंदिनी ने पूछा। "जी! मगर आप कौन?" पूजा ने कहा। "मैं एसीपी नंदिनी हूं। तुम यहाँ काम करती हो?"

"नहीं! यह मेरे हस्बैंड का रेस्टोरेंट है।" पूजा ने घबराकर जवाब दिया। "तुम्हारे हस्बैंड?" नंदिनी ने पूछा। "जी रोहित सिंघानिया।" पूजा ने एक बैसाखी पकड़कर उठते हुए कहा।

रेस्टोरेंट के एक कमरे में नंदिनी, विजय और पूजा तीनों बैठे थे। "तो आप ताश्री के केस की फिर से जांच कर रही हैं?" पूजा ने पूछा। "ऑफिशियली नहीं, बस अपने लेवल पर।" नंदिनी ने विजय की ओर देखते हुए स्पष्ट किया।

"किसलिए?" पूजा ने पूछा तो नंदिनी चौक गई। पूजा के चहरे पर खुशी के जगह चिंता के भाव थे।

"मैं ताश्री के कातिल को सालाखों के पीछे पहुँचाना चाहती हूं।" नंदिनी ने जवाब दिया। "और आप भी अंतस को ही कातिल मान रही हैं?"

"क्यों? तुम्हें ऐसा नहीं लगता?" नंदिनी ने पूछा। "अंतस ताश्री से बहुत प्यार करता था। उसे छोटी सी खरोंच भी आए, तो उसे बर्दाश्त नहीं होता था। मैंने देखा था उस दिन जब ताश्री बेहोश हो गई थी। अंतस ने उसे किसी बच्ची की तरह संभाला था और आपको लगता है कि ताश्री को अंतस ने मारा है?"

"किसी के दिल में क्या है यह कौन जान सकता है? तुम अंतस को जानती ही कितना हो?" विजय बीच में बोला। "इंस्पेक्टर विजय! मैं अंतस को तो ज्यादा नहीं जानती थी मगर ताश्री को अच्छी तरह से जानती थी और अंतस के साथ ताश्री खुद को सबसे ज्यादा सुरक्षित महसूस करती थी।"

"तब भी ताश्री के असली हत्यारे को सजा मिलना जरुरी है। इसलिए जो कुछ भी तुम जानती हो, बता दो।" नंदिनी ने विजय को कुछ देर देखकर फिर कहा। शायाद उसे विजय को बीच में बोलना ठीक नहीं लगा। "मुझे जो कुछ भी मालूम था वो तो मैं पहले ही इंस्पेक्टर विजय को बता चुकी हूं।" पूजा ने रूखेपन से कहा।

"हां, मगर कुछ ऐसा जो तुम उस वक्त न बता पाई हो या फिर तुम्हें बाद में पता चला हो। आखिर तुम ताश्री की सबसे अच्छी दोस्त थी।"

पूजा कुछ देर शांत होकर बोली, "हां बिल्कुल! ताश्री मेरी सबसे अच्छी दोस्त थी, लेकिन मैं सब कुछ बता चुकी हूं। अब अगर आप इजाजत दें तो मैं जाना चाहूंगी। अभी वीकेंड है तो बहुत रश चल रहा है रेस्टोरेंट में..."

"हां! क्यों नहीं?" नंदिनी ने औपचारिक लहजे में कहा। पूजा का यह बर्ताव नंदिनी की उम्मीदों के बिल्कुल विपरीत था। उसे लगा था कि ताश्री के केस की वापस जांच के बारे में सुनकर वो खुश होगी। "यह इतना रुखा बर्ताव क्यों कर रही थी?" पूजा के जाने के बाद नंदिनी ने विजय से पूछा। "इतना सब सहने के बाद किसी से उम्मीद भी क्या की जा सकती है?" विजय ने निःश्वास लेकर कहा।

"मतलब?" नंदिनी ने आश्चर्य से पूछा। "जब ताश्री का मर्डर हुआ था, इसकी शादी होने वाली थी। एक तो सबसे अच्छी दोस्त को खोने का गम, एक्सीडेंट का सदमा और ऊपर से पुलिस की रोज-रोज की पूछताछ से यह परेशान हो गई थी। तब इसके परिवार वालों ने एसीपी सर से स्पेशल रिक्वेस्ट की थी कि उससे इस केस में ओर पूछताछ न की जाए।" विजय ने कहा।

"हम्म... मतलब याग्निक की तरह यह भी एक डेड एंड ही है।" नंदिनी बोली। "ऐसा ही समझ लीजिए।" विजय बोला। तभी नंदिनी को किसी का फोन आया। बात करने के बाद विजय ने पूछा, "कल कहीं जाना है?"

"हां, वो आश्रम में रेनोवेशन करवाया है और संस्थापक की एक मूर्ति भी लगवाई है। वो चाहते हैं कि मैं उसका अनावरण करूँ।" नंदिनी बोली। "यह तो काफी अच्छी बात है।" विजय ने कहा। "हां! मगर दिन का प्रोग्राम है।"

"तो तुम कल थाने से छुट्टी ले लो। आई मीन आप..." विजय हिचकिचाया। "तुम चलेगा," नंदिनी ने मुस्कुराते हुए कहा।

★★★

मैं जल्दी से सिटी हॉस्पिटल पहुँची। पूजा के मम्मी-पापा भी वहीं थे। उन दोनों का रो-रो कर बुरा हाल था। उनके कोई रिश्तेदार साथ में थे, जो उन्हें तसल्ली दे रहे थे। मैं उनके पास गई लेकिन ज्यादा बात नहीं कर पाई। कुछ देर में मुझे सामने से रोहित दवाइयां लेकर आता दिखा। वो दवाइयां देकर

मेरे पास आया। मैंने रोहित से कारण पूछा, तो उसने कहा, “रोड क्रॉस करते हुए कोई कार वाला टक्कर मारकर चला गया।”

“मगर तुम्हें कैसे पता चला?” मैंने रोहित से पूछा। “पूजा मुझसे ही मिलने आई थी।” मुझे आश्चर्य हुआ, मगर मुझे अभी पूजा की ज्यादा चिंता थी। “अब कैसी है वह?” मैंने पूछा। “डॉक्टर ऑपरेट कर रहे हैं।” अभी कुछ बताया नहीं है।

मुझे रोना आ गया। मैं वहीं पास ही बेंच पर ही बैठ गई। रोहित भी काफी दुःखी लग रहा था। कुछ देर बाद मैं सामान्य हुई। “पूजा तुमसे क्यों मिलने आई थी?” मैंने पूछा, तो रोहित ने बताया कि उसी ने पूजा को फोन करके बुलाया था।

“किसलिए?” मैंने अपनी भौंहे चढाते हुए पूछा। “वो... दरअसल...,” वह आगे कुछ बोल नहीं पाया। “तुम पूजा से प्यार करते हो न?” मैंने उसकी तरफ देखते हुए कहा। “हां! मगर तुम्हें कैसे पता?”

“उस दिन वो चिट्ठी तुमने पूजा के लिए लिखी थी, लेकिन पूजा कुछ समझ नहीं पाई और उसने वो मुझे लाकर दे दी।” मैंने कहा। “तुम्हें पता था तो उस दिन क्लास में...” उसने डरते हुए पूछा। मुझे बाद में पता चला था।

वास्तव में परसों जब पूजा ने रोहित को थप्पड़ मारा था और उसको नियंत्रित करने के लिए मैं उसके दिमाग में घुसी थी, मुझे तभी सब पता चल गया था और इसीलिए मैंने उससे माफी भी मांगी।

“मैंने पूजा को अपने दिल की बात कहने के लिए ही बुलाया था,” रोहित ने कुछ देर बाद उदास होते हुए कहा। “और उसने क्या कहा?”

“सोच कर बताऊंगी। वह जाने के लिए मुड़ी ही थी कि पता नहीं कहाँ से वो कार आ गई।” एक अनजान गुस्सा रोहित के चेहरे पर छलक आया। तभी डॉक्टर ओटी से बाहर निकले। सब उनके पास घेरा बनाकर खड़े हो गए। डॉक्टर भी थोड़े परेशान लग रहे थे। “सीरियस स्पाइनल इंजरी है। हमें स्पेशलिस्ट को बुलाकर ऑपरेशन करवाना होगा। 15 से 20 लाख का खर्चा होगा। ऑपरेशन जल्द ही करना होगा वरना लड़की पूरी जिंदगी खड़ी नहीं हो पाएगी,” डॉक्टर ने पूरी स्थिति स्पष्ट की।

हम सब सुनकर स्तब्ध रह गए। मैं पूजा के परिवार की हालत जानती थी। इतनी बड़ी रकम लाना उनके लिए बहुत मुश्किल था। रोहित और मैं

वापस आकर अपनी जगह बैठ गए। तभी सामने से मुझे अंतस आता दिखा। मैं उठ कर उसके पास गई। "पूजा कैसी है?" उसने पूछा। "तुम यहाँ क्या कर रहे हो?" मैंने थोड़ा गुस्से से पूछा। "मैं अपनी दोस्त से मिलने आया हूं।" उसने सामान्य रहते हुए कहा। "पूजा तुम्हारी दोस्त कबसे हो गई?" मैंने उसे घूरा। "उस दिन जब तुम छह घंटे के लिए बेहोश थी।"

"वह काफी सीरियस हैं। डॉक्टर ऑपरेट करने के लिए बोल रहे हैं। काफी ज्यादा खर्चा आएगा।"

"ओह! वह ठीक तो हो जाएगी न?" अंतस ने पूछा। "कुछ कह नहीं सकते हैं।" मैंने दुखी होकर कहा। हम दोनों रोहित के पास जाकर बैठ गए। पूजा के पापा और रिश्तेदार फोन पर फोन कर रहे थे। मैं उठकर पूजा के मम्मी के पास गई। वह भी काफी परेशान लग रही थी।

"क्या हुआ आंटी?" मैने पूछा। "डॉक्टर आज रात को ही ऑपरेशन करने के कह रहे हैं। अब इतनी जल्दी इतने पैसों का इंतजाम कहाँ से करेंगे? कुछ भी करें तब भी ज्यादा से ज्यादा 5-7 लाख ही हो पाएँगे।" उनके चेहरे से बेबसी साफ झलक रही थी।

"आप धीरज रखिए। कोई न कोई रास्ता जरुर निकल आएगा।" मैंने उन्हें सांत्वना देते हुए कहा। मैं वापस रोहित के पास आ गई। मैं पूजा के लिए बहुत परेशान थी। उसे एक मुसीबत से निकाल चुकी थी पर अब इस मुसीबत से कैसी निकालूं, कुछ समझ नहीं आ रहा था। तभी मेरी नजर रोहित पर पड़ी। "रोहित मुझे तुमसे कुछ बात करनी है," मैंने कुछ सोचकर कहा। रोहित और मैं कुछ दूर चले गए।

"रोहित! तुम्हें पता ही है, पूजा के ऑपरेशन के लिए 20 लाख रुपयों की जरुरत है। उसके पापा ज्यादा से ज्यादा 5-7 लाख ही कर पाएँगे और ऑपरेशन आज रात को ही करना है। अगर तुम अपने पापा से ले सको तो पूजा के पापा 5-10 दिन में वापस कर देंगे।"

"हां मगर...," रोहित ने कुछ सोचते हुए कहा। "मैं जानती हूं रोहित कि यह तुम्हारे लिए भी आसान नहीं है, लेकिन अभी इसके अलावा और कोई रास्ता भी नहीं है। तुमने उस दिन कहा था न कि कोई मुझसे प्यार नहीं कर सकता है। मैं इसके लायक ही नहीं हूं।" मेरी नजरें अंतस की ओर चली गईं, वो दूर था और हमारी बाते नहीं सुन पा रहा था।

"शायद तुम सही थे, मगर क्या तुम किसी से प्यार कर सकते हो और अगर करते हो तो क्या तुम उसे साबित कर सकते हो?" रोहित कुछ देर खामोश खड़ा रहा और फिर बाहर की ओर जाने लगा।

"कहाँ जा रहे हो?" मैंने रोहित से पूछा। "अपने प्यार को साबित करने।" मैं उसे जाते हुए देखती रही और फिर कुछ देर बाद अंतस के पास आ गई। वह कुछ देर खामोश बैठा रहा और फिर बोला। "मुझे पूजा के लिए अफसोस है। चिंता मत करो, वह जल्दी ही ठीक हो जाएगी।"

"तुम्हें किसी बात का अफसोस है?," मैंने उसे हिकारत भरी नजरों से देखकर कहा। "पाँच घंटे के दोस्त के लिए भला कौन अफसोस करता है?"

"रिश्ते वक्त से नहीं, जज्बातों से बनते हैं। किसी से रिश्ता बनाने के लिए पाँच घंटे ही बहुत होते हैं, तो किसी के लिए सारी उम्र भी कम पड़ जाती है।" उसने मेरा ही तंज मुझ ही पर कस दिया। "तुम रिश्तों के बारे में क्या समझोगे? तुम तो रिश्तों की नींव ही साजिशों की रखते हो।"

"सच कई बार उलझा हुआ होता है। उसकी गांठें वक्त के साथ खोलना ही बेहतर होता है। सच न कहने का मतलब हमेशा झूठ नहीं होता। यह कई बार रिश्तों को बचाने के लिए जरूरी भी होता है।"

मैं चाहे यह मानूँ या न मानूँ मगर अंतस की बातें मुझे मंत्रमुग्ध कर देती थीं। किसी नशे की तरह जिसके बहाव में मैं बहती चली जाती थी। "तुम यहाँ पूजा के लिए नहीं, मेरे लिए आए हो न?" मैंने कहा। "तुम्हारे पास यह मानने की वजह है, मगर यह सच नहीं है। मैं अपना सामान पहले ही पैक कर चुका हूं।"

"तुम शहर छोड़ कर जा रहे हो? तुम्हारा काम खत्म हो गया?" मैंने आश्चर्य से पूछा। "काम? मेरा कोई काम नहीं है। मैं यहाँ सिर्फ तुम्हारे लिए आया था।"

★★★

अगले दिन अनाथाश्रम से लौटते वक्त नंदिनी पूजा के रेस्टोरेंट पर ही रुक गई। अंदर काउंटर पर एक आदमी बैठा था। नंदिनी ने अंदाजा लगा लिया कि वह रोहित ही था। "पूजा कहाँ मिलेगी?" नंदिनी ने पूछा।

"जी आप कौन?" रोहित ने नंदिनी को देखकर कहा। "मैं उसकी दोस्त हूं।" नंदिनी बोली। "आप दो मिनट बैठिए, मैं बुला कर लाता हूं।"

कुछ ही देर में पूजा सामने थी। "जी आप? मगर रोहित ने तो मुझसे कहा था कि मेरी कोई दोस्त आई है।" घबराहट पूजा के चेहरे से साफ झलक रही थी। "हां, मैंने उससे यही कहा था। मैं उसे बेवजह परेशान नहीं करना चाहती थी।"

"हम्म थैंक्स! मगर मैंने पहले ही कहा था कि मैं सब कुछ बता चुकी हूं।" पूजा बोली। "मुझे मालूम है।" नंदिनी ने कुछ देर रुककर कहा। "देखो पूजा! मैं जानती हूं कि इस केस में पहले ही तुम्हें काफी परेशान किया जा चुका है। मगर मैं यह जाँच अलग तरीके से कर रही हूं। अगर कुछ भी ऐसा है जो किसी कारण से तुमने पहले नहीं बताया हो, तुम मुझे बता सकती हो।"

"मगर आप दूसरों से अलग कैसे हैं?" पूजा ने पूछा। "याग्निक..." नंदिनी कुछ देर के लिए रुक गई। "हां... एसीपी चतुर्वेदी ने मुझे बताया था कि ताश्री ने हमारे बारे में अपनी डायरी में लिखा था। तो?"

"मैं उसे पहले से जानती थी।" पूजा आश्चर्य से नंदिनी को देखने लगी। "मैं कभी उससे प्यार करती थी। आज से लगभग पाँच साल पहले की बात है।"

"मगर याग्निक की तो शादी हो चुकी थी।" पूजा ने कहा। "हां, मुझे बाद में पता चला था। तुम्हारी तरह मैं भी उसके जाल में फंस गई थी। तुम खुशकिस्मत थी कि तुम बच गई। तुम्हारे साथ ताश्री थी।" नंदनी दुखी होते हुए कहा। "कमीना कहीं का...," पूजा की आँखें गुस्से से लाल हो गईं।

"पूजा! ताश्री ने सिर्फ तुम्हारे नहीं, मेरे भी गुनाहगार को सजा दिलाई थी। हम दोनों उसके एहसानमंद हैं। यही वो कारण है जिसके लिए मैं ताश्री के कातिल को सजा दिलवाना चाहती हूं। अगर तुम कुछ भी जानती हो जो कि इस केस में मेरी मदद कर सकता है, तो प्लीज मुझे बता दो।" पूजा कुछ देर के लिए खामोश हो गई।

"उस दिन जब ताश्री अंतस के कमरे में बेहोश थी, अंतस को किसी का फोन आया था। कोई वेद नाम का आदमी था। अंतस उसे बड़े भाई कह कर बुला रहा था। वह बार-बार किसी संगठन का नाम ले रहा था। वह कहा रहा था कि यहाँ का काम बहुत जल्द ही खत्म होने वाला है। फिर वह वापस लौट जाएगा।"

"यहाँ का काम? मगर अंतस तो यहाँ सिर्फ एक ही काम से आया था," नंदिनी ने मन ही मन में कहा।

★★★

अंतस के जाने की बात से मैं थोड़ी दुखी हो गई थी। तभी मेरा फोन बजा। मां का था। "तू कौन से वार्ड में है?" मां ने पूछा। "C-3 में। क्यों?" मैंने सवाल किया, तो मां ने बताया कि वो यहां अस्पताल में ही हैं। "आप यहाँ हॉस्पिटल में क्या कर रही हैं?" मैंने आश्चर्य से पूछा। "तेरे लिए खाना लेकर आई हूं और पूजा के मम्मी-पापा से भी मिल लूंगी।"

"आप नीचे ही रुको! मैं आती हूं।" मैंने फोन रखा। "कौन था?" मेरे फोन रखते ही अंतस ने पूछा। "मेरी माँ हैं।"

"तुम्हारी माँ... यहाँ हॉस्पिटल में?" वो थोड़ा असहज हो गया। मैंने उसकी असहजता का कारण पूछा, तो उसने बात कुछ नहीं कह कर टाल दी और खड़ा हो गया। तभी सामने से माँ आती दिखाई दी। माँ ने पहले मेरी ओर देखा और फिर अंतस की ओर। उनकी नजरें अंतस पर ही टिक गईं। वह उसे घूरते हुए मेरे पास आई। "अब पूजा कैसी है?", उन्होंने मेरी ओर देखते हुए कहा। "अभी कुछ पता नहीं चल रहा है। ऑपरेशन के लिए कह रहे हैं।"

"तू रात यहीं रुकेगी?" मां ने पूछा। "हां...," मैंने धीरे से कहा। "हम्म... मैं इसीलिए तेरे लिए खाना लेकर आई हूं। परेशान मत होना, सब ठीक हो जाएगा।"

अंतस वापस बेंच पर बैठ गया था। माँ ने दो-तीन बार नजरें चुराकर अंतस की ओर देखा। फिर वह पूजा के माँ-बाप से मिलने चली गई। "मैं अब चलता हूं," माँ के जाते ही अंतस ने कहा। "हम्म...," मैंने कोई जवाब नहीं दिया जैसे मुझे इससे कोई फर्क न पड़ा हो। उसके जाने के बाद मैं वहीं बैठ गई। कुछ देर बाद माँ वापस आ गई। "काफी महंगा ऑपरेशन है?" माँ ने मेरे पास आकर कहा। "हाँ! पूजा के परिवार वाले पता नहीं इतने पैसे कहाँ से लाएँगे?"

"हम्म... वह जल्दी ही ठीक हो जाएगी। तू चिंता मत कर।" मां ने धीरज बंधाया। "वो लड़का कौन था?" माँ ने कुछ देर रुककर कहा।

"कौन?... अंतस?" ताश्री बोली। "हां! वही जो अभी यहाँ खड़ा था।" मां के पूछने पर मैंने उसे पूजा का दोस्त बताकर बात टाली। "हम्म...ठीक है, मैं जा रही हूं। तुम अपना ख्याल रखना।"

रात के कोई 9 बज रहे थे। पूजा की माँ और मैं दोनों बैठे हुए थे। कुछ दूर पूजा के पापा उनके रिश्तेदार के साथ कुछ बात कर रहे थे। शायद पैसों की व्यवस्था कर रहे हों। तभी एक अंकल आए। "जी वो पूजा के पेरेंट्स?...," उन्होंने हमारे पास आकर पूछा।

"मैं उसकी माँ हूं," पूजा की माँ ने कहा। अब तक पूजा के पापा और रिश्तेदार भी हमारे पास आ गए थे। "मैं रोहित का पिता हूं," उस व्यक्ति ने पूजा के पापा से कहा। "रोहित...?" पूजा के पापा ने सवालिया अंदाज में कहा। "वही लड़का जो पूजा को यहाँ लेकर आया था।" मैंने उन्हें समझाते हुए कहा।

"मैंने ऑपरेशन का खर्च काउंटर पर दे दिया है। डॉक्टर्स बहुत जल्दी ही ऑपरेशन शुरू कर देंगे। डॉक्टर माथुर मेरे फ्रेंड हैं। आपको चिंता करने की जरुरत नहीं है।" रोहित के पिता ने कहा। "जी!...मगर...आपने...," पूजा के पापा कुछ बोल ही नहीं पाए। शायद उन्हें कुछ समझ में नहीं आ रहा था। "थैंक्स अंकल! पूजा के पापा जितना जल्दी हो सकेगा आपको पैसे वापस लोटा देंगे," मैंने कहा। "नहीं बेटा! उसकी जरुरत नहीं है," उन्होंने कहा। मैं और पूजा के पापा दोनों उन्हें आँखें फाड़ कर देखने लगे।

"शायद आपको मालूम नहीं है, मेरा बेटा आपकी बेटी से प्यार करता है। आज जब वह पूजा के ऑपरेशन के लिए मुझसे पैसे मांगने आया, तो मैंने मना कर दिया मगर फिर उसने सुसाइड करने की कोशिश की।" रोहित के पापा ने कहा। "सुसाइड!!" हम सब चौंक गए। "वह अब कैसा है?" पूजा के पापा ने घबराते हुए पूछा। "वह अब ठीक है। अच्छा हुआ कि हम ऐन मौके पर पहुँच गए वरना कुछ भी अनर्थ हो सकता था।"

"हम कई बार अपने बच्चों को समझने में कितनी बड़ी गलती कर देते हैं। हम जिसे उनकी नादानियाँ समझते हैं, वे बड़ी जिम्मेदारियाँ होती हैं। अगर आपको कोई ऐतराज न हो तो पूजा के ठीक होते ही मैं उसकी शादी रोहित के साथ करवाना चाहता हूं।" पूजा के मम्मी-पापा की आँखें आँसूओं से भर गईं थीं। वे कुछ भी नहीं बोल पाए।

12. आत्महत्या

मोहब्बत मौत है,
बार-बार नहीं होती,
हसरतें खिलती हैं मगर,
गुलजार नहीं होतीं,
आँखें करती हैं हरगिज जफा,
भर आती हैं मगर जार-जार नहीं रोतीं,
एक बार ओढ़ी थी वफा की चादर,
बिखरती हैं मगर तार-तार नहीं होती,
जो उल्फत की थी तो हो गई मोहब्बत भी,
अब फिर से इकरार नहीं होता, तकरार नहीं होती।

नंदिनी एक रेस्टोरेंट में अकेली बैठी थी। रेस्टोरेंट के चारों और कांच लगे हुए थे। यह देर शाम का समय था। रेस्टोरेंट में मंद-मंद संगीत चल रहा था, जो माहौल को रुमानी बना रहा था मगर नंदिनी तो एक अजीब ही दुविधा में फंसी हुई थी। वह सोच रही थी कि आखिर वह कहाँ से कहाँ तक आ गई है? उसने कभी सोचा भी नहीं था कि वह यहाँ तक आ पाएगी लेकिन अजीब बात है। जब उसने शुरुआत की तब उसके साथ कितने लोग थे मगर आज वो बिलकुल अकेली थी। रास्ते में कुछ मुसाफिर मिले भी तो वो भी केवल दर्द ही देकर गए।

शायद उसे भी अब अकेली रहने की आदत पड़ चुकी थी या फिर किसी के साथ से ही डर लगता था। मगर शायद वह अब अकेली नहीं थी। वह विजय के बारे में सोचने लगी थी। वह उसे शुरू से अच्छा लगता था। उसमें एक स्थिरता थी। उसकी आँखों में एक सम्मान था। उसके साथ में

अपनापन था। वह सुलझा हुआ समझदार इंसान था, मगर नंदिनी ने कभी उसे उस नजरिए से नहीं देखा। मगर इन दिनों उन दोनों के बीच नजदीकियां ज्यादा ही बढ़ रही थीं। वह चाहती तो विजय को रोक सकती थी, मगर उसे इसमें कुछ गलत भी नहीं लग रहा था।

नंदिनी रेस्टोरेंट के शीशे से बाहर देखते हुए यह सब सोच रही थी कि तभी नंदिनी की नजर सामने एक दुकान पर पड़ी। यह एक पर्स की दुकान थी। अभी-अभी इस दुकान में कोई गया था। नंदिनी को वह शक्ल जानी पहचानी लगी। उसने फटाफट काउंटर पर बिल दिया और बाहर आ कर इंतजार करने लगी। कुछ देर बाद उस दुकान से वह लड़की बाहर निकली। नंदिनी ने उसे ध्यान से देखा, तो उसकी आँखें फटी की फटी रह गईं। उसे खुद पर विश्वास नहीं हो रहा था। यह तो ताश्री है!!

नीली टी-शर्ट, काली जींस, गले में एक मफलर, चेहरे पर एक बच्चे जैसी मासूमियत... ऐसा लग रहा था कि एक बच्ची बस उम्र में बड़ी हो गई हो। उसकी आँखों पर चश्मा नहीं था पर चेहरे पर एक मुस्कान थी। हाथ में बैग लिए, मन ही मन कुछ सोचते हुए मुस्कुराते हुए जा रही थी। जैसे अपने किसी करतब पर खुश हो रही हो। नंदिनी कुछ पल तक एक टक उसे निहारती रही, जैसे किसी माँ को अपना खोया हुआ बच्चा मिल गया हो।

नंदिनी उसका पीछा करने लगी। कुछ देर चलने के बाद आगे बाइक पर एक लड़का हाथ में एक बैग लिए खड़ा था। शायद यह अंतस था। उसके बैग में खरीदे हुए कपड़े थे।

"इतना वक्त लगता है तुम्हें एक बैग खरीदने में... मैंने सारे कपड़े खरीद लिए और आधे घंटे से यहाँ खड़ा हूं।" ताश्री के आते ही अंतस ने कहा। "वो दुकान वाला सरासर पागल बना रहा था। 600 का पर्स 1500 में बेच रहा था। मैंने भी कह दिया, मैं उसके दिल्ली वाले सप्लायर वर्मा की बेटी हूं। बेचारा फ्री में देने के लिए तैयार हो गया था," ताश्री ने चहकते हुए कहा।

"तुम कब इन भोले-भाले दुकानदारों को ठगना छोडोगी ताश्री?" अंतस ने उसकी नादानी को नजर अंदाज करते हुए कहा। "जब ये मुझे ठगना छोड़ देंगे," ताश्री मुस्कुरा दी।

नंदिनी का शक अब पक्का हो गया था। यह ताश्री ही थी। ताश्री बाइक पर बैठी ही थी कि नंदिनी दौड़ कर उनके पास पहुँच गई। उसने उन पर

अपनी बन्दूक तान दी, "रुक जाओ ताश्री!..." नंदिनी ने चिल्लाकर कहा। ताश्री ने एक बार नंदिनी को घूरा।

"तुम बहुत दूर आ चुकी हो नंदिनी! ताश्री नंदिनी की आँखों में देख रही थी। "मतलब?" नंदिनी ने कहा।

"यह रास्ता सही नहीं है," ताश्री ने उधर देखा। वहां से एक ट्रक आ रहा था। ट्रक नंदिनी को अपनी चपेट में लेता हुआ निकल गया। अचानक नंदिनी की नींद खुली। बड़ा अजीब सपना था। वह पूरी पसीने से तरबतर थी। उसका सिर भी काफी भारी हो रहा था। उसने घड़ी की ओर देखा तो सुबह के दस बज रहे थे। वो फटाफट तैयार हुई और थाने के लिए निकली।

थाने पहुँची तो नंदिनी ने देखा की थाने में कोई नहीं था। उसने पहरेदार से पूछा तो पता चला कि कोई केस आया हुआ है। विजय सर जाब्ता लेकर गए हुए हैं। नंदिनी ने विजय को फोन करके पूछा, तो उसने बताया कि किसी पेट्रोल पम्प पर गाँव वालों का झगड़ा हो गया था। स्थिति अब नियंत्रण में थी। वे कुछ ही देर में लौटने वाले थे।

नंदिनी अपने केबिन में आ गई और कुछ फाइल्स देखने लगी। तभी उसे किसी फाइल की जरुरत महसूस हुई, तो उसने पहरेदार को आवाज लगाई। "हो सकता है चाय पीने गया हो," नंदिनी ने मन ही मन में सोचा और खुद ही उठकर फाइल लेने चली गई।

स्टोर रूम में ढेर सारी फाइलों का अंबार लगा हुआ था। कुछ ही देर में वो समझ गई कि फाइलें इंडेक्स से नहीं जमी हुई हैं और उसे मेहनत करनी होगी। वह फाइल ढूँढने के लिए इधर-उधर देखने लगी। कुछ रैक देखने के बाद उसकी नजर एक कबाड़ पर पड़ी। उसने उसमें ढूँढा मगर उसमें भी कुछ नहीं था। तभी उसकी नजर कबाड़ के पीछे बनी अलमारी पर गई। उसमें एक छोटी सी दरार थी, जिसमें से एक पीला पैकेट दिख रहा था। नंदिनी ने उस दरार में हाथ डाल कर वो पैकेट बाहर निकाला। उस पैकेट के नीचे ही एक फोल्डर पड़ा था। नंदिनी ने वो फोल्डर भी उठा लिया। वो इन दोनों को लेकर वापस ऑफिस में आ गई।

नंदिनी ने वो फोल्डर खोला, तो उसके अंदर एक पोस्टमार्टम रिपोर्ट पड़ी थी। दिव्या नाम की किसी लड़की की। रिपोर्ट देखने के बाद नंदिनी ने वो पैकेट खोला। उसमें एक डायरी थी। उसने डायरी खोलकर देखा। यह

ताश्री की डायरी थी। कुछ ही देर में विजय और बाकी सब लोग भी आ गए। थोड़ी देर बाद विजय नंदिनी के कैबिन में आया।

"तुम आ गई। मुझे लगा आज छुट्टी पर हो," विजय ने बैठते हुए पूछा। "हम्म..." नंदिनी ने उसकी बात को नजरअंदाज करते हुए सीधे दिव्या के बारे में पूछा। "दिव्या... कौन दिव्या मैडम?" विजय ने थोड़े आश्चर्य से पूछा। मैडम सुनते ही नंदिनी ने विजय की ओर देखा।

"आई मीन नंदिनी," विजय ने अपनी भूल सुधारते हुए कहा। "मुझे यह पोस्टमार्टम रिपोर्ट मिली थी," नंदिनी ने रिपोर्ट विजय को दिखाते हुए कहा। "क्या नंदिनी? पहले वो ताश्री फिर यह दिव्या! तुम भी क्या गड़े मुर्दे उखाड़ने पर तुली हो," विजय ने नंदिनी के हाथ से वो रिपोर्ट लेकर देखते हुए कहा। "यह रिपोर्ट बिना किसी केस फाइल के पड़ी हुई थी," नंदिनी ने स्पष्ट किया।

"अरे हां!... याद आया। एक बार हॉस्पिटल वालो ने हमें गलत पेशेंट की पोस्टमार्टम रिपोर्ट भेज दी थी। शायद यह वही है। मैंने कहा था कि इसे रद्दी में दे देना।" विजय बोला। "अच्छा हुआ नहीं दी, वरना ताश्री की डायरी भी रद्दी में चली जाती," नंदिनी ने टेबल पर पड़ी डायरी की तरफ इशारा करते हुए कहा। "अरे वाह...! यह तुम्हें कहाँ मिल गई? मैं ढूँढ-ढूँढ कर थक गया।"

"इसी रिपोर्ट के साथ ही पड़ी थी, कबाड़ के पीछे।" नंदिनी बोली। "तभी मुझे नहीं मिली। चलो अच्छा हुआ झंझट छूटा।" विजय ने जैसे राहत की सांस ली। "और वो रामनायक के शूटर्स से कुछ पता चला?" नंदिनी ने डायरी अपनी रैक में रखते हुए कहा। "हाँ मैडम! मूर्तियों की स्मगलिंग कर रहे थे।"

"मगर एक ही तरह की इतनी सारी मूर्तियाँ कहाँ लेकर जा रहे थे?" नंदिनी ने आश्चर्य से पूछा। "वो तो कुछ बता नहीं रहे हैं। कह रहे हैं किसी स्टेचू डीलर के पास ले जा रहे थे, मगर नाम नहीं बता रहे हैं।" विजय ने कहा। "चलो मैं पूछती हूं।" नंदिनी बोली। "मैं पूछ चुका हूं मैडम! आपके हाथ का दर्द...?" विजय को टोकते हुए नंदिनी ने बीच में ही कहा, "अब ठीक है। चलो थोड़ी कसरत भी हो जाएगी।"

"मैडम! मुझे कहीं बाहर जाना है। मैं जाकर आता हूं।" विजय बोला। "हम्म... ओके। जल्दी आ जाना, हमें मदनलाल के केस पर भी काम करना है।"

"जी मैडम!," विजय ने कहा और फाइल लेकर बाहर चला गया। नंदिनी सैल में गई और ड्राईवर से पूछताछ करने लगी, मगर आधे घंटे तक पूछताछ करने के बाद भी कुछ खास पता नहीं चल पाया। "बहुत ढीठ हैं साले। उगलना तो तुमको पड़ेगा," नंदिनी ने जेल का गेट बंद करते हुए कहा। "मैडम! मुझे एक फोन करना है," तभी उनमें से एक ड्राईवर ने कहा। "किसे?" नंदिनी ने पूछा। "जी मेरी घरवाली को। चार दिन से कुछ खोज-खबर नहीं हुई है तो परेशान हो रही होगी।"

"हम्म... ठीक है! हवलदार इसे फोन करवा दो," हवलदार से कहकर नंदिनी अपने कैबिन में आ गई। फोन नंदिनी के कैबिन के पीछे की तरफ ही था। जिसके ऊपर एक रोशनदान बना हुआ था। नंदिनी को बाहर की आवाज सुनाई दे रही थी।

"जय महाकाल!! मैं नीलकंठ!," उस ड्राईवर ने फोन पर कहा। "ट्रक को पुलिस ने पकड़ लिया है। अभी हम जेल में हैं। जी हां! संगठन का कार्य है, मेरी उपस्थिति अनिवार्य है। आपको कोई न कोई उपाय अवश्य निकालना होगा। सभा का संचालन मुझे ही देखना है। धन्यवाद... आभार आपका..." इतना कहकर ड्राईवर फोन रखकर वापस अपने सैल में चला गया। नंदिनी भी कुछ फाइल्स देखने लगी। तभी उसका फोन बजा। फोन कमिश्नर का था।

"जी कमिश्नर साहब!" नंदिनी ने सतर्क होते हुए कहा। "मिस नंदिनी! आपने एमजी रोड के ढाबे से दो लोगों को गिरफ्तार किया है।" कमिश्नर ने कहा। "यस सर! उन्होंने हमारे हवलदार पर फायरिंग की थी और वे मूर्तियों की स्मगलिंग कर रहे थे।"

"मिस नंदिनी! आपसे एक भूल हुई है। उनमें से एक व्यक्ति ट्रक का ड्राईवर है मगर दूसरा नीलकंठ, वह बेगुनाह है। वह तो बस उसके साथ वहाँ बैठकर खाना खा रहा था। आप उसे अभी रिहा कीजिए।"

"लेकिन सर उसने..." नंदिनी की बात काटते हुए कमिश्नर बीच में बोला, "लेकिन वेकिन कुछ नहीं मिस नंदिनी! आप वैसे भी एक निर्दोष व्यक्ति को चार दिन जेल में रख चुकी हैं। उसका वकील अभी जमानत के कागजात लेकर आ रहा है। आप उसे अभी रिहा कीजिए।" इतना कह कर कमिश्नर ने फोन रख दिया। नंदिनी सीधा उठ कर उस ड्राईवर के सैल में गई और खींच कर उसके कान के नीचे दो थप्पड़ लगाए।

"किसे फोन किया था बे तूने?" नंदिनी ने गुस्से में पूछा। "जी मैडम... वो... घरवाली को किया था..." उसने कहा। "और फोन करने के 5 मिनट में तेरे बाप का फोन आ गया।"

"साले! है कौन तू जो तुझे छुड़ाने के लिए खुद कमिश्नर फोन कर रहा है और यह संगठन क्या है?" नंदिनी ने पूछा। "संगठन...जी वो हमारा जयपुर ट्रांसपोर्ट ऑर्गेनाईजेशन है।" नीलकंठ बोला। "और तुझे कौन सी मीटिंग में जाना है?" नंदिनी ने फिर पूछा। "हमारे आर्गेनाईजेशन की ही मीटिंग है?"

"कब?" नंदिनी बोली। "कल ही है..." उसने कहा। "मैडम! वो इसका वकील आया है," तभी हवलदार ने टोका। "अरे वाह! बड़ा जल्दी आ गया," नंदिनी ने सैल से बाहर निकलते हुए कहा। "एक काम करो! तुम चेक करो कि कल जयपुर ट्रांसपोर्ट ऑर्गेनाइजेशन की कोई मीटिंग है क्या?" नंदिनी ने हवलदार से कहा और अपने कैबिन में आ गई।

उसने बाहर आकर चेक किया सारे डॉक्यूमेंट सही थे। उसके पास ड्राइवर को छोड़ने के अलावा और कोई रास्ता नहीं था। उसे रिहा करने के बाद उसने एक हवलदार को बुलाया। "एक काम करो, इस पर नजर रखो। जहाँ इसका वकील इससे अलग हो, वहाँ से इसे उठा कर वापस ले आओ।"

कुछ ही देर में हवलदार उस ड्राईवर को पकड़कर वापस ले आया। "इसे पीछे वाले लॉकअप में डाल दो," नंदिनी ने उस हवलदार से कहा। कुछ देर बाद विजय भी वापस आ गया। नंदिनी ने पूरा माजरा विजय को बताया। "तुम्हें उस तरह जमानत पर रिहा किए हुए व्यक्ति को वापस नहीं लाना चाहिए था," विजय ने समझाया। "तो क्या करती?...जिसने मुझ पर गोली चलाई, उसे ऐसे ही छोड़ देती?"

"मगर फिर भी अगर कमिश्नर ने खुद फोन किया था तो जरुर कुछ खास रहा होगा।" विजय बोला। "कुछ भी हो, जब तक मैं इन मूर्तियों और इस संगठन के बारे में पता नहीं कर लेती कोई रिहा नहीं होगा।" नंदिनी गुस्से में थी। कुछ देर बाद वह शांत हुई। "मैं लंच लेकर आती हूं," नंदिनी ने निकलते हुए कहा। विजय ने हामी भर दी। कुछ देर बाद नंदिनी वापस आई। वह विजय के साथ बैठकर कुछ फाइल्स डिस्कस करने लगी। तभी एक हवलदार दौड़ते हुए आया।

“वो... मैडम...” वह पसीने में भीगा हुआ था। उसकी साँस फूल गई थी। “क्या हुआ?” नंदिनी ने खड़े होते हुए पूछा। “मैडम...! उस ड्राईवर ने आत्महत्या कर ली,” उसने साँस लेते हुए कहा। “क्या?” नंदिनी और विजय दोनों चौंकते हुए खड़े हुए। दोनों तेजी से लॉकअप की तरफ भागे। ड्राईवर एक रस्सी के सहारे पंखे पर लटका हुआ था। पास ही दो हवलदार खड़े थे।

“इसे नीचे उतारो!” नंदिनी ने चिल्लाते हुए कहा। हवलदार तेजी से दौड़कर उसके पास गए और उसे नीचे उतारा। तब तक वह मर चुका था। एक हवलदार ने सफेद कपड़ा लाकर उस पर ओढ़ा दिया।

“यह फंदे से लटक गया, तब तक तुम लोग कहाँ थे?” नंदिनी पहरेदार की तरफ देखकर चिल्लाई। पहरेदार भी डर से थर-थर काँप रहे थे। “वो मैडम! यह सैल थोडा अंदर की तरफ है, तो हम इधर कम ही आते हैं,” एक हवलदार ने डरते-डरते कहा। “और यह रस्सी यहाँ तक कैसे पहुँची?” विजय ने पंखे के ऊपर लटकी रस्सी की तरफ इशारा करते हुए कहा।

“वो... रस्सी...” हवलदार आगे कुछ नहीं कह पाया। कुछ देर बाद नंदिनी और विजय दोनों कैबिन में आ गए। “यह पता नहीं कैसे हो गया?” नंदिनी ने बैठते हुए चिंता में कहा।

“नंदिनी! फँसे तो हम बेहद खतरनाक हैं। एसपी के खुद फोन करने पर तुमने उस ड्राईवर को रिहा किया था। रिलीज डाक्यूमेंट्स पर तुम्हारे साइन हैं। फिर तुम उसे उठा कर वापस जेल में डाल देती हो और वो आत्महत्या कर लेता है। अगर बाहर किसी को भनक भी लग गई तो हंगामा हो जाएगा। कोई यकीन नहीं करेगा की यह आत्महत्या है, मर्डर नहीं। हम सबका सस्पेंशन पक्का,” विजय ने स्थिति की गंभीरता समझाते हुए कहा।

“स्टाफ में से कोई मिला हुआ है या फिर यह भी हो सकता है कि उसने कपड़े सुखाने की रस्सी उठा ली हो।” विजय बोला। “तब तो इस खबर के बाहर जाने की संभावना और भी ज्यादा है। अब हमें क्या करना चाहिए?”, नंदिनी खुद पसीने से तरबतर थी।

“हमें एक झूठ को छुपाने के लिए दूसरा झूठ बोलना होगा, मगर हो सकता है यह तरीका तुम्हें ज्यादा पसंद नहीं आए,” विजय ने नंदिनी की तरफ देखते हुए कहा। “तुम्हें जो करना है, वो करो। मुझे तो कुछ सूझ ही नहीं रहा है।” नंदिनी बोली।

विजय बाहर आ गया और एक हवलदार को बुला कर कुछ कहा। कुछ ही देर में तीन-चार लोग एक गाड़ी लेकर आए और ड्राईवर की लाश को उठाकर ले गए। "वे उस ड्राईवर की लाश को कहाँ ले गए हैं?" नंदिनी ने विजय से पूछा। "आज क्या हुआ था?" विजय ने नंदिनी से प्रतिप्रश्न किया। वो विजय के सवाल का मतलब नहीं समझ पाई।

"कमिश्नर का फोन आने पर तुमने उस ड्राईवर को रिहा कर दिया। फिर?" विजय ने कहा।

"फिर हवलदार उसे वापस लेकर आया।" नंदिनी बोली।

"नहीं लाया।" नंदिनी ने विजय को सवालिया नजर से देखा। "उस ड्राईवर ने यहाँ से छूटने के बाद आगे की सजा के डर से आत्महत्या कर ली। अभी कुछ ही देर में किसी गाँव वाले का थाने में फोन आएगा कि एक पेड़ पर किसी की लाश लटकी हुई है। हम जाएँगे और केस बनाएँगे।" विजय ने कहा।

"और अगर स्टाफ में से किसी ने बाहर खबर कर दी तो?" नंदिनी ने परेशान होते हुए पूछा। "लोगों को एक आसान झूठ एक मुश्किल सच से कई गुना बेहतर लगता है। यह कहानी तुम्हारी वाली हकीकत से कहीं ज्यादा है और ज्यादा भरोसेमंद भी।" तभी एक हवलदार ने फोन की बात कही।

"तुम काफी थक चुकी हो। अब घर जाकर आराम करो। आगे मैं संभाल लूंगा," विजय ने कहा। "मगर..." नंदिनी थोड़ी परेशान थी। विजय ने उसे ढांढस बंधाया, तो वो मान गई।

"मगर-वगर कुछ नहीं। तुम्हें मुझ पर विश्वास है न?" नंदिनी मुस्कुराई। विजय ने कहा, "तो तुम सब मुझ पर छोड़ दो और निश्चिंत होकर घर जाओ।"

13. संगठन

3-4 दिन से हॉस्पिटल से घर और घर से हॉस्पिटल के ही चक्कर लग रहे थे। पूजा को होश आ गया था। उसकी तबियत अब ठीक थी, मगर एक पैर में फ्रैक्चर था। डॉक्टर ने कहा कि कुछ दिन चलने में दिक्कत होगी, मगर बाद में ठीक हो जाएगी। होश में आने पर वो थोड़े सदमे में थी। उसे कुछ समझ में नहीं आ रहा था कि अचानक यह सब कैसे हो गया? उसे तो अपना एक्सीडेंट भी याद नहीं था।

रोहित अगले दिन हॉस्पिटल आया था। मैंने उसे पैसों के लिए थैंक्स कहा, मगर उसकी बेवकूफी के लिए उसे डांटा भी। उसने बताया कि उस दिन जब उसने घर जाकर अपने पापा से पैसे मांगे, तो उन्होंने मना कर दिया। काफी मिन्नतें करने के बाद भी जब वह नहीं माने, तो उसका दिल बैठ गया और उसे कोई रास्ता ही नहीं सूझा।

हम कई बार लोगों को समझने में बड़ी गलती कर देते हैं। किसी को पहली बार देखने पर ही उसके बारे में अच्छी तरह समझे बगैर उसके बारे में राय बना लेते हैं और फिर बाद में पछताते हैं। शायद कोई व्यक्ति अच्छा या बुरा नहीं होता, यह तो बस व्यक्ति के किरदार होते हैं। हमारा जिस किरदार से सामना होता है हम उसे वही मान लेते हैं। रोहित को जब मैंने पहली बार देखा, तो उसे अमीर बाप की बिगड़ी हुई औलाद समझा था। मगर मैं गलत थी।

अंतस उस दिन के बाद मुझे नजर नहीं आया। शायद वह चला गया था, मगर मैं उससे मिलने के लिए बैचेन थी। पता नहीं मुझे क्या हो रहा था? जब वह सामने होता, तो उस पर गुस्सा आता। उससे झगड़ा करती, मगर जब वह सामने नहीं होता, तब मैं बेचैन हो जाती। उस दिन उसने

कहा था कि उसने अपना सामान पैक कर लिया है, तो शायद वह शहर छोड़ कर चला गया हो। मगर मेरा सोचना गलत था।

शाम को मैं हॉस्पिटल के बाहर गार्डन में बैठी थी। सूरज डूब चूका था, मौसम ठंडा हो गया था। ठंडी हवा चल रही थी। गार्डन में कुछ पेशेंट्स के परिजन भी बैठे हुए थे। मैं उन्हें ही देख रही थी। तभी किसी ने मुझे आवाज दी, जैसे किसी सूखी धरती पर बारिश की कुछ बूँदें गिरी हों। मैं बिना पीछे देखे ही इस आवाज को पहचान गई थी। यह अंतस ही था। वह मेरे पास आ गया।

“तुम अब तक गए नहीं!” मैंने अपनी मुस्कुराहट को थामते हुए कहा। “मुझे लगा तुम चले गए होगे।”

“मैंने सोचा एक बार नींव को दोबारा भर कर देखा जाए। अब तक तो केवल दीवारें ही बनी हैं। मकान तो अब तक बना ही नहीं,” उसने एक पहेली सी कही। “मतलब?” मैंने उठते हुए कहा। अंतस आगे बोला, “तुमने उस दिन कहा था न कि मैं रिश्तों की नींव ही साजिशों से भरता हूं, तो इस बार सच से भरने की कोशिश करने आया हूं। एक नए रिश्ते की शुरुआत करते हैं।” हम दोनों साथ-साथ चलने लगे थे।

“और अगर मैं कहूँ की अब मुझे कोई रिश्ता बनाना ही नहीं है तो?” मैंने मुस्कुराते हुए कहा। मैं उसका चेहरा पढ़ रही थी। ऐसा लग रहा था जैसे वह कुछ सोच रहा था। “रिश्ता तो बन चुका है। बात तो उसे निभाने की है,” उसने कहा। हम दोनों चलते-चलते एक गली में आ गए थे। रोडलैम्प की लाल रोशनी छाई हुई थी। सामने से दो आदमी आ रहे थे।

“हां... मगर रिश्ते को निभाने के लिए सच बोलने की जरुरत होती है और शायद तुम्हें उसकी आदत नहीं है,” मैंने साफ-साफ कहा। “सच हमेशा कड़वा ही नहीं होता, कभी-कभी जहरीला भी होता है, मगर उसे एक न एक दिन तो सामने आना ही है। मैं सिर्फ सही वक्त का इंतजार कर रहा था।”

“और अब वो सही वक्त आ गया है?”, मैंने उसे घूरते हुए पूछा। “हां! शायद...”

तभी सामने से आते वे आदमी हमारे सामने आकर खड़े हो गए। ये दो हट्टे कट्टे लोग थे। “अरे भाई! सामने से हटो। क्यों रास्ता रोक कर खड़े हो?” अंतस ने उनसे कहा।

"शायद तुम ही गलत रास्ते पर चल रहे हो।" उनमें से एक ने कहा। हमने ध्यान नहीं दिया था कि हमारे पीछे दो लोग और आ रहे थे। वो चारों हमें घेर कर खड़े हो गए। "बेहतर होता संगठन इससे दूर ही रहता," उसने अंतस को घूरते हुए मेरी ओर इशारा किया।

"कितने आदमी हो?," अंतस ने मुस्कुराकर कहा। मुझे आश्चर्य हुआ। मेरी डर के मारे हालत खराब हो रही थी, मगर वह मुस्कुरा रहा था। "जितने भी हैं, तुम्हारे लिए तो काफी हैं," उसने अपनी आँखे चौड़ी करते हुए कहा। "अच्छा! चलो देखते हैं।" अंतस ने मेरी ओर देख कर कहा, "ताश्री! अच्छा होगा तुम दूर चली जाओ।"

"हां मेम! आप यहाँ से चली जाएं," उनमें से एक बोला। मैं चुपचाप वहां से दूर चली गई। यह क्या हो रहा था, मुझे कुछ समझ ही नहीं आ रहा था। मैं डर से थर-थर काँप रही थी। उसमें से एक ने अंतस को पीछे से पकड़ने की कोशिश की, तो उसने अपनी कोहनी उसके पेट में मारी और फिर जैसे ही वह झुका, उसके सिर पर दे मारा। वह वही नीचे बैठ गया। तभी अंतस ने उसके चेहरे पर एक लात मारी और वह जमीन पर पड़ा था।

यह किसी फिल्म के फाइट सीन जैसा था। पाँच सेकेंड के अंदर ही वह शख्स जमीन पर था। फिर वे तीनों एक साथ अंतस पर झपटे। उसने पीछे हटते हुए उन तीनों पर लात घूंसे बरसाने शुरू कर दिए। कुछ ही देर में एक-एक कर वे तीनों भी ढेर हो गए।

"अगली बार उससे कहना कि ढंग के आदमी भेजे," अंतस ने एक आदमी के पास जाकर कहा। वे चारों बुरी तरह से जख्मी हो गए थे। वे उठ कर भाग खड़े हुए। "ये तुमने अच्छा नहीं किया लड़के! तुम्हें इसका अंजाम भुगतना होगा," जाते-जाते एक आदमी अंतस को धमकी देकर देकर गया।

अंतस फिर मेरी तरफ आया। "चलो ताश्री!" उसने कहा। अंतस को भी कुछ चोटें आईं थीं। "चलो हॉस्पिटल चलते हैं," मैंने उसे सहारा देते हुए कहा। "नहीं...उसकी जरुरत नहीं है। मैं ठीक हूं," उसने कराहते हुए कहा। मैंने उन गुंडो के बारे में पूछा, तो उसने बताया कि वो राणा के आदमी थे। मेरा सिर चकरा गया। "राणा के आदमी! मगर राणा ने क्यों तुम्हारे ऊपर..."

"मगर-वगर कुछ नहीं। तुम कल सुबह ग्यारह बजे मेरे रूम पर आ जाना। मेरे पास अब ज्यादा वक्त नहीं है।" अंतस इतना कहते ही एक ऑटो में बैठ कर चला गया।

मैं वापस हॉस्पिटल में आ गई। आखिर राणा ने क्यों अंतस पर हमला करवाया?... और यह संगठन क्या है? अब किस पर विश्वास करना है और किस पर नहीं, कुछ समझ में नहीं आ रहा था। कल जो हुआ सब अप्रत्याशित था। आखिर राणा ने ऐसा क्यों किया था? उस आदमी ने कहा था कि संगठन मुझसे दूर रहे। आखिर यह संगठन क्या है और वो लोग क्यों मुझे उससे दूर रखना चाहते हैं? कहीं अंतस का इस संगठन से कुछ लेना देना तो नहीं? कहीं अंतस से मिलना मेरे लिए खतरनाक तो नहीं है?

अंतस कह रहा था कि उसके पास ज्यादा वक्त नहीं है। आखिर वो किस बात से डर रहा था? इन सारे सवालों से मेरा दिमाग घूम रहा था। मुझे अंतस से मिलने से डर लग रहा था मगर मेरे लिए इन सवालों का जवाब जानना भी जरुरी था। आखिरकार अब यह मेरे वजूद का सवाल था। मैंने अंतस को फोन लगाया।

"तुम आज आ रही हो न?" उसने सामने से पूछा। "हां... मगर तुम्हारे रूम पर नहीं। हम गार्डन में मिलेंगे।" मैंने कहा। हा हा हा!!, वह हँसने लगा। "तुम्हारा डर मैं समझ सकता हूं, मगर तुम भी तो मेरा डर समझो। अगर इस बार वो लोग आए तो मैं उनसे नहीं लड़ सकूँगा।"

"तो इस बात की क्या गारंटी हैं कि वो तुम्हारे रूम पर नहीं आएँगे?", मैंने भी अपना दिमाग चलाते हुए कहा। "हां, मुझे पता है। इसीलिए मैंने कल शाम को ही होटल चेंज कर लिया। आज तुम्हें होटल लीला में आना है।"

"होटल लीला!" मैंने चौंकते हुए कहा। "वो मेरे घर से कोई सौ किमी दूर है।" मैंने कहा। "बिल्कुल! तुम बस अपनी गली से बाहर आ जाना। वहाँ एक कार तुम्हें लेने आ जाएगी।" अंतस बोला। कार! "मगर मैं उसे पहचानूँगी कैसे?"

"तुम पहचान जाओगी।" अंतस की बात मानकर मैंने फोन रख दिया। मुझे वास्तव में घबराहट हो रही थी। फिर भी सच तो जानना ही था। सो मैंने उससे मिलने का फैसला कर लिया।

मैं 10.30 बजे तक तैयार होकर घर से निकल गई। गली के बाहर जाकर खड़ी ही हुई थी कि एक कार आकर रुकी। मैं उसकी ओर देखने लगी तभी कार का दरवाजा खुला और एक आदमी बाहर निकला। "अरे!" मैं चौंक गई। यह तो वही ऑटो वाले काका हैं, जिनके ऑटो से मैं अक्सर कॉलेज जाती हूं। उन्होंने सफेद रंग के ड्राईवर वाले कपड़े पहन रखे थे। बिल्कुल वैसे ही जैसे अमीर लोगों के ड्राईवर पहनते हैं।

"काका! आप कार भी चलाते हैं?," मैंने उन्हें देखते ही पूछा। "बैठो बिटिया!," उन्होंने पीछे का दरवाजा खोलते हुए कहा। "बैठो मतलब? आप मुझे लेने के लिए आए हैं? आप अंतस को जानते हैं?"

"हां! आप जल्दी से कार में बैठिए। हमें देर हो रही है।" मैं कार मैं बैठ गई। मैंने फिर उनसे पूछा, "काका! आप अंतस को कैसे जानते हैं?"

"बेटा! आप अभी बहुत-सी बातें नहीं जानते हो, लेकिन अब सब जान जाओगे।" उन्होंने कहा। "मगर उस दिन जब हम अंतस को हॉस्पिटल लेकर गए थे। उस दिन आप ऐसे बर्ताव कर रहे थे जैसे आप उसे जानते ही नहीं हो और उस दिन जब उन लडकों ने मुझे छेड़ा था..." मैं कहते-कहते रुक गई। अब मैं जान गई थी कि यह सब कुछ मेरी समझ से बड़ा था। मैंने कभी गौर ही नहीं किया कि हर बार मुसीबत में पड़ने पर इन काका का ऑटो ही मुझे लेने आता था।

"बच्चे! अभी तुम्हें बहुत कुछ जानना है, मगर अभी सिर्फ इतना समझ लो कि हम जो कुछ कर रहे हैं, तुम्हारी भलाई के लिए कर रहे हैं।" मैं पीछे हजारों सवालों से घिरी हुई चुपचाप बैठी थी।

★★★

दो दिन मौसम शांत रहने के बाद आज फिर से आसमान में काली घटाएं छाईं थीं। लगातार बिजलियाँ चमक रही थीं। विजय थाने से आया था। दिन भर हुई कार्यवाही से वो काफी थक गया था। वो अभी कपड़े पहन ही रहा था कि डोरबेल बजी। इतना लेट कौन हो सकता है? उसने मन ही मन सोचा। कहीं थाने से तो नहीं कोई? हो सकता है कोई इमरजेंसी हो। उसने फटाफट कपड़े पहने और दरवाजा खोला। हाथ में बैग लिए नंदिनी खड़ी थी।

"नंदिनी तुम यहाँ? इस वक्त?" विजय ने कुछ चिंतित होते हुए कहा। "हां, वो मुझे घर पर अकेले काफी घबराहट हो रही थी तो मैं यहाँ आ गई," उसने अंदर आते हुए कहा। "सब ठीक से हो गया न? कोई प्रॉब्लम तो नहीं हुई?" नंदिनी काफी परेशान लग रही थी और होना भी चाहिए, आखिर उसके करियर का सवाल था। अंदर विजय के कपड़े इधर-उधर पड़े थे। घर भी पूरा अस्त-व्यस्त था। विजय तेजी से अंदर गया और कपड़े इकट्ठे कर अलमारी में रखने लगा।

"नहीं, कोई दिक्कत नहीं हुई। अब सब ठीक है। वैसे तुम फोन करके भी पूछ सकती थी," विजय ने कुछ पेपर ड्रॉर में रखते हुए कहा। "क्यों? तुम्हें मेरा यहाँ आना अच्छा नहीं लगा?" नंदिनी पलंग पर बैठी थी। उसने विजय को घूरते हुए कहा। विजय एक सेकेंड के लिए रुक गया। उसने नंदिनी को ऐसे देखा, जैसे उसकी मनोस्थिति समझना चाहता हो।

"नहीं, ऐसी तो कोई बात नहीं है। काफी लेट हो चुका हैं इसलिए..." विजय को टोकते हुए नंदिनी बोली, "तुमने खाना खा लिया?"

"नहीं, मैं तो बस अभी आया हूं। "क्यों?" विजय ने पूछा। "मैं तुम्हारे लिए खाना लेकर आई हूं," नंदिनी ने बैग से टिफिन निकालते हुए कहा।

"ओह थैंक्स! मगर तुमने इतनी तकलीफ क्यों की?" विजय ने पास पड़ी कुर्सी पर बैठते हुए औपचारिकतावश पूछा। विजय नंदिनी के इस अजीब बर्ताव से अचंभे में था। उसे समझ में नहीं आ रहा था की नंदिनी उसके प्रति इतना लगाव क्यों दिखा रही है? कहीं वह दिन में उसके द्वारा की गई मदद को एहसान मान कर उसका बदला चुकाने की कोशिश तो नहीं कर रही।

"नहीं, ऐसा कुछ नहीं है। वह तो मैं बस थाने से थोड़ा जल्दी आ गई थी तो सोचा की अपने साथ-साथ तुम्हारे लिए भी खाना बना दूं। वैसे भी तुम बाहर का खाना खा-खाकर पक गए होगे, तो मैंने सोचा कि तुम्हें अपने हाथ का बकवास खाना भी टेस्ट करवा दूं," नंदिनी ये कहते हुए मुस्कुरा दी। विजय भी हँसने लगा। इसके बाद दोनों बैठ कर खाना खाने लगे। "वो लोग कौन थे?" खाना खाते हुए नंदिनी ने पूछा। "कौन?" विजय बोला।

"वही जो उस लाश को लेने के लिए आए थे।" नंदिनी ने स्पष्ट करते हुए कहा। "नंदिनी! तुम तो जानती हो पुलिस की नौकरी में अच्छे से ज्यादा बुरे लोगों से काम पड़ता हैं। उनका काम ही यही है... ठिकाने लगाना।"

नंदिनी ने एक सेकेंड के लिए विजय को घूरा। "खैर! जो भी हो। आज तो बाल-बाल बच गए।" नंदिनी ने राहत की साँस लेते हुए कहा। दोनों ने खाना खा लिया था।

"हां, सो तो है मगर फिर भी हमें सावधान रहना होगा। यह बात किसी भी तरह बाहर नहीं पहुंचनी चाहिए वरना कुछ भी हो सकता है।" विजय बोला।

तभी बरसात शुरू हो गई। आसमान में गर्जन के साथ बिजलियाँ चमकने लगीं। तेज हवाओं से खिड़कियाँ टकराने लगीं। विजय उठा और उसने खिड़कियाँ बंद कर दीं। कुछ देर बाद लाइट भी चली गई। विजय ने ढूँढ कर एक मोमबत्ती जला दी। कुछ देर तक दोनों खामोश बैठे रहे। उन दोनों के बीच खामोशी शोर मचा रही थी।

"यह बरसात भी न...," विजय ने कुछ बात छेड़ने की कोशिश की। "आजकल बिन मौसम भी बरसात आ जाती है," उसने शब्द ढूँढते हुए कहा। "मगर यह तो बरसात का मौसम ही है," नंदिनी ने मुस्कुराते हुए कहा। "हां मगर फिर भी तुम अब घर कैसे जाओगी?" अब यह चिंता का विषय था। नंदिनी ने अब तक इस बारे में सोचा ही नहीं था कि अगर बरसात बंद नहीं हुई तो वह घर कैसे जाएगी? ऊपर से रात भी काफी हो गई थी। 10.30 बज गए थे।

"वैसे अगर तुम चाहो तो यहाँ रुक सकती हो," विजय ने एक विकल्प सुझाया, जिसके चुने जाने के आसार वो जानता था कि नगण्य हैं। "हां! मैं भी यही सोच रही थी काफी लेट हो गया है, तो अभी जाना सही नहीं रहेगा।" विजय यह जवाब सुनकर चौंक गया। उसे इसकी बिलकुल उम्मीद नहीं थी और न ही इसकी कोई व्यवस्था। उसके पास एक ही बेड था और बिस्तर भी गिने चुने ही थे।

छत भी टपक रही थी। उसे लगा था कि नंदिनी जाने की बात करेगी, तो वो छोड़ आएगा मगर यहाँ तो कुछ उल्टा ही हो गया था। रात के 12.00 बज चुके थे। बाहर धीरे-धीरे बारिश हो रही थी। अंदर नंदिनी और विजय दोनों बैठ कर जिंदगी की कुछ बातें कर रहे थे। "वाह क्या बात है! आपने सारे एग्जाम फर्स्ट अटेंम्प्ट में ही पास कर लिए। मुझे तो एंट्रेंस भी दो बार देना पड़ा था।" विजय ने नंदिनी की तारीफ करते हुए कहा।

"सारे नहीं। फाइनल में एक अटेम्प्ट लगा था," नंदिनी ने कुछ याद करते हुए कहा। उसकी आवाज धीमी हो गई। "क्या हुआ? तुम कुछ अपसेट हो गई," विजय ने नंदिनी का चेहरा पढते हुए पूछा। "नहीं, कुछ नहीं," नंदिनी ने बात टालते हुए कहा।

"उस दिन जब हम याग्निक से मिलने गए थे तब भी तुम अपसेट थी। तुम याग्निक को कैसे जानती हो?" विजय ने घटनाओ की कड़ियाँ बिठाई। "ऐसे ही... वो मेरा पुराना दोस्त था," नंदिनी ने और भी धीरे से कहा। "तुम उससे प्यार करती थी?" विजय ने इस बार सीधे सवाल करते हुए कहा। नंदिनी ने चौंक कर विजय की तरफ देखा, "तुम्हें कैसे पता?"

"उस दिन मैंने तुम्हारी आँखों में एक दर्द देखा था। ऐसा दर्द किसी को न पाने के कारण होता है या किसी को खोने पर।" यह कहते हुए विजय की खुद की आँखों में एक अनजान दर्द छलक आया।

"खोया तो तुमने भी किसी को है। कौन थी वो?" नंदिनी ने विजय की आँखों में झांककर कहा। "मेरा पहला और आखिरी प्यार। अफसोस मैं उससे कभी इजहार नहीं कर पाया।"

"इजहार नहीं कर पाए मतलब वह नहीं जानती थी की तुम उससे प्यार करते हो?" नंदिनी बोली। "शायद जानती थी।" विजय ने अपनी बात अधूरी छोड़ दी जैसे आगे कुछ बताना नहीं चाहता था।

"क्या हुआ था?" नंदिनी बोली। "नंदिनी! कुछ लोग हमारी जिंदगी में आते ही दूर जाने के लिए हैं। वो हमारे लिए यादें छोड़ जाते हैं और कई बार एक मकसद भी, जिसे पूरा करने के लिए हम अपनी जिंदगी भी लगा सकते हैं।"

"सही कहा तुमने विजय! जो मेरे साथ हुआ अगर न हुआ होता, तो आज मैं शायद यहाँ तक न पहुँच पाती।" विजय ने अपना एक हाथ नंदिनी के हाथ पर रख दिया। दोनों के बीच फिर एक खामोशी छा गई। मोमबत्ती भी अब पूरी खत्म हो गई थी। उसकी लौ अब बुझने से पहले फड़कने लगी थी। नंदिनी ने विजय के कंधे पर सिर रख दिया था। विजय ने नंदिनी की पीठ पर हाथ रखा और उसे अपने में समा लिया। मोमबती बुझ चुकी थी। चारों ओर अँधेरा हो गया।

सुबह जब नंदिनी उठी, तो यह उसकी जिंदगी की एक नई शुरुआत थी। एक ही रात में विजय के साथ उसका रिश्ता पूरी तरह से बदल चुका

था, मगर नंदिनी इससे खुश थी। शायद विजय ही वह इंसान था, जिसके साथ वो अपनी पूरी जिंदगी गुजारना चाहती थी। सुबह उठकर नंदिनी अपने घर गई और वहां से तैयार होकर वापस थाने पहुँची। कुछ देर बाद नंदिनी ने हवलदार को आवाज लगाई।

"जी मैडम!," हवलदार ने अंदर आते हुए कहा। "मैंने तुम्हें ट्रांसपोर्ट ऑर्गनाइजेशन की मीटिंग के बारे में पता करने के लिए कहा था। कुछ पता चला?"

"हां मैडम! आज तो क्या इस पूरे महीने ट्रांसपोर्ट ऑर्गेनाइजेशन की कोई मीटिंग नहीं है।"

"लगा ही था... और वो उस ड्राईवर का सामान कहाँ है?" नंदिनी बोली। "लॉकर में है मैडम!" नंदिनी ने सामान लाने को कहा। इतने में विजय भी आ गया।

कुछ देर बाद हवलदार एक पैकेट लेकर आया, जिसमें ड्राईवर का पर्स, मोबाइल वगैरह थे। नंदिनी ने जैसे ही पैकेट टेबल पर खाली किया एक चीज पर उसकी नजर रुक गई। यह गले में पहनने की चाँदी की माला थी जिसमें हू-ब-हू वही त्रिशूल था, जो उसने राणा के गले में देखा था। "हम्म... तो ये बात है," नंदिनी ने वापस हवलदार को बुलाया। "एक काम करो। मुझे भारत सेवा संस्थान के बारे में पूरी डिटेल निकालकर दो।" उसने कहा, तो हवलदार हामी भरके चला गया।

★★★

कोई आधे घंटे बाद गाड़ी होटल लीला के सामने जाकर रुकी। "फर्स्ट फ्लोर पर कमरा नंबर 118!" मेरे कार से उतरते ही काका ने कहा। मैं अंदर गई और लिफ्ट से ऊपर पहुँची। मुझे अब भी डर लग रहा था। मैं अकेली अंतस से मिलने इतनी दूर एक होटल के कमरे में जा रही थी, यह जानते हुए भी कि वो एक तांत्रिक है और ऊपर से राणा ठाकुर भी चाहता है कि मैं अंतस से दूर रहूं। कहीं ऐसा तो नहीं की अंतस मुझे किसी साजिश में फँसा रहा है। मगर फिर भी अब मैं काफी दूर आ चुकी थी। अब मेरे लिए वापस मुड़ना नामुमकिन था।

मैंने अंतस के कमरे के सामने जाकर दरवाजा खटखटाया। कुछ ही देर में अंतस ने दरवाजा खोला। ऐसा लग रहा था वो तैयार ही बैठा था। "आओ, अंदर आ जाओ। कोई तकलीफ तो नहीं हुई?" उसने मुझे रास्ता देते हुए कहा। "नहीं! तुम काका को कैसे जानते हो?," मैंने अंदर आकर बैठते ही पहला सवाल दागा।

"वह तुम्हारे पापा के पुराने दोस्त हैं," उसने सीधा जवाब दिया, जो मेरी उम्मीद के विपरीत था, वरना तो वो एक सवाल के बदले दूसरा सवाल ही पूछता था। मगर फिर भी आज मैं इस सब में नहीं उलझना चाहती थी। "ठीक है! अब तुम मुझे सब शुरू से बताओ। तुम कौन हो, मुझसे क्या चाहते हो और उस तस्वीर में मेरी माँ के साथ कौन है?" आज मैंने भी सोच लिया था कि सच जान कर रहूंगी।

"ध्यान से सुनो!," अंतस ने कुछ देर रुक कर कहा। "मैं जो तुम्हें बताने जा रहा हूं, वो जानने के बाद तुम्हारी पूरी जिंदगी बदल जाएगी, क्योंकि अब तक तुम अपने और दूसरों के बारे में उतना ही जानती हो जितना तुम्हे बताया गया था," उसने एक घूंट पानी का पिया। "तुमने भारत सेवा संस्थान के बारे में सुना है?"

"बीएसएस?" मैंने आसान भाषा में कहा। अंतस ने हामी भरी। मैंने कहा, "बीएसएस के बारे में कौन नहीं जानता। देश-विदेश में योग सिखाती है। वो देश की सबसे बड़ी धार्मिक संस्था है। पूरे देश में धर्म की रक्षा का झंडा इन्होंने ही तो उठा रखा है।" मैंने अपनी नास्तिक मिजाज के अनुरूप चिड़ते हुए कहा।

"बिल्कुल सही! मगर वह सब सिर्फ लोगों को दिखाने के लिए है। बीएसएस वास्तव में एक तांत्रिकों का संगठन है, जिसे हम संगठन के नाम से जानते हैं।"

"क्या बकवास कर रहे हो? बीएसएस और तांत्रिक?" मैंने हैरान होते हुए कहा। "यही सच है ताश्री! सालों से या यूँ कहो सदियों से हमारे देश में तांत्रिकों का यह संगठन राजनीति और धर्म को प्रभावित करता आया हैं। देश की आजादी की लड़ाई हो या फिर प्रधानमंत्री का चुनाव। इस संगठन का हमेशा हस्तक्षेप रहा है। वर्षों तक समाज में नकारात्मक छवि में रहने के बाद देश के तांत्रिकों को समझ में आ गया कि अगर उन्हें अपना वजूद बचाना

है, तो उन्हें संगठित होना होगा और कुछ सालों पहले उन्होंने एक संगठन बनाया और बीएसएस के छद्म आवरण के जरिए सारे तांत्रिकों को एकजुट किया। आज पूरे समाज में तांत्रिक फैले हुए हैं। हम आम इंसानों की तरह ही रहते हैं। किसी रिक्शा के ड्राईवर से लेकर किसी राज्य के मुख्यमंत्री तक कोई भी व्यक्ति इस संगठन का सदस्य हो सकता है। हम लोग कोई काला चोगा नहीं पहनते, कोई सार्वजनिक साधना नहीं करते।"

"मगर फिर भी... तांत्रिकों का इतना बड़ा संगठन छुपा हुआ कैसे रह सकता है?" मुझे अब भी उसकी बातों पर विश्वास नहीं हो रहा था।

"क्योंकि संगठन के सदस्य संगठन के लिए जान दे भी सकते हैं और ले भी सकते हैं। संगठन के हर सदस्य को एक बात अच्छी तरह से सिखाई जाती है और वो है छल करना। कोई तब तक हमारे बारे में सच नहीं जान सकता जब तक हम खुद ऐसा न चाहें और अगर कोई जान भी ले, तब भी वो किसी दूसरे को बताने के लिए जिंदा नहीं रहता।" मैं उसकी बात सुन कर चौंक गई। मैंने एक पल अंतस को देखा और पूछा कि इस सब का मुझसे क्या लेना देना है?

"उस फोटो में तुम्हारी माँ के साथ जो आदमी है, वह मृत्युंजय महाराज हैं, हमारे संगठन के प्रमुख।"

"क्या?" मैं चौंक कर उठ खड़ी हुई। "तुम यह कहना चाहते हो की मेरी माँ इस सबके बारे में जानती है?"

"तुम्हारी माँ मृत्युंजय महाराज की पत्नी हैं। पूरा संगठन उन्हें गुरु माँ के नाम से जानता है।"

"क्या बकवास कर रहे हो?" मुझे कुछ समझ नहीं आ रहा था। आखिर मेरी माँ देश के सबसे बड़े तांत्रिकों के संगठन से कैसे जुड़ी हुई है? वो तो इतनी आम दिखती हैं, बिलकुल किसी आम गृहणी की तरह। मैंने जब से होश संभाला है, उन्हें मेरी परवरिश करते हुए ही देखा। वह तो किसी से ज्यादा बात तक नहीं करती। मुझे अब लगने लगा था कि अंतस जरुर कोई बड़ा झूठ बोल रहा था।

"मैं नहीं मानती। मैंने कभी माँ को किसी संगठन के बारे में बात करते हुए नहीं सुना।" मैंने कहा। "हां! क्योंकि तुम्हारी माँ ने संगठन छोड़ दिया था। वह दूसरी इंसान थी, जिन्होंने बगावत की थी और आज तक जिंदा

है," उसने ऐसे कहा जैसे यह कोई गर्व की बात हो। "और वह पहला इंसान कौन है?" मैंने जिज्ञासा वश पूछा।

"राणा ठाकुर।" अतंस ने कहा तो मैं चोंक गई। मेरी माँ राणा को भी जानती थी। अगर यह सब सच था, तो मैं सच में अपनी माँ के वजूद से अनजान हूं। मैंने अंतस से सीधे मां के संगठन को छोड़ने का कारण पूछा ही था कि तभी दरवाजे पर खट-खट हुई। हम दोनों काँप गए। कहीं ये राणा के आदमी तो नहीं थे? अंतस उठा और उसने एक ड्रॉर खोला। उसमें पिस्तौल पड़ी थी। उसने वो पिस्तौल एक हाथ से पीछे छिपा ली। मैंने उसे सवालिया नजर से देखा। उसने इशारे से निश्चिंत रहने के लिए कहा। वह धीरे से दरवाजे के पास गया और पिस्तौल को छिपाते हुए दरवाजा खोला। दरवाजा खुलते ही वह पीछे हट गया, जैसे सम्मान में किसी को आने के लिए रास्ता दे रहा हो।

"गुरु माँ आप!," उसके मुंह से निकला। वह मेरी माँ थी, पूरी गुस्से से भरी हुई। उन्होंने अंदर आते ही अंतस को खींच कर एक तमाचा जड़ा।

14. अपहरण

हवलदार के जाने के बाद नंदिनी ने फोन निकाला और किसी को फोन किया। विजय चुपचाप यह सब देख रहा था। “नमस्ते राणा साहब!,” नंदिनी ने एक बनावटी मुस्कान लाते हुए कहा।

“नमस्ते एसीपी साहिबा! आज हमारी याद कैसे?,” उधर से राणा ने भी उसी अंदाज में कहा। “जी आपको शुक्रिया कहना था।” नंदिनी बोली। “शुक्रिया... मगर किस बात का?” राणा ने पूछा। “आपने हवलदार के हमलावरों को पकड़वाने में हमारी मदद की इसलिए।”

“इसमें शुक्रिया वाली कौन सी बात है? आप हमारी मदद करिए, हम आपकी।” राणा ने हंसते हुए कहा। “हम्म... मगर राणा साहब आपने मेरा एक काम नहीं किया।”

“कैसा काम मिस नंदिनी?” राणा ने फिर पूछा। “वो त्रिशूल वाला लॉकेट आपने अब तक नहीं भिजवाया,” नंदिनी की आवाज में कुटिलता थी। “मुझे लगा था आपने उसके लिए मना कर दिया था।”

“हां... मना तो किया था। खैर! मुझे अब एक मिल चुका है।” नंदिनी बोली। “मिल चुका है?... कहाँ से मिला आपको?” राणा ने चौंकते हुए कहा। “उस ड्राईवर की लाश से जिसे आपने पकड़वाया था। शायद वह भी शिवभक्त था।” नंदिनी ने छोटी सी हंसी के साथ विजय की और देखकर कहा।

“ड्राईवर... लाश... वह ड्राईवर मर चुका है?”, राणा ने अचरज में पूछा। “जी हां... उस ड्राईवर ने आत्महत्या कर ली। शायद किसी को बचाना चाहता था।”

"आप कहना क्या चाहती हैं नंदिनी?" राणा ने हैरानी से पूछा। "क्या यह भी एक संयोग ही है कि उस ड्राईवर के गले में भी वैसा त्रिशूल था, जैसा आपके गले में है?"

"जिस ड्राईवर को पूरा पुलिस डिपार्टमेंट नहीं ढूँढ पाया, उसके बारे में भला आपको कैसे पता?" नंदिनी ने सवाल दागा। "तो आपको लगता है कि वह मेरा आदमी था! भला मैं अपने ही आदमी को क्यों पकड़वाऊँगा?" राणा बोला। "यह तो मैं नहीं जानती, मगर जिस दिन मैं जान गई आपके लिए अच्छा नहीं होगा।"

"मैं आपकी मदद करना चाह रहा हूं और आप उल्टा मुझ ही पर शक कर रही हैं? अगर कोई दोस्ती का हाथ बढ़ाए, तो उसका हाथ तोड़ना अच्छी बात नहीं मैडम!" राणा ने थोड़ा गुस्से से कहा मगर उसकी आवाज में सभ्यता बनी हुई थी। "मेरा भला-बुरा मैं अच्छी तरह से समझती हूं। बेहतर है आप अपनी फिक्र करें।" नंदिनी बोली।

"शुक्रिया मुझे बताने के लिए। मैं आगे से ध्यान रखूँगा।" इसके बाद राणा ने फोन रख दिया। विजय इतनी देर नंदिनी की सारी बातों को सुन रहा था। "यह तुमने क्या किया नंदिनी? राणा से दुश्मनी ठीक नहीं।" विजय बोला। "हम यहाँ पुलिस की नौकरी करने आए हैं विजय! दोस्त बनाने नहीं।"

"वो तो ठीक है, फिर भी राणा ने तो ड्राईवर के बारे में बता कर तुम्हारी मदद ही की थी।" विजय के मुंह से राणा की तारीफ सुनकर नंदिनी चौंकी। उसे लगा था कि विजय उसे पसंद नहीं करता है।

"विजय! राणा के गले में भी मैंने ऐसा ही लॉकेट देखा था," नंदिनी ने ड्राईवर का लॉकेट दिखाया। "ऐसा भी तो हो सकता है कि यह मात्र एक संयोग हो।" विजय बोला।

"और अंतस के पास भी ऐसा ही लॉकेट था। उस ड्राईवर ने किसी संगठन का जिक्र किया था। ऐसे ही एक संगठन का जिक्र ताश्री की डायरी में भी है। उसने लिखा था कि राणा उस संगठन से जुड़ा हुआ है।" नंदिनी ने कहा। "नंदिनी! वह एक डायरी है और यह हकीकत। तुम दोनों को कैसे जोड़ सकती हो?" विजय बोला।

"और अगर वह डायरी भी एक हकीकत ही हुई तो?" विजय की परेशानी को देखते हुए नंदिनी ने बात स्पष्ट करते हुए कहा, "इसका सीधा

मतलब यह कि अब तक इस केस की तहकीकात यह मान कर हुई कि ताश्री का खून अंतस ने किया, पर अगर उसका खून अंतस ने न किया हो और राणा ने किया हो तो?" विजय नंदिनी की बात सुन कर चौंक गया। राणा बड़ा आदमी था और उस पर हाथ डालना मुश्किल था। विजय दुआ कर रहा था कि ऐसी नौबत न आए।

"यह सिर्फ एक थ्योरी है और हमारे लिए किसी थ्योरी का तब तक कोई मतलब नहीं, जब तक हमारे पास पर्याप्त सबूत न हों।"

"वही तो... अब हमें केवल सबूत ढूँढने हैं। खैर छोड़ो! आज तुम खाना मेरे घर पर ही खाओगे औऱ उस टिफिन वाले को भी मना कर देना," नंदिनी ने उठते हुए कहा। "क्यों कोई खास वजह?," विजय ने मुस्कुराते हुए कहा। "हां अब मैं तुम्हें और बाहर खाना नहीं खाने दूंगी। वैसे भी तुम अपनी हेल्थ काफी बिगाड़ चुके हो।" नंदिनी ने विजय को प्यार से देखते हुए कहा।

"जो आज्ञा मैडम!," विजय हँस दिया और दोनों कैबिन से बाहर आ गए। "तुमने बीएसएस के बारे में डिटेल्स निकालीं?," नंदिनी ने हवलदार से कहा। "जी मैडम! इसकी स्थापना सन 1927 में देश में धर्म की स्थापना, प्रचार और रक्षा के लिए हुए थी..." हवलदार सामने पड़े प्रिंटआउट से देखकर पढ़ने लगा।

"वो ठीक है, मुझे इसके प्रमुखों के बारे में बताओ।" हवलदार एक पल के लिए रुका और फिर उसने सही पेज ढूंढकर बताना शुरू किया। "पहले इसके प्रमुख नित्यानंद महाराज थे। कुछ साल पहले उनकी मौत हो गई थी। फिर उनके बेटे मृत्युंजय महाराज प्रमुख बने। अभी वह जेल में है और..."

"जेल में? मगर किस आरोप में?" नंदिनी चौंकी। "मोरल ट्रेफिकिंग मैडम!" हवलदार बोला।

"मोरल ट्रेफिकिंग! भला इतने बड़े संगठन के प्रमुख को लड़कियों की तस्करी करने की क्या जरुरत पड़ गई?"

"जी मैडम, दो साल पहले पुलिस ने इन्हें रंगे हाथों इनके हरिद्वार की शाखा से कुछ लड़कियों के साथ पकड़ा था। अभी यह हरिद्वार की जेल में हैं।"

"हम्म...," नंदिनी ने कुछ सोचते हुए कहा। "और अभी संगठन का प्रमुख कौन है?" उसने पूछा। "अभी... मैडम! अभी तो कोई वेद सागर नाम का व्यक्ति है।" हवलदार ने जवाब दिया।

"क्या?... वेद!" नंदिनी ने कुछ यादकर कहा। "इस वेद के बारे में और डिटेल्स निकालो।" उसके इतना कहते ही हवलदार बोला, "और डिटेल्स तो नहीं है मैडम!"

"इतने बड़े संगठन के प्रमुख के बारे में कोई जानकारी नहीं है?" नंदिनी बोली। "वो दरअसल मैडम इनका तीन साल का दीक्षा काल होता है, बोले तो प्रोबेशन पीरियड। इस समय के दौरान इनके बारे में कोई भी जानकारी सार्वजनिक नहीं की जाती।"

"वाह क्या बात है! फिर भी इसके बारे में जितना हो सके पता करो।" नंदिनी ने फिर कहा।

"इस वेदसागर महाराज में तुम्हें इतनी दिलचस्पी क्यों हैं नंदिनी?", विजय ने पूछा। "पूजा ने बताया था कि अंतस किसी वेद नाम के आदमी से फोन पर बात कर रहा था। हो न हो यह वही वेद है।"

"जहाँ तक मुझे याद है पूजा ने हमें ऐसा कुछ नहीं बताया था।" विजय बोला। "हां, वो मेरी पूजा से एक और मुलाकात हुई थी। उसने तभी बताया था।" विजय ने नंदिनी को आश्चर्य से देखा। इसके बाद नंदिनी वापस अपने केबिन में चली गई। शाम को नंदिनी घर जाने की तैयारी कर रही थी, तभी उसने कैबिन में आए विजय को देखकर कहा, "तुम भूलना मत! आज तुम्हें खाना खाने मेरे घर आना है।"

"बिल्कुल! मुझे याद है। तुम्हें कुछ चाहिए तो नहीं? मैं आते हुए लेता आऊँगा।" विजय बोला। "नहीं! बस तुम आ जाना।", इतना कहकर नंदिनी मुस्कुरा दी। "तुम कहो तो तुम्हारे साथ ही आ जाऊँ?," विजय ने चुटकी ली। "रहने दो। इतना भी जरूरी नहीं है।" नंदिनी उसके बाद थाने से निकल गई।

रास्ते में वह विजय के बारे में ही सोच रही थी। यह उसके लिए एक नई जिंदगी की शुरूआत थी। ऐसा लग रहा था जैसे उसे नया जन्म मिला हो। सब कुछ नया-नया सा था। उसका इस दुनिया को देखने का नजरिया बदल गया था। तभी नंदिनी को लगा कि कोई उसका पीछा कर रहा है। काफी समय से एक वैन उसके पीछे लगी हुई थी। नंदिनी ने अपनी जीप

रोकी, तो वो वैन भी रुक गई। अचानक उस वैन से एक गोली चली। नंदिनी नीचे झुकी। उसने अपनी जीप के ड्रॉर से पिस्तौल निकाली और वापस उस वैन पर गोली चलाई। मगर ये क्या! नंदिनी की पिस्तौल तो खाली थी। उस वैन से चार नकाबपोश लोग उतरे। नंदिनी भी अपनी जीप से उतर गई। वे लोग चलकर जीप के पास आ गए। वैन भी धीरे-धीरे पास आ गई थी।

"नमस्कार, एसीपी साहिबा!," एक नकाबपोश ने कहा और दो नकाबपाशों ने नंदिनी को जबरदस्ती पकड़ कर वैन में डाल दिया। विजय थाने से घर आया था और वापस नंदिनी के घर जाने की तैयारी कर ही रहा था कि उसको एक फोन आया। उसने फोन उठाया। यह थाने से एक कांस्टेबल का था।

"सर वो एसीपी साहिबा..." सामने से कांस्टेबल ने कहा। "क्या हुआ नंदिनी को?" विजय ने चौंकते हुए पूछा। "एसीपी साहिबा का अपहरण हो गया है।"

"क्या अपहरण... मगर कब? कैसे?" विजय ने हैरानी से पूछा। "घर जाते वक्त अजमेर रोड पर कुछ गुंडों ने उनका अपहरण कर लिया। किसी ने गुंडों को जबरदस्ती उन्हें वैन में डालते देखा था, तो थाने फोन किया।" हवलदार ने पूरा किस्सा बताया।

"तुम उस जगह पर पहुँचो, मैं भी आ ही रहा हूं... और सुनो यह बात किसी भी हाल में थाने से बाहर नहीं पहुँचनी चाहिए। समझे?" हवलदार ने हामी भरते हुए फोन रख दिया।

कुछ वक्त बाद विजय घटनास्थल पर पहुँचा। वहां सिर्फ नंदिनी की जीप पड़ी थी। पास ही उसे खाली पिस्तौल भी मिली, लेकिन उन्हें यह पता नहीं चला था कि पिस्तौल पहले से खाली थी। उन्होंने यही माना था कि शायद बचाव में नंदिनी ने भी फायर किया होगा, जिससे पिस्तौल खाली हो गई। नंदिनी के जीप के ऊपर फायरिंग के दो निशान भी मिले। वहां कुछ देर तफ्तीश करने के बाद विजय ने अलग-अलग टीमें बनाईं और जगह-जगह ढूँढने भेजा। पूरे शहर में नाकाबंदी करवा दी गई। पूरी रात विजय और उसकी टीम जगह-जगह ढूँढती रही, मगर उन्हें कुछ भी हासिल नहीं हुआ। सुबह वे वापस थाने आ गए। विजय एक कुर्सी पर निराश सा बैठा था। पास ही एक हवलदार भी खड़ा था।

"सर! यह किसका काम हो सकता है? मैडम को तो यहाँ आए कुछ ही दिन हुए थे। आखिर उनकी किससे दुश्मनी हो सकती है?" हवलदार ने विजय से कहा। "एक इंसान था, जिसके साथ उसकी दुश्मनी हुई थी। चलो मेरे साथ..." विजय ने उठते हुए कहा। "कहाँ सर?" हवलदार ने पूछा। राणा साहब के यहाँ। उनसे मुलाकात करने का वक्त आ गया है।"

गुंडों ने नंदिनी को वैन में डालने के बाद क्लोरोफोम सुंघा कर बेहोश कर दिया था। वह पूरी रात उस वैन में पीछे बेहोश पड़ी रही। उसके मुंह और हाथ बंधे हुए थे। सुबह जब उसको होश आया, तो वह वैन के पीछे ही थी। होश आने पर भी नंदिनी ने आँखे बंद ही रखीं, जिससे कि उन गुंडों को पता न चले।

"मुझे तो लगा था कि इसे उठाने में काफी दिक्कत होगी, मगर यह काम काफी आसानी से हो गया," उनमें से एक गुंडे ने कहा। "वो तो अच्छा हुआ इसकी गन खाली थी, वरना इसको पकड़ने में फट कर हाथ में आ जाती," दूसरे गुंडे ने कहा।

"हां भाई! काम तो काफी मुश्किल था। एक एसीपी को किडनैप करना कोई मजाक थोड़े ही है, मगर संगठन का सवाल था। खुद मृत्युंजय महाराज का आदेश था, तो करना ही था," तीसरे ने कहा। "लेकिन आखिर इसे उठाने की जरुरत ही क्यों पड़ी?," पहले वाले ने पूछा।

"शायद यह संगठन के बारे में बहुत कुछ जान गई हो और उसके लिए एक खतरा बन सकती थी।" दूसरे ने अंदाजा लगाते हुए कहा। "तो अब?" एक के पूछे जाने पर दूसरे ने जवाब देते हुए कहा, "अभी तक तो बस इसे उठाने के लिए कहा गया है, बाकी अगले आदेश का इंतजार करते हैं। फिलहाल तो बहुत जोर से भूख लगी है। पूरी रात से गाड़ी चला रहा हूं," ड्राईवर ने कहा।

"मगर आदेश है कि हमें बीच में कहीं नहीं रुकना," पास ही बैठे व्यक्ति ने कहा। "भाई आदेश तो ठीक है मगर मेरे पेट में समस्या हो रही है, उसका क्या? यह तो आदेश नहीं समझता है न?," तीसरे ने कहा।

"हम्म...ठीक है! किन्तु सिर्फ आधा घंटा... और सुनो! तुम यहीं रुको," ड्राईवर के पास वाले आदमी ने एक आदमी की तरफ इशारा करते हुए कहा। ड्राईवर ने हां में सिर हिला दिया। उसके बाद वैन एक ढाबे पर

रुकी और सारे गुंडे उतरकर खाना-खाने चले गए। कुछ देर बाद वह व्यक्ति भी वैन से उतरकर बाहर आ गया। उसके उतरने के बाद नंदिनी थोड़ी सी हिली मगर उसके हाथ-पैर बंधे हुए थे। उसे ट्रेनिंग के दौरान ऐसी परिस्थिति से निपटना सिखाया गया था। वह सीधी लेटी और अपने हाथो को ऊँचा कर धीरे-धीरे आगे लाने लगी। यह काफी दर्दनाक प्रक्रिया थी, मगर यही एक मात्र उपाय था। कुछ देर बाद उसके हाथ उसके सर से होते हुए उसके मुँह के सामने आ गए। उसने अपने मुँह से हाथों की रस्सी खोली और फिर पैरों की। उसने वैन में इधर-उधर देखा। वहां एक लोहे का जैक पड़ा था। उसने उसे उठाया और धीरे से वैन के आगे आ गई। वह आदमी कुछ दूर खड़ा होकर फोन पर किसी से बात कर रहा था। नंदिनी धीरे से बाहर निकली और उस आदमी के सिर पर जैक से वार किया। वह वहीं ढेर हो गया। नंदिनी तेजी से वहाँ से भागी। उसका मोबाइल शायद उसकी जीप में ही रह गया था।

थोड़ा-थोड़ा उजाला हो गया था, जिससे उसने अनुमान लगाया कि शायद सुबह के छह-सात बज रहे थे। आगे जाकर एक गाँव आया। कोई औरत मटका लेकर पानी लेने जा रही थी। “यह कौन सी जगह है?” नंदिनी ने उस औरत से पूछा। “फालना गाँव...” उस औरत ने नंदिनी को घूरते हुए कहा। “जिला कौन-सा है?” नंदिनी के पूछने पर उस औरत ने हरिद्वार का नाम लिया।

★★★

राणा ठाकुर उठने के बाद सुबह-सुबह जॉगिंग करने के बाद नहाकर नाश्ता कर रहे थे। “काका!...” उन्होंने अपने नौकर को आवाज लगाई। “जी हुकुम!” एक नौकर दौड़ता हुआ आया।

“प्रताप अभी तक उठा नहीं?” राणा ने कहा। “हुकुम वो रात को देर से ही आए थे।” काका ने कहा। “हम्म... यह इसका रोज का काम हो गया है। कल होटल से भी जल्दी निकल गया था। जाइए उसको उठाइए और नीचे भेजिए।” राणा ने कहा। “हुकुम वो...” नौकर नजरें नीची किए वही खड़ा रहा। राणा समझ गए कि प्रताप को नींद से उठाने की जुर्रत नौकर नहीं कर सकते।

"ठीक है! आप जाइए, मैं खुद उठा लूँगा उसे।" राणा वापस पेपर पढ़ने लगे। तभी एक पहरेदार अंदर आया। "हुकुम वो इंस्पेक्टर विजय आपसे मिलने आए हैं," पहरेदार ने कहा।

"इंस्पेक्टर विजय! वह इतनी सुबह यहाँ क्या करने आया है? ठीक है, उसे अंदर भेजो।" थोड़ी देर बाद विजय दो हवलदारों के साथ अंदर आया। "विजय साहब! क्या बात है आज सुबह-सुबह कैसे दर्शन दे दिए?" राणा ने उन्हें बिठाते हुए कहा। "काका! मेहमानों के लिए नाश्ता लाना।" राणा ने आवाज लगाई। "नहीं राणा साहब! उसकी जरुरत नहीं। हम यहाँ नंदिनी... आई मीन एसीपी साहिबा के बारे में पूछने आए हैं।"

"नंदिनी के बारे में?... मैं कुछ समझा नहीं विजय!" राणा चौंका। "एसीपी साहिबा का कल शाम को अपहरण हो गया है!"

"क्या! मिस नंदिनी का अपहरण हो गया है?" राणा ने चौंक कर कहा। "कमाल की बात है विजय! हमारे शहर में खुद एसीपी सुरक्षित नहीं है, तो बाकी जनता का क्या होगा और आप इस बारे में मुझसे क्या पूछताछ करना चाहते हैं? कहीं आपका शक मुझ पर तो नहीं है?" राणा ने स्थिति भांप ली।

"राणा साहब! एसीपी साहिबा इस शहर में नई आई थी और उनकी किसी और से दुश्मनी नहीं थी। अभी हाल ही में हमारे थाने में एक ड्राईवर ने आत्महत्या की और नंदिनी को लगता है कि इसके पीछे आपका हाथ था। कल आपकी नंदिनी से कुछ बहस हुई थी न?" विजय ने बात साफ की। "हां, वो उन्हें कुछ गलतफहमी हुई थी, मगर इसका यह मतलब तो नहीं कि मैं उनका अपहरण करूंगा।"

"हमें अभी तो सिर्फ आपके ऊपर ही शक है। आपको थाने चलना होगा," विजय ने दृढ़ता से कहा। "आप मुझे गिरफ्तार करने आए हैं?" राणा ने आँखें ततेरी। "गिरफ्तार नहीं, बस पूछताछ के लिए।"

"आप किसी इज्जतदार व्यक्ति को ऐसे थाने नहीं ले जा सकते हैं।" राणा की आवाज में गंभीरता आ गई थी। "मेरे पास इसका वारंट है राणा साहब! मैं आपकी बात समझता हूं मगर मामला काफी गंभीर है..." विजय ने झुकते हुए प्रार्थना सी की। "प्रताप उठ जाए, तो उससे कहना हम किसी जरूरी काम से बाहर गए हैं," राणा ने अपने नौकर से कहा।

15. मृत्युंजय

नंदिनी किसी तरह से शहर में एक थाने तक पहुंची। "यहाँ का इंचार्ज कौन है?" नंदिनी ने अंदर जाकर एक हवलदार से पूछा। हवलदार ने एक बार नंदिनी को ऊपर से नीचे घूरा। नंदिनी पूरी अस्त-व्यस्त थी। बाल बिखरे हुए थे। रात को ठीक से न सो पाने की वजह से उसकी आँखें भी सूजी हुई थीं।

"आप कौन मेडम? क्या काम है आपको?" उस हवलदार ने पूछा। "मैं जयपुर ब्लाक-डी से एसीपी नंदिनी हूं," नंदिनी ने अपनी जेब से आईडी कार्ड निकाल कर दिखाते हुए कहा। यह तो गनीमत थी कि नंदिनी आईडी कार्ड अपनी जेब में ही रखती थी वरना उसका पर्स, मोबाइल सब तो वहीं जीप में ही रह गया था।

"जय हिन्द मैडम!" उस हवलदार ने सल्यूट करते हुए कहा। "माय सेल्फ कांस्टेबल मनीष।"

"जय हिन्द! मुझे यहाँ के इंचार्ज से मिलना है," नंदिनी ने कहा। "मैडम! वह अभी आते ही होंगे। मैं अभी उन्हें फोन कर देता हूं। आप यहां अचानक?" हवलदार ने वापस नंदिनी की हालत को देखते हुए पूछा। उसे समझ में नहीं आ रहा था कि नंदिनी यहाँ इस हालत में क्यों आई है?

"किसी केस के सिलसिले में मिलना है। मैं एक फोन कर सकती हूं?" नंदिनी बोली। "जी बिल्कुल मैडम! आप अन्दर केबिन में बैठिए, मैं चाय भिजवाता हूं," कांस्टेबल किसी को फोन करता हुआ बाहर चला गया।

जयपुर के थाने में कैबिन में सामने एक तरफ राणा ठाकुर बैठे थे, तो दूसरी तरफ विजय। राणा के व्यक्तित्व को जानते हुए ही विजय ने कैबिन में

बिठाया था। "आपको उन ट्रक ड्राइवर्स के बारे में कैसे पता चला? क्या वो ट्रक आपके थे?" विजय ने पूछा।

"कैसी बात कर रहे हो विजय? हम तुम्हें इतने पागल लगते हैं कि खुद अपना ट्रक पकड़वाएँगे? वो तो उस ढाबे का मालिक हमारा दोस्त था। उसने उन ड्राइवरों को बात करते हुए सुना, तो उसने हमको बता दिया।"

"हां... लेकिन ऐसे मामलों में तो अमूमन लोग पुलिस वालों को फोन करते हैं। उसने आपको क्यों बताया और उस ड्राईवर ने आत्महत्या क्यों की?" विजय ने पूछा। "हमें क्या पता उस ड्राईवर ने आत्महत्या क्यों की और पुलिस की मदद करना कोई अपराध है क्या?" राणा ने थोड़ा सा गंभीर होते हुए कहा। "हम्म... नहीं ऐसा तो नहीं हैं। नंदिनी की किडनैपिंग के बारे में आप क्या जानते हैं?"

"इस बारे में हम कुछ नहीं जानते," राणा ने सधा सा जवाब दिया। "क्या ताश्री के केस का इससे कोई लेना देना है?" उसने पूछा। "हम तुम्हें पहले ही बता चुके हैं कि हम ताश्री के मामले में कुछ नहीं जानते।" राणा बोला। "हां, मगर आपने यह नहीं बताया कि ताश्री की मौत के बाद उसकी माँ आपके ही होटल में काम करती थी।" विजय ने राणा की आँखों में देखकर कहा। "क्या...?" राणा ने हड़बड़ाते हुए पूछा।

"मुझे पता है राणा साहब! शुक्र मनाइए कि आपका लिहाज था, कि मैंने नंदिनी को इस बारे में अब तक कुछ नहीं बताया। ताश्री की माँ अब कहाँ है?" विजय ने आगे झुककर कहा। "उनका नंदिनी के अपहरण से कुछ भी लेना-देना नहीं है।" राणा ने बात साफ की।

"इस सब का एक-दूसरे से कुछ न कुछ तो लेना-देना है राणा साहब! यह नंदिनी की जिन्दगी का सवाल है। बेहतर है कि आप मुझे सब कुछ सच-सच बता दें, वरना मेरे पास दूसरे तरीके भी हैं।"

"ठीक है। मैं उन्हें जानता हूं... मैं ताश्री को भी जानता था मगर उस सबका अब क्या करना है? अगर नंदिनी की जान खतरे में है, तो बेहतर है कि मुझसे नहीं उससे सवाल करो जिसको इस केस के खुलने से सबसे ज्यादा खतरा है।" राणा ने कहा। "आप किसकी बात कर रहे हैं?" विजय ने चौंककर कहा। "संगठन के अध्यक्ष मृत्युंजय महाराज।"

“मृत्युंजय महाराज जेल में हैं। वह नंदिनी का अपहरण कैसे करवा सकते हैं?” विजय बोला। “तो फिर तुम संगठन के वर्तमान अध्यक्ष को पकड़ो।”

“वेद सागर... उसके बारे में कोई कुछ नहीं जानता हैं। मैं सिर्फ शक की बिनाह पर एक राष्ट्रीय संस्था के खिलाफ कार्यवाही नहीं कर सकता। मेरे लिए अभी नंदिनी को बचाना बहुत जरुरी है और अगर इसमें संगठन का हाथ है, तो मेरी मदद सिर्फ दो ही लोग कर सकते हैं। या तो आप या फिर ताश्री की माँ!”

“तुम नंदिनी से प्यार करते हो न?” अचानक राणा के पूछे गए इस सवाल से विजय झेंप गया। “मुझे तो उसी दिन पता चल गया था जब तुम पहली बार नंदिनी के साथ मेरे घर आए थे।” राणा कुछ देर रुका। “मैं वेद के बारे में कुछ नहीं जानता हूं, लेकिन हो सकता है कि ताश्री की माँ जानती हो। वह इस वक्त जोधपुर में है। मेरे एक मित्र के होटल धोराराणी में काम करती है।”

“शुक्रिया राणा साहब! मैं आपका अहसानमंद हूं।” तभी विजय का फोन बजा। “हैल्लो कौन? इंस्पेक्टर विजय हियर।”

“विजय! मैं नंदिनी बोल रही हूं।” नंदिनी की आवाज सुनते ही विजय ने कहा, “नंदिनी! तुम कहाँ हो?” राणा ने भी आश्चर्य से विजय की ओर देखा। “मैं अभी हरिद्वार में हूं। बड़ी मुश्किल से उन गुंडों की चुंगल से भागी हूं। अभी यहाँ एक पुलिस स्टेशन से फोन किया है।”

“तुम ठीक तो हो न?” विजय ने चैन की साँस लेते हुए कहा। “हां मैं बिलकुल ठीक हूं। मुझे कुछ पैसों और एक फोन की जरूरत है।” नंदिनी बोली। “ठीक है, वहां के इंचार्ज से मेरी बात करवा दो। मैं सब कुछ करवा दूंगा और तुम्हारे लिए आज शाम की फ्लाइट का टिकट भी करवा देता हूं।”

“ठीक है।” नंदिनी बोली। “अपना ख्याल रखना।” इसके बाद विजय ने फोन रखा। राणा उसे घूर रहा था जैसे बिना ईद के कोई बकरा कट गया हो।

“मिस नंदिनी कैसी हैं?” राणा ने संयत होते हुए पूछा। “वह ठीक हैं। किसी तरह से उन गुंडों की गिरफ्त से भागने में कामयाब रही।” विजय बोला। “हम्म... तो मैं अब जा सकता हूं?” राणा ने कहा। “जी बिल्कुल! आपको जो तकलीफ हुई मैं उसके लिए माफी चाहता हूं।” विजय के इतना कहते ही राणा ने उसकी ओर घूरा और बाहर चला गया।

इंस्पेक्टर यशपाल ने कैबिन में प्रवेश किया। अंदर नंदिनी ने अभी फोन रखा ही था। "जय हिन्द मैडम! मैं इंस्पेक्टर यशपाल यहाँ का इंचार्ज..." इंस्पेक्टर ने नंदिनी से हाथ मिलाते हुए कहा। "मैं एसीपी नंदिनी...," नंदिनी अपनी हालत को देखते हुए ज्यादा कुछ नहीं बोल पाई।

"जी कहिए मैडम! मैं आपके लिए क्या कर सकता हूं?" इंस्पेक्टर ने अपनी सीट पर बैठते हुए कहा। "आप इस नंबर पर बात कर लीजिए। वह आपको सब समझा देगा," नंदिनी ने विजय का नंबर डायल करते हुए कहा। "जी मैडम!..." इंस्पेक्टर ने विजय से बात की। विजय ने उस इंस्पेक्टर को सब समझा दिया।

"मैडम! यह मेरा क्रेडिट कार्ड है 2525 इसका पिन है। आपको जितना कैश चाहिए, आप इसके जरिए निकाल सकती हैं। मैं यहीं पास ही एक होटल में कमरा बुक करवा रहा हूं और आपको एक फोन भी दिलवा देता हूं।"

"थैंक यू!", नंदिनी ने बस इतना ही कहा। इंस्पेक्टर कुछ देर के लिए बाहर गया और वापस आया। "सब हो गया है मैडम! टैक्सी कुछ देर में आती ही होगी। और कुछ?"

"थैंक्स अगेन! मुझे एक हेल्प और चाहिए थी। यहाँ किसी जेल में मृत्यंजय महाराज करके कोई कैदी है। आप मुझे उसके बारे में डिटेल्स दे सकते हैं?" नंदिनी ने कहा। "आप कहीं बीएसएस के अध्यक्ष श्री मृत्युंजय जी महाराज की बात तो नहीं कर रहीं?"

"जी वही। आप जानते हैं उनके बारे में?" नंदिनी बोली। "उनके बारे में कौन नहीं जानता? 2019 का सबसे हाई प्रोफाइल केस रहा है यहाँ का। मुझे तो अब तक विश्वास नहीं होता की मृत्युंजय महाराज जी ऐसा काम कर सकते हैं।"

"वह इस वक्त कौन सी जेल में हैं?" नंदिनी ने पूछा। "शायद सेंट्रल जेल में होंगे। वैसे उनका केस पास ही के एक थाने में था। मैं वहाँ के इंचार्ज से बात कर लेता हूं। वह आपको सारी जानकारी दे देंगे।" इंस्पेक्टर बोला। "जी शुक्रिया!" तभी एक हवलदार आया।

"सर! टैक्सी आ गई।" उसके कहते ही नंदिनी ने इंस्पेक्टर से विदा ली और टैक्सी में बैठ गई। नंदिनी के जाने के बाद इंस्पेक्टर ने अपना फोन निकाला और किसी को फोन किया।

"जय महाकाल! हम नागपाल बोल रहे हैं।" सामने से भी जय महाकाल का जवाब आया। इंस्पेक्टर ने आगे कहा, "हमें श्री वेद सागर जी से बात करनी है।"

"वेद सागर जी से?" सामने वाले ने चौंकते हुए कहा। "कोई विशेष प्रायोजन?" उस व्यक्ति ने पूछा। "यह उस एसीपी नंदिनी के बारे में है।" इंस्पेक्टर ने कहा। "एसीपी नंदिनी! ठहरिए, अभी बात करवाते हैं।" इतना कहकर सामने वाले ने फोन काट दिया। कुछ देर बाद वापस फोन आया। "जय महाकाल! हम वेद सागर बोल रहे हैं।"

"जय महाकाल! मैं नागपाल यहाँ हरिद्वार के..." उसकी बात काटते हुए वेद ने सीधे नंदिनी के बारे में पूछा। "वह यहाँ आई थी। श्री मृत्युंजय महाराज से मिलने के लिए कह रही थी।"

"अवश्य! स्वयं मृत्यंजय महाराज भी यही चाहते हैं। उसे सुविधापूर्वक महाराज से मिलवाया जाए।"

"जी महोदय! और उसके बाद अगर कहें तो वापस उसे..." इंस्पेक्टर की बात काटते हुए वेद बोला, "नहीं! उसकी कोई आवश्यकता नहीं हैं। उसे मुक्त रहने दीजिए। हमारा प्रायोजन पूरा हुआ।"

"जैसी आपकी आज्ञा।" इतना कहकर इंस्पेक्टर ने फोन रख दिया। नंदिनी होटल गई और वहाँ से वापस थाने। इंस्पेक्टर ने पहले ही दूसरे थाने में बात कर रखी थी। वहाँ से एक हवलदार आया हुआ था, जो नंदिनी को जेल लेकर गया। वहाँ गेट पर एक पहरेदार ने एंट्री की और एक दूसरे व्यक्ति ने उन्हें अपने पीछे आने को कहा।

"तुम यहीं रुको! मैं उससे अकेले में मिलना चाहती हूं।" नंदिनी ने अपने साथ आए हवलदार से कहा। वह व्यक्ति नंदिनी को अंदर एक बैरक में लेकर गया। "यही हैं वह," उसने सामने एक आदमी की तरफ इशारा करते हुए कहा। नंदिनी ने देखा कि सलाखों के पीछे एक आदमी बैठा हुआ है और उसने सामने की दीवार की तरफ मुँह कर रखा है।

"महाभारत का युद्ध जीतना पांडवों के लिए असंभव था, अगर श्री कृष्ण उनके साथ न होते। श्री कृष्ण ने स्वयं शस्त्र नहीं उठाया, बल्कि वे मात्र अर्जुन के सारथी बने रहे। किन्तु क्या यह सत्य था? शतरंज में चाल हमेशा मोहरे से चली जाती है। इसका यह अर्थ ये तो नहीं कि खेल मोहरा

खेल रहा है। वह तो केवल एक माध्यम है। असली खेल तो खिलाड़ी खेलता है। तो युद्ध कौन लड़ रहा था, अर्जुन या कृष्ण?" उसने बिना नंदिनी की ओर देखे ही कहा।

"उससे फर्क क्या पड़ता है?" नंदिनी ने पास जाते हुए कहा। "फर्क पड़ता है नंदिनी! तुम कौन हो कृष्ण या अर्जुन?" उसने मुड़ते हुए कहा। यह एक 55 वर्ष का प्रौढ़ आदमी था। लंबी दाढ़ी, सफेद बाल, चेहरे पर हल्की झुर्रियां मगर आँखों में एक चमक। ऐसा लगता था मानो किसी तेज-तर्रार साँप को टोकरी में बंद कर रखा हो। नंदिनी एक बार तो अपना नाम सुनकर चौंकी, मगर फिर उसे लगा कि अगर मृत्यंजय ने उसका अपहरण करवाया है, तो जरूर वह उसके बारे में जानता होगा।

"मैं कोई युद्ध नहीं लड़ रही हूं।" नंदिनी ने उसकी आँखों में देखते हुए कहा। "हम सब लड़ रहे हैं। कोई अपना युद्ध, तो कोई दूसरे का, कोई कृष्ण है, कोई पार्थ है, कोई दुर्योधन है तो कोई कर्ण। कोई जीतने के लिए लड़ रहा है, तो कोई जीत कर भी लड़ रहा है।"

"तुम किसकी तरफ से युद्ध लड़ रहे हो?" नंदिनी ने मृत्युंजय की आँखों में देखकर कहा। "मैं? नहीं! नहीं! मैं कारक हूं कर्ता नहीं। मैं धृतराष्ट्र हूं, जो सिर्फ युद्ध होते हुए देख रहा है।"

"तब तो सबसे ज्यादा नुकसान भी तुम्हारा ही होगा।" नंदिनी ने हिकारत भरी मुस्कान के साथ कहा। "हानि की चिंता वो करता है, जिसके पास खोने के लिए कुछ होता है। *शून्य हमेशा अविभाज्य होता है।"* मृत्यंजय पहेलियों में बात कर रहा था, तो नंदिनी भी पहेलियों से ही जवाब ढूँढ रही थी। मगर जब बात बनती नजर नहीं आई, तो उसने सीधा सवाल पूछा। "मेरे अपहरण के पीछे तुम्हारा हाथ था?"

"जिन प्रश्नों के उत्तर ज्ञात हों, उन प्रश्नों में समय व्यर्थ नहीं करते।" मृत्युंजय ने कहा। "तो फिर मुझे वो बताओ, जो ज्ञात नहीं है। तुमने ताश्री को क्यों मारा?"

नैनं छिन्दन्ति शस्त्राणि नैनं दहति पावकः। न चैनं क्लेदयन्त्यापो न शोषयति मारुतः।

"आत्मा अजर-अमर है। हम किसी के प्राण नहीं हर सकते। कब, किसको, कैसे मरना है, यह उस महान ईश्वर के हाथ में है। मैं कौन होता

हूं किसी को मारने वाला? सब उसकी इच्छा पर है।"

"और वो लड़कियाँ, जो तुम्हारे आश्रम से मिली थीं। वो वहां क्या कर रही थीं?"

"साधना! ईश्वर से साक्षात्कार का एक मार्ग है। कोई भी इस मार्ग पर चल सकता है। अगर कुछ बालिकाएँ मेरे सानिध्य में, ईश्वर की साधना करना चाहती थीं तो इसमें आपत्ति क्या है? कोई युवा स्त्री अगर पुरुष के संग हो, तो इसका यह अर्थ तो नहीं की हमेशा कुछ अनुचित ही होगा।"

"बेशक! मगर यह उद्देश्य पर निर्भर करता है। यह किस तरह की साधना थी, जिसमें मासूम लड़कियों की जान खतरे में आ गई थी।" नंदिनी ने मृत्युंजय की फाइल पढ़ी थी, जिससे उसे मृत्यंजय की गिरफ्तारी के वक्त उन लड़कियो की हालत के बारे में पता चला था।

"कुछ रास्ते बहुत ही मुश्किल होते हैं। ईश्वर की प्राप्ति आसान नहीं होती है।" मृत्युंजय बोला। "ईश्वर की आड़ में तुम क्या करना चाहते थे, यह कौन जानता है? वैसे भी तुम्हें इसकी सजा मिल ही रही है," नंदिनी कह कर जाने के लिए मुड़ी। "तुम यहाँ क्यों आई थी? अपने सवालों के जवाब जानने, मगर तुम तो अब भी अनुत्तरित ही हो।" मृत्युंजय बोला। "मुझे दीवारों से सिर पटकने का कोई शौक नहीं। मैं जानती हूं, तुम मुझे कुछ नहीं बताने वाले। कोई अपनी चिता की लकड़ियाँ खुद नहीं जमाता।" नंदिनी बोली।

"हां, परंतु कुछ महान लोग समाधि भी लेते हैं। हाहाहा!!" मृत्युंजय ने ठहाका लगाया। "तुम सत्य को पाना चाहती हो, मगर सत्य की प्राप्ति आसान नहीं। तुम साधना कर रही हो, मगर बिना गुरु के साधना कठिन है। तुम अपना गुरु ढूँढो।"

"तुम किसकी बात कर रहे हो?" नंदिनी ने चौंकते हुए कहा। मृत्यंजय मुस्कुराया और फिर वापस पीछे मुड़कर बैठ गया।

"जगतीमवितुं कलिताकृतयो विचरन्ति महामहसश्छलतः। अहिमांशुरिवात्र विभासि गुरो भव शंकर देशिक मे शरणम्।।"

मृत्युंजय ने एक श्लोक पढ़ा, जिसका अर्थ नंदिनी की समझ से तो बाहर था। नंदिनी बाहर आ गई।

16. रूबरू

नंदिनी ने शाम को फ्लाइट पकड़ी और वापस जयपुर आ गई। एयरपोर्ट पर विजय पहले से ही खड़ा था। नंदिनी को देखते ही उसने गले से लगा लिया। "तुम ठीक तो हो?" विजय ने नंदिनी को ऊपर से नीचे गौर से देखते हुए पूछा।

"हां! अब ठीक हूं।" नंदिनी ने मुस्कुराते हुए कहा। नंदिनी और विजय दोनों जीप में बैठ गए। "कुछ पता चला यह किसका काम है?" विजय ने पूछा। "हां! उसी संगठन का।"

"मगर संगठन ऐसा क्यों करेगा?" विजय चौंका। "शायद वे नहीं चाहते कि उनके बारे में किसी को ज्यादा पता चले, लेकिन मुझे एक बात समझ में नहीं आई कि मेरी पिस्तौल खाली कैसे थी?"

"क्या...? तुम्हारी पिस्तौल खाली थी?" विजय ने हैरानी से पूछा। "हां! मैंने जब अपने बचाव में फायरिंग करने की कोशिश की, तो मुझे पिस्तौल खाली मिली और अजीब बात है कि किडनैपर्स को यह बात पहले से ही पता थी।"

"हम्म... यह जरूर दिनेश का काम हो सकता है।" विजय ने कहा। "दिनेश का?" दिनेश उनका पहरेदार था।

"हां! वह आज सुबह से ड्यूटी पर नहीं आया। मैंने फोन किया तो उसका फोन बंद आ रहा था। घर पर फोन किया तो वहां भी कुछ जवाब नहीं मिला। ऐसा लग रहा है कहीं भाग गया है।"

"उस दिन जब उस ड्राईवर ने आत्महत्या की थी, वह तब भी ड्यूटी पर ही था।" नंदिनी ने आशंका व्यक्त की। "हो न हो यह उसी का ही

काम होगा। मैं सीसीटीवी फुटेज चेक करवाता हूं।" इतने में दोनों घर पहुंच गए।

"तुम मृत्यंजय से मिली थी?" नंदिनी और विजय खाना खाते हुए बात कर रहे थे। "हां... मगर आश्चर्य की बात यह है कि उसे पहले से ही पता था कि मैं वहाँ आने वाली हूं।"

"तुम्हारे अपहरण के पीछे भी उसी का हाथ था?" विजय ने पूछा। "उसने कबूल तो नहीं किया मगर उसकी बातों से लग रहा था कि हो न हो यह उसी का काम है।"

"उससे और कुछ पता चला?" विजय बोला। "कुछ खास नहीं। ऐसा लगता है, यह सब वह किसी और से करवा रहा है। लगता है वेद सागर भी मृत्यंजय के इशारों पर ही काम करता है और अप्रत्यक्ष रूप से पूरा संगठन ही मृत्युंजय के हाथ में है। वह मुझे कोई गुरु ढूँढने को कह रहा था।" नंदिनी ने अचानक विजय से पूछा, जैसे वो इस पहेली का मतलब जानना चाहती हो। "गुरु! मगर क्यों?" विजय ने सवाल किया।

"वह कह रहा था, अगर सत्य को पाना चाहती हो तो कोई गुरु ढूँढो। भला मुझे कौन सा सत्य जानना है?"

"सत्य कोई तथ्य न होकर तत्व है, यह एक उद्देश्य है। हम सब किसी उद्देश्य की ओर काम करते हैं। उस उद्देश्य का भान ही सत्य की प्राप्ति है," विजय ने गंभीरता से कहा तो नंदिनी उसे घूरने लगी।

"मेरा उद्देश्य अब तुम ही हो," नंदिनी ने विजय के हाथ पर हाथ रखते हुए प्यार से कहा। "जब उन गुंडों ने मेरा अपहरण किया था तब मैं तुम्हारे बारे में ही सोच रही थी। अगर मुझे कुछ हो गया तो हमारा प्यार सिर्फ एक दिन की दास्तां बन कर ही रह जाएगा।"

"हा हा!! नहीं, ऐसा कुछ नहीं होगा। अभी हमें अपनी जिंदगी में बहुत कुछ करना बाकी है। तुम अब बहुत थक गई होगी, आराम कर लो।" विजय बोला। "हम्म...दो दिन से नींद पूरी नहीं हुई है। मुझे अब सो जाना चाहिए।" इतना कहकर दोनों सो गए। सुबह नंदिनी और विजय दोनों थाने पहुँचे। "मगर तुम राणा को थाने क्यों लाए?" केबिन में बैठे दोनों बातें कर रहे थे।

"मुझे शक था कि तुम्हारे अपहरण के बारे में राणा कुछ न कुछ जरूर जानता है और न भी जानता हो तब भी कुछ न कुछ मदद कर सकता है।"

"तो फिर उसने कुछ मदद की?" नंदिनी बोली। "नहीं! उसने ताश्री की माँ के बारे में भी गलत बताया था।"

"ताश्री की माँ के बारे में! वह ताश्री की माँ के बारे में क्या जानता है?" नंदिनी ने पूछा। "नंदिनी! मैंने तुम्हें बताया नहीं था, पर ताश्री की मौत के बाद उसकी माँ राणा के ही एक होटल में काम करती थी।" विजय ने कहा। "लगा ही था।" नंदिनी ने शांत रहते हुए कहा। "तो उसने क्या बताया?"

"मैंने उससे पूछा था कि वह अब कहाँ है? उसने एक एड्रेस दिया, वो भी गलत निकला।"

"संगठन का हर व्यक्ति एक बात अच्छी तरह से जानता है और वो है छल करना। राणा अगर सचमुच संगठन का आदमी है, तो वह तुम्हें कभी सही जानकारी नहीं देगा।" नंदिनी बोली। "मुझे लगा ही था, इसलिए मैंने दूसरा तरीका अपनाया।"

"दूसरा तरीका?" नंदिनी ने उलझे स्वर में कहा। विजय ने उलझन दूर करते हुए कहा, "हां! मैंने राणा की कॉल डिटेल्स निकलवाई थी और तुम जानती हो उसने यहाँ से बाहर निकलते ही किसे फोन किया था? ताश्री की माँ को।"

★★★

"तुम्हारी हिम्मत कैसे हुई मेरी बेटी के पास भी फटकने की?" मां ने अंदर आते हुए कहा। अंतस एक तरफ खड़ा हो गया। "मैं जानती थी कि मृत्यंजय किसी न किसी को तो भेजेगा, मगर वह तुम होगे, मुझे विश्वास नहीं हो रहा। मेरा नहीं तो कम से कम ताश्री के पिता का तो ख्याल किया होता। तुम्हें जरा सी भी शर्म नहीं आई?" उन्होंने अंतस को किसी छोटे बच्चे की तरफ डाँटते हुए कहा।

मुझे इस बात का आश्चर्य हो रहा था कि माँ सच में अंतस को जानती थी। इसका मतलब था कि वो सब सच कह रहा था। दूसरा, माँ कह रही

थी कि मृत्युंजय किसी न किसी को जरूर भेजेगा। मृत्यंजय भला किसी को क्यों भेजेगा?

"माँ! आप मेरी बात तो सुनिए," अंतस जैसे मिमियाया। ऐसा लग रहा था इस परिस्थिति में क्या कहना है, उसे भी समझ में नहीं आ रहा था। उसकी सारी वाकपटुता माँ के सामने जैसे सुन्न पड़ गई थी। "कोयल को कौआ पाले, तब भी वह रहती तो कोयल ही है। तुम तो अपनी जात तक भूल गए। ऐसा कौन सा लालच दिया मृत्यंजय ने तुम्हें, जो तुम इस हद तक गिर गए?" मां ने कहा। "आप जैसा सोच रही हैं, वैसा कुछ नहीं है। मैं तो बस ताश्री..."

"ताश्री संगठन के बारे में जानती है?" अंतस अपनी बात भी नहीं कह पाया था कि माँ ने सवाल दागा। माँ ने अब तक मेरी और देखा तक नहीं था, जैसे मुझसे उन्हें कोई मतलब ही नहीं हो।

"मुझे बताना पड़ा। राणा के लोगों ने कल मुझ पर हमला किया था,"

"माँ आप अंतस को गलत समझ रही हैं, कम से कम उसकी बात तो सुन लिजीए," मैंने अंतस का बचाव किया। "मैं गलत समझ रही हूं? और तुम क्या जानती हो इसके बारें में? तुम तो इसका सही नाम तक नहीं जानती हो। क्यों ऋषि! क्या नाम बताया तुमने इसे, *अंतस?* और यह नहीं बताया कि तुम कौन हो और यहाँ क्यों आए हो?"

"मैं जानती हूं माँ यह तांत्रिक हैं..." अब मैं भी गुस्से में थी। आखिर मेरी माँ ने मुझसे इतने लंबे वक्त तक झूठ बोला था और ऊपर से वह अंतस को ही डांटे जा रही थी। "और यह कौन है उससे ज्यादा मतलब मुझे इस बात से है कि आप कौन है और इस तस्वीर में आपके साथ यह आदमी कौन है?", मैंने अपने पर्स से वह तस्वीर निकालकर माँ को दिखाते हुए कहा।

"यह तस्वीर इसे तुमने दी?" माँ ने अंतस पूछा। वह चुपचाप बिना कुछ बोले खड़ा था।

"आपने मुझे मेरे पिता के बारे में क्यों नहीं बताया माँ?," मैंने गुस्से से चिल्लाते हुए कहा।

"तुम अपने पिता के बारे में सब कुछ जानती हो। रणवीर ही तुम्हारे पिता हैं," माँ ने मुझे घूरते हुए कहा। "तो फिर तस्वीर में आपके साथ यह आदमी कौन हैं?," मैंने भी उन्हें घूरते हुए ही कहा। "मैं तुम्हें बताती ताश्री! अगर तुमने यह सवाल किसी अजनबी की बजाए सीधा मुझसे ही पूछा होता,

मगर तुम समझने की बजाए जानने में विश्वास रखती हो। इसीलिए आज तुम सब कुछ जानकर भी अनजान हो। ना तुम मुझे जानती हो, न ऋषि को और न ही अपने पिता के बारें में…”

“माँ! मेरा कोई भी गलत इरादा नहीं था। अगर आप मौका दें, तो मैं आपको समझा सकता हूं,” अंतस ने अपनी चुप्पी तोड़ते हुए कहा। वह जानता था कि माँ ने मुझे शब्दों के चक्रव्यूह में फँसा दिया था जिससे निकलना मेरे लिए असंभव था।

“मुझे अब कुछ भी जानना और समझना नहीं हैं। सिर्फ एक बात तुम अच्छे से समझ लो अगर आज के बाद मेरी बेटी के आस-पास नजर आए, तो यह तुम्हारे और तुम्हारे संगठन दोनों के लिए अच्छा नहीं होगा। तुम जानते ही हो कि मैं क्या कर सकती हूं,” माँ ने अंतस को धमकी देते हुए कहा। “चलो यहाँ से ताश्री!”

“माँ!.. मगर… वो…” मैंने माँ को रोकते हुए कहा। “ताश्री!.. चलो…” माँ ने जैसे आदेश दिया हो। मेरे पास उनकी बात मानने के अलावा और कोई रास्ता नहीं था। अंतस ने मेरी ओर देखा और वापस अपनी नजरें झुका लीं। वह कुछ नहीं बोला।

मैं माँ के साथ बाहर आ गई। होटल के नीचे आकर हम दोनों खड़े हो गए। माँ ने फोन निकाला और किसी को फोन किया। मैं असमंजस में थी कि हम दोनों यहाँ क्यों खड़े हैं? ऑटो तो बाहर से ही मिलना है। तभी हमारे सामने एक लंबी सी कार आकर रुकी। यह शायद जैग्वार थी।

“अंदर बैठो!” मैं कार को निहार ही रही थी, तभी माँ ने कार का दरवाजा खोलते हुए कहा। मैंने माँ को आँखें फाड़ कर देखा कि अब यह कौन सा नया बखेड़ा है, मगर वह बिल्कुल सामान्य बनी हुई थी, जैसे यह कोई बड़ी बात नहीं है।

“ताश्री!…” माँ ने मेरी तन्द्रा तोड़ते हुए कहा। मैं चुपचाप कार में बैठ गई। कार कोई ड्राईवर चला रहा था। मैं पीछे की सीट पर थी इसलिए उसका चेहरा नहीं देख पाई। काफी देर तक हम दोनों खामोश बैठे रहे। “तुमने ऋषि की आँखों में क्यों नहीं देखा?” माँ ने चुप्पी तोड़ते हुए कहा। मैं बस चुपचाप बैठी रही। शायद इस सवाल का जवाब मैं खुद नहीं जानती थी या जानती भी थी तो बता नहीं सकती थी।

“क्या बेहतरीन चाल चली है मृत्युंजय ने। हमारे ही मोहरे से हमें ही मात दे दी। सबसे बेहतरीन ढाल के लिए सबसे बेहतरीन तलवार।” माँ कहती रही जैसे खुद से ही बाते कर रही हो।

“आप अंतस को कैसे जानती हैं?” मुझे उसे ऋषि बुलाना अच्छा नहीं लग रहा था। मैंने उसे शुरू से ही अंतस माना था और वह मेरे लिए अंतस ही रहेगा, चाहे यह झूठ ही क्यों न हो?

“तुम्हे याद है उस दिन तुमने मुझसे कहा था कि तुमने अपने सपने में अपने पिता के साथ एक लड़का देखा था आठ साल का? वह ऋषि ही था। तुम उसे जानती हो ताश्री! तुम उसे तब से जानती हो जब से तुम पैदा हुई थी। तुम दोनों साथ में खेले हो। तब तुम चार साल की थी। यह सब कुछ याद रखने के लिए तुम बहुत ही छोटी थी। उस वक्त तुम्हारा सिर्फ एक ही दोस्त था ऋषि। तुम पूरे दिन उसी के साथ खेलती रहती थी। जब तुम पैदा हुई थी, ऋषि सिर्फ चार साल का था मगर किसी बड़े की तरह तुम्हारी देखभाल करता था। वह तुम्हें अब याद नहीं होगा, मगर तुम उसे पूरी तरह से भूली भी नहीं हो।”

“तुम्हारे अंतर्मन में वह अब भी कहीं बसा हुआ है। वह तुम्हारा अंतस ही है। मृत्युंजय यह बात अच्छी तरह से जानता था। उसने तुम्हें अपने अंतर्मन से ही लड़ने पर मजबूर कर दिया। तुम्हारी ताकत को ही तुम्हारी कमजोरी बना दिया। अगर ऋषि की जगह कोई और होता तो तुम उसकी आँखों में झांक कर सारा सच जान लेती, मगर तुम चाह कर भी उसकी आँखों में नहीं देख पाई क्योंकि अगर तुम ऐसा करती तो तुम हमेशा के लिए उसे खो देती। तुम्हारे इसी डर का उसने फायदा उठाया।”

“मगर मृत्यंजय को मुझसे क्या चाहिए?” मैंने हैरान होते हुए पूछा। “उसे तुमसे कुछ नहीं चाहिए बल्कि खुद तुम चाहिए। तुम ग्यारहवां सूत्र हो।”

“ग्यारहवां सूत्र!” मैं सुनकर सिहर गई। मतलब कि मेरे वो सपने सच थे। कहीं ऐसा तो नहीं कि मेरे सपनों में आने वाला वह तांत्रिक अंतस न होकर मृत्यंजय हो। तभी गाड़ी रुकी, “मैडम घर आ गया” ड्राईवर ने पीछे मुड़कर कहा। उसे देखकर मेरे होश उड़ गए। यह उनमें से एक था, जो कल अंतस को पीटने के लिए आए थे। “माँ! यह तो...,” मैंने डरते हुए उसकी तरफ इशारा करते हुए कहा। वह एक बार मुझे देख कर हल्का सा मुस्कुराया और वापस आगे देखने लगा।

"घर में चलो ताश्री!" माँ ने गाड़ी से उतरते हुए कहा। मैं चुपचाप उतरकर अंदर चली गई। मुझे अब लगने लगा था कि हो न हो, मेरी माँ राणा को जानती है और यह गाड़ी भी राणा की है। मेरे मन में तरह-तरह के विचार आने लगे कि कहीं मेरी माँ का राणा के साथ कुछ चक्कर तो नहीं? मैं सोचते-सोचते ही अंदर गई। अंदर मैंने देखा कि सामने सोफे पर राणा ठाकुर बैठा हुआ था। वह हमें देखकर खड़ा हो गया। अब मुझे यह माजरा कुछ कुछ समझ में आने लगा था। राणा ने ही माँ को अंतस और मेरे बारे में बताया था।

"यह आदमी यहाँ क्या कर रहा है? इसी ने तो कल अंतस पर हमला करवाया था," मैं राणा की तरफ लपकी। "तमीज से बात करो ताश्री! राणा तुम्हारे मामा हैं।" मेरी माँ ने मुझे रोकते हुए कहा। "मामा?!!!" मुझे लगा कि अब मेरा सिर फटने वाला है। मैं वहीं सोफे पर ही बैठ गई। एक-एक कर मेरे सामने इतने राज आ रहे थे कि मेरे लिए यह सब समझ पाना नामुमकिन हो रहा था। ऐसा लग रहा था, जैसे मैं किसी दूसरी दुनिया में हूं। हर शख्स जो मुझसे मिल रहा था, मुझे अजनबी लग रहा था।

"उसने क्या कहा?" राणा ने मेरी माँ से पूछा। "वह क्या कहता? कुछ कहने के लायक बचा ही नहीं था। कह रहा था कि मैं उसे गलत समझ रही हूं। मैं भला होती ही कौन हूं उसे समझने वाली? उसे समझने का ठेका तो मृत्युंजय ने ले रखा है।" एक अनजान दर्द माँ के चेहरे से छलक रहा था। "मुझे उसी दिन समझ जाना चाहिए था जब उसने मेरे भतीजे को पीटा था। मैंने उसे ताश्री का कोई आम दोस्त मान कर नजरअंदाज कर दिया था।" माँ और राणा इतनी गंभीरता से बातें कर रहे थे, जैसे अंतस कोई आतंकवादी हो।

"मैं ऋषि को हॉस्पिटल में देखते ही पहचान गई थी। कोई चाहे कितना भी बड़ा छल कर ले, उसकी आँखें हमेशा सच बोलती हैं। मैं उन आँखों को बचपन से जानती हूं।"

"बेहतर होगा ताश्री के साथ तुम कुछ दिनों के लिए मेरे घर पर आ जाओ। वहाँ तुम ज्यादा सुरक्षित रहोगे," राणा ने प्रस्ताव रखा।

"ऋषि की इतनी हिम्मत नहीं है कि मेरे होते हुए अब वह ताश्री के पास भी फटक सके।" राणा ने कहा। "मुझे कोई समझाएगा कि यह हो क्या

रहा है?" मैंने दोनों हाथों में अपना सिर पकड़ते हुए कहा। "तुम अपने कमरे में जाओ ताश्री!" मेरी माँ ने रुखा सा जवाब दिया।

"क्या?" यहाँ मेरा दिमाग तरह-तरह के सवालों से फटा जा रहा था और माँ मुझे अपने कमरे में जाने के लिए बोल रही थी। "बेटा! आप अभी अपने कमरे में जाइए, आपकी माँ आपको बाद में सब समझा देगी," राणा ने इतने प्यार से कहा, जैसे चाशनी में डुबो कर शब्द निकाले हों।

मैं वहां से चुपचाप उठकर अपने कमरे में आ गई। अंदर आते ही मैं बेड पर ऐसे गिर पड़ी जैसे किसी पेड़ से टूटी डाली। मेरी आँखों से आँसू बह पड़े। सब कुछ जानने का दावा करने वाली ताश्री आज खुद के बारे में कुछ नहीं जानती। मैं जिनसे प्यार करती थी, जिन पर विश्वास करती थी सब के सब झूठे निकले। तभी मुझे डोरबेल की आवाज सुनाई दी। इस वक्त कौन हो सकता है? मैं देखने के लिए वापस नीचे गई और आधी सीढ़ियाँ उतरकर वहीं खड़ी हो गई। राणा ने एक नजर मुझे देखा और फिर नजरअंदाज कर दिया। दरवाजा माँ ने खोला। यह अंतस था!

"तुम्हारी हिम्मत कैसे हुई यहाँ आने की? मेरे आदमी बाहर ही हैं," राणा ठाकुर ने अंतस की ओर लपकते हुए कहा। मैं भी सीढ़ियों से उतरकर नीचे आ गई।

"आपके आदमी बाहर विश्राम कर रहे हैं और अब शायद प्राथमिक चिकित्सा मिलने पर ही उठ पाएँगे।" अंतस ने अपनी आवाज में कुछ तीव्रता लाकर कहा, तो राणा कुछ ठंडा पड़ गया।

"तुम्हें आखिर चाहिए क्या?" मेरी माँ ने पूछा। "मुझे ताश्री चाहिए," अंतस ने आत्मविश्वास से मेरी ओर देखते हुए कहा। "लगता है तुम्हें अपनी जिन्दगी प्यारी नहीं है। मेरे होते हुए तुम ताश्री को छू तक नहीं सकते," राणा ने आगे आते हुए कहा।

"मुझे अपनी नहीं उन मासूमों की जिंदगियों की परवाह है।" अंतस बोला। मतलब? माँ और राणा दोनों चौंक गए।

"मृत्युंजय फिर से सूत्र साधना कर रहा है," अंतस ने जवाब दिया। मैं अब तक सीढ़ियां उतरकर नीचे आ गई थी। "यह सूत्र साधना क्या है माँ?" मैंने माँ से पूछा।

17. अवंतिका

“हां! मैंने राणा की कॉल डिटेल्स निकलवाई थी और तुम जानती हो उसने यहाँ से बाहर निकलते ही किसे फोन किया? ताश्री की माँ को।” विजय ने गर्व से कहा।

“तुम जानते हो यह गैर कानूनी है। राणा को अगर इस बारे में पता चला, तो वो हमारी बैंड बजा देगा। तुम्हें ताश्री की माँ की लोकेशन पता चली?” नंदिनी ने उसे समझाया। “हां वह यहीं है, जयपुर में। अपने किसी रिश्तेदार के यहाँ।” विजय ने बताया।

“हम्म...ठीक है। मैं उनसे आज ही मिल लेती हूं। दिनेश के बारे में कुछ पता चला? सीसीटीवी से कुछ जानकारी मिली?” नंदिनी ने विजय की और दो सवाल और दाग दिए। “नहीं, कोई फायदा नहीं है। वो हमारे कंप्यूटर की हार्डडिस्क निकालकर भी ले गया।”

“बहुत बढ़िया! पहले एक ड्राईवर जेल में आत्महत्या कर लेता है, फिर कोई मेरी पिस्तौल से गोलियाँ निकाल लेता है और अब हमारे कंप्यूटर्स की हार्डडिस्क ही गायब है। आखिर हो क्या रहा है इस थाने में?” नंदिनी ने थोड़े गुस्से से कहा। “अगर आस्तीन में ही साँप छुपा बैठा हो तो कोई भला कर भी क्या सकता है? मैं आज ही एसपी से बात करके दिनेश का सस्पेंशन करवाता हूं।” विजय ने सफाई पेश की।

“नहीं, उसकी कोई जरुरत नहीं है। इससे बात और फैलेगी। जब तक हम सारी गुत्थी सुलझा नहीं लेते, यह बात ज्यादा न फैले तो ही बेहतर है।”

शाम का वक्त था। विजय और नंदिनी दोनों ताश्री की माँ से मिलने के लिए थाने से निकले। “मुझे उम्मीद है कि आज इस केस के बारे में सब कुछ

पता चल ही जाएगा। वैसे तुम लोगों ने डायरी के आधार पर ताश्री की माँ से पूछताछ की थी क्या? क्योंकि कम से कम वो तो अपनी बेटी की डायरी को झूठा नहीं बता सकती।” नंदिनी ने विश्वास से कहा।

“उनसे सारी पूछताछ खुद चतुर्वेदी सर ने की थी। उनका कहना था कि ताश्री एक बहुत ही अच्छी लेखिका भी थी। हो सकता है कि उसकी डायरी कोई फिक्शनल ऑटोबायोग्राफी हो। उसे रोमांच पसंद था, तो उसने डायरी में भी अपनी जिंदगी रोमांचक तरीके से लिखी थी।” विजय की इस बात से नंदिनी चौंक गई।

कम से कम ताश्री की माँ से ऐसे जवाब की उम्मीद नहीं थी। “और उसकी सम्मोहन की शक्ति के बारें में...” नंदिनी ने पूछा। “उनका कहना था कि ऐसा कुछ नहीं है। उसे बस आँखों की दिक्कत थी, सो डॉक्टर ने उसे हमेशा चश्मा लगाए रखने के लिए कहा था। विजय ने सूखा सा जवाब दिया। “काला” चश्मा!...और तुम लोगों ने उनकी बात पर विश्वास कर लिया?”

“हमारे पास और कोई रास्ता नहीं था। भला हम हाल ही में मरी हुई लड़की की माँ से ऐसे सवाल कैसे करते, जिनका कोई आधार ही नहीं था?” विजय ने कहा। “हां, लेकिन अब आधार है। एक काल्पनिक संगठन ने मेरा अपहरण किया। मैं इस संगठन का पर्दाफाश करके ही रहूँगी। अंतस पर ताश्री की माँ ने शक जताया था?”

“शक तो नहीं जताया था, पर यह जरूर कहा था कि अंतिम बार उसे उसी लड़के के साथ देखा था। वह उसके साथ कहीं बाहर गई थी।”

“यह अजीब नहीं है कि कोई भी माँ अपनी बेटी को किसी अनजान लड़के के साथ क्यों जाने देगी?” तभी गाड़ी एक मकान के सामने जाकर रुकी। “यही मकान है?” नंदिनी ने पूछा।

“हां जानकारी के हिसाब से तो यही होना चाहिए। चलो पूछते हैं।” दोनों जीप से उतरे और डोरबेल बजाई। एक महिला ने दरवाजा खोला। यह ताश्री की माँ थी। एक 50 साल की प्रौढ़ महिला थी। एक आम भारतीय साड़ी, श्रृंगार के नाम पर माथे पर एक बिंदी, किन्तु पहनावा बिलकुल व्यवस्थित, उनके चेहरे से एक अलग ही तेज झलक रहा था, जैसे कोई हीरा काफी तराशे जाने के बाद चमकता हैं। उनकी आंखें बहुत शांत थीं।

"जी कहिए!" ताश्री की माँ ने उन दोनों को देख कर कहा। "वह विजय को तो पहचान गई थी, पर नंदिनी को उन्होंने ऊपर से नीचे तक घूरा।", "यह एसीपी नंदिनी हैं..." विजय ने परिचय दिया, "हम ताश्री के मामले में कुछ पूछताछ करने आए हैं।"

"कौन है अवंतिका?," पीछे से किसी औरत की आवाज आई। "पुलिस वाले हैं, ताश्री के बारे में पूछताछ करने आए हैं।" ताश्री की मां के इतना कहते ही नंदिनी और विजय अंदर आ गए। तभी किचन से वह दूसरी महिला निकलकर आई। उसे देखते ही नंदिनी सन्न रह गई। यह उसकी अंजनी माँ थी।

"अंजनी माँ आप?" नंदिनी ने चौंकते हुए कहा। "वह अंजनी के पास गई। अंजनी को एक बार तो कुछ समझ में नहीं आया। फिर उसने पहचान लिया कि यह नंदिनी है। "नंदिनी बेटा तुम! बहुत दिनों बाद दिखी हो," अंजनी ने उसे गले से लगा लिया।

"आप यहाँ...?" नंदिनी ने अवंतिका की और देखते हुए अंजनी से पूछा। विजय चुपचाप खड़ा यह सब देख रहा था। "अवंतिका मेरी बहन है। ताश्री की मौत के बाद से यह यहीं रहती है।" नंदिनी हैरान हो गई। विजय, नंदिनी और अंजनी तीनों सोफे पर बैठ गए। अवंतिका अंदर चाय लेने के लिए चली गई। "आपने अनाथालय आना क्यों छोड़ दिया?" नंदिनी ने अंजनी से पूछा।

"बेटा! उस वक्त अचानक ताश्री के साथ यह सब कुछ हुआ, जिससे अवंतिका पूरी तरह से टूट गई थी। उसे सँभालने वाला मेरे अलावा और कोई नहीं था। इसलिए मैंने नौकरी छोड़ दी। अभी अवंतिका और मैं यहीं पास में ही एक स्कूल में पढ़ाने का काम करती हैं।"

अंजनी की आँखों में नंदिनी के पुलिस अफसर बनने का गर्व साफ देखा जा सकता था, वह बेशक इससे बहुत खुश थी।

"मैं यहाँ पर ज्वाइनिंग होते ही अनाथालय गई थी, लेकिन पता चला कि आप वहां से छोड़ कर जा चुकी हैं। मैंने पता करने की कोशिश की, मगर किसी को आपके बारे में कुछ पता नहीं था।"

"हां! फिर मैं कभी वापस नहीं गई।" तभी अवंतिका चाय लेकर आ गई। उसने अंजनी से नंदिनी के बारे में पूछा। "अरे! यह नंदिनी है। मैंने

तुम्हें बताया तो था कि मेरे अनाथालय में सबसे होनहार लड़की थी और देखो आज पुलिस इंस्पेक्टर बन कर आई है।" यह सुनकर विजय थोड़ा सा मुस्कुरा दिया।

"पुलिस इंस्पेक्टर नहीं माँ, एसीपी!" नंदिनी ने हँसते हुए कहा। "जो भी हो, तूने मेरा सपना साकार कर दिया बेटा," अंजनी ने भावुक होते हुए कहा। "यह सब आपकी ही दुआओं का असर है।" नंदिनी ने अंजनी के हाथ पर हाथ रख दिया। तभी विजय का फोन बजा।

"हैलो... हां कहो।" दूसरी ओर से आए जवाब पर विजय हैरान होकर बोला, "क्या? कहाँ पर? ठीक है। हम अभी पहुँचते हैं।"

"क्या हुआ?" विजय के फोन रखते ही नंदिनी ने पूछा। "दिनेश के बारे में कुछ पता चला है। एक खबरी ने उसे एमआई रोड के आस-पास कहीं देखा है।"

"ओह!... लेकिन...," नंदिनी ने अंजनी माँ की ओर देखते हुए कहा। विजय नंदिनी की स्थिति समझ गया था। "कोई बात नहीं। तुम इनसे बात करो, मैं उसे देखता हूं," विजय चलने के लिए उठ खड़ा हुआ। "ओके... थैंक्स!" नंदिनी ने कहा। विजय इसके बाद निकल गया।

"बेटा! तुम ताश्री के बारे में कुछ कह रही थी," अवंतिका ने कहा। "हां! मैं ताश्री के मर्डर केस की फिर से जाँच कर रही हूं," नंदिनी ने पास ही पड़ी ताश्री की एक तस्वीर उठा ली और उसे निहारने लगी।

लंबे बाल, तीखे नैन-नक्श वाली, पतली सी लड़की थी। कोई भी एक बार देखे तो पलक झपकाना भूल जाए। नंदिनी उसको कुछ देर देखती रही। "उस लड़के के बारे में कुछ पता चला क्या?" अवंतिका ने कहा तो नंदिनी की तंद्रा टूटी।

"अभी तो नहीं, लेकिन जल्द ही चल जाएगा। मगर उसके लिए आपको पहले सब सच बताना होगा," नंदिनी ने अवंतिका की आँखों में झांकते हुए कहा। "सच... मगर कैसा सच?" अंजनी और अवंतिका दोनों चौंक गईं। अवंतिका के पूछने पर नंदिनी ने संगठन का जिक्र किया।

"मैं पहले ही पुलिस को बता चुकी हूं। संगठन जैसा कुछ नहीं। ताश्री ने अपनी डायरी में कोई काल्पनिक कहानी लिखी थी।"

"मैं मृत्युंजय से मिली हूं अवंतिका जी! उसी काल्पनिक संगठन ने मेरा अपहरण करने की कोशिश की थी। मैं राणा साहब को भी जानती हूं। मैं इस केस से जुड़े हर शख्स से मिली हूं, मगर ऐसा लगता है हर शख्स कुछ न कुछ छिपाने की कोशिश कर रहा है। कम से कम आप तो सच बोलिए। मैं बस आपकी बेटी को न्याय दिलवाना चाहती हूं," नंदिनी थोड़ी सी रुआंसी हो गई। उसे समझ में नहीं आ रहा था कि क्यों हर व्यक्ति उसे बेवकूफ बनाने पर तुला था।

अवंतिका कुछ देर नंदिनी को देखती रही और फिर उसने अंजनी की ओर देखा। अंजनी ने अपनी पलकें झपका कर मौन सहमति दी। "नंदिनी बेटा! तुम नहीं जानती तुम किनके खिलाफ लड़ रही हो। वे बहुत ही खतरनाक लोग हैं," अवंतिका ने कुछ पल बाद कहा।

"मैं एक पुलिस अफसर हूं। मुझे इससे कोई फर्क नहीं पड़ता कि मैं किसके खिलाफ लड़ रही हूं या वो कितने शक्तिशाली हैं। मेरे लिए बस यह मायने रखता कि हर व्यक्ति को इंसाफ मिलना चाहिए। फिर इसके लिए मुझे किसी से भी लड़ना पड़े।" नंदिनी के इतना कहने पर अवंतिका अब भी कुछ सोच रही थी। जैसे किसी अंतर्द्वन्द में उलझी हुई हो।

"अवनि! तुम नंदिनी को बता सकती हो। यह मेरी सबसे प्यारी बच्ची है। यह तुम्हारी मदद कर सकती है," अंजनी ने अवंतिका को ढांढस बंधाते हुए कहा।

"यह किसी चक्रव्यूह की तरह है नंदिनी! अगर तुम इसमें घुस गई, तो बाहर नहीं निकल पाओगी। तुम जितना इसके अंदर जाओगी, तुम्हारी लिए खतरा उतना ही बढ़ता जाएगा," अचानक अवंतिका के चेहरे पर एक गंभीरता आ गई।

"आप मेरी परवाह मत कीजिए। मुझे सिर्फ सच जानना है।" नंदिनी ने दृढ़तापूर्वक कहा। "हम्म... वह सब कुछ सच था," अवंतिका ने एक निःश्वास छोड़ते हुए कहा। "ताश्री की डायरी में जो लिखा था, वह सब कुछ वास्तव में हुआ था। मैं संगठन के सातवें प्रमुख की धर्म पत्नी और गुरु माँ हूँ। तुम क्या जानना चाहती हो?" अवंतिका ने सीधा होते हुए कहा।

"उससे आगे जहाँ से ताश्री की डायरी खत्म होती है।" नंदिनी बोली।

★★★

"यह 'सूत्र साधना' क्या है?" ताश्री ने पूछा, तो अवंतिका ने बताना शुरू किया।

"मेरा जन्म यहाँ जयपुर में ही हुआ था। हम दो बहनें और एक भाई थे। अंजनी सबसे बड़ी थी, मैं दो साल छोटी और आर्यन सबसे छोटा था। हमारे पिता श्री मणिप्रकाश जी यहाँ के जाने-माने पंडित थे और संगठन की जयपुर शाखा के प्रमुख भी। उन्होंने बचपन से हम तीनों भाई-बहनों को वैदिक शिक्षा दी थी। मेरे दोनों भाई-बहनों को तो इसमें कोई विशेष रूचि नहीं थी, लेकिन मुझे बचपन से ही आध्यात्म में दिलचस्पी थी। मेरे पिता भी मुझसे विशेष स्नेह रखते थे।"

अवंतिका ने बात आगे बढ़ाई, "बात तक की है, जब मैं तेरह साल की थी। संगठन के प्रमुख नित्यानंद जी महाराज हमारे शहर आए थे। मेरे पिता बहुत ही खुश थे, क्योंकि नित्यानंद जी से व्यक्तिगत रूप से मिलने का सौभाग्य बहुत ही कम लोगों को मिलता था। पिताजी ने काफी समय पहले ही उनके स्वागत की तैयारी शुरू कर दी थी। वह रात-रात भर शाखा में ही रुकते और वहाँ सभी लोगों को प्रशिक्षित करते कि नित्यानंद जी के सामने कैसे व्यवहार करना है? नियत तिथि को नित्यानंद महाराज शहर में पधारे। पहले वह संगठन की शाखा में गए। वहां भाषण देने के बाद उन्होंने सारी व्यवस्था देखी और फिर कुछ समय के लिए मेरे पिता के साथ चर्चा की। वह मेरे पिता के विचारों से काफी प्रभावित हुए थे।"

"हमें रात को वापस जोधपुर के लिए निकलना है। अगर आपको आपत्ति न हो तो तब तक हम आपके घर पर विश्राम कर लेंगे," नित्यानंद जी ने मेरे पिता जी से कहा। पिताजी की खुशी का ठिकाना न रहा। स्वयं नित्यानन्द जी उनके घर पधारें, इससे बड़ी सौभाग्य की बात उनके लिए क्या थी। उन्होंने तुरंत घर पर संदेश भिजवाकर माँ को भोजन और सारी तैयारी करने के लिए कहा।

कुछ समय बाद नित्यानंद जी अपने कुछ शिष्यों के साथ हमारे घर पधारे। वह कोई चालीस साल के प्रौढ़ व्यक्ति थे, किन्तु उनके चहेरे पर एक विचित्र शांति और तेज था। उन्होंने सबसे पहले स्नान किया, फिर कुछ समय के लिए अपने शिष्यों के साथ ध्यान किया और फिर सब लोगों ने एक साथ भोजन ग्रहण किया। भोजन करते समय उन्होंने मेरे पिता को अपने साथ

ही बिठाया था। भोजन के पश्चात् वो मेरे पिता के साथ बैठ कर किसी आध्यात्मिक विषय पर चर्चा करने लगे। मेरे दोनों भाई-बहन तो बाहर खेलने के लिए गए थे, मगर मुझे माँ ने अधिक काम होने की वजह से घर में ही रोक लिया था। मैं किचन में ही छिप कर बैठी थी। मुझे इतना मालूम था कि कोई बड़ा व्यक्ति आया है, इसलिए में उनके सामने जाने से कतरा रही थी। तभी माँ किचन में आई।

"ले यह पानी नित्यानंद जी को देकर आ।" मां ने कहा। "कौन मैं?" मैंने चौंकते हुए कहा।

"तो क्या मैं? तू भी जाकर महाराज के चरण स्पर्श तो कर ले।" माँ ने गुस्से में कहा। मैंने इनकार किया, तो मां ने कहा, "ज्यादा चु-चपड़ मत कर, इतने बड़े व्यक्ति घर पर आए हैं, और तू यहाँ रसोई में छिप कर बैठी हैं, जा और यह पानी दे आ और हां चरण स्पर्श करके आशीर्वाद मांगना।"

मेरे पास माँ की बात मानने के अलावा और कोई रास्ता नहीं था। मैं चुपचाप ट्रे लेकर बाहर आ गई। नित्यानंद महराज सामने एक कुर्सी पर बैठे थे। मेरे पिता और उनके बाकी सारे शिष्य नीचे चटाई पर।

"...तो फिर मनुष्य का अंतिम लक्ष्य क्या होना चाहिए?" मेरे पिता ने सवाल पूछा।

"!!ऊँ शांति ऊँ!! मनुष्य का अंतिम लक्ष्य शांति होना चाहिए। हमें आध्यात्म के उस स्तर तक पहुंचना है जहाँ हम अपने मन को नियंत्रित कर अपनी इन्द्रियों पर काबू कर सकें।" नित्यानंद जी ने शांत रह कर जवाब दिया। सभी ने सहमती में सर हिलाया।

"परंतु ऋग्वेद में तो मनुष्य का अंतिम लक्ष्य आनंद बताया गया है। शांति उस लक्ष्य तक पहुँचने का एक माध्यम मात्र है। सहस्त्रार चक्र की जाग्रति पर भी आनंद की प्राप्ति होती है। आपका नाम भी तो नित्यानंद ही है," अचानक मेरे मुंह से निकल गया। सभी लोग मेरा चेहरा ताकने लगे। किसी ने भी एक तेरह साल की लड़की से इतने सटीक तर्क की अपेक्षा नहीं की थी।

"अवनि! अंदर जाओ," मेरे पिता ने मुझे गुस्से से झिड़कते हुए कहा। उन्हें नित्यानंद जी से मेरा तर्क करना उचित नहीं लगा था।

"नहीं मणि! इन्हें यहीं रहने दो। आपका नाम क्या है पुत्री?" नित्यानंद जी ने मुझसे पूछा। मुझे समझ में आ चुका था कि मैंने अपना ज्ञान का

प्रदर्शन कर कर कोई बड़ी भूल की है। फिर भी मैंने तटस्थ रहना ही ठीक समझा।

"अवंतिका" मैंने धीरे से कहा। "अवंतिका! हम क्षणिक की बजाय शाश्वत को प्राथमिकता देते हैं। आनंद क्षणिक होता है, शांति शाश्वत है। ठीक उसी प्रकार जैसे जीवन क्षणिक है, परंतु मृत्यु शाश्वत है। इसलिए हम मृत्युत्व या मोक्ष की प्रति ध्यान देते हैं।" नित्यानंद जी आध्यात्म के थोड़े और ऊँचे स्तर पर गए। उन्हें उम्मीद थी कि शायद मैं वहाँ तक नहीं पहुँच पाऊँगी।

"किन्तु... मृत्यु से अधिक तो जीवन शाश्वत है। मृत्यु का आधार तो जीवन ही है, अगर जीवन न हो तो मृत्यु का अस्तित्व ही कहाँ?" मैंने पीछे हटने से मना कर दिया था। मेरे इस तर्क पर नित्यानंद कुछ सोचने लगे। मेरे पिता और बाकी तमाम लोग मुझे घूरे जा रहे थे। कुछ लोगों के चहेरे पर प्रसंशा के भाव थे, तो कुछ मुझे घमंडी मान रहे थे। मेरे पिता पसीना-पसीना हो रहे थे।

"अवंतिका! यहाँ आओ," नित्यानंद जी ने कहा। मैं उनके पास चली गई। "क्या ईश्वर का अस्तित्व है?" उन्होंने मेरा एक हाथ अपने हाथ में लेते हुए कहा। जैसे वास्तव में वह मुझसे कोई गूढ़ प्रश्न पूछ रहे हैं।

"हां बिल्कुल है... वह मेरे सामने बैठे हैं," मैंने अपने पिता की तरफ इशारा करते हुए कहा। "तुम कहना चाहती हो कि तुम्हारे पिता ईश्वर हैं?" उन्होंने मेरी हथेली को गौर से देखते हुए कहा।

"जो हमारा पालन-पोषण करे वही तो ईश्वर हैं। अगर ईश्वर हमारे पिता हैं, तो हमारे पिता ईश्वर क्यों नहीं हो सकते?" वह मेरी हथेली को ध्यान से देखते हुए अचानक रुक गए। "ग्याहरवां सूत्र!" अचानक उनके मुंह से निकला।

"मणि! क्या तुम्हारे पास तुम्हारी पुत्री की कुंडली है?" उन्होंने मेरे पिता से कहा। "जी गुरुदेव!" पिताजी ने कहा। "लेकर आओ।" मेरे पिता दौड़ कर अंदर गए।

"तुमने सही कहा पुत्री! हम जिसका अपने ईश के रूप में वरण करें, वही ईश्वर है। अगर तुम अपने पिता को ईश्वर मानती हो तो वही सही है।"

कुछ देर बाद मेरे पिता अंदर से मेरी कुंडली लेकर आए। नित्यानंद जी बड़े गौर से वो कुंडली देखने लगे। किसी को कुछ समझ में नहीं आ रहा था कि नित्यानंद आखिर कर क्या रहे हैं!

“मणि! हम तुमसे कुछ माँगना चाहते हैं?” कुछ देर बाद नित्यानंद ने ऊपर देखते हुए कहा। “आज्ञा करें गुरुदेव!,” मेरे पिता ने हाथ जोड़ते हुए कहा।

“हमें आपकी पुत्री चाहिए,” अचानक नित्यानंद ने कहा तो सब लोग चौंक गए। सब दबे स्वर में कुछ बात करने लगे। “क्या?... किन्तु...” मेरे पिता की कुछ समझ में नहीं आया।

“हम चाहते हैं कि अवंतिका की आगे की दीक्षा हमारे सानिध्य में हमारे हरिद्वार आश्रम में हो।”

“किन्तु महाराज यह तो अभी बच्ची है। इसे इतनी दूर कैसे भेज सकते हैं?” मेरे पिता असमंजस में थे। “यह बच्ची ही हमारे संगठन का भविष्य है। तुम अपनी पत्नी से चर्चा कर लो। हम आज शाम को ही इसे अपने संग लेकर जाएँगे।”

मेरे पिता अब पूरे पसीने से लथपथ थे। वह अंदर गए और माँ से बात करने लगे। माँ इसके लिए बिलकुल तैयार नहीं थी, लेकिन वह भी नित्यानंद जी के प्रभाव को भली-भांति जानती थी। पिता जी के बहुत समझाने के बाद माँ मान गई। मेरे माता-पिता ने फटाफट मेरा सामान पैक किया। मैंने अपने भाई-बहनों से विदा ली और शाम को मैं नित्यानंद जी के साथ उनके हरिद्वार आश्रम के लिए निकल गई।

18. स्वागतम

सुबह तक हम हरिद्वार पहुँचे। शहर के बाहर ही संगठन का आश्रम था। यह केवल कहने को आश्रम था, वरना सारी सुविधाओं से परिपूर्ण कोई महल था। बाहर गेट पर दो द्वारपाल खड़े थे, जहाँ से अंदर घुसते ही एक बड़ा-सा गार्डन था। वहां पर योग करवाया जाता था। वहाँ से सामने एक बड़ी सी बहुमंजिला इमारत थी, जिसमें कम से कम 200 कमरे गोलाकार रूप में बने थे। इन कमरों के बीचों-बीच में एक खुला बरामदा था। यहाँ पर बहुत सारे साधु, योगी और बच्चे थे जिन्हें चुन-चुन कर आध्यात्म की दीक्षा के लिए लाया गया था।

मुझे थोड़ा डर लग रहा था, क्योंकि मैं पहली बार अपने घर से इतनी दूर आई थी। मगर नित्यानंद जी बार-बार मुझे हौसला दे रहे थे। पूरे रास्ते वह मुझे बताते रहे थे कि सगंठन की शाखा में कैसे रहना है, कैसे व्यवहार करना है, कब क्या काम करना है, किससे कैसे बात करनी है आदि।

वहां पहुँचने पर मुझे एक कमरा दिया गया। यह कोई खास तो नहीं था। एक बिस्तर था, जो जमीन पर ही पड़ा था जिसकी चादर साफ थी। एक पानी का मटका था और एक पँखा। सामने एक खाली अलमारी थी, जिसमें मैंने अपना सामान रख दिया। खिड़की से ठंडी-ठंडी हवा आ रही थी और यहाँ रोशनी भी पर्याप्त थी। तभी एक लड़की आई। वह कोई मेरी उम्र की ही थी। दिखने में थोड़ी से साँवली, मगर हँसमुख।

"तुम अवंतिका हो?" उसने मुझे घूरते हुए कहा। उसका दबाव 'अवंतिका' पर कम और 'तुम' पर ज्यादा था, जैसे वह अवंतिका को तो पहले से ही जानती थी। "मेरा नाम देवप्रभा है। मुझे गुरूजी ने भेजा है।

कहा है कि अगर तुम्हें कोई जरुरत हो तो देख लूं," वह अब भी मुझे निहारे जा रही थी।

"धन्यवाद! पर अभी मुझे कुछ भी जरूरत नहीं है," मैंने वापस उसे घूरते हुए देखा, जैसे पूछ रही हूं क्या हुआ, मुझे घूर क्यों रही हो?

"तुम बहुत खूबसूरत हो," उसने मेरा दिमाग पढ़ते हुए कहा। मैं बस मुस्कुरा दी। वास्तव में मैं थोड़ी खूबसूरत तो थी। मेरा रंग बचपन से ही गोरा था और नैन-नक्श भी अच्छे थे।

"संभल कर रहना," उसने आगे कहा। "क्या?" मैंने हैरान होते हुए पूछा। "खूबसूरती बहुत महंगा गहना है, जल्दी चोरी होता है।" मैं कुछ देर उसे देखती रही और फिर वापस अपना सामान जमाने लगी। "तुम नहाकर प्रार्थना के लिए आ जाओ," उसने मुड़ते हुए कहा।

"प्रार्थना?" मेरे मुंह से निकला। मैं अब तक के सफर से बहुत थक चुकी थी। मैंने सोचा था कि अब कुछ देर आराम करुँगी, मगर इनकी तो कुछ और ही योजना लग रही थी।

"हां प्रार्थना! हम प्रार्थना करने के बाद ही भोजन ग्रहण करते हैं। तुम्हें भूख भी लगी होगी न?" उसके खाने का नाम लेने के बाद ही मुझे याद आया था कि मुझे खाना भी खाना है, वरना मैं तो थकान के आगे खाने के बारे में भी भूल गई थी।

"मगर नहाना कहाँ है?" मैंने आसपास नजर डालते हुए कहा। वहाँ कहीं भी कोई गुसलखाना नजर नहीं आ रहा था।

"हम लोग तो सुबह-सुबह घाट पर ही नहाते हैं, मगर तुम अभी पीछे बने गुसलखाने में नहा लो।" उसके बाद मैंने अपने कपड़े लिए और पीछे-पीछे चल दी। वह किसी कुशल पथ-प्रदर्शक की तरह मुझे इस जगह का परिचय करवा रही थी। ऐसा लग रहा था कि मुझे देख कर वो बहुत खुश थी। रास्ते में मिलने वाला हर व्यक्ति मुझे कौतूहल की दृष्टि से देख रहा था। शायद उनमें से किसी को भी मेरे बारे में कुछ पता नहीं था।

स्नान के बाद देवप्रभा मुझे नीचे बने बड़े हॉल में ले गई। यहाँ पर सभी लोग एक साथ पंक्तिवार एकत्रित हुए थे, बिल्कुल जैसे किसी विद्यालय के छात्र हों। मैं और देवप्रभा भी लड़कियों की बनी एक लाइन में खड़े हो

गए। उसमें कुछ स्त्रियां थीं और कुछ हमारी उम्र की ही लड़कियां। सामने एक ऊँचा आसन लगा था, जिसके पास ही दो सेवादार खड़े थे। कुछ देर बाद वहाँ नित्यानंद जी आए। सभी लोगों ने उन्हें प्रणाम किया। उन्होंने अपनी आँखें बंद कीं और मंत्र का जाप किया। बाकी सब लोग भी आँखें बंद कर साथ-साथ जाप कर रहे थे।

नमःस्ते अस्तु भगवन, विश्वेश्वराय, महादेवाय, त्रयंबकाय,
त्रिपुरान्तकाय, त्रिकाग्निकलाय, कलाग्निरूद्राय, नीलकंठाय,
मृत्युंजयाय, सर्वेश्वराय, सदाशिवाय, श्रीमन् महादेवाय नमः
।। ऊँ शांतिः ।।

मैंने कहीं पढ़ा था, यह भगवान रूद्र का नमस्कार्थ मंत्र था, जिसे रूद्र की स्तुति में पढ़ा जाता था। इसके बाद सबने आँखें खोलीं। आँखें खोलने पर मुझे लगा कि कोई मुझे घूर रहा है। यह कोई 16-17 साल का लड़का था। पुरुषों की पंक्ति में, जो मुझे देख कर भद्दी-सी हँसी निकाल रहा था। अजीब बात थी कि सब वहाँ प्रार्थना कर रहे थे और वह लड़का मुझे देख रहा था।

"मित्रों! मैं आज आप सबको एक नए मेहमान से मिलवाना चाहता हूं," तभी नित्यानंद जी ने कहा। "अवंतिका!..." उन्होंने मेरी ओर देखते हुए मुझे ऊपर मंच पर आने के लिए कहा। मैं कतार से बाहर निकल कर ऊपर चली गई।

"यह बच्ची यहाँ की नई विद्यार्थी है। अब यह यहीं रह कर ज्ञानार्जन करेगी। सभी लोग ख्याल रखें कि इसे कोई तकलीफ नहीं हो।" इसके बाद सभा समाप्त हुई और सब खाना खाने लगे। मैंने देखा कि वह लड़का अब भी मुझे घूर रहा था। देवप्रभा मेरी नजरों को भांप गई। उसने मुझे चुपचाप खाना खाने का इशारा किया। खाना खाने के बाद हम वापस अपने कमरे की तरफ जाने लगे। तभी वह लड़का दौड़ते हुए मेरी तरफ आया।

"अवंतिका! मेरा नाम रवि है। मुझसे दोस्ती करोगी?" उसने अपना हाथ आगे बढ़ाते हुए कहा। मैंने देवप्रभा की ओर देखा।

उसने कहा तो कुछ नहीं मगर उसका चेहरा बोल रहा था कि मना कर दो, मगर अचानक मेरा हाथ आगे बढ़ गया। उसने मेरे हाथ अपने हाथ में लिया और अजीब तरीके से मसलने लगा। मैंने अपना हाथ खींच

लिया और वहां से भाग गई। वह वहाँ खड़ा-खड़ा हँसने लगा। देवप्रभा भी मेरे पीछे आ गई।

"मैंने कहा था खूबसूरती महंगा गहना है। तुम्हें इन्हीं चोरों से बचना है," उसने मेरे कमरे में आते हुए कहा। "कौन था वह कमीना?" मैंने गुस्से से कहा।

"वह रवि है। नित्यानंद जी का बेटा। ऐसा लगता है कि देवता के घर राक्षस पैदा हुआ है। एक-दो बार मेरे साथ भी इसने ऐसा ही किया था। उसके बाद तो मैं उससे दूर ही रहती हूं। तुम भी उससे संभल कर रहना।" उसने मुझे हिदायत दी और फिर चली गई।

मैं कुछ देर सोकर उठी तो वह वापस मेरे कमरे में आ गई। "चल तुझे घाट घुमा कर लाती हूं," उसने मुझे पकड़कर खींचते हुए कहा। "हम अकेली?"

"तो क्या पूरा शहर जाएगा? सुबह चार बजे उठकर हमें वहाँ नहाने जाना होता है, मगर सुबह तो वहाँ कुछ दिखेगा ही नहीं, सो अभी घूम कर आते हैं।" उसने एक चंचल आवाज में कहा, मगर मुझे कुछ समझ नहीं आया।

हम दोनों घूमने निकल गए। घाट यहाँ से कोई दो-तीन किलोमीटर दूर था। वहाँ जाने में ही आधा-पौन घंटा लग गया। यह गंगा के किनारे विशाल घाट थे। कुछ लोग वहाँ अभी भी नहा रहे थे। उनमें से कुछ साधु थे। कुछ नागा साधु भी थे, जिन्हें देख कर मैं शरमा गई। "हा... हा...! ऐसे नजारे यहाँ रोज देखने को मिलते हैं," देवप्रभा ने मुझे आँख मारते हुए कहा।

"मगर हम सुबह यहाँ कैसे नहाएँगे? यहाँ तो इतने सारे लोग रहते हैं," मैंने आशंकित होते हुए पूछा। "हम सुबह जल्दी आएँगे। तब यहाँ कोई नहीं रहता, सिर्फ स्त्रियां ही आती हैं। पुरुष उजाला होने के बाद आते हैं।" उसने मुझे सारी व्यवस्था समझाते हुए कहा।

कुछ देर वहाँ घूमने के बाद हम वहीं पास के बाजार में गए। वहां तरह-तरह की दुकानें थीं। मैं वह सब निहारने लगी। तभी मैं एक कंगन की दुकान पर रुकी।

"क्या हुआ?" देवप्रभा ने कहा। "देख न कितने खूबसूरत कंगन हैं?," मैंने एक कंगन का सेट हाथ में लेते हुए कहा। "तुझे पसंद हैं? मगर हम पैसे

तो लाए ही नहीं!" उसने मायूस होते हुए कहा। मैंने कंगन का सेट वापस रख दिया और आगे बढ़ गई।

"हम दिलवा दें कंगन?" तभी पीछे से आवाज आई। मैंने पीछे मुड़कर देखा तो यह वही लड़का था रवि। "चल यहां से..." देवप्रभा ने मुझे खींचते हुए कहा। हम उसके बाद आश्रम आ गए। मुझे अपने कमरे में छोड़ने के बाद देवप्रभा चली गई। मैं अपना सामान देखने लगी। तभी दरवाजे पर दस्तक हुई। मैंने दरवाजा खोला। यह रवि था।

"क्या है?" मैंने थोड़ा गुस्से से कहा। "हम तुम्हारे लिए कंगन लाए हैं," उसने वही कंगन का सेट दिखाकर कहा, जो मैं वहाँ छोड़ आई थी। वह अब कमरे के अंदर आ चुका था। "मुझे नहीं चाहिए," मैंने उसी गुस्से में कहा। मेरे माथे पर पसीना आ गया था।

"कैसे नहीं चाहिए? हम इतने प्यार से लाए हैं और तुम्हें पसंद भी तो थे।" रवि बोला। "बोला न नहीं चाहिए... बाहर निकलो यहाँ से!" मैंने दरवाजे की तरफ इशारा करते हुए कहा।

"चलो, न चाहिए तो न सही... एक बार पहन कर ही दिखा दो।" वो जबरदस्ती मेरा एक हाथ पकड़कर कंगन पहनाने लगा। मैं दूसरे हाथ से उसे रोकने लगी। इसी हाथापाई में एक कंगन टूट गया और मेरे हाथ में चुभ गया। उससे खून बहने लगा, लेकिन वह रुका ही नहीं जैसे उस पर कोई भूत सवार हो।

"रवि! यह क्या कर रहे हो?" तभी पीछे से एक आवाज आई। यह पन्द्रह-सोलह साल का एक मोटा सा लड़का था। उसने पास में आकर रवि का गिरेबान पकड़कर उसे दूर फेंक दिया।

"वीरेंद्र! तू हमेशा मेरे फटे में टाँग अड़ाता है," रवि ने गुस्से से कहा। "अभी तो तेरा कुछ फटा नहीं है। इससे पहले की फटे, चुपचाप निकल ले," वीरेंद्र ने उसे आँखें दिखाते हुए कहा। रवि वहाँ से भाग खड़ा हुआ। मेरे हाथ से खून बह रहा था और आँखों से आंसू। मैं सिसक कर रोने लगी।

ओह! तुम्हें तो चोट लगी है," उसने मेरा हाथ देखते हुए कहा। "देव..." मैंने रोते हुए ही कहा। "देवप्रभा को बुलाओ!"

कुछ देर में वो देवप्रभा को बुलाकर ले आया। वह अपने साथ में मलहम-पट्टी भी लाई थी। मैंने पट्टी करवाते हुए उसे सारी बात बता दी।

“वह तो है ही राक्षस। आज ही गुरूजी से उसकी शिकायत करती हूं।”

“यह कौन था?” मैंने वीरेंद्र के बारे में पूछा। “यह वीरेंद्र है... वीरेंद्र राणा!”

“अब तू आराम कर और दरवाजा अंदर से बंद कर लेना। उस कमीने का कोई भरोसा नहीं, फिर से आ सकता है।” देवप्रभा यह कहकर अपने कमरे में चली गई। कुछ देर बाद मैं भी सो गई।

सुबह चार बजे के आस-पास कोई जोर की आवाज हुई, जिससे मेरी नींद खुली। यह एक घंटे की आवाज थी जो बाहर गार्डन में लगा हुआ था। उसकी आवाज इतनी तेज थी कि इस इमारत के आखिर छोर तक भी सुनाई दे सकती थी। वह घंटा आठ-दस बार लगातार बजा, जिसके बाद वापस सो पाना लगभग असंभव था। मेरा सिर भी दर्द करने लगा था। तभी मेरे दरवाजे पर दस्तक हुई।

“कौन?” मैंने डरते हुए पूछा। “मैं देवी... हमें नहाने जाना है।” मुझे याद आया कि यहाँ तो रोज सुबह घाट पर नहाने जाते हैं, लेकिन इतनी ठंड में सुबह-सुबह घाट पर नहाने जाने के बारे में सोच कर ही सिहरन हो गई थी। फिर भी मैंने अपने कपड़े उठाए और बाहर आ गई।

“जल्दी चल! सारी स्त्रियां निकल चुकी हैं।” वह आगे चल दी। मैंने दरवाजा बंद किया और दौड़ कर उसके पीछे हो गई। फिर वही आधे-पौने घंटे के बाद हम घाट पर पहुँचे मगर इतनी देर चलने के बाद अच्छी खासी कसरत हो गई थी, जिससे अब ठंड लगना कम हो गई। मैंने देखा कि घाट के दूसरे किनारे और भी थे जहाँ काफी सारी स्त्रियां नहा रही थीं। उनमें से अधिकतर अर्धनग्न थीं। मैं पानी के पास गई और उसे हाथ लगा कर देखा।

“अरे बाप रे! यह तो बहुत ठंडा है,” मैंने डरते हुए कहा। “जब तक हम पानी में नहीं उतरते वो ठंडा ही लगता है।” मैंने उसकी तरफ देखा तो भौचक्की रह गई। उसने भी अपने आधे कपड़े उतार दिए थे और अर्धनग्न हो गई थी। वह मेरी ओर देख कर मुस्कुराई और फिर पानी में उतर गई।

“यह क्या है?” मैंने उसे आँखें फाड़कर देखते हुए कहा। “यहाँ कोई नहीं देख रहा है,” उसने पानी में डुबकी लेते हुए कहा।

“कोई नहीं का क्या मतलब? मैं तो देख रही हूं न?” वैसे मैंने ध्यान दिया कि हम घाट के जिस किनारे थे वहाँ काफी अंधेरा था और एकांत भी।

वहाँ किसी के द्वारा हमें देखे जाने की संभावना बहुत कम थी, मगर फिर भी मैं कैसे अर्धनग्न हो सकती हूं? मैंने सिर्फ अपनी साड़ी उतारी और पानी में उतर गई। पानी वास्तव में ठंडा था, मगर कुछ ही देर में शरीर ने खुद का ताप बढ़ा कर पानी के अनुकूल बना लिया था।

नहाकर हम लोग वापस लौटे। फिर से दो-तीन किलोमीटर चलने से मेरी तो थक कर हालत खराब हो चुकी थी। आश्रम पहुँच कर नाश्ता किया ही था कि फिर से एक घंटा बजा। यह घंटा योग के लिए था। सब लोग बाहर गार्डन में जमा हो गए। कुछ देर बाद एक बूढ़ा सा व्यक्ति आया। उसने कुछ मंत्र बोले और योग करवाना शुरू कर दिया। कोई एक से डेढ़ घंटे तक उसने योग करवाया। फिर उसके बाद प्रार्थना का समय हो गया था। मेरी तो इस सब दिनचर्या से हालत खराब हो गई थी। मैं सोचने लगी कि अभी से ही यह हालत है, तो आगे क्या होगा? प्रार्थना में आज गुरूजी ने कोई नया श्लोक सुनाया था, जिसका अर्थ तो मुझे नहीं मालूम था मगर शायद यह माँ दुर्गा की स्तुति थी। स्तुति खत्म होने के बाद गुरू जी की नजरें इधर-उधर घूमने लगीं जैसे किसी को ढूँढ रही हों। जब उनकी नजर मुझ पर पड़ी तो वह हल्का-सा मुस्कुराए। जवाब में मैं भी मुस्कुरा दी, लेकिन तभी उनके चेहरे पर चिंता की लकीरें उभर पड़ीं। प्रार्थना खत्म होने के बाद हम सब खाना खाने चले गए। खाना खाते समय कोई देवप्रभा को बुलाने आया।

"मैं आती हूं," उसने कहा और खाना बीच में छोड़ कर चल दी। कुछ देर बाद वह वापस आई। "तूने खाना खा लिया?" उसने पूछा। मैंने कारण पूछा, तो उसने कहा गुरुजी ने बुलाया है। कुछ गंभीर मामला लग रहा था। अपने खाने के बारे में तो वह भूल ही चुकी थी। मेरा खाना खत्म हो गया था, सो मैं उसके पीछे-पीछे चल दी।

कुछ ही देर में हम गुरूजी के कक्ष में पहुँचे। वहाँ गुरु जी के अलावा दो लोग और थे, सम्भवतः वे गुरु जी के सेवादार थे। मैंने गुरूजी प्रणाम किया और वहीं खड़ी हो गई।

"तुम्हें यह चोट कैसे लगी अवंतिका?," गुरुजी ने मेरे हाथ की तरफ इशारा करते हुए कहा। "जी वो... कल..." मैं इससे आगे कुछ कह नहीं पाई। मुझे डर था कि यहाँ आने के पहले ही दिन मेरे साथ यह हादसा हो गया था और अब अगर मैं रवि का नाम लूँगी तो गुरू जी पता नहीं मेरे बारे में क्या सोचेंगे?

"क्या देवप्रभा ने जो बताया वो सत्य है? रवि ने कल शाम को तुम्हारे साथ जबरदस्ती की थी?" गुरूजी के चेहरे पर गुस्से के भाव साफ पढ़े जा सकते थे। "हां... वो लेकिन..." मैं फिर चुप हो गई।

"तुम्हें तुरंत ही मुझे बता देना चाहिए था," उन्होंने मुझसे कहा और फिर एक सेवक को रवि को बुलाने का आदेश दिया। वह कुछ ही देर में रवि को ले आया। रवि ने अंदर आकर एक बार मुझे और फिर देवप्रभा को देखा और फिर गुरूजी को प्रणाम किया। उसका चेहरा झुका हुआ था, मगर वह अपने किए पर शर्मिंदा नहीं लग रहा था।

"रवि! क्या यह सत्य है कि अवंतिका को यह चोट तुम्हारे कारण लगी?" गुरुजी ने अपनी जगह से उठते हुए कहा। रवि कुछ नहीं बोला, बस अपनी जगह जड़वत् खड़ा रहा।

"जवाब दो रवि!" उन्होंने अपनी आवाज में कठोरता लाते हुए कहा। "जी हां! यह सत्य है," रवि ने झुकी नजरों से ही मेरी ओर देखते हुए कहा। "और ऐसा तुमने क्यों किया?" गुरुजी ने रवि के पास आते हुए लगभग उसके कान में ही कहा।

"मैं इनसे प्रेम करता हूं।" उसके इतना कहते ही गुरुजी बोले, *"प्रेम?!!* तुम प्रेम का अर्थ भी जानते हो? प्रेम समर्पण माँगता है, त्याग मांगता है। यह किसी को दर्द नहीं देता है बल्कि चेहरे पर मुस्कान लाता है। तुम्हारी आयु में सिर्फ आकर्षण होता है और तुम्हें जो हुआ है, वह तो सम्भवतः लालसा मात्र है।" रवि अब भी वैसे का वैसे खड़ा था।

"अवंतिका से अभी क्षमा मांगो!" गुरूजी ने आदेश दिया। रवि कुछ नहीं बोला। वह बस जमीन में देखता रहा। "तुमने सुना नहीं?" गुरू जी ने इतनी जोर से कहा कि एक बार तो मैं भी सिहर गई। "मैं उसकी कोई आवश्यकता नहीं समझता हूं," रवि ने नजरें उठाकर मेरी और देखते हुए कहा। गुरु जी की आँखें लाल हो गईं।

"संगठन में गुरू की अवज्ञा का परिणाम जानते हो न तुम? तुम्हें संगठन छोड़ कर जाना पड़ सकता है।"

"संगठन मेरा परिवार है। मैं इसे छोड़कर कहीं नहीं जाऊँगा" रवि ने नजरें उठाकर कहा और वापस नजरें झुका लीं। "उत्तम! संगठन की प्रति तुम्हारा प्रेम अच्छा लगा किन्तु अपने किए की सजा तो तुम्हें भुगतनी ही

होगी," उन्होंने वापस अपने आसान पर बैठते हुए कहा।

"अनिकेत! एक सामान्य इंसान बिना जल के कितने समय तक जीवित रह सकता है?" उन्होंने अपने एक सेवक से पूछा। "तीन के सिद्धान्त के अनुसार एक आम इंसान तीन मिनट बिना वायु के, तीन दिन बिना जल के और तीन सप्ताह बिना भोजन के रह सकता है किन्तु अनुकूल परिस्थितियों में कोई व्यक्ति बिना पानी के 8-10 दिन तक जीवित रह सकता है।"

"किन्तु वे सामान्य इंसान है। हमारे गुरु श्री अनंत देव जी तंत्र की शक्ति से अपनी इन्द्रियों को नियंत्रित करके बिना जल के 17 दिन तक जीवित थे। हम जाँचना चाहते है कि तंत्र शास्त्र का तुम्हें कितना ज्ञान है रवि? क्या तुम बिना जल के 17 दिनों तक जीवित रह सकते हो?" गुरु जी ने किसी आदेश की तरह कहा। रवि कुछ नहीं बोला।

"या फिर तुम संगठन छोड़ कर जाना पसंद करोगे?," गुरूजी ने निश्वास लेते हुए कहा। "मैं मृत्यु से लड़ना पसंद करूँगा," रवि ने नित्यानंद जी की आँखों में देखते हुए कहा। "जैसी तुम्हारी इच्छा। अनिकेत! इन्हें ऊपर वाले कमरे में बंद करके ताले की चाबी मुझे दे दो।"

"जो आज्ञा!" सेवक रवि को लेकर चला गया। उसके बाद हम दोनों भी वापस अपने कमरे में आ गए। "तुझे गुरूजी को कल के बारे में बताने की क्या जरुरत थी?" मैंने देवप्रभा को डपटते हुए कहा। उन्होंने प्रार्थना के समय तुम्हारे हाथ का जख्म देख लिया था। "उन्होंने मुझसे पूछा था, तो मैं और क्या कहती?" उसने मासूमियत से कहा।

"कुछ भी कह देती कि गिर गई है, चाकू से लग गई," मैंने उसे बहाने बताए। "तब उस कोठरी में मैं बंद होती," उसने जैसे मन ही मन में कहा। "क्या?"

"नहीं, कुछ नहीं। तू अब आराम कर हम शाम को मिलते हैं," वह कह कर चली गई। शाम को हम सब लोग खाना खा रहे थे। खाना खाने से पहले देवी ने पानी का एक लोटा मेरी तरफ किया। "यह क्या है?" मैंने पूछा।

"यह गंगा जल है। खाना खाने से पहले हम इसे जरूर पीते हैं।" मैंने गौर किया सबके सामने वैसा लोटा जरूर पड़ा था। मैंने वो लोटा लिया और उसका एक घूंट भरा। घूंट भरते ही मैंने उसे फौरन थूक दिया।

"छी! यह कितना कड़वा है," मैंने बुरा-सा मुँह बनाते हुए कहा। "गंगा का शुद्ध जल तो ऐसा ही होता है। धीरे-धीरे तुझे इसकी आदत पड़ जाएगी," उसने मेरे हाथ से लोटा लिया और गट-गट करके सारा पानी पी गई। मैं सिर्फ उसका चेहरा देख रही थी। कहीं से भी ऐसा नहीं लग रहा था कि पानी उसे जरा-सा भी कड़वा लगा हो। पानी पीने के बाद उसने शान से मेरी ओर देखा।

"यहाँ का खाना भी कितना फीका है। ऐसा लगता है कि कागज चबा रहे हैं," मैंने फिर से बुरा मुँह बनाते हुए कहा। "अत्यधिक मसालेदार खाना तामसिक खाने में आता है, जो हमारे शरीर के लिए सही नहीं। फिर भी मेरे पास तुम्हारे लिए कुछ है," उसने अपने आँचल से नींबू निकालकर मेरी ओर बढ़ाते हुए कहा।

"तेरा भला हो। कुछ तो स्वाद आएगा। ला चाकू दे," मैंने उसके हाथ से नींबू लेते हुए कहा। उसके बाद हम दोनों खाना खाने लगे। तभी हमारे पास एक लड़का आया। "यह तुमने ठीक नहीं किया," उसने मेरी ओर देखते हुए कहा। मैं असमंजस में उसे देखती रही। भला मेरे नींबू काटने से उसे क्या दिक्कत हो सकती है?

"रवि को कोठरी में डलवाकर तुम्हें क्या हासिल हुआ?" उसने मुझे घूरते हुए ही कहा। ओह! तो यह मामला है। यह रवि का कोई दोस्त था और इसे रवि के कमरे में बंद होने से गहरा सदमा पहुँचा था। "रवि को कोठरी में मैंने नहीं, उसके कर्मों ने डलवाया है," मैंने गंभीर होते हुए कहा। "उसकी क्या गलती थी? वह सिर्फ तुमसे प्यार ही तो करता था। कितने प्यार से कंगन लाया था बेचारा," उसने थोड़े गुस्से और थोड़ी बेचारगी से कहा।

"प्यार! यह देखो तुम्हारे दोस्त के प्यार ने क्या किया?" मैंने उसे अपनी कलाई दिखाते हुए कहा। "हां तो हो सकता है उसका तरीका गलत हो मगर इसका यह मतलब तो नहीं कि वह गलत था," उसने मेरी कलाई की तरफ बिना देखे ही कहा। अब मेरा दिमाग फिरने लगा था। एक तो चोरी और ऊपर से सीना जोरी! यह तो सर पर ही चढ़े जा रहा था। मैंने अपने सामने पड़ा चाकू उठाया और उसके हाथ पर एक रेखा खींच दी। वह हड़बड़ाहट में पीछे हटा। उसके हाथ से खून बहने लगा था।

"पागल हो क्या? ये क्या किया?" वह जोर से चिल्लाया। देवप्रभा मुझे आँखे फाड़ कर देखने लगी। बाकी के लोग भी हमारी और देखने लगे थे। "अब जरा मेरे प्यार को महसूस कर के बताओ," मैंने एक झूठी मुस्कान लाते हुए कहा। "तुम पछताओगी," उसने दूसरे हाथ से अपने जख्म को दबाते हुए धमकी दी।

"पछता तो फिलहाल तुम रहे हो।" मैं वापस मुड़ी और खाना खाने लगी जैसे कुछ हुआ ही नहीं हो। वह कुछ देर वहां खड़ा रहा और फिर वहां से निकल गया। "यह तुमने क्या किया?" देवप्रभा ने पूछा।

"इन कमीनों को सबक सिखाना जरुरी है, वरना एक के बाद एक आते ही रहेंगे।" मैंने उसकी और देख कर कहा। "मगर इतनी हिम्मत कहाँ से लाई?" उसने पूछा। "मुझे नहीं मालूम। शायद पैदाइशी है," मैंने मुस्कुराते हुए कहा।

19. सूत्र साधना

उसके बाद खाना खाकर हम मेरे कमरे में आ गए। कुछ देर बात करने के बाद देवप्रभा अपने कमरे में चली गई। मैं भी सो गई। आधी रात को मेरे दरवाजे पर दस्तक हुई। यह कोई रात के दो बज रहे थे। अभी कौन हो सकता है? मैंने मन ही मन सोचा। देवप्रभा होगी, मगर अभी तो घंटा भी नहीं बजा था। “कौन है?,” मैंने डरते हुए पूछा।

“हम हैं अवंतिका! दरवाजा खोलो,” बाहर से किसी पुरुष की आवाज आई। यह आवज जानी-पहचानी लग रही थी। यह तो नित्यानंद जी थे! मैंने खुद को व्यवस्थित किया और दरवाजा खोला। “आप इस वक्त?,” मैंने घबराते हुए पूछा। “मेरे साथ चलो!” उन्होंने मुझे अपने साथ चलने का इशारा करते हुए कहा।

“लेकिन... अभी... कहाँ?” मैंने घबराते हुए अधूरा सवाल पूछा। मुझे इस वक्त अचानक उनके साथ चलने में डर लग रहा था। “डरने वाली कोई बात नहीं है, हम तुम्हें सब बताते हैं। आओ।” उन्होंने मेरे मन का डर भांपते हुए कहा। मैं उनके पीछे-पीछे चल दी। “तुम्हें यहाँ कैसा लग रहा है?” उन्होंने चलते-चलते ही पूछा। “ठीक है,” मैंने धीरे से कहा।

“मैं समझ सकता हूं। तुम्हारे लिए खुद को अचानक इस माहौल के अनुरूप ढालना थोड़ा मुश्किल होगा। अवंतिका! हमें तुम्हें एक सत्य बताना है,” गुरुजी ने धीरे होते हुए कहा, जिससे अब मैं उनके बराबर आ गई थी। “सत्य!” मैंने चौंक कर कहा। एक तो मैं अचानक नींद से उठी थी, दूसरा गुरूजी मुझे इस तरह से अपने साथ ले जा रहे थे। मेरा सिर घूमने लगा था।

"दरअसल यह संस्था सिर्फ योग सिखाने और धर्म की दीक्षा देने के लिए नहीं है। इसका एक और गूढ़ रहस्य भी है।" वह कहते-कहते रुक गए और मेरी प्रतिक्रिया देखने लगे।

"कैसा रहस्य?" मैंने शांत बने रहते हुए ही कहा। "इस संस्था के आवरण में तांत्रिकों की एक संस्था चलती है।"

"तांत्रिक!!" मैं अचानक रुक गई। अब मेरी नींद उड़ चुकी थी। मैं उनका चेहरा देखने लगी। "मैं खुद एक तांत्रिक हूं और इस संस्था में अन्य कई अध्यापक तांत्रिक हैं, जो तुम जैसे विद्यार्थियो को तंत्र शास्त्र की विद्या देते हैं।" मेरा चेहरा डर के मारे पीला पड़ चुका था। हम उनके कक्ष में आ चुके थे।

"मैं तुम्हारा डर समझ सकता हूं। तुम्हारा यह डर तांत्रिकों की समाज में जो नकारात्मक छवि है, उसके कारण है। तंत्र विद्या का अधिकतर नकारात्मक प्रयोग ही किया गया है। उससे भी अधिक कुछ ढोंगी तांत्रिकों ने हमारी छवि को और भी अधिक बिगाड़ा है। उन्होंने लोगों को मूर्ख बनाकर लालच देकर धन ऐंठा है, जिससे लोगों को लगता हैं कि सभी तांत्रिक एक जैसे होते हैं।" वह सामने बैठ गए और मुझे नीचे बैठने का इशारा किया। मैं वहीं बैठ गई और चुपचाप उनकी बात सुनती रही।

"दरअसल तंत्र शास्त्र के बारे में ही लोगों को बहुत सी गलतफहमियाँ हैं। तंत्र योग का परिष्कृत रूप ही है। वास्तव में यह ऊर्जा के प्रयोग से अधिक और कुछ नहीं। ध्यान में हम अपनी आंतरिक ऊर्जा की पहचान करते हैं, उसे केंद्रित करते हैं। जबकि तंत्र शास्त्र में हम इसका प्रयोग करते हैं। यह बिल्कुल घर में बिजली का प्रयोग करने जैसा है। अब अगर किसी को बिजली से झटका लगता है, तो इसमें गलती उस व्यक्ति की होगी न कि विद्युत की, क्योंकि विद्युत तो बस अपना काम कर रही है।"

"मगर तांत्रिक तो काला जादू करते हैं न!" मैंने एक मासूम सा सवाल पूछा। "हा हा!! जादू जैसा कुछ नहीं होता है। हम हर अजीब लगने वाली चीज को चमत्कार का नाम दे देते हैं और जब कोई किसी चमत्कार को व्यवस्थित तरीके से हमारे सामने प्रस्तुत करता है, तो हम उसे जादू कहते हैं। जैसा कि मैंने कहा कि ऊर्जा का सकारात्मक और नकारात्मक दोनों तरह से प्रयोग संभव है। ऐसे में इस ऊर्जा का कोई तांत्रिक नकारात्मक प्रयोग

करता है, तो हम उसे काला जादू कहते हैं। विज्ञान ने भी तो परमाणु बम और बारूद जैसे आविष्कार किए हैं, तो इसका यह मतलब थोड़े ही है कि विज्ञान बुरा हो गया।"

"तो तांत्रिकों ने कुछ अच्छे काम भी किए हैं?" मैंने सवाल किया। "1962 में भारतीय ज्योतिषियों ने समवेत स्वर में भविष्यवाणी की थी कि 3 फरवरी को शाम 5:30 बजे संसार में सारा जीवन समाप्त हो जाएगा, क्योंकि उस पल आठ ग्रह एक सीध में आ जाएँगे। स्कूल-कॉलेज बंद रहे, बसें, ट्रेनें और हवाई जहाज खाली रहे। लोग घरों में ही रहे, ताकि प्रलय के वक्त परिवार के साथ रहे। तीन फरवरी आई और चली गई, कुछ नहीं हुआ। लोगों को आश्चर्य हुआ की यह कैसे हुआ? हम तांत्रिकों की वजह से। हमने उस दिन से पहले हफ्तों तक रूद्र साधना की थी, जिससे उस संकट को टालने में हम सफल हुए," उन्होंने एक गर्व के साथ कहा। फिर उन्होंने मुझे ध्यान से देखा, मैं बस चुपचाप सुन रही थी।

"तुम्हारा जन्म कब हुआ अवंतिका?" उन्होंने अचानक पूछा तो मैं चौंक-सी गई। "3 फरवरी, 1962" मैंने स्वयं एक अंतर्द्वंद में कहा। गुरूजी के चेहरे पर एक रहस्यमयी मुस्कान थी।

"वास्तव में रूद्र यानी कि शिव ही तन्त्र विद्या और योग के जन्मदाता हैं। आदि योगी शिव ने ही इस संभावना को जन्म दिया कि मानव जाति अपने मौजूदा अस्तित्व की सीमाओं से भी आगे जा सकती है। अपने शरीर और दिमाग का हर संभव इस्तेमाल करना है, लेकिन उसके कष्टों को भोगने की जरूरत नहीं है। कहने का मतलब यह है कि जीने का एक और भी तरीका है। हमारे यहां योगिक संस्कृति में शिव को ईश्वर के तौर पर नहीं पूजा जाता। इस संस्कृति में शिव को आदि योगी माना जाता है। यह शिव ही थे, जिन्होंने मानव मन में योग का बीज बोया था। जब हमने रूद्र साधना की, तो उसका एक अन्य परिणाम भी था। दुनिया का हर योगी योग करने के लिए किसी न किसी को गुरु मानता है, लेकिन इस संसार में सिर्फ दो ही कालगुरु हुए, एक तो स्वयं आदि योगी शिव और दूसरे योग गुरु श्री कृष्ण। रूद्र साधना से हमने स्वयं रूद्र से सम्पर्क किया था और उस प्रलय को रोकने की विनती की थी, लेकिन उस दौरान हमें एक और बात पता चली," उन्होंने एक पल रुक कर मेरी तरफ देखा। मैं मंत्रमुग्ध-सी उनकी बातें सुन रही थी।

उन्होंने आगे कहा, "हमें पता चला था कि स्वयं आदि योगी शिव को गुरु बना कर दीक्षा लेना संभव है, परंतु इसके लिए एक उपयुक्त पात्र की आवश्यकता थी। शिव की कृपा से उस दिन वह पात्र भी हमें मिल गया, जिसने कि उसी दिन इन धरती पर जन्म लिया। मगर हमें यह नहीं मालूम था कि वह पात्र कौन था? उस दिन जब हम तुम्हारे घर आये, तो हमने तुम्हारी हथेली को देखा था। उस पर दो रेखाएं जो सामान्यतः अंग्रेजी वर्णमाला के "Y" अक्षर की भांति होती हैं, वह एक त्रिशूल के आकार की थी। यह वास्तव में उस पात्र की निशानी है। जब हमने तुम्हारी कुंडली मंगवा कर देखी, तो पता चला कि तुम्हारा जन्म 3 फरवरी, 1962 को हुआ है, शाम को 5.30 बजे। ठीक उसी समय जब इस संसार के खत्म होने की भविष्यवाणी की गई।"

वह कुछ देर रुके और फिर बोले, "हम इसीलिए तुम्हें यहाँ लेकर आए ताकि तुम्हें उचित दीक्षा देकर कालगुरु से साक्षात्कार के लिए तैयार कर सकें।"

"लेकिन यह कैसे हो सकता है? आप जानते हैं यह कितना खतरनाक है," मैंने लगभग उछलते हुए कहा। "स्वयं माँ शक्ति भगवान शिव से तंत्र-योग की दीक्षा लेने में असफल थी और परिणाम स्वरुप उन्हें माँ पार्वती के रूप में पुनः जन्म लेना पड़ा, तो भला कोई आम इंसान कैसे शिव से दीक्षा ले सकता है? किसी आम इंसान की चेतना के लिए तो यह संभव ही नहीं कि वह उस ज्ञान को स्वयं में गर्भित कर सके," मैंने अपनी शंका जाहिर की।

"हमें ज्ञात है मगर उसका भी एक उपाय है। हम चेतनाओं का संयोजन करेंगे," उन्होंने सीधा होते हुए कहा। "चेतनाओं का संयोजन?" मैंने आँखे फाड़कर पूछा।

"हां...महाभारत में वर्णन है कि आदि योगी श्री कृष्ण हजारों साधकों (गोपियों) के संग सामूहिक साधना करते थे, जिसे आम जन रासलीला के नाम से जानते हैं। इसमें श्रीकृष्ण बिना स्पर्श किए भी साधक को कुण्डलिनी ऊर्जा के अंतिम स्तर तक पहुँचा देते थे, जिससे साधक परम आनंद की अवस्था तक पहुँच जाता है। *परम आनंद अर्थात्;* मानव का अंतिम लक्ष्य!" उन्होंने मुस्कुरा कर मेरी ओर देखा क्योंकि यह बात तो मैंने ही उन्हें बताई थी।

"मगर श्री कृष्ण एक अवतार थे। उनके लिए यह एक लीला मात्र थी। हम इंसानों के लिए यह कैसे संभव है?" मैंने जिज्ञासावश पूछा। "संभव है। सूत्र साधना," उन्होंने शांत रहते हुए कहा।

"सूत्र साधना?" मैंने हैरानी से कहा।

"तुमने सही कहा कि किसी व्यक्ति के लिए यह संभव नहीं है कि वह शिव से दीक्षा ले सके। इसलिए हम ग्यारह सूत्रों की चेतनाओं का संयोजन करके एक जाल तंत्र स्थापित करेंगे। इसमें तुम मुख्य सूत्र होगी, जिसे ग्यारहवां सूत्र कहा जाता है। बाकी दस अन्य लड़कियाँ होगी जो इस साधना के लिए विशेष रूप से तैयार की जाएँगी।" उन्होंने मेरी ओर गर्व से देखा मगर उन्हें जल्द ही समझ में आ गया कि मैंने चतुराई पकड़ ली है। "यह एक प्रयोग मात्र है," मैंने उनकी आँखों में देखते हुए कहा।

"निश्चित कुछ भी नहीं है। यह प्रयोग मानव मात्र की भलाई के लिए होगा, जो अगर सफल हो गया, तो हम ज्ञान के उस अद्भुत भंडार को प्राप्त करेंगे जिसके लिए समस्त संसार सदियों से प्रयासरत रहा है। विज्ञान, कला, आध्यात्म सब क्षेत्रों में एक नई क्रान्ति आ जाएगी।"

"और अगर असफल रहा तो? मेरे साथ-साथ उन दस मासूम लड़कियों की भी जान जाएगी। किसी की जिंदगी को दांव पर लगा कर हम क्या हासिल करेंगे?" मैंने कहा।

"हमें इतने बड़े लक्ष्य की प्राप्ति के लिए थोड़ा-बहुत खतरा तो उठाना ही होगा। अवंतिका तुम्हारा जन्म हमारे लिए वरदान है। हम इसे ऐसे ही व्यर्थ तो नहीं जाने दे सकते।" वह मेरी ओर देखने लगे जैसे मेरे उत्तर की प्रतीक्षा कर रहे हों। मैंने अपना सिर हिलाया और एक निःश्वास छोड़ी। जैसे मैं उनकी बातों को बस एक नादानी मान रही हूं।

"फिर भी यह तुम्हारा जीवन है, निर्णय पूर्णतः तुम्हारे ऊपर है। अगर तुम ऐसा नहीं चाहती, तो हम कल ही तुम्हारे घर जाने का प्रबंध कर देंगे। अभी तुम अपने कमरे में जा सकती हो," उन्होंने उठते हुए कहा।

उसके बाद मैं अपने कमरे में आ गई। मेरा सिर अब भी घूम रहा था। गुरू जी ने जो कुछ भी कहा था, वह मुझे किसी कहानी की तरह लग रहा था। मगर फिर भी मुझे उनकी बातों पर विश्वास था। मैंने खुद काफी कुछ पढ़ा था और उन्होंने जो कहा था वह मेरे ज्ञान की कसौटी पर खरा

उतरता था। मेरी माँ ने एक बार कहा था कि जब मेरा जन्म हुआ, उससे एक दिन पहले सपने में उन्हें शिव जी के दर्शन हुए थे। मगर उनकी बात को हमारे परिवार में किसी ने भी गंभीरता से नहीं लिया। हम वास्तव में सकारात्मक चीजों को काफी गंभीरता से लेते ही नहीं हैं। वहीं अगर कोई नकारात्मक बात होती है, तो हम सब दौड़ पड़ते हैं।

मैं सोचते-सोचते अपनी हथेली देखने लगी। इसमें वाकई तीन रेखाएं त्रिशूल की आकृति में थी, जबकि दूसरे हाथ में दो रेखाएं थी। पिताजी अक्सर कहा करते थे कि इंसान की रेखाएं उसके भाग्य का निर्माण करती हैं, लेकिन मैं कभी उनकी बात से सहमत नहीं थी। मेरा मानना था कि इंसान का कर्म ही उसकी हाथ की रेखाओं का निर्माण करता है। अगर कोई व्यक्ति पूरे दिन आराम करता रहता है, तो उसके हाथ की रेखाएं उस व्यक्ति से पूर्णतः अलग होगी, जो पूरा दिन मजदूरी करता है। किसी व्यक्ति के हाथ की रेखाएं उसके भविष्य का दर्पण न होकर उसके इतिहास की किताब मात्र हैं। परंतु यह रेखाएं किसी के दैवीय होने का भी सबूत हो सकती हैं, यह मुझे गुरूजी ने सोचने पर मजबूर कर दिया था।

अभी कोई आधा घंटा भी न गुजरा होगा कि घंटा बजा। मैं समझ गई कि चार बज गए हैं और कुछ ही देर में देवप्रभा मेरे दरवाजे पर होगी। मैंने मुंह-हाथ धोए और तैयार होकर बैठ गई। अपेक्षानुरुप कुछ ही देर में देवप्रभा ने दरवाजा खटखटाया। मैंने दरवाजा खोला।

"क्या बात है आज तो पहले ही तैयार होकर आ गई?" उसने मुझे देखते ही कहा। "हां, आज कुछ देर पहले ही नींद खुल गई थी," जब ओखली में सिर दे ही दिया, तो फिर मूसल से क्या डरना? मैंने मन ही मन सोचा। फिर हम दोनों नहाने चली गईं।

"अरे! तेरे हाथ का जख्म तो बिलकुल ही ठीक हो गया," जब मैं साड़ी उतार रही थी, तो उसने मेरा हाथ देखते हुए कहा। "हां! ज्यादा गहरी चोट नहीं थी," मैंने नजरअंदाज करते हुए कहा। मैं अब भी गुरुजी की बातों में ही खोई हुई थी। वैसे मेरे जख्म कुछ जल्दी ही भरते थे।

"क्या ज्यादा नहीं थी? मैंने पट्टी की थी। मुझे पता है और तेरे तो निशान भी गायब हो गए," उसने मेरे हाथ को अपने हाथ में लेकर देखते हुए कहा। "यह तो जादू है!" उसने आँखे फाड़ते हुए कहा।

उसकी अंतिम बात ने मुझे चौंका दिया। कहीं यह जख्मों का जल्दी भरना मेरे 'खास' होने की वजह तो नहीं? जब भी हमारे दिमाग में कोई किसी चीज का बीज डाल देता है, तो हम बार-बार उसी के बारे में सोचने लगते हैं और हर छोटी-बड़ी चीज को उसी से जोड़ने लगते हैं।

"यह क्या कर रही है?" देवप्रभा फिर से अर्धनग्न हो गई थी। "तू कपड़े पहन कर नहीं नहा सकती?" मैंने उसे झिड़कते हुए कहा। "तेरे लिए यह नया होगा, मैं तो रोज ऐसे ही नहाती हूं," उसने अपने चेहरे पर एक कटीली मुस्कान लाते हुए कहा। "रोज नहाती है इसका यह मतलब थोड़ी हैं कि सही हो गया। गंगा हमारी माँ है। उसमें ऐसे नंगे नहाते हुए तुम्हे शर्म नहीं आती?" मैंने अपना विरोध थोड़ा प्रखर करते हुए कहा।

"गंगा हमारी माँ हैं, तो फिर माँ से कैसी शर्म और कपड़ों के अंदर भी तो हम सभी नंगे ही हैं न?" उसने पानी में उतरते हुए कहा। यह देवप्रभा मुझे कोई विद्वान सी लगती थी। इसके मासूम से तर्क मुझे कई बार निशब्द कर देते थे।

"मेरी बात मान, तू भी ऐसे ही आ जा। जरा महसूस तो कर यह जल जब हमारे बदन को छूता है, तो कैसा महसूस होता है?" उसने मुस्कान के साथ कहा। "तू ही महसूस कर यह स्पर्श। मैं यहाँ नहाने आती हूं, कुछ महसूस करने नहीं।" मैं भी अब तक पानी में उतर चुकी थी। वह पानी में डुबकियां लेने लगी। मेरी तो एक डुबकी के बाद ही साँस फूल रही थी। हम नहा कर वापस आश्रम के लिए निकल पड़े।

"क्या हुआ? आज तू इतनी चुप क्यों हैं? कल तो बड़ी सारी बातें कर रही थी," उसने मुझे गुमसुम देखकर कहा। मैं अब भी दुविधा में थी कि गुरु जी की बात मानूं या न मानूं।

वास्तव में मुझे डर भी लग रहा था और एक अनजाना सा आकर्षण मुझे अपनी ओर खींच भी रहा था।

"तुम गंगा में कितनी गहराई तक गई हुई हो?" मैंने अपनी दुविधा एक पहेली के रूप में देवप्रभा से पूछी। "मतलब?" उसने चौंकते हुए कहा। "शायद उसे मेरी बात का संदर्भ समझ में नहीं आया था। मेरा मतलब है कि हम लोग जहाँ पर नहाते हैं, वहां तो समतल सीढ़ियां हैं। आगे गहरा पानी भी होगा, कीचड भी होगा?" मैंने उसकी आँखों में देखते हुए कहा, जैसे वहीं से पढ़ने की कोशिश कर रही हूं कि उसे समझ में आया कि नहीं?

"मुझे तैरना आता है।" उसने अपनी चिर-परिचित मासूमियत के साथ कहा। "हमें गहराई और कीचड़ से तब तक डरने की जरूरत नहीं, जब तक हमें तैरना आता हो। बस किनारे से इतना दूर नहीं जाना चाहिए कि वापस लौटने की ताकत ही न बचे।" मुझे अपने सवालों के जवाब मिल चुके थे। देवप्रभा ने अनजाने में ही मेरी सबसे बड़ी समस्या हल कर दी थी।

आज पूरे दिन में गुरुजी मुझे एक बार ही दिखे थे, प्रार्थना के समय। वह बार-बार मुझे ही देख रहे थे, जैसे मेरे चेहरे से कुछ अंदाजा लगाने की कोशिश कर रहे हों। मगर मैं बिल्कुल शांत थी, जिससे उन्हें कुछ भी अंदाजा लगाना नामुमकिन था। पूरा दिन ऐसे ही निकल गया। अब मुझे यहाँ की दिनचर्या के बारे में पता चलने लग गया था। कब क्या होता था, कहाँ होता था, सब दिमाग में नक्शा बनने लग गया था। मुझे वैसे अब यह सब अच्छा भी लगने लगा था। यहाँ का अनुशासन, यहाँ की शांति। लगता था मैं इसी सब के लिए बनी हूं।

रात को लगभग बारह बजे मेरे कमरे पर दस्तक हुई। मैं अब तक जाग रही थी। शायद मुझे मालूम था कि वह आएँगे, इसलिए मेरी नींद पहले से उड़ी हुई थी। "तो तुमने क्या निर्णय लिया?" उन्होंने दरवाजा खुलते ही मुझसे पूछा। शायद मुझसे ज्यादा वह बैचेन थे।

"मैं तैयार हूं, मगर एक शर्त पर!" मैंने दृढ़ता के साथ कहा। उन्होंने मुझे अचरज से देखा, जैसे उन्हें मेरे 'शर्त' कहने के बारे में सुनकर झटका लगा हो। "अगर कभी मुझे ऐसा लगा कि कहीं कुछ गलत है, तो मैं किसी को बताए बगैर वापस घर लौट जाऊँगी," मैंने कहा।

"निश्चित रूप से!" उन्होंने बिलकुल शांत रहकर कहा। उनका चेहरा देखकर नहीं लग रहा था कि उनके व्यक्तव्य में लेश मात्र भी संदेह था। "मेरे साथ चलो," उन्होंने इशारा कर कहा। मैं फिर से चुपचाप उनके पीछे चल दी। हम उनके कक्ष तक पहुँचने तक खामोश ही थे, जैसे हम दोनों ही अपने निर्णय पर मंथन कर रहे हो।

"दरवाजा बंद कर दो," उन्होंने अंदर पहुँच कर कहा। मैंने आशंकित होकर उन्हें देखा, जैसे पूछ रही हूं इसकी क्या जरूरत है? "डरो मत! हम यहाँ अकेले नहीं हैं," उन्होंने अपने आसन के पीछे की दीवार को एक तरफ धकेलते हुए कहा।

दीवार एक तरफ सरक गई। यह एक गुप्त रास्ता था। उन्होंने मेरी तरफ देखा, तो मैं भी उनके पीछे-पीछे चलने लगी। आगे एक संकरा गलियारा था, जो फिर जाकर एक बड़े से हॉल में खुलता था। हम जहाँ निकले थे यह एक मचान जैसा था। जहाँ पर बैठने के लिए एक आसन लगा हुआ था। नीचे हॉल में चालीस-पचास लोग थे, जिसमें पुरुष-स्त्रियां और कुछ बच्चे भी थे। उन सबने सामान्य कपड़े पहन रखे थे। मगर सबके कपड़ों का रंग काला था। ऐसा लगता था कि इस हॉल तक पहुँचने के और रास्ते भी थे जहाँ से ये सब लोग आए थे।

"जय महाकाल!" नित्यानंद जी ने अंदर पहुँचते ही इतनी जोर से कहा कि एक बार तो मैं काँप गई। जवाब में नीचे खड़े सभी लोगों ने भी 'जय महाकाल' कहा। इनमें आगे की पंक्ति में राणा भी खड़ा था। उसने मुझे देखकर अभिवादन किया।

"संगठन में तुम्हारा स्वागत है अवंतिका!" गुरुजी ने मेरी ओर देख कर कहा। "तुम आज से इस संगठन का हिस्सा हो। इसके प्रति तुम्हारा भी उतना ही कर्त्तव्य है, जितना कि अन्य लोगों के लिए। मगर तुम्हें संगठन से जुड़ने से पहले एक शपथ लेनी होगी कि तुम चाहे संगठन में रहो या न रहो, संगठन के बारे में कोई भी जानकारी यहाँ से बाहर नहीं जाएगी। हमारा पहला कर्त्तव्य संगठन के रहस्य की रक्षा करना है। चाहे इसके लिए प्राण देने पड़ें या फिर लेने।" मैंने बस हां में सिर हिला दिया। "मित्रों! वर्षों की प्रतीक्षा के बाद आज हमें वह वरदान मिला है, जो हमारे महान उद्देश्य की प्राप्ति के लिए आवश्यक है। 'ग्यारहवाँ सूत्र'।"

उन्होंने आगे कहा, "वर्षों से हमारे तांत्रिक समाज ने इस क्षण की प्रतीक्षा की है और यह हमारा सौभाग्य है कि हम सब इस सुअवसर के साक्षी बने हैं। अवंतिका की उचित दीक्षा हम सब की जिमेदारी है और हमें यह देखना है कि इसे किसी भी प्रकार की तकलीफ न हो।"

सभी लोगों ने गुरू जी की बात से सहमत होते हुए हुंकार भरी। उसके बाद हम मंच से नीचे उतर गए। मुझे सब से मिलवाया गया और सगंठन एवं इसके नियमों के बारें में जानकारी दी गई। घंटे भर तक वहाँ रुकने के बाद में वापस अपने कमरे में आ गई और फिर सो गई।

सुबह घंटे की आवाज से मेरी नींद खुली और मैं देवप्रभा के साथ घाट पर नहाने गई। मैं आज भी गुमसुम ही थी, मगर मेरे चेहरे पर खुशी के भाव थे। संगठन के लोगों द्वारा मुझे जो सम्मान मिला था उससे मुझे काफी अच्छा लगा था। घाट पर पहुँचने पर देवप्रभा ने रोज की भांति अपने कपड़े उतारे और पानी में उतर गई। कुछ देर बाद मैं भी पानी में उतर गई। उसने एक डुबकी ली और बाहर आई। मैं उसकी ओर देख कर मुस्कुरा रही थी। "क्या हुआ?" उसने मेरी आँखों की चमक देख कर पूछा।

"पानी का स्पर्श!" मैंने पानी से अपना अँगिया (blouse) निकाल कर उसे दिखाते हुए कहा।

***

Resources :

1. "आदि योगी शिव ने ही इस संभावना को जन्म दिया कि मानव जाति अपने मौजूदा अस्तित्व की सीमाओं से भी आगे जा सकती है। संसारिकता में रहना है लेकिन इसी का होकर नहीं रह जाना है। अपने शरीर और दिमाग का हर संभव इस्तेमाल करना है, लेकिन उसके कष्टों को भोगने की जरूरत नहीं है। कहने का मतलब यह है कि जीने का एक और भी तरीका है। हमारे यहां योगिक संस्कृति में शिव को ईश्वर के तौर पर नहीं पूजा जाता है। इस संस्कति में शिव को आदि योगी माना जाता है। यह शिव ही थे, जिन्होंने मानव मन में योग का बीज बोया।"

   Copied from ishablog with modifications http://isha.sadhguru.org/blog/hi/yog...a-the-adi-yogi

   More sources of this post for Tantra-Part

   http://isha.sadhguru.org/blog/hi/yog...i-kitni-bhali/

   http://isha.sadhguru.org/blog/hi/yog...rne-ka-vigyan/

   http://isha.sadhguru.org/blog/hi/yog...-tantra-vidya/

   http://isha.sadhguru.org/blog/hi/yog...a-sharab-nahi/

2. “1962 में भारतीय ज्योतिषियों ने समवेत स्वर में भविष्यवाणी की कि 3 फरवरी को शाम 5:30 पर संसार में सारा जीवन समाप्त हो जाएगा क्योंकि उस पल आठ ग्रह एक सीध में आ जाएंगे। हवन कुंडों में मंत्रोच्चारों के बीच टनों घी जला दिया गया। स्कूल-कॉलेज बंद रहे, बसें, ट्रेनें और हवाई जहाज खाली रहे। लोग घरों में ही रहे, ताकि प्रलय के वक्त परिवार के साथ रहें। तीन फरवरी आई और चली गई। कुछ नहीं हुआ।”

   copied with modifications from Khushwant Singh's book "Jannat aur anya kahaniyan" https://books.google.co.in/books\id=...pageqf=false

   At 7:05 am Indian Standard Time (0135 UTC), a "doomsday period" as predicted by Hindu astrologers, began. It was reported that the astrologers had predicted that on Saturday, Sunday and Monday, the earth would be "bathed in the blood of thousands of kings" because of the alignment of six planets, the Earth, the Sun and the Moon. [12] In Britain, Aetherias Society director Keith Robertson would spend February 4th awaiting disaster along with many of the society*s members- He had forecast that "very soon the world will do a 'big flip' when the poles will change places with the equator... 75 percent of the world's population will be killed" but the alignment and eclipse ended without any notable disaster. [13]

   https://en.m.wikipedia.org/wiki/February1962

3. महाभारत में वर्णन है कि आदि योगी श्री कृष्ण हजारों साधकों (गोपियों) के संग सामूहिक साधना करते थे जिसे आम जन रासलीला के नाम से जानते हैं। इसमें श्री कृष्ण बिना स्पर्श किए भी साधक को कुण्डलिनी ऊर्जा के अंतिम स्तर तक पहुँचा देते थे, जिससे साधक परम आनन्द की अवस्था तक पहुँच जाता है। परम आनन्द मानव का अंतिम लक्ष्य है।

   Inspired from *http://isha.sadhguru.org/blog/hi/sad...htvpoorn-hein/*

20. मित्रता

इसके बाद संगठन में मेरी दीक्षा प्रारंभ हो गई। रोज रात को हम सब उस हॉल में जमा होते और हमें तंत्र शास्त्र से जुड़े विभिन्न विषयों के बारे में पढाया जाता। अभी यह हमारे सीखने की प्रारंभिक अवस्था थी, जिसमें कुंडलिनी ऊर्जा, नाड़ियों, ऊर्जा के प्रवाह, चक्र इत्यादि के बारे में बताया गया। शुरू में संगठन के लोगों से मिलने-जुलने में मुझे थोड़ी दिक्कत हुई, क्योंकि मुझे उनसे एक तरह से डर लगता था। मगर धीरे-धीरे मैं उनमें घुल-मिल गई। वास्तव में हम किसी चीज के बारे में जितना कम जानते हैं, उससे उतना ही अधिक डरते हैं। जैसे-जैसे हम उसके बारे में जानने लगते हैं, हमारा डर भी खत्म हो जाता है। इस सब में वीरेंद्र मेरी काफी मदद कर रहा था। संगठन में गुरूजी के बाद सबसे ज्यादा मुझे उस पर ही विश्वास था। वह यूं तो थोड़ा गंभीर स्वाभाव का था, मगर फिर भी मुझसे वह खुल कर बात करता था और मेरी सभी आशंकाओं का निवारण भी करता था। रवि को कमरे में बंद किए हुए 13 दिन बीत गए थे और ज्यों-ज्यों दिन बीतते जा रहे थे, गुरुजी के चेहरे पर चिंता बढ़ती जा रही थी। बाहर से भले ही वह काफी मजबूत दिखते थे और अपनी चिंता किसी को जाहिर नहीं करते थे मगर फिर भी अंदर से वह शायद घुट रहे थे।

उस रोज हम सुबह प्रार्थना कर रहे थे, तभी एक व्यक्ति गुरूजी को बुलाने आया। उसने प्रार्थना खत्म होने का इंतजार किया और जैसे ही प्रार्थना खत्म हुई, गुरूजी के पास जाकर उनके कान में कुछ कहा। गुरुजी तत्काल उठ कर चले गए। उसके बाद हम सब खाना खाने चले गए। आज माहौल में मुझे एक अजीब सा सन्नाटा लग रहा था। कुछ देर बाद देवप्रभा दौड़ती हुए आई।

"अवंतिका! वो मोहन..." वो हांफती हुई आई। मैं उसकी ओर देखने लगी। "मोहन मर गया..." उसने कुछ देर रुककर साँस ली और फिर कहा। "कौन मोहन...?" मैंने चौंकते हुए कहा। "अरे! वही जिसका उस दिन तुमने हाथ काटा था, रवि का दोस्त," उसने मुझे घूरते हुए कहा। जैसे उसे आश्चर्य हुआ कि मैं मोहन को कैसे नहीं जानती?

"ओह! वो? क्या हुआ उसे?" मैंने उसी तरह शांत रहते हुए ही कहा। "वह कहीं से गिर गया था, उसके सिर में चोट आई, शायद गुरू जी को सुबह से ही पता था मगर उन्होंने किसी को बताया नहीं।"

"ओह! यह तो बहुत बुरा हुआ," मैंने भी दुःखी होते हुए कहा। वैसे मुझे यह समझ नहीं आ रहा था कि मैं दुःखी किस बात पर हूं? क्योंकि मोहन से मेरा जितना भी रिश्ता था, वो बुरा ही था। उसके बाद मैं अपने कमरे में आ गई। कमरे में आते ही मैं हमेशा सो जाया करती थी, क्योंकि मैं रात की नींद अभी ही पूरी करती थी लेकिन आज मैं मोहन के बारे में सोच रही थी। इसलिए सो नहीं पाई। तभी मेरे दरवाजे पर किसी ने दस्तक दी। यह देवप्रभा थी। उसके साथ एक लड़का और भी था। वह पूरी जर्जर हालत में था। ऐसा लग रहा था वह अभी बहुत रोया है। मैं उन्हें सवालिया नजर से घूरकर देखने लगी।

"अवनी! यह मंथन है, मोहन का दोस्त! इसे तुमसे कुछ बात करनी थी," देवप्रभा ने कहा। मैं अब मंथन का चेहरा ताकने लगी।

"वो मोहन..." उसकी आवाज ही नहीं निकल रही थी। ऐसा लग रहा था कि रोने से उसकी आवाज भारी हो गई और उसकी आँखों से आंसू भी निकलने लगे थे। वो उससे आगे कुछ नहीं बोल पाया और फफक कर रोने लगा। देवप्रभा ने मामला बिगड़ते देख खुद बोलना ही उचित समझा।

"मोहन और रवि काफी अच्छे दोस्त थे। मोहन के इस दुनिया में न रहने का सबसे ज्यादा दुःख रवि को ही होता। क्योंकि रवि अभी कमरे में बंद है, वह मोहन को आखिरी बार भी नहीं देख पाएगा। इसने गुरू जी से बात की थी लेकिन वह मानने को तैयार ही नहीं। अगर तुम गुरू जी से बात कर सको तो रवि आखिरी बार...," देवप्रभा कहते-कहते रुक गई।

मुझे सब वैसे ही समझ में आ गया था। मुझे मंथन की हिम्मत पर आश्चर्य हो रहा था, जो इतना सब होने के बाद भी पहले गुरू जी और बाद

में मुझ तक आ गया। "ठीक है। मैं बात करुँगी," मैंने धीरे से कहा। मंथन और जोर से रोने लगा। शायद वह शुक्रिया कह रहा था।

मैं बाहर गुरू जी के पास गई। देवप्रभा और मंथन भी मेरे पीछे-पीछे आ गए। गुरू जी मोहन के अंतिम संस्कार की तैयारी करवा रहे थे। "पुलिस वालों से तुम बात कर लेना। मैं नहीं चाहता कि बच्चे के शरीर के साथ किसी भी तरह की चीर-फाड़ हो। समझे?," गुरूजी ने अपने सेवक को समझाते हुए कहा। वह बिल्कुल धीरे बोल रहे थे और उनकी आवाज भी कांप रही थी, जिससे पता चलता था कि उन्हें इस घटना का गहरा दुःख है। "अवंतिका तुम! कहो क्या हुआ?" उन्होंने मुझे देखकर खुद को संभालते हुए थोड़ी तेज आवाज में कहा।

"गुरूजी वो मैं यह कहना चाहती थी कि..." मुझे समझ में नहीं आ रहा था कि मैं अपनी बात कैसे रखूं? "मोहन और रवि काफी अच्छे दोस्त थे। अगर रवि को मोहन के अंतिम दर्शन का अवसर मिल जाता तो...?"

"तुम चाहती हो कि हम रवि को समाधि से उठाएं?" उन्होंने मोहन की तरफ देखते हुए कहा।

"जी गुरू जी... रवि को वैसे भी अपने किए की सजा मिल चुकी है और वह अगर अब तक जीवित है, तो उसका तंत्र के प्रति समर्पण भी सिद्ध हो चुका है," मुझे थोड़ी झिझक महसूस हुई थी। गुरू जी ने एक बार मुझे घूरा और फिर मोहन और देवप्रभा की तरफ देखकर इशारा किया। वे वहां से चले गए।

"अवंतिका! तुम तंत्र के बारे में क्या समझती हो? यह कोई खेल है कि अगर कोई समस्या हुई तो समय थोड़ा-सा कम कर दिया? तंत्र एक व्यवस्था है, अनुशासन है। यह कुछ सिद्ध करने के लिए नहीं, यह सिद्धि के लिए होता है। यह कोई अँगिया नहीं है, जो किसी के बहकावे में आकर उतार कर फेंक दिया जाए। यह हमारी आत्मा है, जो मृत्युपर्यंत हमारे साथ रहती है।"

उनकी अंतिम बात सुनकर मैं सिहर गई। भला गुरू जी को अँगिया वाली बात के बारे में कैसे पता चला? कहीं देवप्रभा ने तो नहीं? उनकी यह बात सुनकर मेरी नजरें नीचे जमीन में ही गढ़ गईं। आगे कुछ और बोलने की तो क्या मेरी ऊपर देखने की हिम्मत भी नहीं थी। मैं चुपचाप वहाँ से चली आई। कुछ दूर ही देवप्रभा और मंथन मेरा इंतजार कर रहे

थे। मैंने देवप्रभा को गुस्से से देखा और चुपचाप आगे बढ़ गई, वो दोनों मेरे पीछे-पीछे दौड़ने लगे।

"अवनी! गुरुजी माने क्या?" देवप्रभा ने दौड़ कर मेरे बराबर आते हुए कहा। "नहीं। लेकिन वो अँगिया वाली बात..." मैंने गुस्से में कहा मगर फिर मंथन को देख कर रुक गई। "माफ करना मैंने काफी कोशिश की, मगर गुरू जी कुछ सुनने को ही तैयार नहीं थे," मैंने मंथन की ओर देखकर कहा।

"कोई बात नहीं। तुमने कोशिश तो की। शुक्रिया!" मंथन ने धीरे से कहा और वो चला गया। देवप्रभा वहीं नजरें झुकाए खड़ी थी, जैसे उसे मेरे डांटने का इंतजार हो। मैं उसका हाथ पकड़ उसे घसीटते हुए अपने कमरे में लेकर आ गई।

"गुरू जी को मेरी अँगिया वाली बात के बारे में कैसे पता?" मैंने पूरे गुस्से से चिल्लाते हुए एक-एक शब्द पर जोर देकर कहा। "गुरू जी अंतर्यामी हैं, उन्हें सब पता है," देवप्रभा ने नजरें झुकाए ही कहा।

"बकवास मत कर! गुरू जी अंतर्यामी हो सकते हैं, मगर मैं इतनी पागल नहीं, जो यह सब न समझ पाऊं। तू गुरूजी के लिए मेरी जासूसी करती है," मैंने गुस्से से कहा। "मैं कुछ नहीं जानती। तू गुरू जी से ही पूछ लेना," उसने दबी हुई आवाज में कहा और जाने लगी।

"मेरी दोस्त गुरू जी हैं या तू?" मैंने फिर से चिल्लाते हुए कहा। "मैंने तुझ पर इतना विश्वास किया और तूने मेरे साथ यह किया? छी! तुझे शर्म नहीं आई?" मेरा गुस्सा अब सातवें आसमान पर था।

"मैं क्या करती? मुझे गुरू जी ने ही यह सब करने के लिए कहा था," उसने भर्राते हुए कहा। उसकी आँखों से आंसू झर रहे थे। ऐसा लग रहा था वह खुद भी इस सब से बुरी तरह से दुःखी थी।

"जब से तू यहाँ आई है, गुरूजी ने मुझे तेरे पीछे लगा रखा है। तू कहाँ जाती है, क्या खाती है, किससे क्या बात करती है, हर बात का मुझे लेखा रख कर उन्हें बताना पड़ता है। मुझे खुद को यह सब अच्छा नहीं लगता मगर क्या करूँ, गुरू जी का आदेश था," उसने रोते-रोते कहा। मुझे कुछ समझ में नहीं आ रहा था कि मैं उससे क्या कहूँ?

"तू जा अभी यहाँ से... मैं बाद में बात करूँगी," मैंने बिना उसकी ओर देखे ही झल्लाते हुए कहा। वास्तव में मेरी आँखों में भी आँसू आ गए

थे, जो मैं उसे दिखाना नहीं चाहती थी। वह कुछ देर वहाँ खड़ी रही और फिर चुपचाप चली गई।

मोहन के अंतिम संस्कार के दौरान भी मैं उससे दूर-दूर ही रही। वह मुझे सूखी नजरों से देख रही थी, जिससे साफ पता चल रहा था कि वह अपने किए पर शर्मिंदा है। मुझे भी अब गुस्सा देवी की बजाए गुरूजी पर आ रहा था। आखिर इस सब के कर्ता-धर्ता तो वही थे।

मोहन के अंतिम संस्कार के बाद मैं अपने कमरे में जाकर सो गई। मैंने शाम का खाना भी नहीं खाया। रात को मैं संगठन के हॉल में पहुँची। गुरूजी एक जगह बैठ कर कुछ पढ़ रहे थे।

"अवंतिका! तुमने भोजन किया?" उन्होंने मेरी ओर देखे बिना ही कहा। "मैंने भोजन किया या नहीं किया और क्यों नहीं किया? देवी ने आपको सब बता ही दिया होगा।" मैंने गुस्से से कहा। गुरू जी ने एक बार मेरी ओर देखा और फिर पढ़ने लगे, जैसे उन्हें इस बात से कोई खास फर्क ही नहीं पड़ा हो।

"आप ऐसा कैसे कर सकते हैं? आप देवी से मेरी जासूसी करवा रहे थे?" मेरा गुस्सा फूट पड़ा। "संगठन के कुछ नियम होते हैं अवंतिका!" उन्होंने बिना मेरी ओर देखे कहा।

"और उनमें किसी की जासूसी करना भी आता है?" मैं उनका जवाब जानने के लिए आतुर हो रही थी। उन्होंने अपना हाथ किताब को लगाया, फिर माथे पर लगाकर कुछ बुदबुदाते हुए किताब बंद कर दी।

"तुम हमारे लिए महत्वपूर्ण हो। इतनी कि हम तुम्हें किसी भी प्रकार के खतरे में नहीं पड़ने दे सकते। देवप्रभा तुम्हारी अंगरक्षिका की भांति थी। अगर हम तुम्हारी जासूसी कर रहे होते, तो क्या हम स्वयं इसे तुम्हारे बारे में बताते?"

"आपने स्वयं बता दिया इसका यह अर्थ तो नहीं है कि यह सही हो गया। देवी को मैं अपनी सखी मानती हूं और आपने उसी को मेरे खिलाफ इस्तेमाल किया?" मुझे अब खीझ हो रही थी।

"देवप्रभा भी तुम्हें उतनी ही अच्छी सहेली मानती है, जितना कि तुम। अभी हाल ही में उसने मुझे आकर यह सब करने से मना कर दिया था। मैंने भी उसकी मनोस्थिति को समझते हुए उसे इस जिम्मेदारी से मुक्त कर दिया।

तो वास्तव में हमें अभी नहीं पता है कि तुमने खाना खाया है या नहीं? वो तो आज काफी लोगों ने दुःख में खाना नहीं खाया था, इसलिए हमने तुमसे भी पूछ लिया," उन्होंने मुस्कुराते हुए कहा। अजीब बात थी कि मैं यहाँ गुस्से से आग बबूला हो रही थी और गुरू जी मुस्कुरा रहे थे।

मैं वापस अपने कमरे में गई। धीरे-धीरे दिन गुजरने लगे। मैंने देवप्रभा को भी माफ कर दिया। जब उसकी कोई गलती थी ही नहीं, तो उससे किस बात का गुस्सा? और वैसे भी मैं अब यह समझ गई थी कि जिस संगठन का मैं हिस्सा थी उसमें यह सब कोई बड़ी बात नहीं थी।

आज रवि को कमरे में बंद किए हुए 17 दिन हो गए थे। गुरू जी सुबह से ही काफी परेशान लग रहे थे। उनकी चिंता साफ समझी जा सकती थी, क्योंकि आज उनका बेटा इस दुनिया से विदा लेगा या फिर पुनर्जन्म लेगा? इस बात का निर्णय होने वाला था और किसी भी पिता के लिए इससे बड़ी कोई बात नहीं। प्रार्थना के पहले नियत समय पर उस कक्ष का दरवाजा खोला गया। गुरू जी समेत सब लोग बाहर ही खड़े रहे। सिर्फ तीन-चार सेवादार अंदर गए। अंदर से काफी बदबू आ रही थी। एक तरफ बिस्तर पर रवि पड़ा हुआ था। वह बिलकुल हड्डियों का ढांचा बन चुका था। एक सेवादार ने उसकी धड़कन जाँची और जोर से चिल्लाया, "गुरूजी! यह जीवित है।" यह सुनते ही गुरूजी अंदर दौड़ पड़े। वह रवि से लिपट कर फूट-फूट कर रोने लगे।

"रवि ने मृत्यु पर विजय हासिल की है। यह मृत्यंजय है!" एक बूढ़े से व्यक्ति ने कहा। यह एक वरिष्ठ तांत्रिक था, जिसका संगठन में काफी सम्मान था। "रवि मृत्यंजय है!" सब लोग चिल्लाने लगे जैसे किसी की जय-जयकार कर रहे हो। इसके बाद रवि को पानी और जूस पिलाया गया। हम सब बाहर ही खड़े थे। दो सेवादार रवि को कंधे का सहारा देकर बाहर लाए। रवि की हालत बिल्कुल दयनीय हो गई थी। उसकी आँखें भी आधी ही खुल रही थीं, वह पूरा झुक कर चल रहा था। मगर जब वह मेरे सामने से गुजरा तो उसने अपनी आँखें पूरी खोलीं और मुझे देख कर अपने चेहरे पर एक शातिर मुस्कान लाकर मुझे आँख मारी। मुझे रवि की इस हरकत पर आश्चर्य हुआ। किसी ने सच ही कहा है कि कुत्ते की दुम को 12 साल तक नली में रखोगे, तब भी वो टेढ़ी ही रहेगी।

एक दिन मैं खाना खाने के बाद देवी से कुछ बात कर रही थी कि गुरू जी ने मुझे बुलाया। मैं उनके पास गई। "यह फलरस रवि को दे आओ," उन्होंने मेरे हाथ में एक गिलास थमाते हुए कहा।

"मैं?" मैंने उन्हें अचरज से देखते हुए कहा। गुरू जी को अच्छी तरह से पता था कि हम दोनों के बीच कैसा रिश्ता था, फिर भी वह मुझे ही भेज रहे थे। वहाँ कई और लोग भी थे, जो यह काम कर सकते थे। शायद वह चाहते थे कि हमारे संबंध कुछ सुधर जाएं, मगर पानी और आग का भला कभी मेल हुआ है? खैर गुरू जी की आज्ञा सिर-माथे पर धर कर मैं जूस ले कर चल दी। मैं उसके कमरे के बाहर पहुँची, तो दरवाजा आधा खुला हुआ था। वह अंदर बिस्तर पर बैठ कर कुछ पढ़ रहा था।

"आज खुद महारानी ने एक सेवक के लिए इतना कष्ट कैसे उठा लिया?" उसने मुझे देखते ही सचेत होते हुए कहा। "गुरूजी का आदेश था," मैंने सूखी आवाज में बिना उसकी तरफ देखे ही जूस मेज पर रखते हुए कहा।

"गुरू जी का आदेश..." उसने निःश्वास छोड़ते हुए कहा। "गुरू जी का आदेश न किसी को जीने देता है और न ही मरने।" वह लगातार मुझे ही घूर रहा था। उसकी तीखी नजरें मैं अपने जिस्म पर महसूस कर सकती थी।

"चलो अब आ ही गई हो, तो थोड़ी सी सेवा और कर दो," उसने मुझे घूरते हुए कहा। मैंने चौंक कर उसकी तरफ देखा। "*तकिया!* नीचे गिर गया, ऊपर रख दो," उसने नीचे पड़े तकिए की तरफ इशारा कर कहा। मैं तकिए को घूरने लगी। वास्तव में जब मैं कमरे में आई थी, तब तकिया अपनी जगह पर ही था। शायद रवि ने जानबूझकर गिराया था, ताकि वह इसी बहाने मुझे पास से देख सके। मैंने तकिया उठाकर पास की टेबल पर ही रख दिया।

"गंदा हो गया है, धुलवाने दे दूंगी। तुम्हारे लिए नया भिजवाती हूं," मैंने उसे उसी तरह से उसे घूरते हुए कहा। "तुम क्या-क्या धुलवाओगी अवंतिका? यहाँ तो सब कुछ गंदा हुआ पड़ा है," उसकी नजरें लगातार मेरा पीछा कर रही थीं। मुझे घुटन सी होने लगी।

"तुम इतने दिन जीवित कैसे बचे?" मैंने विषय बदलते हुए पूछा। "प्रेम के सहारे..." उसके चेहरे पर एक छोटी सी मुस्कान आई और फिर

गायब हो गई। "प्रेम में बड़ी ताकत होती है अवंतिका! यह किसी को मार भी सकता है और जीवनदान भी दे सकता है। तुम्हारे प्रेम ने मुझे मृत्यु की तरफ धकेल दिया और किसी के प्रेम ने मुझे मौत के मुँह से बचा लिया।" मैं उसका चेहरा देखने लगी। किसी को इससे भी प्यार हो सकता है, यह मेरी समझ से बाहर था। उसने जूस का गिलास उठाया।

"अच्छा है। मैं प्रार्थना करूँगी कि तुम्हें जीवन भर ऐसा ही प्रेम मिलता रहे," मैंने मुड़ते हुए कहा। "अब नहीं मिल सकता। उसे तो तुमने छीन लिया।" तभी छन्न की आवाज आई। मैंने मुड़कर देखा तो जूस का गिलास फर्श पर गिरा हुआ था। "कड़वा हो गया था," उसने गुस्से से मेरी तरफ देखते हुए कहा। मैं चुपचाप बाहर आ गई।

21. रणवीर

धीरे-धीरे समय गुजरने लगा। सब कुछ काफी अच्छे से चल रहा था। राणा, मैं और देवप्रभा काफी अच्छे दोस्त बन गए थे। संगठन में भी मैं सब कुछ काफी तेजी से सीख रही थी। इसलिए सब मेरा काफी सम्मान करते थे। मृत्युंजय मुझसे अब भी उतनी ही नफरत करता था, मगर उसके बाद उसने कभी मुझसे न तो कुछ कहा और न ही कोई उल्टी सीधी हरकत की थी। वह शायद कोई बड़ा मौका तलाश रहा था।

आश्रम में काफी दिनों से एक लड़के की मुझ पर नजर थी। यह कोई मुझसे एक साल बड़ा होगा। दिखने में और व्यवहार में मुझे भी अच्छा लगा था। कभी उससे बात तो नहीं हुई मगर उसकी आँखें जैसे हजारों बातें करती थीं। जब भी मेरा उससे आमना-सामना होता था, वह साँस रोक कर खड़ा हो जाता और बार-बार नजरें चुरा देखता था। जब मैं उसकी तरफ देखती, वह नीचे देखने लगता। मैंने कई बार उसे ऐसा करते हुए पकड़ा था, लेकिन कभी बात करने की मेरी हिम्मत नहीं हुई।

“यह लड़का कौन है?” एक दिन खाना खाते वक्त मैंने देवप्रभा से पूछा। वास्तव में मैं आश्रम में बहुत कम ही लोगों को जानती थी, मगर देवी इस काम में शातिर थी। यहाँ के हर व्यक्ति का कच्चा-चिट्ठा उसके पास था।

“कौन लड़का?” उसने मेरी आँखों को देख उसी दिशा में देखा मगर वहां तीन-चार लड़के खड़े थे इसलिए शायद उसे कुछ समझ में नहीं आया। “वो... सफेद कमीज वाला।” मेरी आँखों में चमक साफ देखी जा सकती थी।

“यहाँ तो सभी ने सफेद कमीज पहन रखी है। तेरी सफेद कमीज कौन सी है?” उसने मेरी ओर देखकर कहा। शायद उसे सारा माजरा समझ

में आ गया था। मैं शरमा गई। "क्या तू भी... वो जिसके गले में माला है," मैंने कहा।

"रणवीर! देख रही हूं कि राजकुमारी का काफी दिनों से नैन-मटक्का चल रहा है राजकुमार के साथ।" वह लगातार मुझे घूर रही थी और मैं यहाँ शर्म से गड़ी जा रही थी। "तू कहे तो उसके साथ कुछ सेटिंग-वेटिंग करवाऊँ?" उसने हँसते हुए कहा। "हट! मुझे कोई सेटिंग-वेटिंग नहीं करनी।" मगर मैं नजरें चुरा कर उसे देख रही थी और देवी मुझे, जैसे वह मेरे मजे ले रही हो। "देवी!" मैंने बिना उसकी तरफ देखे ही कहा।

"हां बोलो राजकुमारी!" देवी को जब भी मुझे चिढ़ाना होता, तो वो मुझे राजकुमारी कहकर बुलाती। "बात करवा सकती है?" मैंने रणवीर की तरफ देखते हुए कहा। वह भी मेरी तरफ ही देख रहा था। *"काजर की कोठरी में कैसा ही सयानो जाय, एक लीक काजर की तो लागे ही लागे।"* देवी ने गाकर हुए मुझे चिढ़ाते हुए कहा। "करती हूं, तेरा भी कुछ न कुछ।" वह मुस्कुराई। दिन को सोने के बाद में उठी ही थी की देवी मेरे कमरे में आ गई।

"टिक-टिक, टिक-टिक घड़ियाँ कटना,
गर यार मिले तो कुछ बात बने...
घोर-घनघोर घटा का घटना,
बरसात गिरे तो कुछ बात बने...
नीर विहीन नैनों का झरना,
गम चार मिले तो कुछ बात बने...
पल-पल मुश्किल दिन दिल करे,
अंग यार मिले तो कुछ बात बने।"

देवी ने दरवाजे पर खड़े-खड़े ही कहा।

"क्या बात है, आज बड़ी कविताएँ सूझ रही हैं तुझे?" मैंने उसे घूरते हुए कहा।

"हम जो सोचते थे अक्सर,
वो बात कहीं पर हुई तो है...
दूर कहीं उठता हैं धुँआ,
ये आग कहीं पर लगी तो है।"

"क्या है? क्यों परेशान कर रही हैं? सीधे-सीधे बोल न क्या हुआ?" मैंने खीझते हुए कहा। उसने दरवाजा बंद किया और अंदर आ गई। "आपके राजकुमार से मिली थी राजकुमारी! आग दोनों तरफ बराबर जल रही है," उसने बिस्तर पर बैठते हुए कहा। "राजकुमार! मतलब?" मैंने अपने चेहरे की खुशी छुपाकर अनजान बनते हुए कहा। "अबे नौटंकी! नाटक बंद कर। तुझसे आज शाम को मिलने आएगा।"

"क्या शाम को? कौन... कब... कहाँ?" मैंने चौंकते हुए कहा। मुझे इतनी जल्दी इसकी उम्मीद नहीं थी। "वो तो वह जाने और तू। मैं तो बस इतना ही जानती हूं कि आज शाम को चाँद अकेला नहीं होगा। हाय! मेरा चाँद कहाँ है?," उसने आह भरते हुए कहा।

"तेरा चाँद भी दिख रहा है। बस लपकने की देर है।" इस बार मैंने उसे छेड़ते हुए कहा। "मतलब?" उसने चौंकते हुए कहा। "मंथन! तेरी भी तो उससे सेटिंग-वेटिंग है न?" मैंने उसी के टोन में कहा। "न...नहीं। ऐसा कुछ नहीं है। वो तो बस..."

"बस बस रहने दे। मुझे सब पता है। दोस्त हूं इसलिए पूछ रही हूं। कोई मदद चाहिए हो तो बता देना, बदला चुका दूंगी।" उसके बाद वह चली गई। शाम को मैंने खाना खाया और अपने कमरे में आ गई। मुझे काफी बेचैनी हो रही थी। पता नहीं उससे कैसे बात करूँगी? वह मेरे बारे में क्या सोचता होगा? मैंने देवी को उसके पास भेजा था, तो कहीं वो मुझे गलत न समझ ले। इस तरह के कई सारे विचार मेरे मन में आ रहे थे। मैं कब से तैयार होकर बैठी थी। मैंने कोई खास श्रृंगार तो नहीं किया था मगर खुद को संवार कर जितना हो सके खूबसूरत दिखने की कोशिश कर रही थी।

इंतजार करते-करते रात के 10.30 बज गए थे। तभी दरवाजे पर दस्तक हुई। मैं अचानक सिहर गई। मैं उठी और खुद को ठीक किया। मेरी धड़कन रेलगाड़ी से भी तेज चल रही थी। मैंने आँखें बंद करके ही दरवाजा खोला।

"अवंतिका!" यह आवाज सुनकर मैं चौंक गई। यह तो कोई जानी-पहचानी आवाज थी। मैंने आँखें खोलीं तो सामने गुरू जी खड़े थे। मैं सकपका गई। उन्होंने मुझे ऊपर से नीचे तक देखा, मगर ऐसा नहीं लगा कि उन्हें कोई खास फर्क पड़ा हो।

"हमारे साथ चलो, एक महत्वपूर्ण बात है," उन्होंने मुड़ते हुए कहा। मैं उनके पीछे-पीछे चल दी। हम दोनों संगठन के बरामदे में पहुँचे। वहाँ पर सब लोग जमा हुए थे। हम दोनों ऊपर मंच पर थे।

"मित्रों! हम जिस महत्वपूर्ण क्षण की प्रतीक्षा कर रहे थे, वह क्षण आने वाला है। अगले माह की पूर्णिमा को वह शुभ घड़ी है, जब हम सूत्र साधना कर सकते हैं।" उन्होंने मेरी और देखकर मुस्कुराते हुए कहा। मैं यह सुनकर चौंक गई। वास्तव में मैंने उस दिन के बाद आज तक कभी सूत्र साधना के बारे में सोचा ही नहीं था। सब कुछ इतने अच्छे से चल रहा था कि मैं इस सब में ही रम गई। अचानक इसके बारे में सुनकर मुझे झटका लगा।

"मित्रों! हमें आज से ही इस अनुष्ठान के लिए तैयारी शुरू कर देनी होगी। मैं इसमें किसी भी तरह की भूल नहीं चाहता हूं। हमने वर्षों तक इसकी प्रतीक्षा की और अगर यह अवसर हमारे हाथ से निकल गया, तो शायद मैं अपने जीवन में दोबारा इसका साक्षी न बन सकूं।" मैं चुपचाप खड़ी यह सब सुन रही थी। "आ... छू...!" तभी एक आवाज आई। हम सब चौंक गए, क्योंकि यह हमसे किसी के भी छींकने की आवाज नहीं थी। यह दरअसल गुरू जी के कमरे से यहाँ तक आने का जो गलियारा था, वहाँ से आई थी। हम सब उधर ही देखने लगे।

"कौन है वहां?" एक तांत्रिक तेजी से मंच पर चढ़ा और उस गलियारे की तरफ लपका। हम सब उसी ओर देख रहे थे। वह तांत्रिक किसी को खींचते हुए लाया, जिसे देखकर मेरी साँसे अटक गईं। यह रणवीर था। ये यहाँ तक कैसे पहुँचा? जरुर मुझसे मिलने मेरे पीछे आ गया होगा।

"रणवीर तुम?" गुरू जी ने उसे देखकर चौंकते हुए कहा। "तुम यहाँ क्या कर रहे हो?" रणवीर आश्रम का एक होनहार लड़का था, इसलिए गुरूजी उसे अच्छी तरह से जानते थे। जवाब में रणवीर ने बस आश्चर्य से मेरी तरफ देखा। गुरू जी ने उसकी नजरों का पीछा करते हुए मेरी ओर देखा। अब शायद उन्हें सारा मामला समझ में आ गया था। उन्हें मुझे इस तरह तैयार देखना, मेरा आँखें बंद करके दरवाजा खोलना, उन्हें देखकर चौंकना और फिर रणवीर का आना। उन्हें सारी बात समझ आ गई।

"तू यहाँ क्या कर रहा है? जानता है न बिना आज्ञा के गुरुजी के कमरे में आना सख्त मना है?" एक तांत्रिक ने सख्ती से कहा। "जी मैं तो

वो...” रणवीर कहते-कहते इधर-उधर देखने लगा। जल्द ही उसे समझ आ गया कि यह आश्रम की कोई गुप्त सभा थी और उसने यहाँ आकर बड़ी गलती कर दी थी।

“यह जरुर कोई *जासूस* है और यहाँ पर जासूसी करने आया है,” भीड़ से एक तांत्रिक ने कहा। यह शब्द सुनते ही सब आपस में गुटर-गूँ करने लगे। “संगठन के शत्रु को सख्त सजा मिलनी चाहिए,” एक दूसरे तांत्रिक ने सुर में सुर मिलाते हुए कहा।

“हम संगठन के रहस्यों की रक्षा के लिए प्राण ले भी सकते हैं और दे भी।” यह रवि था। शायद गुरू जी की तरह वह भी असली माजरा समझ गया था या फिर वह पहले से ही हम दोनों के बारे में जानता था। इसलिए वह मौके का पूरा फायदा उठाने की फिराक में था। “पहले हम सुन तो लें कि रणवीर कहना क्या चाहता है?” राणा ने मामला संभालते हुए कहा।

“हम एक चोर से यह अपेक्षा करें कि वह अपनी चोरी स्वीकार करेगा,” रवि ने राणा की आवाज को दबाते हुए कहा। “शान्ति!!!” गुरूजी ने सख्त आवाज में कहा। “हम पहले रणवीर से बात करना चाहेंगे,” गुरू जी ने रणवीर पर एक पैनी निगाह डाली।

“लेकिन गुरूजी...,” मौका हाथ से जाता देखकर रवि छटपटाया। “बस हम निर्णय कर चुके हैं, आप सब प्रतीक्षा करें,” गुरूजी ने रवि का मुँह बंद करते हुए कहा। “अवंतिका! आप भी हमारे साथ आइए,” गुरूजी ने इशारा किया। मैं भी गुरूजी के पीछे-पीछे चल दी।

कमरे में सामने गुरूजी खड़े थे और इधर रणवीर और मैं दोनों सिर झुकाए हुए थे। “अवंतिका! क्या रणवीर तुमसे मिलने आया था?” गुरूजी ने रणवीर की बजाए मुझसे पूछा। शायद वह जानते थे की मैं झूठ नहीं बोल सकती। मैं बस सिर झुकाए खड़ी रही। “तुम समझ रही हो न यह मामला कितना गंभीर है? यह रणवीर के जीवन का सवाल है। इसलिए मैं जो पूछ रहा हूं उसका सही जवाब देना। क्या तुम रणवीर से मिलने वाली थी?” जान का खतरा सुनकर रणवीर हक्का-बक्का गुरू जी को देखने लगा। उसे समझ नहीं आ रहा था कि उसने ऐसा क्या गुनाह कर दिया कि इतना कोहराम मचा हुआ है? मैंने हाँ में सिर हिला दिया।

"गुरू जी वो तो मैंने अवंतिका को आपके साथ देखा, तो मैं भी पीछे-पीछे चला आया। फिर आपके कमरे में एक गुप्त द्वार देखा तो, जिज्ञासावश पहुँच गया," रणवीर बोला। "गुरूजी! गलती हमारी है कि हमने समय से पहले ही सभा बुलाई और ऊपर से द्वार भी खुला छोड़ दिया। हमारी गलती की सजा एक निर्दोष को नहीं मिल सकती," मैंने रणवीर का बचाव करते हुए कहा। रणवीर ने एक नजर उठाकर मुझे देखा, जैसे मन ही मन शुक्रिया कह रहा हो।

"अवंतिका! समस्या यह नहीं कि रणवीर सभा तक पहुँचा, बल्कि समस्या यह है की वह तुम्हारे पीछे वहाँ तक पहुँचा। संगठन में कुछ लोग यह बात समझ चुके हैं और इसे तुम्हारे विरुद्ध इस्तेमाल करेंगे। मैंने तुमसे पहले ही कहा था कि सूत्र साधना की सफलता के लिए सूत्रों का ब्रम्हचर्य पालन अनिवार्य है। अगर मैं सच बताता हूं, तो यह रणवीर के लिए और भी घातक होगा, क्योकि संगठन का कोई भी व्यक्ति सूत्र साधना की असफलता के कारक को निर्दोष नहीं मानेगा," गुरू जी ने मुझे पूरा मामला समझाया। रणवीर हमें इस तरह देख रहा था जैसे कि हम दोनों किसी विदेशी भाषा में बात कर रहे हों।

"लेकिन गुरूजी हम दोनों के बीच ऐसा कुछ भी नहीं है," मैंने गिड़गिड़ाते हुए कहा। "और यह सिद्ध कैसे होगा? चलो मैं तो एक क्षण के लिए मान भी लूं, लेकिन नीचे खड़े लोगों में से कोई भी यह मानने के लिए तैयार नहीं होगा," गुरूजी ने मुझे दबाते हुए कहा। "तो आप कहना क्या चाहते है की रणवीर को...," मैं कहते-कहते रुक गई। वास्तव में मैं रणवीर को और नहीं डराना चाहती थी। "मैं किसी भी हाल में सूत्र साधना को खतरे में नहीं डाल सकता।"

"लेकिन इतनी सी भूल के लिए भला कैसे रणवीर को...?" मैं फिर से रुक गई मगर इस वक्त इसका कारण मेरे दिमाग में चल रहा डर का बवंडर था।

"हम प्रतिबद्ध हैं। स्वयं तुमने संगठन से जुड़ने से पहले इसके रहस्य की रक्षा का प्रण लिया था।" गुरूजी ने अंतिम तर्क पेश किया। वह शायद इस मामले को यहीं खत्म करना चाहते थे। मुझे समझ नहीं आ रहा था कि गुरू जी ऐसा कैसे कह सकते हैं? एक छोटी सी भूल के लिए कैसे रणवीर

को इतनी बड़ी सजा मिल सकती है? सबसे ज्यादा दुःख मुझे इस बात का हो रहा था की रणवीर मेरी वजह से इस मुसीबत में फंसा था। वो तो सिर्फ मुझसे मिलने आया था।

"मगर संगठन से जुडने से पहले मैंने एक शर्त भी रखी थी," मैंने अपना ब्रम्हास्त्र फेंका। शर्त के बारे में सुनकर गुरू जी के रोंगटे खड़े हो गए। शायद वह इस बारे में भूल ही चुके थे। "अगर रणवीर को खरोंच भी आई, तो मैं इसी वक्त संगठन और यह आश्रम छोड़ कर चली जाऊँगी," मैंने धमकी देते कहा। "अवंतिका!" अब गिड़गिड़ाने की बारी गुरू जी की थी। उन्हें आश्चर्य हो रहा था कि सीधी-सादी दिखने वाली अवंतिका इतनी शातिर भी हो सकती है।

"सूत्र साधना तो वैसे भी खतरे में है, बेहतर है आप रणवीर को जाने दें," मैंने अंतिम तीर फेंका। गुरू जी सोच में पड़ गए। बाहर सभी लोग बेसब्री से हमारा इंतजार कर रहे थे। गुरू जी मेरे और रणवीर के साथ मंच पर पहुँचे, सब हमारी तरफ देखने लगे।

"हम रणवीर से बात करने के बाद इस निष्कर्ष पर पहुँचे हैं कि वह निर्दोष है और यहाँ सिर्फ भूलवश पहुँच गया था," गुरूजी ने घोषणा कर कहा। "लेकिन फिर भी यह संगठन के रहस्यों को जान चुका है। इसे ऐसे ही नहीं जाने दे सकते।" सबने कहा। "इसकी जिम्मेदारी मैं लेती हूं," मैंने कहा। "रणवीर कोई भी जानकारी किसी को भी नहीं देगा।"

"और तुम्हारी जिम्मेदारी कौन लेगा?" रवि ने कहा। सब उसकी तरफ देखने लगे। "क्या यह सत्य नहीं है कि तुम रणवीर से प्यार करती हो और वो तुम्हारे पीछे यहाँ आया?" रवि ने अपनी चाल चली। "नहीं! ऐसा कुछ नहीं है। रणवीर बस भूलवश यहाँ आया था," मैंने गुरूजी की तरफ देखते हुए कहा, तो गुरूजी ने आँखों ही आँखों में मुझे झूठ कहने की स्वीकृति दी।

"लेकिन मैंने तो..." "बस रवि!" वह आगे कुछ और कहना चाहता था, मगर गुरूजी ने उसे वहीं रोक दिया। "हम निर्णय कर चुके हैं। रणवीर तुम जा सकते हो," रवि अब भी मुझे गुस्से से घूर रहा था।

इस घटना को दो दिन बीत गए। मुझे लगा कि चलो मुसीबत टली, बाल-बाल बचे। बाद में रणवीर मुझे मिला और उसने मुसीबत से छुटकारा दिलाने के लिए शुक्रिया कहा। मैंने भी उसे संगठन के बारे में किसी को न

बताने की सख्त हिदायत दी। मैं अपने कमरे में थी तभी गुरू जी आए। हालचाल पूछने के बाद उन्होंने कहा, “अवंतिका! कहीं तुमने रणवीर के साथ...?” वह कहते-कहते रुक गए, लेकिन मैं उनकी बात समझ चुकी थी।

“मैं आपको पहले ही कह चुकी हूं कि हमारे बीच ऐसा कुछ नहीं,” मैंने पूरे विश्वास के साथ उनकी आँखों में देखते हुए कहा। “तुम तो जानती हो कि सूत्र साधना के लिए सभी लड़कियों का कौमार्य होना आवश्यक है?” उन्होंने थोड़ा झिझकते हुए कहा। “आपसे यह किसने कहा?” वह मेरा चेहरा देखने लगे। “सूत्र सूक्त में यह अवश्य लिखा है कि ग्यारह सूत्रों का पवित्र होना आवश्यक है, मगर यह पवित्रता का पैमाना शारीरिक हो ऐसा तो कहीं नहीं लिखा।”

“मतलब?” उन्होंने मेरा चेहरा देखते हुए कहा। “मतलब यह कि सूत्र सूक्त कहीं से भी कौमार्य की मांग नहीं करता, बल्कि सूक्त जिस पवित्रता की बात करता है वो आध्यात्मिक है। यह उद्देश्य के बारे में है, माध्यम के बारे में नहीं।”

“लेकिन एक समस्या और है,” उन्होंने मेरी तरफ देखकर कहा। “संगठन में कुछ लोगों को तुम्हारी प्रतिबद्धता पर संदेह है।”

“क्या? मगर क्यों?” मैंने चौंकते हुए कहा। “रणवीर वाले मामले के बाद उन्हें लगता है कि तुम संगठन के साथ छल कर सकती हो।”

“तो मुझे अपनी प्रतिबद्धता सिद्ध करने के लिए क्या करना होगा?” मैंने कहा। “विवाह!” उन्होंने मेरे पास आते हुए धीरे से कहा। “क्या?” मैं पूरी तरह से सिहर गई। “मगर किसके साथ?” मैंने आँखें फाड़ कर पूछा। “शक्ति का मेल हमेशा शक्तिशाली के साथ होता है। संगठन में तुम्हारे बाद सबसे शक्तिशाली कौन है?” मैं उनका चेहरा देख रही थी।

“मृत्युंजय।” उन्होंने बिना मेरी ओर देखकर कहा। “मृत्युंजय?” मैंने चौंककर कहा। “मेरा विवाह भला मृत्युंजय से कैसे हो सकता है? और अभी तो आप कह रहे थे कि सभी सूत्रों का ब्रम्हचर्य का पालन अनिवार्य है, तो फिर मैं विवाह कैसे कर सकती हूं?” मैंने असमंजस में कहा।

“ब्रम्हचर्य और अविवाहित होने में फर्क होता है। यह आवश्यक नहीं कि विवाह से ब्रम्हचर्य टूटे। मृत्युंजय और तुम्हारा विवाह एक छद्म विवाह होगा, जो सिर्फ संगठन के लोगों को विश्वास में लेने के लिए होगा। सूत्र

साधना के पूर्ण होने के पश्चात तुम अपना जीवन जीने के लिए मुक्त हो जाओगी और इस विवाह के बंधन से भी," उन्होंने अपनी योजना मुझे समझाई।

"मगर मृत्युंजय ही क्यों? कोई और क्यों नहीं?" मैंने उन्हें संदेह की दृष्टि से देखते हुए कहा। "क्योंकि वह हमारा पुत्र है, संगठन के अध्यक्ष नित्यानंद का पुत्र। इस विवाह के पश्चात किसी की भी इतनी हिम्मत नहीं होगी कि तुम पर उंगली उठा सके।"

"लेकिन क्या मृत्युंजय इसके लिए तैयार होगा?" उनकी बाँछे खिल गईं। मृत्युंजय की आपत्ति पूछने का अर्थ था कि मैं इस विवाह के लिए तैयार थी। "मृत्युंजय कभी हमें मना नहीं कर सकता। अगर हम उसे तुमसे विवाह करने के लिए कहते हैं, तो उसे विवाह करना ही होगा।" उन्होंने गर्व से सीना चौड़ा करते हुए कहा। "और वो छद्म विवाह वाली बात?" मैंने अपना भय व्यक्त किया।

"तुम निश्चिंत रहो। मृत्युंजय से हम बात करेंगे। तुम अपने माता-पिता को यहाँ बुला लो," उन्होंने मेरी सहमति मिलते ही मामला पक्का किया। "नहीं! इसकी कोई आवश्यकता नहीं। आपने ही अभी-अभी कहा कि यह एक छद्म विवाह है, तो फिर मेरे माता-पिता को इस बारे में बताने की जरुरत नहीं। मैं चाहती हूं कि यह विवाह कम से कम लोगों तक सीमित रहे, ताकि भविष्य में मुझे कोई समस्या न हो।"

"हम्म... ठीक है, जैसा तुम चाहो। यह विवाह सिर्फ इस आश्रम तक ही सीमित रहेगा," उन्होंने कमरे से बाहर जाते हुए कहा।

22. छद्म

मेरी सहमति मिलते ही विवाह की तैयारी शुरू हो गई। जैसे ही यह खबर आश्रम में फैली, चारों तरफ चर्चा होने लगी कि गुरु जी के पश्चात संगठन का अध्यक्ष पद मृत्युंजय को संभालना था और मृत्युंजय की पत्नी होने का अर्थ था, 'गुरु माँ' होना, जो की अध्यक्ष के बाद संगठन में सबसे महत्वपूर्ण पद था।

अगले दिन देवी मेरे कमरे में आई। "अवंतिका! यह मैं क्या सुन रही हूं? तू मृत्युंजय से विवाह कर रही है?" उसने मुझे घूर कर देखा। मेरे इस निर्णय से वह काफी गुस्से में थी। "हां! बिल्कुल सही सुना है तूने। मृत्युंजय से मेरा विवाह तय हो चुका है," मैंने बिना उसकी तरफ देखे ही कहा। "लेकिन क्यों? तू तो मृत्युंजय से नफरत करती थी न?"

"हां! करती थी। मगर अब नहीं। गुरू जी स्वयं ऐसा चाहते हैं और *भला मैं गुरू जी की आज्ञा कैसे टाल सकती हूं?"* मैंने अंतिम पंक्ति एक विशेष स्वर में कही, जिससे मैं उसे कुछ याद दिलाना चाहती थी। दरअसल देवी संगठन के बारे में कुछ नहीं जानती थी, इसलिए मेरे लिए उसे सत्य बताना संभव नहीं था और इसीलिए मैं उसे गोल-गोल घुमा रही थी।

"अवनी! यह तेरी जिंदगी का सवाल है। तू किसी भी जल्दबाजी में फैसला मत ले। तू एक बार फिर से सोच ले। कहीं तू गुरु माँ बनने के लिए तो...?" उसने अपनी अधूरी बात कही।

"तुम्हें ऐसा लगता है कि मैं गुरु माँ बनने के लिए मृत्युंजय से शादी कर रही हूं?" मैंने उठकर देवी के पास आकर उसकी आँखों में देखते हुए कहा। वो घबरा गई जैसे अपने कहे पर शर्मिंदा हो। "हो सकता है तू सही

सोच रही हो। मृत्युंजय चाहे कितना भी कमीना क्यों ना हो, एक बात तो है कि वो गुरू जी का बेटा है और उसके कुछ अपने ही फायदे हैं।" मैंने हँसते हुए कहा।

"अवनी!" देवी ने चौंकते हुए कहा । उसे समझ नहीं आ रहा था कि मैं इस तरह की बातें क्यों कर रही हूं? कल तक तो मैं उसे रणवीर से बात कराने को कह रही थी और आज मृत्युंजय से विवाह। मेरे इस बदलाव से वह परेशान थी। वास्तव में यह छद्म विवाह एक बहुत बड़ा झूठ था, जिसे मुझे सच बनाकर पेश करना था। किसी के साथ आपका रिश्ता जितना मजबूत होता है, उससे झूठ बोलना उतना ही मुश्किल और कई बार तो इस झूठ की कीमत उस रिश्ते में दरार से चुकानी पड़ती है। वही यहाँ भी हो रहा था। देवी मेरी अच्छी दोस्त थी और वो समझ चुकी थी कि मैं उससे कुछ छुपा रही हूं। यही बात शायद उसे दुःख पहुँचा रही थी।

"मृत्युंजय तेरे लिए सही लड़का नहीं है। तू उससे शादी करके पछताएगी," उसने मुझे चेतावनी देते हुए कहा। "यही बात अगर मैं तुझे मंथन के लिए कहूं, तो क्या तू मानेगी? नहीं ना? देवी! हमें हमारी जिंदगी के कुछ फैसले खुद लेने पड़ते हैं और इसमें हमें किसी का भी दखल पसंद नहीं होता।" वह कुछ देर मुझे देखती रही।

"काश! यह फैसला तूने खुद लिया होता," उसने कहा और गुस्से में बाहर चली गई। मुझे उसे सच न बताने का दुःख तो था, मगर मैं जानती थी कि जिंदगी में कई बार हमें सख्त निर्णय लेने पड़ते हैं। देवी के बाद राणा और रणवीर को भी मुझे अलग-अलग तरीके से समझाना पड़ा। राणा को समझाना फिर भी मेरे लिए आसान था, क्योंकि वो सच जानता था मगर रणवीर को समझाने में मुझे काफी मशक्कत करनी पड़ी। दरअसल उसे मैं पूरा सच बता कर और मुसीबत में नहीं डालना चाहती थी। इसलिए मैंने उससे इतना ही कहा कि मैं जो कुछ भी कर रही हूं, हमारी भलाई के लिए ही कर रही हूं।

नियत तिथि पर सादे तरीके से मृत्युंजय और मेरा विवाह संपन्न हुआ। मृत्युंजय खुद इस शादी से खुश नहीं लग रहा था। कई बार किसी चीज को पाने के लिए हम बहुत कोशिश करते हैं, लेकिन फिर भी वो हमें नहीं मिलती है तो हमें उससे नफरत हो जाती है। फिर अगर कभी वो मिल भी

जाए तब भी नफरत बरकरार ही रहती है। शायद मृत्युंजय के साथ भी यही हुआ था। उसे मुझसे नफरत थी और बस उसे वही चाहिए था। शादी के बाद भी शायद ही हम में कभी बात हुई।

सूत्र साधना में अब सिर्फ सात ही दिन बाकी थे और हम सब उसकी तैयारी में लगे हुई थे। उस दिन मैं अपने कमरे में कुछ काम कर रही थी कि तभी मृत्युंजय आया। अंदर आते ही उसने दरवाजा बंद कर दिया। मैं उसे देखकर चौंक गई। "तुम यहाँ क्या कर रहे हो?" मैंने उसे घूरते हुए कहा। "अपनी पत्नी से मिलने आया हूं। क्या मुझे उसके लिए भी गुरू जी से आज्ञा लेनी पड़ेगी?" उसने मुझे तीखी नजर से देखते हुए कहा। "तुम्हारा यहाँ कोई काम नहीं," मैंने अपनी भौंहे सिकोड़ते हुए कहा।

"पति-पत्नी के बीच बहुत से-काम होते हैं, मगर हमारे बीच तो एक भी नहीं हुआ। चलो मुख्य काम से ही शुरुआत करते हैं।" वह धीरे-धीरे मेरी ओर बढ़ने लगा। मैं धीरे-धीरे पीछे हटने लगी और दीवार से लगकर खड़ी हो गई। वो मेरे पास आ गया। मैं उसकी साँसों की गर्माहट महसूस कर सकती थी। "नफरत जब हद से गुजर जाए, तो प्यार में बदल जाती है। मुझे तुमसे प्यार हो गया है अवंतिका!" उसने कहा।

"मगर मैं अब तक नफरत करती हूं," मैंने अपनी आँखें बंद कीं और अपने हाथ की तर्जनी उंगली को जोर से उसकी दोनों भौंहों के बीच दबा दिया। वह दर्द से अपना सिर पकड़कर पीछे हट गया और छटपटाने लगा। "तुम अभी जो महसूस कर रहे हो उसे *कुण्डलिनी उर्जा का आधिक्य प्रवाह* कहते हैं, जोकि तुम्हारे शरीर में उर्जा के असंतुलन का परिणाम है।" वह वहीं दर्द के मारे नीचे बैठ गया।

"रवि! मुझे नहीं मालूम कि तुम तंत्र शास्त्र को कितनी गंभीरता से लेते हो, मगर मेरे लिए यह अहम है। अगर इस उर्जा का प्रवाह मैं तुम्हारे सिर के बजाए किसी अन्य अंग की तरफ करूं, तो तुम मुझे तो क्या किसी भी लड़की से प्यार करने के काबिल नहीं रहोगे।" मैं उसके पास जाकर कान में कहा, "मैं ग्यारहवां सूत्र हूँ बेवकूफ! गुरू जी ने मुझे अपनी रक्षा करना अच्छे से सिखाया है।" मैंने फिर से उसे वही स्पर्श किया, इससे उसका दर्द कम तो हुआ, लेकिन वह बेहोश हो चुका था।

आखिर वो घड़ी आ गई, जिसका सालों से इंतजार था। आज सूत्र साधना होनी थी। उस बड़े से हॉल में सभी तांत्रिक इकट्ठा हुए। देश की विभिन्न शाखाओं से साधना में मार्गदर्शन के लिए बड़े-बड़े तांत्रिको को आमंत्रित किया गया था। सभी उत्साहित थे। आखिर दुनिया का हर तांत्रिक इस पल का साक्षी बनने के लिए आतुर था। गुरू जी, मैं और मृत्युंजय तीनों मंच पर खड़े थे। गुरूजी ने अभिभाषण प्रारंभ किया।

"मित्रों! वर्षों की प्रतीक्षा के पश्चात् आखिर यह शुभ पल आ ही गया। आज हम एक नए चमत्कार के साक्षी होंगे। ऐसा चमत्कार जो मानव समाज की दशा और दिशा दोनों बदल देगा। अगर हम इस यज्ञ में सफल रहे, तो इतिहास में हमारा नाम सदा-सदा के लिए अमर हो जाएगा और अगर असफल रहे तो शायद कोई हमें पहचाने तक नहीं। मगर हम सफल हों या असफल, हमें यह हमेशा विदित रहेगा कि हम कौन हैं और किस लिए हैं? हम रहें या ना रहें, हमेशा यह ध्यान रखना कि तुम सब इस महान संगठन का हिस्सा हो।" उन्होंने एक साँस ली और फिर ऊँचे स्वर में कहा।

"तंत्र ही संगठन का आधार है और संगठन का प्रत्येक व्यक्ति एक बात अच्छी तरह से जानता है कि धर्म की रक्षा कैसे करनी है!" मैंने मृत्युंजय की तरफ देखा। उसके चहरे पर वही कुटिल हँसी थी।

"ऊँ ह्रीं श्रीं भ्रीं भ्रों भ्रें भ्रः, ह्न-ह्न ड्ग-ड्ग पच-पच गृहाण-गृहाण, मारय-मारय मर्धय-मर्धय, महा-महा भैरव-भैरव रूपैणः, धूनयं-धूनयं खंपय-खंपय, विग्नय-विग्नय विश्वेश्वर शोभय-शोभय, गट-गट मोहय फट स्वाहाः।।"

सबकी आँखे बंद थीं। हजारों तांत्रिकों के एक साथ इस मंत्र के उच्चारण के साथ ही सूत्र साधना प्रारंभ हुई। सबसे आगे मैं उन दस लड़कियों के साथ बैठी थी, जिन्हें सूत्र साधना के लिए विशेष तौर पर तैयार किया गया था। वे सब मंत्रों का उच्चारण सटीकता से कर रहीं थीं, जिससे लगता था कि उन्हें भी मेरी तरह ही काफी जटिल दीक्षा दी गई थी। वे सब संगठन की अलग-अलग शाखाओं से आई थी, जिन्हें वहां के शाखा प्रमुखों ने नित्यानंद जी के मार्गदर्शन में चुना था। वे सब मेरी ही हमउम्र थीं और काफी गंभीर लग रही थीं। हमारे बीच हवन की तीव्र अग्नि प्रज्वलित थी, जिसमें लगातार यज्ञ सामग्री स्वाहा की जा रही थी। उन दस लड़कियों का

एक काम सूत्र साधना की समाप्ति तक इस अग्नि को प्रज्वलित रखना भी था, क्योंकि कुछ समय पश्चात मैं अपने अंतर्मन से जुड़ने वाली थी और तब मेरा स्वयं से नियंत्रण पूरी तरह से समाप्त होने वाला था।

गुरू जी एक तरफ अन्य वरिष्ठ तांत्रिकों के साथ बैठे थे और काफी गंभीरता से साधना का निरीक्षण कर रहे थे। एक छोटी सी भूल भी इस साधना को असफल बना सकती थी।

कुछ देर बाद मेरी आँखों के सामने सफेद प्रकाश हुआ और मैं घास के हरे-भरे मैदान में थी, जहां पास ही एक नदी बह रही थी। दूर सफेद बर्फ के पहाड़ दिख रहे थे। मुझे इन्हीं पहाड़ों पर जाना था। लेकिन वहाँ तक जाना कैसे है, यह मेरी समस्या थी। मैं थोड़ी और आगे गई जहाँ एक जंगल था। वहाँ मुझे एक बग्घी खड़ी मिली। इस बग्घी के आगे दस घोड़े थे। ये घोड़े जरुर उन दसों लड़कियों के अंतर्मन के प्रतीक थे, जो मेरी सहायता के लिए सूत्र-साधना में मेरे साथ थीं। रास्ता काफी लम्बा रास्ता था, क्योंकि मुझे समुद्र तट के चक्कर लगाकर उस पहाड़ तक पहुँचना था। इसमें कोई दो या तीन दिन लगने थे। जागृत स्वप्न में समय काफी तेज चलता है इसलिए यहाँ के तीन दिन बाहर की दुनिया के लिए चार-पाँच घंटे के बराबर ही थे।

तीन दिन की अनवरत यात्रा के पश्चात मैं उस पर्वत के शिखर तक पहुँची। यहाँ चारों तरफ बर्फ फैली हुई थी किन्तु ठण्ड बिलकुल नहीं थी। सूरज अभी-अभी ही निकला था, जिसकी रोशनी में यहाँ की बर्फ दर्पण की भाँति चमक रही थी। कुछ दूर चलने के पश्चात मुझे एक गुफा दिखाई दी, जो कि पूर्ण रूप से बर्फ से ढकी थी। मैंने अपनी बग्घी को एक तरफ खड़ा किया और उस गुफा की तरफ चल दी। गुफा में अंदर घुसते ही एक द्वार था। यह दरवाजा बंद था और प्रथम दृष्टया इसे खोलने का भी कोई साधन दिख नहीं रहा था, लेकिन ध्यान से देखने पर मुझे पास ही एक गोल पत्थर दिखा जिस पर एक त्रिशूल का निशान बना हुआ था। मैंने गौर किया कि यह त्रिशूल ठीक वैसा ही था जैसा कि मेरी हथेली पर। मैंने अपना हाथ उस पत्थर पर रखा और उसे घुमाया।

“ठहरो!” तभी एक आवाज आई। “कौन हो तुम?” उसने गरजते हुए पूछा। यह काफी भारी आवाज थी तथा चारों तरफ से आ रही थी।

"मै... मैं अवंतिका हूं," मैंने दृढ़ता से उत्तर दिया। "यहाँ क्यों आई हो?" उस आवाज ने पूछा। "मैं रूद्र से साक्षात्कार करना चाहती हूं," मैंने इधर-उधर देखते हुए कहा। "रूद्र किसी से नहीं मिलते," उसने कहा। "तुम लौट जाओ।"

"मै पात्र हूं," मैंने अपने हाथ की हथेली दिखाते हुए कहा। कुछ देर खामोशी रही। "मेरे एक प्रश्न का उत्तर दो," उस आवाज ने कहा। मैं सवाल का इंजार करने लगी।

"वह क्या है जो इस सृष्टि के निर्माण से पूर्व भी था और इस इसके अंत के पश्चात् भी होगा एवं सर्वत्र वही विद्यमान है?"

मैं कुछ देर सोचने लगी। यह कोई आसान सवाल नहीं था, क्योंकि इस प्रश्न का प्रयोजन क्या है यह भी महत्वपूर्ण था।

"कुछ नहीं," मैंने कुछ सोचकर कहा। *"कुछ भी होने से पहले भी यह शून्यता ही थी एवं सब कुछ होने के पश्चात् भी यह शून्यता ही होगी। सर्वत्र यह शून्यता ही विद्यमान है। सारे द्रव्य इस शून्यता के अवशेष मात्र हैं।"*

"सही उत्तर... कैलाश पर्वत पर तुम्हारा स्वागत है," उस आवाज ने कहा और द्वार खुल गया। मैं अंदर चली गई। यहाँ सामने अत्यंत खूबसूरत हरा-भरा पहाड़ था, जिसके एक तरफ झरना गिर रहा था और पास ही एक पोखर, जिसमें कमल के फूल खिले हुए थे एवं खूबसूरत बत्तखें तैर रही थीं। सामने कुछ हिरण चर रहे थे। उन्होंने एक बार नजर उठा कर मुझे देखा फिर वापस चरने लगे।

जगह-जगह पर सुंदर फूल खिले हुए थे, जिनकी सुगंध वातावरण में घुली हुई थी। आसमान पूरी तरह से साफ था और हल्की-हल्की सूरज की किरणें चारों ओर फैली हुई थीं, जो वहां की सुंदरता को और बढा रही थीं। ऐसा रमणीय दृश्य और शांतिपूर्ण माहौल मैंने आज से पहले कभी भी महसूस नहीं किया था। मैं आगे बढ़ने लगी तभी मुझे कुछ भगदड़ सुनाई दी। हिरण वहाँ से भाग गए थे और बत्तख उड़ चुकी थीं। "तुमने छल किया है अवंतिका!" फिर से वह आवाज गूंजी। "मैंने क्या किया है?" मैंने घबराते हुए पूछा।

"तुम यहाँ अकेली नहीं आई हो।" तभी मैंने देखा की उस गुफा के रास्ते, जहाँ से मैं आई थी, एक तांत्रिक ने प्रवेश किया। लम्बी दाढ़ी, काला

चोगा और बड़ी-बड़ी लाल आँखें... उसका चेहरा पूरी तरह से दिख नहीं रहा था। "हा... हा... हा...!" वह जोर से हँसा। "आखिर मै यहाँ तक पहुँच ही गया।"

"यहाँ से निकल जाओ अवंतिका! तुम्हारे प्राण संकट में है।" उस आवाज ने मुझसे कहा।

जमीन हिलने लगी, सूरज की रोशनी तेज हो गई और माहौल में अजीब सी रौद्रता छा गई। मैं तेजी से वापस उस गुफा की तरफ भागी। वह तांत्रिक भी मेरे पीछे-पीछे आ रहा था। दौड़ते-दौड़ते मैं गुफा से बाहर निकली। मैंने देखा कि उस दरवाजे से वह तांत्रिक भी बाहर निकला। उसके बाहर निकलते ही वो दरवाजा बंद हो गया।

बाहर ठंडी हवा का तूफान चल रहा था और धरती भी काँप रही थी। आसमान में काले बादल छाए हुए थे और बिजलियाँ चमक रही थी। सामने ही मेरी बग्घी खड़ी थी। मैं उसकी तरफ भागी। तभी जोर से धरती हिलने लगी। मैं जहाँ थी, वहीं रुक गई। ऊपर पहाड़ से बर्फ का ढेर आया और बग्घी को बहा ले गया।

"नहीं...!!!" मैं जोर से चिल्लाई। "मुझे भी अपने साथ ले चलो," वह तांत्रिक मेरे करीब आने लगा। "दूर रहो मुझसे," मैंने चिल्लाते हुए कहा। मगर वह मेरे करीब आता जा रहा था। मैंने आसमान में देखा और अपनी आँखें बंद कीं। एक बिजली आकर हम दोनों के बीच गिरी और फिर अँधेरा छा गया।

मुझे जब होश आया, तो मैं अपने कमरे में लेटी हुई थी। मेरा सिर काफी जोर से दर्द कर रहा था और बदन टूट रहा था। मेरे समीप ही देवप्रभा खड़ी थी। ऐसा लग रहा था कि वह अभी कहीं से दौड़कर आई है। "आराम से!," उसने मुझे सहारा देते हुए कहा। "क्या हुआ था?" मैंने अपना सिर पकड़कर उठते हुए कहा।

"तुम बाथरूम में गिर गई थी," देवप्रभा ने कहा। मैंने उसकी ओर आश्चर्य से देखा। "तुम मृत्युंजय के साथ घूमने गई थी। वहाँ बाथरूम में तुम्हारा पैर फिसला और तुम गिर गई। तुम्हारे सिर में चोट आई थी। तुम एक सप्ताह से बेहोश थी।" मैंने अपने सिर पर हाथ लगाया तो वहाँ कोई लेप लगा हुआ था।

मैं सारा मामला समझ गई। दरअसल गुरूजी ने सूत्र साधना को छुपाने के लिए यह झूठ बोला था कि हम दोनों हनीमून पर गए हैं और मेरी बेहोशी को दुर्घटना का नाम दे दिया।

"अब तुम्हें कैसा लग रहा है?" देवी ने पूछा। "गुरू जी कहाँ है?" मैंने चिंतित होते हुए कहा।

"तुम्हें जैसे ही होश आने लगा था, मैंने गुरूजी को बुलवा लिया। वह अभी आते ही होंगे।" तभी सामने से गुरू जी आते दिखे। उनके साथ मृत्युंजय, राणा और रणवीर भी थे। उन्होंने आते ही देवी को बाहर जाने का इशारा किया। उसके जाते ही राणा ने दरवाजा बंद कर दिया।

"तुम्हारी तबीयत कैसी है?" गुरू जी ने पूछा। "सूत्र साधना का क्या हुआ?" मैंने लगभग उठते हुए कहा। "हम असफल रहे," गुरूजी ने अपनी नजरें झुका लीं। उनके चेहरे पर एक दर्द था।

"मगर कैसे?" मैंने व्याकुल होते हुए पूछा। "यह तो सिर्फ तुम बता सकती हो," मृत्युंजय ने कहा। वह मुझे ऐसे घूर रहा था, जैसे मैंने कोई गुनाह कर दिया हो। "मुझे नहीं पता। सब कुछ ठीक चल रहा था कि पता नहीं अचानक वो तांत्रिक वहाँ कहाँ से आ गया?," मैंने परेशान होते हुए कहा। "तांत्रिक! मगर सूत्र साधना में तो सिर्फ ग्यारह सूत्र थे, तो फिर कोई और वहाँ कैसे आ सकता है?" राणा ने पूछा। "मुझे नहीं मालूम। वह किसी छल की बात कर रहा था। जरुर कोई धोखे से साधना में आ गया था।" मैं खुद से बातें कर रही थी।

"कोई बात नहीं हम फिर से प्रयास करेंगे," मैंने गुरू जी की तरफ देखते हुए कहा। गुरू जी और बाकी सबके चेहरे उतरे हुए थे।

"हम नहीं कर सकते," राणा ने कहा। "हमारी असफलता की हमें बड़ी कीमत चुकानी पड़ी है। वे दसों सूत्र... वे अब इस दुनिया में नहीं हैं, सिर्फ तुम बची हो," अंतिम वाक्य राणा ने बिल्कुल डूबते हुए कहा। गुरू जी की आँखों में पानी साफ देखा जा सकता था। रणवीर इन सब से ज्यादा मेरे लिए परेशान था। मेरी आँखों से भी आँसू छलक गए। सिर्फ मृत्युंजय था, जो अभी तक तटस्थ था।

सूत्र साधना की असफलता हम सबके लिए गहरा सदमा था। यह एक तरह से हमारे लिए जीवन के उद्देश्य की समाप्ति थी। मुझे किसी तरह

रणवीर, देवी और राणा ने संभाला। धीरे-धीरे परिस्थितियाँ सामान्य होने लगी थी। गुरू जी इस घटना से बुरी तरह टूट चुके थे। वह उन दस लड़कियों की मौत का जिम्मेदार खुद को मानते थे। वह तनाव में रहने लगे और उनकी जगह मृत्युंजय संगठन संभालने लगा। वह क्या करता था, मुझे पता नहीं था मगर इतना जानती थी कि वह कुछ ना कुछ गलत तो कर रहा था। वैसे मुझे शक नहीं पूरा यकीन था कि मेरे अंतर्मन में आने वाला वह तांत्रिक और कोई नहीं, मृत्युंजय ही था। अवश्य उसने मेरे अंतर्मन में घुसपैठ करने के लिए कोई छल किया था।

एक दिन हमें ऐसी सूचना मिली, जिसने सब कुछ खत्म कर दिया। गुरू जी ने आत्महत्या कर ली थी। वह शायद पश्चाताप में इतना डूब चुके थे कि उन्हें मृत्यु का वरण ही आखिरी रास्ता प्रतीत हुआ था।

उनकी मौत के पश्चात मैंने स्वयं को संगठन से पूरी तरह से अलग कर लिया, लेकिन मैं आश्रम में ही रह रही थी। मृत्युंजय को इससे कोई तकलीफ नहीं हुई, बल्कि वह खुश था कि उसके दोनों लक्ष्य आसानी से पूरे हो गए। पहला, संगठन के अध्यक्ष पद की प्राप्ति और दूसरा मेरी बर्बादी।

मैंने रणवीर से शादी कर ली और उसके साथ ही रहने लगी। कुछ साल बाद ताश्री पैदा हुई। हम दोनों बहुत खुश थे। सब कुछ ठीक चल रहा था कि फिर से ऐसी घटना हुई, जिससे मैं पूरी तरह से टूट गई। जब ताश्री चार साल की थी, एक सड़क हादसे में रणवीर की मौत हो गई। उसके बाद मुझे उस आश्रम में घुटन होने लगी। मैंने वो आश्रम छोड़ दिया और यहाँ आ गई। राणा ने भी मेरे साथ ही संगठन छोड़ दिया क्योंकि मृत्युंजय जिन तरीकों से संगठन चला रहा था, उसे बिल्कुल अच्छा नहीं लग रहा था। खुद मृत्युंजय को भी राणा का बार-बार टाँग अड़ाना पसंद नहीं था। इसलिए उसने बिना किसी समस्या के हमें जाने दिया। मैं यहाँ आ गई और एक आम जिंदगी बसर करने लगी। मेरा पूरा ध्यान ताश्री के पालन-पोषण पर था। मैं ये सब ताश्री को बता रही थी। नंदिनी से बात करते हुए अवंतिका ने कहा। उसने आगे की बात बताई।

★★★

सारी बात बताने के बात अवंतिका ने कहा, “अब तुम ही बताओ ताश्री! क्या

तुम अब भी चाहती हो कि मैं तुम्हें उस नरक में जाने दूं? क्या मैं ऋषि, मृत्युंजय या उस संगठन पर विश्वास कर सकती हूं? क्या मैं खुद अपनी बच्ची को उसी मौत के मुँह में धकेल सकती हूं, जिससे मैं खुद निकल कर आई हूं?"

"गुरु माँ! आपने सारी बातें सही कही, सिवाए एक बात छोड़कर!" अंतस ने शांत बने रहते हुए कहा। हम सब उसका चेहरा देखने लगे।

"आपके पति रणवीर की सड़क दुर्घटना में मौत नहीं हुई। उनकी हत्या हुई थी!" अंतस बोला। "क्या? मैं उछल कर खड़ी हो गई। हत्या!... मगर किसने की?"

"मृत्युंजय ने, क्योंकि रणवीर अंकल यह सच जान चुके थे कि गुरू जी ने आत्महत्या नहीं की थी।"

"आत्महत्या नहीं की थी मतलब?" यह मेरे लिए दूसरा झटका था। "मृत्युंजय ने जब संगठन की बागडोर अपने हाथों में ली तो, उसने संगठन का आधार ही बदल दिया। उसने संगठन का मूल तंत्र के बजाए छल कर दिया।"

अंतस ने आगे कहा, "वह हमें बताता था कि किस तरह वह छल के वह मृत्युंजय बना था, बल्कि तंत्र के सहारे आप और गुरू जी असफल रहे थे। जब गुरू जी ने मृत्युंजय को दंड के लिए कमरे में बंद किया था, तब उनका मित्र मोहन रोज पाइप के सहारे चढ़कर उसे तीन मंजिला कमरे में खाना पहुंचाता था। मगर एक दिन मोहन ऊपर से गिर गया और सिर में चोट की वजह से उसकी मौत हो गई। इस घटना के बाद मृत्युंजय को एक बात समझ में आ गई थी कि इस संसार में अगर जीवीत रहना है, तो छल के सहारे ही रहा जा सकता है।"

वह आगे बोला, "सूत्र साधना की असफलता के बाद जब आप और गुरू जी तनाव में थे, मृत्युंजय ने संगठन का इस्तेमाल अपने इरादों को पूरा करने के लिए शुरू कर दिया। संगठन का देशव्यापी जाल था और उसके समर्पित सदस्य अध्यक्ष के एक इशारे पर कुछ भी करने के लिए तैयार रहते थे। मृत्युंजय ने संगठन की इसी विशेषता को अपने काले कारनामों को पूरा करने के लिए प्रयोग किया। मगर एक दिन गुरूजी को पता चल गया की मृत्युंजय संगठन की ताकत का दुरूपयोग कर रहा है। यह बात गुरू जी को बिल्कुल भी बर्दाश्त नहीं हुई और उन्होंने मृत्युंजय को तुरंत बुलाकर इसके

लिए फटकारा। मगर अपनी आदत के अनुरूप उसने अपनी गलती नहीं मानी। उल्टा वह गुरू जी पर ही बरस पड़ा कि उन्होंने इतने सालों में हासिल ही क्या किया है? गुरू जी समझ गए की मृत्युंजय को संगठन का अध्यक्ष बनाना बहुत बड़ी भूल होगी। अतः उन्होंने निर्णय लिया कि आप ही संगठन की अगली अध्यक्ष होंगी।"

"मृत्युंजय, गुरू जी के इस निर्णय से बुरी तरह बौखला गया। उसने गुरू जी को मनाने की बहुत कोशिश की मगर गुरू जी कुछ सुनने के लिए तैयार नहीं थे। गुस्से में आकर मृत्युंजय ने गला दबाकर गुरू जी की हत्या कर दी। अगले दिन उनकी लाश कमरे में लटकी मिली। सबने यही समझा कि सूत्र साधना की असफलता के दबाव में आकर गुरू जी ने आत्महत्या कर ली। मृत्युंजय के लिए रास्ता बिल्कुल साफ हो गया, क्योंकि अब न तो उसे टोकने वाले गुरू जी थे और न ही आप।" अंतस सारी बातें बता रहा था।

उसने आगे कहा, "मगर एक दिन मृत्युंजय का किसी बात पर रणवीर अंकल से झगड़ा हो गया। गुस्से में मृत्युंजय के मुँह से गुरू जी की हत्या की बात निकली। उसके बाद रणवीर अंकल अपने कमरे आ गए। आप कहीं बाहर गई थी और ताश्री और मैं कमरे में ही खेल रहे थे। रणवीर अंकल बिस्तर पर बैठ गए। वह चिंतित लग रहे थे। कुछ देर बाद ताश्री रोने लगी। रणवीर अंकल ने कहा कि इसे भूख लग रही होगी, नीचे जाकर बिस्किट ले आओ। मैं जब नीचे से वापस लोटा तो ताश्री रो रही थी। रणवीर अंकल फर्श पर मृत पड़े थे और पास ही मृत्युंजय खड़ा था। उसने मुझे धमकी दी कि अगर मैंने किसी से कुछ भी कहा, तो वह मुझे और ताश्री को जान से मार देगा।"

अंतस उर्फ ऋषि बोला, "मैं डर गया और मैंने किसी से कुछ भी नहीं कहा। उसके बाद आपने संगठन छोड़ दिया और मुझे आपसे कुछ कहने का मौका नहीं मिला।" मेरी आँखे आँसूओं से भर चुकी थी। ताश्री भी बेसुध थी। शायद उसने कभी सोचा भी नहीं था कि सच इतना कड़वा होगा। "मगर हम कैसे विश्वास कर लें कि तुम सच कह रहे हो?" राणा ने ऋषि की आँखों में देखते हुए कहा।

"आपको करना ही होगा। आपने इतने साल मेरी माँ पर विश्वास किया है, एक बार आपको मुझ पर भी विश्वास करना होगा।"

"माँ पर?" ताश्री ने चौंककर कहा। "ऋषि देवप्रभा का बेटा है," राणा ने कहा। "मगर छल तो संगठन का आधार है।"

"छल संगठन का नहीं मृत्युंजय का आधार है। हालांकि संगठन के अधिकतर लोग मृत्युंजय की बात अक्षरशः मानते हैं मगर फिर भी कुछ लोग ऐसे हैं, जो उसकी नीतियों का पालन नहीं करते। मैं उनमें से ही एक हूं। मैं मृत्युंजय के साथ जरुर रहा हूं, मगर कभी उसके प्रभाव में नहीं रहा।"

"लेकिन तुम्हें ताश्री क्यों चाहिए?" राणा ने अगला सवाल किया। "आप अच्छे से जानते हैं कि कोई भी बाहरी व्यक्ति संगठन तक नहीं पहुँच सकता। मृत्युंजय को अगर रोकना है, तो यह भीतर से ही हो सकता है। हम में से कोई भी इतना शक्तिशाली नहीं कि मृत्युंजय को रोक सके। सिर्फ ताश्री ही उसे रोक सकती है और वह तो खुद ताश्री को अपने पास बुला रहा है।"

"चाहे कुछ भी हो जाए, मैं अपनी बेटी को वहाँ मरने के लिए नहीं भेजूंगी," मैंने अपना फैसला सुनाते हुए कहा। "मैं जाऊँगी माँ!" यह ताश्री थी। "यह आप ही ने कहा था ना की मेरी शक्तियां वरदान हैं, तो इस वरदान के प्रयोग का यही सही वक्त है।"

"तुम ऐसा इसलिए कह रही हो क्योंकि तुम मृत्युंजय और संगठन को नहीं जानती हो, अगर तुम्हें जरा सा भी अंदाजा होता कि यह क्या है तो वहाँ जाने की बात कभी नहीं करती," राणा ने ताश्री को समझाते हुए कहा।

"हो सकता है, मगर यह मैं अच्छे से जानती हूं कि मैं कौन हूं और अब चाहे मृत्युंजय हो या कोई और, मुझे कोई फर्क नहीं पड़ता। वहाँ दस लड़कियों की जान खतरे में है, मेरे पिता का हत्यारा खुलेआम घूम रहा है और मैं यहाँ चुपचाप बैठ जाऊँ, यह मेरे लिए संभव नहीं है।"

★★★

"हमने ताश्री को रोकने की बहुत कोशिश की मगर वह कुछ सुनने को तैयार नहीं थी। अंत में हमने उसे अंतस के साथ जाने दिया और शायद यही मेरी जिंदगी की सबसे बड़ी भूल थी। उसके बाद अंतस और ताश्री का कुछ पता नहीं चला। फिर हफ्ते भर बाद यहाँ के जंगल में ताश्री की लाश मिली। मैंने और मेरी बेटी, दोनों ने अंतस पर विश्वास करके बहुत बड़ी गलती की।

अगर उस दिन मैंने ताश्री को ना जाने दिया होता, तो ताश्री आज जिंदा होती।" अवंतिका ने नंदिनी को सारी घटना बताते हुए कहा।

Resources :

1. Om hreem shreem bhreem bhraum bhraim bhrah,
   hana-hana daga-daga pacha-pacha grihana-grihana,
   maraya-maraya mardhyaya-mardhyaya,
   Maha-Maha Bhairava-Bhairava roopainah,
   dhoonayan-dhoonayan khampaya-khampaya,
   vignaya-vignaya vishweshara shobhaya-shobhaya,
   gatu-gatu mohaya oombat swaha... [Shatangayur Sukta]

   https://m.youtube.com/watch? e pi =7...0%2C7576417487

   Refference - Ohm - 7-83 Hz

   Gam - 14 Hz

   Hleem - 20 Hz

   Hreem - 26 Hz

   Kleem - 33 Hz

   Krowm - 39 Hz

   Sreem - 45 Hz

   Resonances of earth, ie, 7.83, 14, 20, 26, 33, 39 and 45 Hertz of earth. 7.83 hz being the strongest of all, OM or Schumann frequency.

   https://en.wikipedia.org/wiki/Schuma...0%2C4361265278

2. http://a.keepvid.tv/8V7Pig5pL90/Uma+....ayur+Sukta.mp3

"There was nothing before anything, there would be nothing after everything and behind this any to everything there resides nothing."

–Theory of Nothing

23. अनावरण

नंदिनी को सारी घटना बताते हुए अवंतिका की आँखों से आँसू बहने लगे। अंजनी की भी आँखें भर आई थीं।

“उसके बाद आपने अंतस के बारे में पता लगाने की या फिर मृत्युंजय से बात करने की कोशिश नहीं की?” नंदिनी ने कहा। “उसका कोई फायदा नहीं। मृत्युंजय कभी मुझे सच नहीं बताएगा।”

“मैं पूरी कोशिश करूँगी कि ताश्री के हत्यारे को जल्द से जल्द सालाखों के पीछे लाऊँ। फिर चाहे उसके लिए मुझे मृत्युंजय की खाल ही क्यों ना उधेड़नी पड़े।” इतना कहकर नंदिनी थाने के लिए निकल गई। “क्या हुआ दिनेश के बारे में कुछ पता चला?” नंदिनी ने विजय से पूछा। “नहीं, हम पहुँचे तब तक वह भाग चुका था, और तुम्हें?”

“बहुत कुछ। एक आम लड़की के मौत के पीछे भी बहुत बड़ी कहानी छुपी हुई है।” विजय ने पूछा तो नंदिनी ने कहा, “मतलब यह कि ताश्री के मौत के पीछे मृत्युंजय महाराज का हाथ है और उस अंतस का भी या फिर शायद ताश्री और अंतस दोनों की हत्या हुई थी और हमें सिर्फ एक की लाश मिली।”

“तो फिर से एक डेड एंड?” विजय बोला। “नहीं। मृत्युंजय जानता है कि ताश्री के साथ क्या हुआ था और अब मैं उससे सच उगलवा कर रहूँगी।”

“तुमने सिर्फ संगठन के बारे में जानने की कोशिश की और उन्होंने तुम्हारा अपहरण कर लिया। अब तुम मृत्युंजय पर हाथ डालना चाहती हो?” विजय ने कहा। “वहाँ एक मासूम का हत्यारा खुलेआम घूम रहा है और मैं यहाँ चुपचाप बैठ जाऊँ? यह मेरे लिए संभव नहीं,” नंदिनी ने कहा।

नंदिनी उसके बाद घर आ गई। मगर अब भी उसके दिमाग में ताश्री घूम रही थी। अवंतिका की कही गई एक-एक बात किसी रील की तरह उसके दिमाग में चल रही थी। वह हर एक बात समझने की कोशिश कर रही थी। उसे अब भी एक बात समझ नहीं आ रही थी कि आखिर मृत्युंजय जेल कैसे पहुँचा? और वे लडकियाँ जो मिलीं, वे जरुर बाकी की दस सूत्र थीं।

इसका मतलब ताश्री ने संगठन में कुछ ना कुछ तो जरुर किया था, जिसकी वजह से मृत्युंजय अपने मकसद में नाकामयाब हुआ था। मगर फिर ताश्री की मौत? नंदिनी का दिमाग घूम रहा था और कुछ समझ नहीं आ रहा था। नंदिनी खाना खाते हुए यह सोच ही रही थी कि तभी उसकी नजर सामने लगी एक तस्वीर पर पड़ी। यह उस दिन की तस्वीर थी, जब नंदिनी अनाथ आश्रम में संस्थापक की मूर्ति का अनावरण करने गई थी। इसे देखकर नंदिनी खड़ी हो गई।

“छल ही संगठन का आधार है, लेकिन आप भी तो गुरु माँ हैं, आप इसमें कैसे पीछे रह सकती हैं?” नंदिनी ने मन ही मन कहा। नंदिनी ने ताश्री के घर उसकी जो तस्वीर देखी थी, उसमें ताश्री के पीछे वही मूर्ति थी, जिसका अनावरण नंदिनी ने किया था। नंदिनी ने अपना फोन निकाला और विजय को फोन किया।

“विजय! मुझे पता चल गया है कि ताश्री और अंतस कहाँ हैं?” नंदिनी बोली। “कहाँ हैं मतलब?” विजय ने कहा। ताश्री कभी मरी ही नहीं। ताश्री की माँ ने हमसे झूठ बोला था।

“तो कहाँ है वह?” विजय ने पूछा। “उसी अनाथ आश्रम में जहाँ मैंने अपनी सारी जिंदगी गुजारी है। अजीब बात है, वह मेरे इतने करीब थी और मैं उसे कहाँ-कहाँ तलाश रही थी? मैं अभी इसी वक्त वहाँ जा रही हूं।”

“अभी! इस वक्त?” विजय बोला। “हां अभी। मैं अब और इंतजार नहीं कर सकती।” नंदिनी ने कहा। “ठीक है! मैं भी थाने जाकर आता हूं।” इतना कहकर विजय ने फोन रखा और उसने एक राहत की साँस ली। वह उठा और अपने टेबल का ड्रॉर खोला। उस ड्रॉर में एक फोटो के ऊपर एक पिस्तौल और दो गोलियाँ पड़ी हुईं थीं। विजय ने वह फोटो अपने हाथ में ले लिया। “आखिर तुम्हारे कातिलों को उनके अंजाम तक पहुंचाने का वक्त आ ही गया दिव्या!” विजय ने पिस्तौल में दो गोलियाँ डालते हुए कहा।

नंदिनी अनाथ आश्रम के लिए निकली। उसके मन में तरह-तरह के सवाल आ रहे थे कि ताश्री की माँ ने आखिर उससे झूठ क्यों बोला? अगर सचमुच ताश्री जिंदा है, तो वो लाश किसकी थी और आखिर ताश्री की माँ ने उसे ताश्री की लाश क्यों माना? मृत्युंजय ने भी इस बारे में कुछ नहीं कहा। आखिर ताश्री के साथ उस दिन हुआ क्या था और वह इस तरह से छुप कर क्यों रह रही है?

नंदिनी अनाथ आश्रम के सामने पहुँची। उसने एक बार अनाथ आश्रम की ओर गौर से देखा। वह यहीं तो पली-बढ़ी थी और यह उसका घर ही तो था। जिसे वह इतने वक्त से ढूँढ रही थी, वह यहीं रह रही थी और उसे भनक तक नहीं लगी। यह तो बिलकुल वैसे ही है जैसे दीपक सारे कमरे में उजाला करता है, लेकिन खुद उसके नीचे ही अँधेरा रहता है।

नंदिनी अंदर गई। उसने सोचा था कि वह यहाँ के वार्डन को ताश्री की फोटो दिखाएगी और उसके बारे में पूछेगी, लेकिन अंदर प्रवेश करते ही उसे सामने से एक लड़का आते दिखा। नंदिनी को ऐसा लगा कि उसने उस लड़के को कहीं देखा है। वह लड़का भी नंदिनी को देखकर चौकन्ना हो गया और नजरें चुराकर धीरे-धीरे आगे बढ़ने लगा। नंदिनी अपने दिमाग पर जोर डालने लगी। तभी उसे याद आया कि यह तो वही लड़का है, जो उसके सपने में ताश्री के साथ था। मतलब की यह अंतस है!

"हे... रुको!" नंदिनी ने आवाज दी तो वह भागने लगा। "रुक जाओ! वरना गोली मार दूँगी।" नंदिनी ने अपनी पिस्तौल उस पर तान दी। वह जहाँ था, वहीं रुक गया।

"अंतस उर्फ ऋषि तुम ही हो न?" नंदिनी ने उसके करीब जाते हुए कहा। "जिन सवालों के जवाब मालूम हों, वो सवाल नहीं पूछने चाहिए," अंतस के चहरे पर मुस्कान थी। "ताश्री कहाँ है?" नंदिनी ने गंभीर होते हुए कहा। "वह जहाँ भी है, सुरक्षित है। बेहतर है आप उससे दूर ही रहें," अंतस बोला।

"मैं एक पुलिस अफसर हूं और तुम्हें पुलिस को गुमराह करने के जुर्म में गिरफ्तार करती हूं। इसलिए सीधे-सीधे बता दो की ताश्री कहाँ है?" नंदिनी ने अंतस को धमकी देते हुए कहा। "मैं जानता हूं। आप पुलिस अफसर है एसीपी नंदिनी! हम पहले भी मिल चुके हैं। आपको जो याद है वह कोई

सपना नहीं, बल्कि आपकी मिटाई गई यादों के अवशेष हैं।"

"हो सकता है। लेकिन अबकी बार इससे पहले कि तुम ऐसा कुछ भी करो, मेरी पिस्तौल की गोली तुम्हारी सारी यादें मिटा चुकी होगी। इसलिए बिना किसी होशियारी के मुझे ताश्री के पास ले चलो।" नंदिनी बोली।

"जैसी आपकी इच्छा।" अंतस ने कुछ देर सोच कर कहा। "लेकिन पहले आप अपनी बंदूक अंदर रख लें। यहाँ के बच्चे आपको या मुझे इस हालत में देखकर खुश नहीं होंगे," अंतस ने नंदिनी की आँखों में देखकर कहा। नंदिनी ने कुछ देर सोचकर पिस्तौल वापस रख दी और अंतस के पीछे-पीछे चल दी। अनाथ आश्रम के अंत में एक छोटा-सा मकान बना हुआ था। "तुम यहाँ रहते हो?" नंदिनी ने पूछा।

"हम अतीत के बारे में इतने चिंतित रहते हैं कि भविष्य के बारे में सोच ही नहीं पाते," नंदिनी अंतस को घूरने लगी जैसे उसकी पहेली का अर्थ पूछ रही हो। "आप जब यहाँ आई थी तब आपने अपनी सहेलियों से पुरानी वार्डन के बारे में तो पूछ लिया मगर यह नहीं पूछा कि उनकी जगह नई वार्डन कौन है?" नंदिनी प्रतिप्रश्न पूछती उससे पहले ही उसे जवाब मिल गया। उस मकान के दरवाजे पर वार्डन की प्लेट लगी थी, जिसमें नीचे ताश्री का नाम लिखा हुआ था। अंतस के चेहरे पर अब भी मुस्कान थी, मगर नंदिनी खामोश थी। वह किसी भी बहकावे में नहीं आना चाहती थी। अंतस ने दरवाजा खोला और अंदर जाते ही आवाज दी, "ताश्री! कोई तुमसे मिलने आया है!"

अंदर किचन से सफेद सलवार कुर्ते में, आटे से सने हाथों में बेलन लिए एक लड़की बाहर आई। यह ताश्री थी। माथे पर पसीने की कुछ बूँदें छलक रहीं थी मगर चेहरे पर वही शांति, जैसे कोई नदी मीलों यात्रा करने के पश्चात् समुद्र में मिली हो।

"ओह! नंदिनी!," ताश्री ने अपनी पलकें उछालते हुए कहा। आखिर तुम यहाँ पहुँच ही गई। उसने अपनी कलाई की उलटी तरफ से अपने माथे का पसीना पोंछा।

"तुम जिंदा हो!" नंदिनी ने ताश्री को अपलक निहारते हुए कहा। उसे लग रहा था जैसे उसकी वर्षों की तलाश पूरी हो गई।

"एक सेकेंड! मेरी सब्जी जल जाएगी।" ताश्री तेजी से वापस किचन में गई और गैस बंद करके हाथ धोकर वापस आई। नंदिनी वैसे ही बुत

बनी खड़ी थी। उसे विश्वास नहीं हो रहा था कि जिस ताश्री के लिए उसने दिन-रात एक कर रखा था, वह यहाँ इतनी सादगी से अपनी जिंदगी जी रही थी।

"बैठिए न!" ताश्री ने नंदिनी से कहा। "आप क्या लेंगी? चाय, कॉफी या और कुछ..."

"तुम्हें लगता है मैं यहाँ चाय-कॉफी पीने आई हूं?" नंदिनी ने गंभीर होते हुए कहा। "समझ गई। कुछ नहीं लेंगी... बैठिए।" ताश्री खुद पास पड़े एक सोफे पर बैठ गई। नंदिनी भी बैठ गई। तुम्हारी माँ ने मुझसे झूठ क्यों बोला?" नंदिनी ने सीधा सवाल किया। "कोई भी माँ-बाप वही करते हैं, जो उनके बच्चों की भलाई के लिए होता है। मेरी माँ भी वही कर रही थी।"

"तुम यहाँ इस तरह छुप कर क्यों रह रही हो?" नंदिनी ने पूछा। "मेरी माँ ने आपको संगठन के बारे में बताया था। शायद आप खुद भी जानती हैं कि संगठन क्या कर सकता है और मैंने जो किया, उसके बाद तो मैं संगठन की सबसे बड़ी दुश्मन बन गई हूं।"

"क्या किया था तुमने?" नंदिनी ने आगे झुकते हुए पूछा। "मैंने संगठन की नींव हिला दी थी," ताश्री ने पास ही पड़े गिलास से पानी पीते हुए कहा। ताश्री ने नंदिनी को सारी बात बतानी शुरू की।

★★★

"उस दिन मैं अंतस के साथ चली गई। हमें अगले दिन हरिद्वार के लिए निकलना था, इसलिए हम संगठन की स्थानीय शाखा में रुक गए। मैंने अपने साथ कुछ खास सामान नहीं लिया था, क्योंकि अंतस ने कहा था कि इसकी जरुरत नहीं। और वैसे भी मेरे दिमाग में इतना सब कुछ चल रहा था कि मुझे इन सब पर ध्यान देने का वक्त ही नहीं मिला।" ताश्री बोली।

ताश्री आगे बोली, "यहाँ की शाखा में ऐसा लग रहा था कि हर एक व्यक्ति अंतस को जानता था और सब उसका सम्मान कर रहे थे। शायद मृत्युंजय के इतना करीब होने की वजह से ऐसा था। मेरा भी सब सम्मान कर रहे थे, क्योंकि वे जानते थे कि मैं यहाँ के पूर्व शाखा प्रमुख की नातिन हूं। हमें यहाँ रहने के लिए एक कमरा दिया गया। अंतस ने मुझे बताया कि

उसे मुझे कुछ सिखाना है। इसलिए वह मेरे साथ ही रहेगा। मुझे अजीब लगा मगर मेरे पास उस पर विश्वास करने के अलावा कोई रास्ता नहीं था।"

कमरे में पहुंचकर अंतस ने कहा, "तुम नहा कर चेंज कर लो, मैं अभी आता हूं," उसने पलंग की तरफ इशारा करके कहा, जहाँ पीले रंग के कपड़े पड़े हुए थे।

"तुमने कहा था कि तुम जब तक कमरे में पहुँचे, मेरे पिता मर चुके थे!" मैंने अंतस को घूरते हुए कहा।

अंतस जाते-जाते रुक गया। "नहीं! वह जिंदा थे। उन्होंने ही मुझे बताया की मृत्युंजय ने उन्हें क्यों मारा था और..." वह कहते-कहते रुक गया और जाने के लिए मुड़ा। "और?" मैंने उसका हाथ पकड़कर उसे रोकते हुए पूछा।

"और उन्होंने कहा था कि मेरी बच्ची का ख्याल रखना," कहते-कहते अंतस की आँखें छलक आई थीं। मैंने आज पहली बार अंतस की आँखों में आँसू देखे थे।

"और तुम तबसे मेरा ख्याल रख रहे हो। तुमने सही कहा था, तुम बचपन से मेरे पीछे पड़े हो। मगर किसलिए? सिर्फ अपने वादे को पूरा करने के लिए?" इतना रोने की वजह से मेरी आवाज दब चुकी थी और मैं बिल्कुल धीरे बोल रही थी। "मैं सिर्फ तुम्हारी एक जिम्मेदारी हूं, एक खास व्यक्ति... ग्यारहवां सूत्र!" मैं उसके करीब आते जा रही थी। उसने अपनी नजरें नीचे झुका रखी थीं।

"कुछ हीरे इतने महंगे होते हैं कि उन्हें सिर्फ सजा कर रखा जाता है, पहना नहीं जाता। क्या मैं इतनी खास हूं कि कोई मुझसे प्यार तक नहीं कर सकता?" मैं अंतस के बिल्कुल करीब आ चुकी थी।

"तुम जानते हो मैंने आज तक तुम्हारी आँखों में क्यों नहीं देखा?" मैं कहती रही, उसने अपनी नजरें उठाकर मेरी तरफ देखा। मेरा चेहरा अब तक लाल पड़ चुका था। मैंने अपनी आँखें बंद कर लीं और अपना चश्मा उतार लिया। हम दोनों की साँसें आपस में टकराने लगी थीं। उसने मेरे हाथ से चश्मा लिया और मुझे वापस पहना दिया।

"साधना में साधक को कई बार ऐसी अनुभूतियाँ होती हैं, जो उसे क्षणिक आनंद का अनुभव कराती हैं। साधक को यह भ्रम होता है की यही

उसका लक्ष्य है और वह अपने मूल लक्ष्य से भटक जाता है। तुम मेरा लक्ष्य नहीं हो ताश्री!" उसने कहा और बाहर निकल गया।

मैं स्तब्ध सी उसे देखती रही। मैं आज तक यही समझ रही थी कि हम दोनों एक-दूसरे से प्यार करते हैं। मगर उसके इस बर्ताव ने मुझे पूरी तरह से चौंका दिया था। मैंने नहा कर कपड़े बदल लिए। मुझे इन कपड़ों में अजीब लग रहा था। कुछ देर बाद अंतस भी आ गया। उसने भी ठीक वैसे ही कपड़े पहन रखे थे। उसने आलमारी से कुछ सामान निकाला, जिसमें श्री चक्र, सिंदूर और कुछ ऐसी ही चीजें थीं। उसने फर्श पर दो आसन बिछाए। बीच में श्री चक्र और वो सब सामान जमाया और मुझे बैठने का इशारा किया। "अपनी आँखे बन्द कर लो," उसने सिंदूर से श्री चक्र पर कुछ निशान बनाते हुए कहा। मैंने अपनी आँखें बन्द कर लीं। वो भी आंखें बंद कर एक मंत्र बुदबुदाने लगा।

।। ॐ मणिपद्मे हूं।।

तटीत्वं त्वं शक्त्या, तिविर परिपन्धीश पुरणया, स्पुर्णनानार्तनाभरण, परिणत इन्द्रधनुष, तवश्याममृ मेघं कमपि मणिपुरेक्षरण, निशेवे मरषन्धं हरमिर्तप्तं, त्रिपुवन।

मुझे हँसी आ गई। "क्या हुआ?" उसने अपनी आँखें खोल कर कहा। "इतना सब नाटक किसलिए? मैं तो यह वैसे भी कर सकती हूं। मुझे ध्यान करने के लिए इन बकवास मंत्रों और टोटकों की जरुरत नहीं।"

"एक अच्छा कैमरा हो तो कोई भी अच्छी तस्वीर ले सकता है, मगर फिर भी वो किसी प्रशिक्षित फोटोग्राफर की टक्कर नहीं कर सकता। बेशक तुम्हारी कुण्डलिनी ऊर्जा जागृत है, मगर वह अव्यवस्थित है। अगर तुम्हें मृत्युंजय से लड़ना है, तो सब कुछ सीखना होगा।"

"मगर मुझे यह सब करने की जरुरत ही क्यों है? अगर ग्यारहवां सूत्र न हो, तो सूत्र साधना वैसे भी असफल हो जाएगी।"

"सूत्र साधना असफल होने पर भी अपना काम कर देती है," अंतस ने मुझे देखते हुए कहा। "तुम खुद को ही देख लो। तुम्हारी माँ सूत्र साधना में असफल रही, फिर भी उन्हें वरदान के रूप में तुम मिली। ग्यारहवां सूत्र हो या ना हो, मृत्युंजय यह साधना जरूर करेगा और अगर वह गलती से

भी इसमें सफल हो गया, तो तुम सोच भी नहीं सकती की वह क्या कर सकता है।"

"तुमने कहा कि मेरे पिता ने तुम्हें मेरा ख्याल रखने के लिए कहा था, तो तुम मुझे ही मृत्युंजय के खिलाफ क्यों लड़ाना चाहते हो?" उसके चहरे पर एक मुस्कान आ गई। "तुम जानती हो तुम्हारे पिता ने तुम्हारा नाम 'ताश्री' क्यों रखा?" मैं उसे ताकने लगी, क्योंकि मैं खुद इस सवाल का जवाब जानना चाहती थी। "क्योंकि जिस तरह से शिव की शक्ति उनका त्रिशूल है, तुम भी उनकी शक्ति हो। तुम्हारे पिता की मौत का जिम्मेदार मृत्युंजय है और उससे तुम्हारे अलावा और कोई नहीं लड़ सकता।"

मैं सोचने लगी। मुझे आज तक लगता था कि आखिर मेरे पिता ने मेरा नाम इतना बेतुका क्यों रखा है?

"अब अगर तुम चाहो तो हम आगे बढें?" अंतस बोला। मैंने हामी भर अपनी आंखें बंद कर ली। "हमारे शरीर में उर्जा का प्रवाह एक कुण्डलिनी के रूप में होता है। यह उर्जा हमारे शरीर के नाड़ियों से प्रवाहित होती है। जहाँ यह नाड़ियाँ मिलती है उन संगम बिंदुओं को चक्र कहा जाता है। वैसे तो हमारे शरीर में अनेकों चक्र हैं, लेकिन मूल रूप से सात चक्र होते हैं। मूलाधार, स्वाधिष्ठान, मणिपुर, अनाहत, विशुद्धि, आग्नेय और सहस्त्रार। एक आम व्यक्ति की समस्त ऊर्जा सुषुप्त अवस्था में रहती है। इस उर्जा का जागरण क्रमशः मूलाधार से सहस्त्रार की ओर होता है, जिसे कुण्डलिनी जागरण कहा जाता है। मगर तुम्हारे शरीर में सारे चक्र पहले से ही जागृत हैं। तुम्हारी उर्जा इन चक्रों में बिखरी हुई है। तुम्हारी उर्जा का केंद्र मणिपुर है, जो हमारी नाभि के ऊपर स्थित होता है। इसलिए तुम इस चक्र पर केंद्रित होकर ध्यान करो।"

मैं कुछ देर तक उसी का ध्यान करती रही। मुझे गुलाबी रोशनी दिखने लगी थी। "अपनी आँखें खोलो ताश्री!" अचानक अंतस ने कहा।

मैंने अपनी आँखें खोलीं तो चारों तरफ सिर्फ गुलाबी रोशनी दिख रही थी और वह। "मेरी आँखों में देखो," उसने मेरा चश्मा उतारते हुए कहा। "नहीं! मै ऐसा नहीं कर सकती," मैंने अपनी आँखें बंद कर लीं। "डरो मत! मैं जैसा कह रहा हूँ, वैसे करो।" अंतस बोला।

मैंने अपनी आँखें खोलीं और उसकी आँखों में देखा। एक सफेद रोशनी हुई और मैं एक जंगल में थी। मगर मैं अकेली नहीं थी, मेरे साथ अंतस भी था।

"तुम यहाँ क्या कर रहे हो?" मैंने उसे देखकर कहा। "क्यों? जब तुम आ सकती हो, तो मैं नहीं आ सकता?" बिल्कुल आए, मुझे क्या फर्क पड़ता है? उसका अंतर्मन, उसकी इच्छा! मैंने मन में कहा।

"जंगल! यह आंतरिक द्वंद्व का प्रतीक है। ऐसा लगता है तुम किसी उलझन में हो," मैंने कहा। "जंगल छल का भी प्रतीक हो सकता है। हो सकता है हमें भ्रमित करने का प्रयास किया जा रहा हो।"

"मैं वर्षों से यह सब कर रही हूं, मुझे भ्रमित करना नामुमकिन है।" मैंने कहा। "कोई भी काम तब तक नामुमकिन है, जब तक कोई उसे कर नहीं लेता है।"

"बेशक! तुम कोशिश कर सकते हो," मैं बड़ी आसानी से इस जंगल में रास्ता ढूँढते हुए आगे बढ़ रही थी। मैं अंतस को देख कर मुस्कुराई मगर वह शांत बना रहा। कोई आधा घंटा जंगल में चलने के बाद हम बाहर निकले। यह समुद्र तट था। सामने एक सफेद बर्फ का पहाड़ नजर आ रहा था।

"मैंने कहा था न," मैंने इठलाते हुए कहा। तभी मुझे कुछ दूरी पर एक सफेद घोड़ा दिखा।

"अरे वाह! तुम्हारे पास भी सफेद घोड़ा है। यह तो बिल्कुल मेरे घोड़े जैसा है," मैं दौड़ कर उसके पास गई। अंतस भी मेरे पीछे-पीछे आ गया। मैंने उस घोड़े को ध्यान से देखा तो चौंक गई। "यह तो...। वह मुस्कुरा रहा था।"

"हम तुम्हारे अंतर्मन में हैं ताश्री!" अंतस ने कहा। "मगर यह कैसे संभव है?" मैंने आश्चर्य से उसकी ओर देखकर कहा।

"जब तुम किसी के अंतर्मन में प्रवेश करती हो, तो तुम उसके और अपने अंतर्मन के मध्य एक द्वार खोलती हो। अब जो द्वार उस तरफ जाने के लिए प्रयोग हो सकता है, वही द्वार इस तरफ आने के लिए भी प्रयोग हो सकता है।" मैं उसे घूर कर देख रही थी। दरअसल मुझे अपनी नादानी पर गुस्सा आ रहा था। अंतस ने मुझे बहुत सफाई से बेवकूफ बना दिया

था। आसमान में काले बादल मंडराने लगे थे और समुद्र में लहरे ऊँची हो गई थीं।

"शान्त रहो। तुम अगर उद्वेलित हुई, तो तुम्हारा अंतर्मन हम दोनों को बाहर फेंक देगा।"

"लेकिन यह ठीक नहीं," मैंने अपनी आशंका व्यक्त करते हुए कहा। "तुम्हें डरने की जरुरत नहीं। किसी की यादों को देखने की शक्ति सिर्फ तुम्हारे पास है। इसलिए मैं तुम्हारे अतीत के बारे में कुछ नहीं जान सकता।" लहरें और भी ऊपर उठ गई थीं और आसमान में बिजलियाँ चमकने लगीं। उसने अपने हाथ का इशारा किया, जिससे लहरें नीचे बैठ गईं और बादल भी छंट गए।

"यह तुमने कैसे किया?" अब मेरी आशंका जिज्ञासा में बदल गई थी। "हम दूसरों के अंतर्मन में ज्यादा शक्तिशाली होते हैं। हम जो कुछ यहाँ देख रहे हैं, यह मात्र हमारी ऊर्जाओं का प्रतीक है। जब हम किसी दूसरे के अंतर्मन में होते हैं, तब हमारी उर्जा उसकी उर्जा पर हावी होती है। यही मैं तुम्हें समझाना चाहता हूं। मृत्युंजय तंत्र जानता है, वह छल जानता है और वह तंत्र में छल भी जानता है। अभी मैंने जो किया, वो तंत्र में छल का एक उदहारण है। मृत्युंजय इसमें पारंगत है।"

"मतलब कि अगर मैं मृत्युंजय के दिमाग में घुसने की कोशिश करूँ, तो वह उल्टा मेरे दिमाग में भी घुस सकता है?" मैंने हैरानी से पूछा। "हां, मगर वह इससे भी बुरा कुछ कर सकता है।" उसने कहा। "जैसे कि?" मैंने फिर पूछा।

"तुम्हें अंतर्मन में कैद करना... कुछ भी संभव है। तुम्हे हर परिस्थिति के लिए तैयार रहना होगा।" मैंने हाँ में सिर हिलाया, जैसे मुझे कुछ-कुछ समझ में आ रहा हो। "चलो", अचानक उसने कहा। "कहाँ? वहाँ ऊपर जाने का रास्ता बहुत ही लंबा है। उसके लिए हमें उड़कर जाना होगा और मेरे पास एक ही घोड़ा है।" मैंने पहले पहाड़ की तरफ देखा फिर घोड़े की तरफ देखकर कहा।

"हम अक्सर ऊपर जाने के लिए इतने लालायित रहते हैं कि अपने मूल को ही भूल जाते हैं। तुम्हे तैरना आता है न?" उसने समुद्र के किनारे पानी में उतरते हुए कहा।

“आता तो मुझे उड़ना भी नहीं था, मगर यहाँ सब कुछ सीख गई हूं।” मैं भी उसके पीछे-पीछे चल दी। हम दोनों समुद्र की गहराइयों में गोता लगा रहे थे। जिस तरह से पहाड़ पर ठंड नहीं थी, वैसे ही यहाँ भी साँस लेने में कोई दिक्कत नहीं हो रही थी। बस थोड़ा अँधेरा ज्यादा था।

“यहाँ हमें क्या मिलेगा?” मैंने अंतस से पूछा। “यह तो तुम जानती हो! तुम इतने समय से किसे खोज रही हो?” वो बोला। अब क्या बताऊँ मैं इसे? जिसे खोज रही थी, वह तो मेरे साथ था। मैंने चुप रहना ही बेहतर समझा। कुछ गहराई में जाने के पश्चात् हमें एक बड़ी सी इमारत दिखी। इसके सामने एक बड़ा-सा गेट था, फिर एक बड़ा-सा गार्डन और तीन मंजिला इमारत। यह बिलकुल जर्जर अवस्था में थी।

“यह कौन सी जगह है?” मैंने आश्चर्य व्यक्त किया। मैंने आज तक यह जगह कभी नहीं देखी थी। “तुम्हें शायद याद नहीं। यह संगठन का वह आश्रम है, जहाँ तुम्हारी माँ रहती थी और तुम पैदा हुई थी।” हम उस गेट के सामने थे।

“मगर मुझे यह अब तक याद कैसे है?” मैंने पूछा। “यह शायद मेरी वजह से है। मेरा अंतर्मन यादें साझा कर रहा है।” अंतस ने धक्का देकर दरवाजा खोला। हमारे अंदर घुसते ही दरवाजा बंद हो गया। अंदर पानी नहीं था। सामने एक गलियारा था और फिर बड़ा सा हॉल।

“यहाँ पर सब प्रार्थना करते थे,” उसने मुझे बताया। “और वो गुरू जी का कमरा था,” उसने सामने एक कमरे की तरफ इशारा किया, जहाँ तक सीढियाँ जा रहीं थीं। “मेरी माँ का कमरा कहाँ है?” मैंने उत्सुकता से पूछा।

“वो... वहाँ ऊपर है,” उसने दूसरी तरफ की सीढ़ियों की ओर इशारा किया। हम दोनों ऊपर की तरफ बढ़ गए। “मुझे डर लग रहा है,” मैंने उसका हाथ थोड़ा कस कर पकड़ लिया। हम सीढ़िया चढ़ रहे थे।

“यहाँ पर यह आम बात है। मूलाधार भावनाओं का केंद्र है। गनीमत है कि अभी तुम्हारी दूसरी भावनाएँ बलशाली नहीं है,” उसने मेरी ओर आँख मार कर कहा। मुझे उसके कहने का मतलब समझ में नहीं आया, पर मैं चुपचाप चलती रही। कुछ देर बाद हम मेरी माँ के कमरे के बाहर थे।

“तुम सचमुच यहाँ जाना चाहती हो?” अंतस ने मेरा हाथ छोड़ते हुए कहा। “क्यों कोई दिक्कत है?” मैंने घूरकर पूछा।

“नहीं, कुछ नहीं।” उसने दरवाजे को धकेलते हुए कहा। जैसे ही दरवाजा खुला मैं अंदर का नजारा देखकर स्तब्ध रह गई। वहाँ मेरे पिता की लाश पड़ी थी। पास ही एक बच्ची बैठी रो रही थी और एक बच्चे ने मेरे पिता का हाथ पकड़ा हुआ था। मैं यह सब देखकर विचलित हो गई। मेरी साँस फूलने लगी। ऐसा लग रहा था जैसे ऑक्सीजन की कमी हो रही हो।

“अपने आप पर नियंत्रण रखो। तुम यहाँ रो नहीं सकती। तुम्हारी किसी भी भावना की आधिक्यता तुम्हें यहाँ से बाहर फेंक देगी। तुम्हें अपनी भावनाओं पर नियंत्रण पाना सिखना होगा। ये केवल यादें मात्र हैं।” मैं अंतस की भी साँसों को फूलता हुआ महसूस कर रही थी।

“हमें यहाँ से चलना होगा,” उसने मेरा हाथ पकड़कर खींचते हुए कहा। उसने कमरे का दरवाजा बंद कर दिया और हम सीढ़ियों पर आ गए। “तुम मुझे यह सब क्यों दिखाना चाहते हो?” मैंने पूछा।

“मैं? यह तो तुम देखना चाहती थी। यह तुम्हारा अंतर्मन है।” हम सीढियों से उतर कर नीचे आ गए।

तभी सामने किसी को देखकर मेरे कदम वहीं रुक गए। सामने वही तांत्रिक था। काला चोगा, हाथ में त्रिशूल, लाल आँखें, चेहरा ढका हुआ। “यह यहाँ क्या कर रहा है?” मैंने घबराते हुए कहा। अंतस मुझसे चार कदम पीछे खड़ा था। “यह तुम्हारा डर है, इससे तुम्हें खुद ही लड़ना होगा,” अंतस ने वहीं खड़े हुए ही कहा।

“हां, क्यों नहीं?” मैं गुस्से से भर गई। तेज हवाएँ चलने लगीं और सभी चीजें हिलने लगीं। मैं आसमान में बिजलियों की कड़क साफ सुन सकती थी।

“तुम ग्यारहवां सूत्र हो!” उस तांत्रिक ये कहते हुए मेरी ओर बढ़ने लगा। मैंने अपना हाथ ऊपर उठाया। बिजलियों की आवाज बढ़ने लगी। “रुक जाओ ताश्री!” अंतस ने कहा। “हम अपने डर से लड़ सकते हैं, उस पर काबू पा सकते हैं मगर उसे खत्म नहीं कर सकते। ऐसा करने का परिणाम तुम पहले ही भुगत चुकी हो।” उसने मुझे याद दिलाया कि कैसे मैंने पहले याग्निक के दिमाग की बैंड बजाई थी। अभी भी अंतस और मेरा दिमाग जुड़े हुए ही थे। उसकी बात समझते हुए मैंने एक तरफ देखा, जहाँ एक टेबल पड़ा था। मैंने उसे ध्यान से देखा और वो उड़कर उस तांत्रिक के ऊपर जा गिरा।

"चलो भागो!" मैं जोर से चिल्लाते हुए दरवाजे की तरफ भागी। अंतस भी मेरे पीछे था। हमारे दरवाजे पर पहुंचने तक वह तांत्रिक भी उठ चुका था। हमने बाहर निकल कर दरवाजा बंद कर दिया।

मेरी आँख खुली तो मैं अंतस के साथ ही सोई हुई थी। हम दोनों ही उस श्री चक्र के ऊपर पड़े थे। रात का दूसरा पहर जा रहा था। मैं उठी और खुद को व्यवस्थित किया और अंतस को झकझोरा। मुझे डर था कि कहीं उसे कोई नुकसान न हुआ हो। मगर जल्द ही वो आँखें मलते हुए उठ गया। "तुम ठीक तो हो?" मैं उसके सामने खड़ी थी।

"तुम और तुम्हारा अन्तर्मन!" उसने निःश्वास लेते हुए कहा और कमरे के बाहर चला गया।

अगले दिन सुबह जब मैं उससे मिली, तो अंतस बिलकुल सामान्य था। जैसे कल रात कुछ हुआ ही न हो। यहाँ सुबह प्रार्थना हुई, जिसका एक शब्द भी मुझे समझ नहीं आया। मैं सिर्फ औपचारिकता के लिए साथ-साथ बुदबुदा रही थी। फिर हम सबने खाना खाया। खाना क्या था, बस राशन भर था। कुछ चपाती, चावल, दाल और सब्जी। सब्जी चखकर तो ऐसा लगा जैसे उसे मसाला दिखाया भर गया हो। दिन में सबसे मिलने के दौरान हम ऐसे व्यवहार कर रहे थे, जैसे हम दोनों एक-दूसरे को अच्छी तरह से जानते थे। मगर मैं फिर भी पूरे समय गुमसुम थी।

फिर आराम करने के लिए मैं अपने कमरे में आई। मेरे पीछे-पीछे अंतस भी आ गया। शायद वह मेरी मनोस्थिति समझ चुका था। "क्या हुआ?" उसने अंदर आकर पूछा। तुम कुछ परेशान लग रही हो।

"यह सब बकवास है," मैंने झुंझलाते हुए कहा। वह मेरी ओर ताकने लगा। "यह सूत्र साधना जिसका कोई मतलब नहीं।" मैंने कहा। "तुम कहना क्या चाहती हो?" वह मेरे करीब आ गया। "तुम्हीं ने कल कहा था न कि हमने वहाँ जो कुछ भी देखा था, वह हमारी उर्जा का प्रतीक मात्र था।" मेरी बात पर उसने हामी भरी।

"यह भी तो हो सकता है रूद्र भी एक प्रतीक ही हो। समुद्र तल मूलाधार, वो जंगल स्वधिस्थान, वो घास का मैदान मणिपुरा, मेरी माँ ने गुफा में जो कमल के फूल देखे थे वह अनाहत, वो पहाड़ की चोटी विशुद्धा, उससे आगे कुछ अग्नेय हो और शायद रूद्र सहस्त्रार चक्र के जागृति का प्रतीक हो

या फिर ये सब हमारे मन का भ्रम मात्र हो, कोई रूद्र है ही नहीं," मैंने उसे देखकर कहा। अंतस के चेहरे पर एक मुस्कान तैर रही थी।

"तुमने सही कहा, कोई रूद्र नहीं है।" मैंने उसे आश्चर्य से देखा। "रूद्र का प्रथम वर्णन ग्वेद में मिलता है।" यजुर्वेद का 'श्रीरुद्रम मन्त्र' रूद्र देवता को समर्पित है। वेदों में 'रूद्र' परमात्मा, जीवात्मा तथा शूरवीर के लिए प्रयोग हुआ है। यजुर्वेद में रूद्र के अनन्त रूपों का वर्णन है, मगर फिर श्वेताश्वर उपनिषद में कहा गया है, *'एको रुद्रो न द्वितीयाय तस्युः।'* (श्वेताश्वतर उप. 3.2) यानी की मात्र एक रूद्र है, दूसरा नहीं है। मगर जरा ध्यान दे तो ऋग्वेद में कहा गया है -

'भुवनस्य पितरं गीर्भिराभी, रुद्रं दिवा वर्धया रुद्रमक्तौ।
बृहन्तमृष्वमजरं सुषुम्नं, धग्हुवेम कविनेषितारः।।
(—ऋग्वेद 6.49.10)

यहाँ रूद्र को 'भुवनस्य पितंर' यानी तीनो लोकों का पिता कहा गया है, वही वह शक्ति है जिससे संसार की उत्पत्ति हुई है। उसने कहा। "मगर संसार की रचना तो ब्रम्हा ने की है, रूद्र तो विनाशक है।" मेरी बात पर अंतस हंस पड़ा। "तुम उपनिषदों की बात कर रही हो और मैं वेदों की। ब्रह्मा का प्रथम उल्लेख पहली सहस्त्राब्दी ईसा पूर्व में लिखित मैत्रायणी उपनिषद के पाँचवे पाठ में है। बल्कि रूद्र ऋग्वेद से है।" "वेद... उपनिषद! यह सब अलग है क्या?" मैंने भोलेपन से कहा।

"वेद मानव सभ्यता के सबसे पुराने लिखित ग्रंथ हैं। मानव सभ्यता की उत्पत्ति से ही यह ग्रंथ श्रुति ग्रंथ के रूप में थे। यानी की गुरु इसे सुनाते और शिष्य याद कर लेते थे। कोइ भूल ना हो इसलिए यह ग्रंथ मंत्रों के रूप में थे, जिन्हें गाया जाता। पुरा सामवेद ही संगीत के ऊपर है कि कैसे इन सूक्तो को गाया जाता हैं। पहले इन्हें ताम्र पत्रों पर लिखा गया था और इस प्रकार धीरे-धीरे इनके संरक्षण का काम प्रारंभ हुआ। उपनिषद 3000 साल पहले लिखे गए थे। यह वेदों की व्याख्या थे। वेदों में मुश्किल मंत्र थे और उपनिषद उन मंत्रों की व्याख्या करते थे। उस समय ऋषि इन मंत्रो को यज्ञ करते समय प्रयोग करते थे। यज्ञ का मूल लाभ यह था कि इससे एकाग्रता बनी रहती थी। इस तरह यजुर्वेद का जन्म हुआ, जो की मुख्य रूप से

यज्ञ, संस्कारों और रीतियों के बारे में बात करता है।"

"तो फिर रामायण और महाभारत कब आए?" मैंने धीरे से पूछा। उसने एक नजर उठा कर मुझे देखा और जारी रखा। "यज्ञ करते वक्त ब्राम्हण मंत्र कहते थे और उनकी व्याख्या करते थे, लेकिन आम जन के लिए यह काफी उबाऊ था। श्रोताओं की रुचि को बनाए रखने के लिए उन्होंने उन मंत्रों के संदेशों की जानकारी देने वाली कहानियां बनाई।

कुछ पात्र गढ़े और वेदों के मंत्रों के साथ-साथ वो कहानियाँ सुनाने लगे। लोगों को ये कहानियां काफी पसंद आई और ये धीरे-धीरे प्रसिद्ध हो गईं। यह पात्र, यह कहानियां आम जनता के मन में बस गए। धीरे-धीरे इन कहानियों का मंचन शुरू हुआ और नाट्या हमारे साहित्य का एक महत्वपूर्ण हिस्सा बन गया। नाट्याशास्त्र को पाँचवा वेद भी कहा जाता है।"

"तो तुम कहना चाहते हो कि रामायण महर्षि वाल्मिकी ने नहीं लिखी और महाभारत भी वेदव्यास जी ने नहीं लिखी। ये सब लोक कहानियाँ मात्र हैं और हमारा धार्मिक इतिहास झूठा है?"

"महर्षि वाल्मीकि?" उसने मुझे चिढ़ाने के अंदाज में कहा। "रामायण में एक प्रसंग आता है, जब राम के पुत्र लव-कुश उन्हें रामायण सुनाते हैं। तब राम पूछते हैं कि यह किसकी कहानी है? उनके पुत्र कहते हैं कि यह आपकी ही कहानी है। राम कहते है कि इतनी सुंदर मेरी कहानी नहीं, तुमने यह कहाँ से सुनी?" उनका जवाब था वाल्मीकि से।

अंतस ने आगे कहा, "वाल्मीकि लव-कुश के गुरु थे और उन्होंने ही उन्हें रामायण सुनाई थी, मगर उन्होंने भी रामायण किसी और से सुनी थी।"

"किसी और से का क्या मतलब है?" मैंने आश्चर्य से पूछा। "कहानी कुछ यूँ है कि वाल्मीकि पहले एक डाकू थे। वे अपना और अपने परिवार का पेट पालने के लिए लोगों को लूटते थे। मगर एक दिन उन्हें एक महर्षि मिले और उनसे पूछा कि क्या तुम्हारा परिवार तुम्हारे कर्मों के फल में भागीदार बनेगा? जब वाल्मीकि अपने परिवार से यह पूछा, तो उनके परिवार के सदस्यों ने इससे साफ मना कर दिया। कहते हैं कि तुम्हें अपने परिवार का भरण पोषण करना है और तुम यह कैसे करते हो, इससे हमें कोई मतलब नहीं। दुःखी होकर वाल्मीकि पुनः उस ऋषि के पास आए। ऋषि उन्हें राम

नाम का जाप करने को कहते हैं। वाल्मीकि उनके कहे अनुसार तप करते रहे। लंबे समय तक तप करने से उनके चारों ओर मिट्टी का ढेर जम गया। मिटटी के ढेर को संस्कृत में 'वल' कहा जाता है और इस तरह उनका नाम वाल्मीकि पड़ा। मगर वाल्मीकि महर्षि नहीं थे, वो कवि थे। कुछ दिनों बाद वो ऋषि पुनः वहां से गुजरे तो उन्हें मिट्टी के ढेर में सने वाल्मीकि दिखे, तब उन्होंने वाल्मीकि को रामायण सुनाई। कहते हैं वो ऋषि कोई और नहीं नारद थे। उन्होंने वो कहानी एक कौवे काग्भुशंडी से सुनी थी और उसने... शिव से।" मै उसकी ओर बस देख रही थी। मुझे लग रहा था कि मै आज तक जो भी जानती थी सब गलत था।

"एक दिन वाल्मीकि को तीर लगा हुआ एक पक्षी मिला, जो किसी के शिकार करने से घायल हो गया था। तब उसकी पीड़ा देखकर वाल्मीकि के मुख से कुछ पंक्तियाँ निकली। वो पंक्तियाँ विश्व की प्रथम कविता थी और वाल्मीकि आदिकवि वाल्मीकि हुए। तब उन्होंने रामायण कविता के रूप में लिखना शुरू किया।"

"और महाभारत भी वेदव्यास जी ने नहीं लिखी?" मैंने आगे झुकते हुए पूछा।

"रामायण का उद्भव त्रेतायुग के अंत और द्वापर युग के प्रारंभ में माना जाता है। वहीं महाभारत द्वापर युग के अंत से कलयुग के प्रारंभ तक थी। दरअसल महाभारत कोई कहानी नहीं, बल्कि कहानियों का समूह है। कहा जाता है की जो महाभारत में नहीं, वो कभी हो ही नहीं सकता। तुम जिन्हें वेदव्यास जी कह रही हो वो कोई व्यक्ति नहीं थे, कई व्यक्तियों के समूह थे। महाभारत का संकलन काल 2000 वर्ष है। अब या तो कोई व्यक्ति दो हजार साल जिया था या फिर ये सब अलग अलग शिक्षार्थी थे। वास्तव में 'वेदव्यास जी' ने जो एक और सबसे महत्वपूर्ण कार्य किया था, वो था वेदों को व्यवस्थित करना।"

उसने आगे कहा, "वेदों के जो मंत्र थे उन्हें 'रिग्स' या 'ऋचायें' कहा जाता है। उन्होंने इन 'ऋचाओं' को 'सूक्तों' में जमाया, फिर सूक्तों से 'मंडल' बने और मंडल से 'संहिता'। इस प्रकार उन्होंने वेदों की एक्सल शीट बनाई थी, जिससे हमें किसी भी मंत्र को पहचानने में आसानी होती है। बिल्कुल किसी कंप्यूटर के आई.पी. एड्रेस की तरह। और इसीलिए उन्हें वेदव्यास कहा

जाता है, वेद का व्यास करने वाले। कुल 108 पुराण हैं, जिनमे से रामायण, महाभारत, शक्ति पुराण और देवी पुराण प्रमुख हैं…”

“शक्ति पुराण और देवी पुराण! यह क्या है?”

“अब मै जो तुम्हे कहने जा रहा हूं, उसके बाद तुम मुझे धर्म का विरोधी कह सकती हो। मगर तुमने पूछा है, इसलिए बता रहा हूं।” उसने सांस ली। “लगभग 2500 वर्ष पूर्व, देश में बौद्ध धर्म का विस्तार हुआ। इस धर्म का मूल ही वैराग्य था। लोगों की इस धर्म में रूचि बढ़ी और लोग गृहस्थ जीवन छोड़कर वैराग्य अपनाने लगे। समाजविदों के लिए यह महत्वपूर्ण समस्या थी और उन्होंने गृहस्थ जीवन का महत्व बताने के लिए ‘शक्ति’ की अवधारणा का विस्तार किया। शिव या रूद्र जो की स्वयं एक शक्ति थे, उनमें से शक्ति तत्व नारी के रूप में परिभाषित किया गया। उन्हें गृहस्थ बताया गया और उनका विवाह किया गया। शक्ति तत्व की व्याख्या के लिए शक्ति पुराण रचा गया। इसी तरह वैष्णव पंथ में देवी की स्थापना की गई, जो कि विष्णु की पत्नी है। तुम्हे जानकार आश्चर्य होगा कि पूरे महाभारत में कहीं भी राधा या कृष्णलीला का जिक्र नहीं है। इनका जिक्र ‘विष्णुपुराण’ के ‘हरिवंशा’ में है, जो की 1500 साल पुराने हैं।”

“तुम्हारा मतलब है की आज तक हमें गलत इतिहास बताया गया?” मैंने कहा।

“यह इस पर निर्भर है कि तुम इतिहास किसे मानती हो। सनातन धर्म में इतिहास का अर्थ है, ‘ऐसा ही हुआ है, ऐसा ही होता रहेगा। यहाँ सब कुछ शाश्वत है और इसीलिए इसे ‘सनातन धर्म’ कहा जाता है। *दिक्कत यह है कि हम चरित्र के बजाए पात्रों को महत्त्व देते हैं, शिक्षा की बजाए कहानियों में उलझते है, मूल की बजाय शाखाओं पर बसते है।”* उसने मेरी ओर देखा।

“रूद्र है या नहीं हम नहीं जानते। वह किस रूप में है? वह ऊर्जा हैं, शक्ति है, तत्व है या फिर तथ्य। उद्गम हैं या फिर अंत। वह सर्व हैं या फिर शून्य, हम नहीं जानते और जानना जरुरी भी नहीं, जरूरी है समझना। क्या हम उसे समझते है और उससे भी ज्यादा क्या हम स्वयं को समझते हैं?”

“तो तुम यह कहना चाहते हो कि मुझे इस बात से फर्क नहीं पड़ना चाहिए की रूद्र है या नहीं?” मैंने कहा। “बिल्कुल नहीं… मगर तुम्हें पहले ही किसी निष्कर्ष पर भी नहीं पहुचना चाहिए।”

"ठीक है मै कोशिश करती हूं।" मैंने मुस्कुरा कर कहा। "तुम कुछ देर आराम कर लो हम शाम को निकलेंगे।" उसने बाहर निकलते हुए कहा। मुझे अब थोड़ा सा डर लगने लगा था। शाम को माँ का फोन आया। वो चाहती थी कि मै ना जाऊं मगर मेरा निर्णय पक्का था और मैंने उन्हें चिंतित न होने के लिए कहा। उन्होंने मुझे सिर्फ एक ही बात कही कि किसी पर भी विश्वास मत करना।

शाम को हम रेलवे स्टेशन पहुंचे। कुछ देर बाद हमे ट्रेन मिली। उसने एसी कोच बुक करवाया था, इसलिए हमें अपना अलग से बर्थ मिल गया। हमारे सेक्शन में हमारे अलावा कोई नहीं था। मैं अपने बर्थ पर चुपचाप लेटी हुई थी और और वो भी मेरे सामने वाले बर्थ पर था। मै रुक-रुक कर थोड़ी देर में उसे देख रही थी और कई बार मैंने उसे भी अपनी ओर देखते हुए पाया। मगर मेरे देखते ही वो अपनी नजरें चुरा लेता।

"एक तांत्रिक के अलावा तुम और क्या हो?" मैंने चुप्पी तोड़ते हुए कहा। वो थोड़ा झेंप गया। "तुम्हारे हिसाब से मुझे क्या होना चाहिए?"

"तुम कभी सीधा जवाब नहीं दे सकते क्या?" मैंने थोड़ा खीजते हुए कहा। "मैंने एम.एससी. की है और कुछ समय तक एक फार्मा कंपनी में काम भी किया।" उसने नरम पड़ते हुए कहा।

"देवप्रभा... मेरा मतलब है तुम्हारे माता-पिता कहाँ है?" मैंने पूछा। "वो हरिद्वार में ही रहते है, मै जिस कंपनी में काम करता हूं, वो मेरे पिता की ही है।"

"वो जानते हैं कि तुम तांत्रिक हो?" 'तांत्रिक' के बाद मेरा वाक्य थोड़ा धीमा पड़ गया था। "मेरी माँ जानती है। वो तुम्हारी माँ के बारे में भी जानती थी। वो शुरू से ही संगठन का हिस्सा थी।"

उसने ऐसे कहा जैसे कोइ बहुत बड़ा रहस्य खोला हो, मगर मैंने उससे आगे पूछा। "तुम्हारी शादी वगैरह हो गई है?"

"हा... हा... हा... नहीं और मेरी कोइ गर्लफ्रेंड भी नहीं है।" मैंने आज पहली बार उसे हँसते हुए देखा था। लग रहा था पहाड़ के बीच से झरना फूट गया हो। "मैंने गर्लफ्रेंड के लिए कब पूछा?"

"मगर पूछना तो चाहती थी।" उसने इस अंदाज में कहा कि मैं घबरा गई और दूसरी तरफ देखने लगी। "ताश्री! जरुरी नहीं कि जिससे हम प्यार

करें, वो भी हमसे प्यार करे और बेहतर है कि जो हमसे प्यार नहीं करता, हम भी उसे अपने दिल से निकाल दे।"

"मगर प्यार न करने का कोई कारण भी तो होना चाहिए। हर इंसान किसी न किसी से प्यार करता है। तुम किससे प्यार करते हो?" मैंने उत्सुकता से पूछा।

"रात बहुत हो गई है, हमें सो जाना चाहिए।" उसने लाइट का स्विच बंद करते हुए कहा। "मुझे अँधेरा पसंद नहीं।" मैंने लाइट का स्विच फिर ऑन कर दिया। "या तो तुम मुझे सच बताओ या फिर मैं अगले स्टेशन पर उतर जाउंगी।" मैंने अपनी आवाज में सख्ती लाई।

"सत्य कभी परिभाषित नहीं होता, ये वही होता है जो हम सुनना चाहते हैं।" उसने कहा। "तब तुम वो कहो जो तुम कहना चाहते हो।" उसने मेरा चश्मा हटा दिया। मेरी आँखे बंद हो गईं थी। मुझे अपने होठों पर उसके होंठ महसूस हुए और कुछ ही देर में मैं उसके नशे में खो गई।

"ग्यारहवां सूत्र अपवित्र हो जाएगा।" उसने मुझे छोड़ते हुए मुस्कुरा कर कहा। "भाड़ में गया तुम्हारा ग्यारहवां सूत्र।" मैंने उसे अपनी ओर खींच लिया।

Resources :

1. ।। ऊँ मणि पद्मे हूं।।

https://en.m.wikipedia.org/wiki/Om m...0%2C2629828259

24. दिव्या

सुबह जब मेरी नींद खुली, तो अंतस मेरे पास में नहीं था। ट्रेन प्लेटफार्म पर खड़ी थी। मै थोड़ी परेशान होकर उसे ढूंढने लगी। मै प्लेटफार्म पर उतरी ही थी कि सामने से वो दो चाय के ग्लास और नाश्ता लेकर आते दिखा।

"क्या हुआ तुम नीचे क्यों उतर गई?" उसने ट्रेन में चढ़ते हुए कहा। "तुम दिखे नहीं तो..." मैं कहते-कहते रुक गई।

"तुमने सोचा कि मैं तुम्हे छोड़कर भाग गया हूं।" मै भी ट्रेन में चढ़ गई थी। "तुम्हे लगता है मैं तुम्हे इतनी दूर इस सब के लिए लाया हूं।" उसने हंसते हुए कहा।

"मैंने ऐसा तो नहीं कहा। बस थोड़ी सी परेशान हो गई थी।" मैंने थोड़ा गुस्सा होते हुए कहा। "परेशान किस लिए?" उसने मुझे चिढ़ाते हुए कहा। "किसी के लिए नहीं।" मै शरमाकर बाहर देखने लगी।

लब सिले-सिले, नैन झुके-झुके,
ऐसा पहले तो न था, ये अंदाज किसका है?
रात भर जागते रहते हो, दिन भर सोचते रहते हो,
इतना डूबे रहते हो, ये ख्याल किसका है?
यूँ अकेले रहने की कोशिश, दिल में अजीब सी कशिश,
यह मोहब्बत नहीं है, तो फिर पैगाम किसका है?

अंतस ने कहा तो मै मुस्कुरा कर उसकी ओर देखने लगी। "तो तुम्हे मंत्रों के अलावा शायरी भी आती है?" मैंने हँसकर कहा।

"तुम्हें ऐसा क्यों लगा की अगर कोइ तांत्रिक है, तो वो सिर्फ तंत्र-मंत्र ही जानता होगा?" फिर से वही सवाल के बदले सवाल। ऐसा लगता है जवाब शब्द तो इसकी डिक्शनरी में ही नहीं। "वैसे तो तुम तांत्रिक भी किसी एंगल से नहीं लगते।" मैंने उसे ऊपर से नीचे तक निहारते हुए कहा।

हल्के से सांवले चेहरे पर हल्की सी दाढ़ी, हल्की भूरी आँखे, जो पहली नजर में ही मंत्रमुग्ध कर दे। नजरों में एक अजीब सा पैनापन, जो हरपल उसकी सतर्कता दर्शाती है। चौड़ी छाती जो उसके कसरती बदन का प्रतीक है। कुल जमा दिखने में वो किसी आकर्षक युवा सा ही था।

"लगती तो तुम भी नहीं हो।" उसने भी मुझे उसी अंदाज में देखते हुए कहा। "मै! क्या तांत्रिक!?" मैंने अपनी आँखे फाड़ते हुए कहा। "तंत्र योग का ही एक परिष्कृत रूप है। जब हम उस स्तर तक पहुंच जाते हैं, तो हम एक तांत्रिक होते है और तुम तो मुझसे कई गुना आगे हो।"

"ना बाबा ना... मै कोइ तांत्रिक नहीं और वैसे भी मुझे तांत्रिकों से डर लगता है।" मैंने कहा।

"हम किसी चीज से तब तक ही डरते हैं, जब तक हम उसे पूरी तरह से जान नहीं लेते। जब हम उसे जान लेते हैं, हमारा डर भी खत्म हो जाता है।" मैंने उसकी ओर देखा और फिर उसकी बात का विश्लेषण करने लगी। वो भी मेरा चेहरा पढ़ने लगा, जैसे देख रहा हो मुझे उसकी बात समझ आई या नहीं।

"अगर तंत्र इतना ही सही है, तो तुम लोग इसके अच्छे पहलुओं को सामने क्यों नहीं लाते। पूरे देश में हजारों तांत्रिक घूम रहे हैं, जो झूठे आश्वासनों से लोगो को बेवकूफ बनाते हैं। तुम उनकी हकीकत सबको क्यों नहीं बताते?" मैंने थोड़ा तैश में आके कहा।

"किसके सामने?" उसने मुझे घूर कर कहा। "कोई भी झूठा तांत्रिक खुद किसी के पास नहीं जाता। लोग खुद उसके पास जाते हैं। अपनी अतृप्त इच्छाओं की पूर्ति के लिए, अपनी लालसाओं के लिए, या फिर अपनी कुंठाओं को शांत करने के लिए। किसी को कोई लड़की भाव नहीं देती तो वो पहुंच जाता है किसी चमत्कारी बाबा के पास अपना 'सच्चा प्यार' हासिल करने के लिए। किसी को बेटा चाहिए, तब भी किसी बाबा का आशीर्वाद हासिल करने के लिए पहुंच जाता है। कोई तंत्र से हारता हुआ केस जीतना चाहता है तो कोई अपने शत्रु का विनाश करना चाहता है। कोई गढ़ा हुआ धन पाना

चाहता है। तो कोई सोना दुगुना करना चाहता है। तंत्र को तो तुम लोगो ने मजाक बना रखा है।" मै उसका चेहरा देख रही थी, जो गुस्से और पीड़ा से लाल था। "मैं यह नहीं कहता कि वो झूठे तांत्रिक निर्दोष है, मगर दोषी तो तुम भी कम नहीं हो, ताली कभी एक हाथ से नहीं बजती।"

तभी ट्रेन धीमी पड़ गयी। अंतस ने बाहर देखा। "हम पहुँच चुके है।" उसने उठते हुए कहा।

प्लेटफार्म पर उतरने के बाद अंतस ने किसी को फोन किया और कुछ ही देर में एक कार हमें लेने के लिए आ गई। कुछ गलियों से गुजरते हुए हम मुख्य सड़क पर आ गए और फिर कार शहर से बाहर निकल गई। अंत में हम एक कॉलेज के सामने जाकर रुके। 'भारत सेवा विश्वविद्यालय' हम जिस बड़े से गेट के सामने रुके थे, उसके ऊपर एक बोर्ड पर बड़े-बड़े अक्षरों में लिखा था।

"हम यहाँ क्यों रुके हैं?" मैंने अंतस से पूछा। "यही संगठन का आश्रम है।" अंतस ने सामान उतारते हुए जवाब दिया। "मृत्युंजय महाराज जब संगठन के अध्यक्ष बने, तब उन्हें एक बात समझ आ गई कि आने वाले समय में एक आश्रम के रूप में संगठन के अस्तित्व को अक्षुण्ण रख पाना संभव नहीं। अतः उन्होंने एक 'संस्कृत विश्वविद्यालय' के रूप में संगठन का पंजीयन करवा लिया।" वो आगे-आगे चल रहा था और मै उसके पीछे-पीछे।

"मृत्युंजय महाराज दरअसल अब 'प्राचार्य मृत्युंजय' हैं।" उसने मेरी ओर देख कर हंसते हुए कहा। "मगर मुझे तो यहाँ एक भी विद्यार्थी नहीं दिख रहा!, आज छुट्टी है क्या?" मैंने खाली पड़े परिसर को देखकर कहा। "इस विश्वविद्यालय में कभी छुट्टी नहीं होती। सब विद्यार्थी यहीं रह कर पढाई करते हैं। अभी प्रार्थना का समय है।"

हम अंदर पहुँच चुके थे। अंदर बड़े से हॉल में हजारों विद्यार्थी पीले वस्त्रों में कतारबद्ध एक स्वर में प्रार्थना कर रहे थे।

।। ऊँ।।

सर्वेशां स्वस्तिर्भवतु। सर्वेशां शान्तिर्भवतु। सर्वेशां पुर्णंभवतु। सर्वेशां
मङ्गलंभवतु। ऊँ सर्वे भवन्तु सुखिनः सर्वे सन्तु निरामयाः।
सर्वे भद्राणि पश्यन्तु मा कश्चिद्दुःखभाग्भवेत्।
ऊँ शान्तिः शान्तिः शान्तिः।।

अंतिम स्वर कई बार इस इमारत की दीवारों के मध्य गूंजता रहा।

"सभी लोग सुखी रहें, निरोग रहें, किसी को भी कोई दुःख न देखना पड़े। यही हमारा धर्म है और यही हमारे धर्म का सार। सभी मंत्रों, सभी क्रियायों, सभी ग्रंथों का अध्ययन व्यर्थ है अगर उनका उद्देश्य इसके अपितु और कुछ भी है।" सामने लगे एक बड़े से आसन पर पीले वस्त्रों में एक पतले शरीर का प्रौढ़ व्यक्ति बैठा था, जिसके चेहरे पर लम्बी सफेद दाढ़ी थी। संभवतः यह मृत्युंजय ही था। उसकी नजर दरवाजे पर खड़े अंतस और मुझ पर पड़ती है।

"सभी विद्यार्थी योग के लिए प्रस्थान करें।" उसने हमारी ओर देखते हुए ही अपनी आवाज ऊँची कर कहा। समस्त विद्यार्थी कतारबद्ध किसी सेना की टुकड़ी की तरह उस हॉल से बाहर निकलने लगे। बाहर निकलते वक्त कुछ विद्यार्थी अंतस को देखकर चहक उठे थे। ऐसा लगा कि वो अंतस के दोस्त थे। उन्होंने आँखों ही आँखों से अंतस का अभिवादन किया पर कतार तोड़कर बाहर आने की हिम्मत शायद उनमें न थी। मृत्युंजय ने अंतस को अपने पीछे आने का ईशारा किया और अपने कमरे की ओर चला गया। मैं और अंतस भी पीछे-पीछे ही गए।

कमरा एसी, कंप्यूटर, टीवी जैसी आधुनिक सुविधाओं से सुसज्जित एक भव्य ऑफिस था। सामने टेबल के पीछे कुर्सी पर मृत्युंजय बैठा एक पेपर वेट गोल-गोल घुमा रहा था।

"प्रणाम गुरुदेव।" अंतस ने अंदर प्रवेश करते ही आधा झुककर कहा। मैं, जो कि अब तक मृत्युंजय को घृणा भरी दृष्टी से देख रही थी, अंतस को घूरने लगी। उसने आँखों से मुझे भी ऐसा ही करने के लिए कहा। मैं कुछ देर ऐसे ही खड़ी रही मगर फिर जब दोबारा उसने थोड़ा गुस्से से इशारा किया, तो मुझे मजबूरी में प्रणाम करना ही पड़ा। अपनी माँ की बर्बादी के कारण और अपने पिता के हत्यारे को प्रणाम करने पर कैसा महसूस होता है, आज मुझे मालुम हुआ था। शायद मेरी आँखों पर काला चश्मा होने की वजह से मृत्युंजय उनमे खुद के प्रति नफरत न देख पाया था। "आप वही हैं?" मृत्युंजय ने मेरी ओर देखकर अंतस से पूछा। "जी महोदय!" अंतस ने जुबां से ज्यादा आँखों से कहा।

"तुम जानते हो न विश्वविद्यालय में चश्मे जैसी चीजों की अनुमति नहीं।" शायद मेरा काला चश्मा लगाना उसे अजीब लग रहा था, इसलिए उसने अंतस से कहा।

"इनकी आँखों में कुछ तकलीफ है, इसलिए डॉक्टर ने हर समय यह चश्मा लगाकर रखने की सलाह दी है।" अंतस ने टेबल के नीचे से मेरा हाथ कस कर पकड़ लिया, जैसे मुझे शांत रहने को कह रहा हो।

"खैर... ताश्री शायाद आपको विदित न हो मगर आपकी माँ और मै काफी अच्छे मित्र रह चुके हैं, अंत में हमारा कुछ मनमुटाव जरुर रहा था। मगर आज भी मै उनका काफी सम्मान करता हूं।" मृत्युंजय ने मुस्कुराकर कहा।

अजीब आदमी था, मेरे चेहरे पर सफेद झूठ बोल रहा था। मन में तो आया कि यहीं खींच कर थप्पड़ जड़ दूं, पर अंतस ने मेरा हाथ पकड़ रखा था। मैंने चेहरे पर झूठी मुस्कान लाते हुए सहमति में सर हिला दिया। "आप शायद सफर से थक गई होंगी। अभी आप आराम कीजिए। हम दोपहर बाद मिलते हैं।" उसने मेरी असहजता भांपते हुए कहा।

अंतस और मैं जाने के लिए उठ खड़े हुए, तभी मेरी नजर सामने लगी एक तस्वीर पर पड़ी। मैं उसे देखकर चौंक गई। "यह कौन है?" मैंने पास में जाते हुए कहा। "ये हमारे परमपूज्य पिताजी श्री नित्यानंद जी महाराज हैं।" मृत्युंजय ने मुस्कुरा कर कहा। "यह असंभव है!" मैंने मन ही मन कहा।

अंतस और मैं ऑफिस से बाहर आ गए। सीढ़िया उतरते ही एक लड़का और एक लड़की हमारा इंतजार करते मिले। "जय महाकाल।" लड़के ने अपनी बाहें फैला कर कहा। अंतस ने भी 'जय महाकाल' कहते हुए उसे गले लगा लिया। "कैसे हो बड़े भाई?" अंतस ने धीरे से कहा। "बस बढ़िया हूं। तुम सुनाओ।" उसने अंतस को छोड़ते हुए कहा।

"जय महाकाल" उस लड़की ने भी झुककर प्रणाम करते हुए कहा। मगर उसकी आँखे शायद और भी बहुत कुछ कह गई। "जय महाकाल" अंतस ने झुककर उसे भी जवाब दिया।

वो लड़का और लड़की दोनों अब मेरी ओर देखने लगे। "यह ताश्री है गुरु माँ की पुत्री।" अंतस ने मेरा परिचय करवाया। मैंने भी झुककर उसी अंदाज से प्रणाम किया, मगर मै चुप थी।

"यह मेरे बड़े भाई हैं 'वेद सागर'।" अंतस ने उस लडके की तरफ देख कर कहा। मगर मेरी नजर उस लड़की पर टिकी थी, जो लगातार अंतस को निहारे जा रही थी। "यह दिव्या है, मृत्युंजय महाराज की पुत्री।" अंतस ने कहा तो उसकी तन्द्रा टूटी, वो मेरी ओर देखकर मुस्कुराई।

मैं उसके बाद कमरे में आ गई। यह कमरा किसी आम हॉस्टल के कमरे की तरह न होकर एक होटल के कमरे की तरह था। टीवी, पंखा, शानदार बिस्तर वह सब कुछ जो इसे आरामदेह बनाने के लिए आवश्यक था, यहाँ उपलब्ध था। अंतस मेरे साथ-साथ ही आ गया था। "ठीक है अब तुम जाओ, मुझे कुछ देर आराम करना है।" मैंने बैग रखते हुए बेरुखी से कहा।

"अगर किस भी चीज की जरूरत हो, तो मुझे फोन कर देना।" वो मेरा चेहरा घूरते हुए वापस मुड़ा। वो मेरी बेरुखी का कारण जानना चाहता था। मगर फिर वो मेरी इसे मृत्युंजय से मुलाकात का परिणाम मानकर चुपचाप बाहर चला गया। उसके बाहर जाते ही मैंने दरवाजा अंदर से बंद कर दिया और अपना फोन निकालकर माँ को फोन किया। "ताश्री! तुम ठीक तो हो न!" फोन उठाते ही उन्होंने चिंतित होकर पूछा। "मैं ठीक हूं माँ। मैं मृत्युंजय से मिली थी।" मैंने अपनी आवाज को संयत रखकर कहा। वो कह रहा था कि वो और आप अच्छे दोस्त थे।

"बेशक! वो झूठ बोल रहा है।" मां ने कहा। "और आप! एक झूठ तो आपने भी बोला है।" मैंने कहा तो कुछ पल के लिए माँ खामोश हो गई। "कैसा झूठ?" उन्होंने गंभीर होकर पूछा।

"उस दिन सूत्र साधना में क्या हुआ था? क्या आपके अंतर्मन में घुसपैठ करने वाला वो तांत्रिक मृत्युंजय ही था?"

"हां, वो मृत्युंजय ही था, पर क्यों?" माँ ने इतनी दृढ़ता से कहा कि दुनिया की सर्वश्रेष्ठ झूठ पकड़ने वाली मशीन भी इसे सच ही मानती। मगर मैं सच जानती थी। "वह कौन था? सच-सच बताइए माँ! मैं तब तक मृत्युंजय का सामना नहीं कर सकती, जब तक यह हकीकत नहीं जान लेती।" माँ फिर कुछ देर के लिए खामोश हो गई।

"वो तांत्रिक मेरे गुरुदेव नित्यानान्द जी थे।" उन्होंने चुप्पी तोड़कर कहा। "सूत्र साधना की असफलता के बाद गुरुजी दुखी रहने लगे थे। मुझे लगा था कि इसका कारण उन दस सूत्रों की मौत है, जिनका कारण शायद

वो खुद को मान रहे थे। मगर अपनी मौत के कुछ दिन पहले उन्होंने मुझे आकर बताया कि सूत्र साधना के असफलता के कारण वे खुद थे और उनकी अतृप्त अभिलाषाएँ थीं।"

"वो चाहते थे की वो स्वयं भी रुद्र के दर्शन करें, मगर सीधे तौर पर यह संभव नहीं था, क्योंकि सूत्र साधना में ग्यारह सूत्रों के अलावा कोई भी और भाग नहीं ले सकता था। अतः उन्होंने छल रचा और मुझे साधना सिखाते वक्त धीरे-धीरे उन्होंने मेरे अंतर्मन में प्रवेश का एक गुप्त मार्ग बना लिया। सूत्र साधना वाले दिन वो उसी गुप्त मार्ग से मेरे अंतर्मन में आ गए। परिणाम स्वरूप सूत्र साधना असफल रही।" उन्होंने एक सांस में ही पूरी बात कह दी। "मगर तुम यह क्यों पूछ रही हो?" मां ने पूछा।

"क्योंकि नित्यानंद जी मेरे भी सपनों में आते हैं।" मैंने रुक कर कहा। "आज तक मेरे सपनों में आकर मुझे डराने वाला तांत्रिक और कोई नहीं नित्यानंद जी ही हैं। आज जब मैंने उनकी तस्वीर देखी, तब कहीं जाकर मुझे पता चला।" मैंने सांस लेकर कहा।

"यह असंभव है। जब तुम उनसे कभी मिली ही नहीं, तो वो तुम्हारे सपने में कैसे आ सकते हैं?" मेरी माँ ने वही सवाल पूछा जो उस वक्त मेरे मन में था।

"हो सकता है सूत्र साधना की आधी सफलता का फायदा मुझे मिला, तो उसकी असफलता के परिणाम भी मुझे ही भुगतने पड़े। आपका डर ही मेरा डर बन गया है।" मैंने खुद सारी बात समझाते हुए कहा।

"तुम्हें डरने की जरूरत नहीं ताश्री! नित्यानंद जी एक अच्छे इंसान थे। हां, उनसे कुछ गलतियाँ जरूर हुई हैं, मगर उनके ईरादे कभी गलत नहीं थे।" माँ के फोन रखने के बाद मैं कुछ देर सो गई।

उठकर बाहर आई तो अंतस कहीं नहीं दिखा। मैंने उसे फोन करने के लिए अपना फोन निकाला ही था कि मुझे सामने से मृत्युंजय आता दिखा। मैं जहाँ थी वही खड़ी रह गई।

"ताश्री! तुम उठ गई। मैं तुम्हारी ही प्रतीक्षा कर रहा था।" उसने मुझे अपने साथ चलने का ईशारा किया, तो मैं उसके पीछे-पीछे चलने लगी। "अंतस ने तुम्हें बताया तो होगा कि वह तुम्हें यहाँ किस लिए लाया है?" उसने मेरी और देखकर कहा। अब मैं उसे क्या जवाब देती? वह तो मुझे

यहाँ मृत्युंजय का खेल खत्म करने के लिए लाया था। "सूत्र साधना..." मैंने धीरे से कहा। हम उसके ऑफिस तक पहुँच चुके थे।

"बिलकुल सही, देखो यह साधना हमारे लिए बहुत ही महत्वपूर्ण है। सिर्फ दो दिन बचे हैं उस शुभ मुहूर्त में। हमें उम्मीद है कि तुम तैयार हो?" मृत्युंजय कहते-कहते नित्यानंद जी की तस्वीर के पास गया। मुझे लगा कि वो उन्हें प्रणाम करने के लिए गया है मगर मृत्युंजय ने अपने पिताजी की तस्वीर एक तरफ खिसकाई तो उसके पीछे कुछ बटन दिखे।

"अब हम जो तुम्हें दिखाने जा रहे हैं तुम किसी को नहीं बताओगी।" उसने मेरी ओर देखकर कहा। मैंने हाँ में सर हिला दिया। उसने मेरी ओर देखकर कहा और एक नंबर दबाया। "2121" मैं ध्यान से यह नंबर देख रही थी, क्योंकि अंतस ने मुझे नंबर याद रखने को कहा था। मृत्युंजय के नंबर दबाते ही पास वाली दीवार एक तरफ खिसक गई और एक गुप्त रास्ता खुल गया।

"संगठन में तुम्हारा स्वागत है ताश्री!" मृत्युंजय ने अंदर प्रवेश करते हुए कहा। वहां से नीचे उतरने पर सामने एक बहुत बड़ा ऑफिस दिखा। यहाँ पर बहुत से कंप्यूटर लगे हुए थे, जिन पर कई सारे लोग काम कर रहे थे। यह किसी कंपनी के कॉर्पोरेट ऑफिस जैसा था। कई सारे फोन बज रहे थे, जिनका वहां बैठे लोग शांति से जवाब दे रहे थे। उनका लहजा शुद्ध हिंदी था और हर फोन उठाने के बाद वो 'जय महाकाल' कहते थे।

"यह क्या है?" मैंने आश्चर्य से पूछा। "यह संगठन का मुख्य केंद्र है, जहां से देश भर में संगठन की सैकड़ों शाखाओं का संचालन होता है। हमारे हजारों 'सदस्य' सीधे हमसे जुड़े रहते हैं, जिससे उनके उद्देश्य की प्राप्ति में उन्हें कोई दिक्कत न हो।"

"जय महाकाल।" मृत्युंजय ने ऊँची आवाज में कहा तो सभी लोग अपना काम जहाँ तक तहाँ छोड़ कर उठ खड़े हुए। "जय महाकाल।" सभी ने एक स्वर में कहा और फिर अपने काम पर लग गए।

"आप सूत्र साधना क्यों करना चाहते है?" मैंने मृत्युंजय की ओर देख कर सवाल दागा। मैं देखना चाहती थी कि आखिर उसके मन में क्या है? "जानना... मैं जानना चाहता हूं कि सूत्र साधना का सत्य क्या है? क्या सच में यह रुद्र से मिलने का रास्ता है या फिर एक दिखावा मात्र।"

"मतलब की आपको सूत्र साधना पर विश्वास नहीं है?" मैंने आश्चर्य से मृत्युंजय की ओर देखकर कहा। "विश्वास...?" *"उसने मेरी ओर मुस्कुरा कर देखा।" विश्वास मत करो क्योंकि किसी विद्वान व्यक्ति ने ऐसा कहा है। विश्वास मत करो क्योंकि तुम्हारी पौराणिक पुस्तकों में ऐसा लिखा है। विश्वास मत करो क्योंकि कोई दैवीय उत्पत्ति यह कहती है। विश्वास मत करो क्योंकि कोई और विश्वास करता है। केवल तभी विश्वास करो, जब तुम स्वयं इसे जांच लो और इसे सत्य मान लो।"* वो कुछ देर के लिए रुका। "भगवान बुद्ध ने कहा था - मैं सूत्र साधना पर तब तक विश्वास नहीं कर सकता, जब तक स्वयं इसे परख न लूं।" वह बोला। "मगर बुद्ध तो नास्तिक थे।" मैंने अपने अधूरे ज्ञान का पूरा प्रयोग किया।

"कठोपनिषद के दूसरे अध्याय के तेईसवें भाग के बीसवें सूक्त में कहा गया है *आत्मा को न वेदों के अध्ययन से समझा जा सकता है और न ही धार्मिक पुस्तकों को सुनने से समझा जा सकता है। इसे केवल वह ही समझ सकता है जिसे यह स्वयं चुनती है। यही मुण्डक उपनिषद में भी कहा गया है।"*

'यहाँ सब ज्ञानी है।' मैंने मन ही मन में कहा। "मगर मैं कोई पात्र नहीं हूं।" मैंने उसे अपनी हथेली दिखाते हुए कहा। वहां कोई त्रिशूल का निशान नहीं था। "यह आवश्यक भी नहीं।" उसने हंसकर कहा। मृत्युंजय से ज्ञान लेने के बाद मैं बाहर आई तो मुझे नीचे अंतस और दिव्या कोई गुप्त मंत्रणा करते दिखे। मैं इनके पास गई तो वो दोनों चुप हो गए।

"कहाँ गई थी तुम? मैं तुम्हें तुम्हारे कमरे में ढूँढ कर आया था।" उसने एक बार दिव्या और फिर मेरी ओर देखकर कहा। "मृत्यंजय महाराज मुझे 'कॉलेज' दिखाने ले गए थे।" मैंने कॉलेज पर दबाव देकर कहा, जिससे अंतस इसका असली अर्थ समझ जाए।

"दिव्या मैं तुमसे बाद में बात करता हूं।" अंतस ने दिव्या को जाने का ईशारा करते हुए कहा। बाहर गार्डन में आते ही उसने मुझसे पूछा, "तुमने वो नंबर देखा था?"

"हां वो..." तभी 'धम्म' की आवाज आई। मेरे पीछे पेड़ की एक बड़ी सी शाखा गिरी हुई थी। हमने ऊपर देखा तो कोई मजदूर डाल काट रहा था। अंतस ने गुस्से से उसकी तरफ देखा, तो वो बेशर्मी से मुस्कुराया।

"माफ करना भैया, गलती से गिर गया।" अंतस ने उसे फिर गुस्से से देखा मगर फिर मुझे लेकर आगे बढ़ गया। "तुम क्या कह रहे थे?" मैंने अन्तस से पूछा। तभी उसका पैर पानी में गिरा। उसके जूते पूरे पानी से सन गए।

"ये पानी का नल किसने खुला छोड़ दिया?" वो गुस्से से चिल्लाया। सामने एक पाइप पड़ा था, जिससे पानी निकल रहा था। पूरे गार्डन में पानी भर गया था। "2121" मैंने उसे देखकर कहा। "चलो तुम्हारे कमरे में चलते है।" उसने मुड़ते हुए कहा।

★★★

"अंतर्मन पर नियंत्रण का पहला चरण है कि सामने वाले को यकीन दिलाओ कि वह जो देख रहा है वह बिलकुल वास्तविक है।" अंतस मुझे अंतर्मन को नियंत्रित करने के कुछ रहस्य बता रहा था।

"फिर उसके लिए एक उद्देश्य पैदा करो, जिसकी प्राप्ति में वो रत हो जाए और इसकी परवाह करना ही छोड़ दे कि यह हकीकत है या भ्रम।" मैं उसे ध्यान से सुन रही थी। "तीसरा और महत्वपूर्ण चरण है कृत्रिम भ्रम पैदा करो। यह एक नियंत्रित छल होता है, किसी टोटके की तरह। जिससे व्यक्ति को यकीन होता है कि सिर्फ यही भ्रम है बाकी सब सत्य है।"

"चौथे चरण में उस व्यक्ति के उद्देश्य से स्वयं के उद्देश्य का इस तरह से मिलान करना होता है कि उसे एहसास ही न हो कि कब वह तुम्हारे उद्देश्य की पूर्ति में लग गया है।"

"और अंतिम चरण होता है उस व्यक्ति के सपने से बिना किसी छेड़छाड़ के बाहर निकलना।" उसने मुझे समझाते हुए कहा। "और अगर कभी उस व्यक्ति को पता चल जाए कि हम उसके सपने में है तो?" मैंने अपनी जिज्ञासा व्यक्त की।

"उसके अंतर्मन के रक्षक तुम्हारे पीछे पड़ जाएंगे और तुम्हें वहाँ से बाहर निकालकर ही दम लेंगे।" मुझे याग्निक के अंतर्मन का वो कुत्ता याद आ गया। "और कभी अगर हम खुद किसी के अंतर्मन में सपने की हकीकत भूल जाए तब?" उसके चेहरे पर चिन्ता की लकीरे उभर आईं, जैसे मैंने कोई गहरा सवाल पूछ लिया हो।

"नहीं ऐसा कभी नहीं होता है।" उसने उठते हुए कहा। "क्यों नहीं हो सकता, तुमने ही तो कहा था कि यहां छल संभव है।"

"हां मगर छल हम दूसरे के अंतर्मन में करते हैं।" अंतस बोला। "फिर भी अगर अभी ऐसा हो जाए तो।" मैंने जोर डालकर पूछा। "इसके लिए तुम्हें खुद के अंतर्मन के रक्षक तैयार करने होंगे, जो ऐसी परिस्थिति में फंसने पर तुम्हें ढूंढ़कर उसके अंतर्मन से बाहर निकालेंगे।" मैंने हाँ में सर हिला दिया।

अगले दिन मैं खाना खा कर अपने कमरे में आई ही थी कि किसी ने दरवाजा खटखटाया। मैंने दरवाजा खोला तो यह मृत्युंजय था। "तुम साधना के लिये तैयार तो हो न?" उसने अंदर आते हुए पूछा। "हम्म...," मैं उसका चेहरा देखने लगी जैसे असली बात का पता लगाना चाहती हूं।

"ताश्री!" उसने सांस लेकर कहा जैसे कुछ कहने की हिम्मत जुटा रहा हो। मैं उसे ही देख रही थी। "हम तुमसे कुछ कहना चाहते है।" वो बेड पर बैठ गया। उसने मुझे ईशारा किया, तो मैंने दरवाजा बंद कर दिया।

"यह सच जानना तुम्हारे लिए आवश्यक है। तुम्हारे पिता की मौत कोई हादसा नहीं थी, उनकी हत्या हुई थी।" उसने वापस उठते हुए कहा। "...और उनकी हत्या मैंने करवाई थी।" मैं आँखें फाड़कर उसे देखने लगी। मुझे मृत्युंजय से ये उम्मीद नहीं थी। मुझे लगा था कि वो भरसक कोशिश करेगा कि यह बात मुझे पता न चले। मगर यहाँ तो वो खुद मुझे बता रहा था।

"किस लिए?" मैंने अपने गुस्से को शांत रखकर पूछा। मैं हकीकत जानती थी मगर फिर भी देखना चाहती थी कि मृत्युंजय क्या कहता है? मुझे इस तरह शांत देखकर उसे आश्चर्य हुआ।

"अंतस ने अगर तुम्हें संगठन के बारे में बताया होगा, तो यह भी बताया होगा कि संगठन के कुछ सिद्धांत हैं। जिसमें से एक सिद्धांत यह भी है कि हम संगठन के रहस्यों की रक्षा के लिए प्राण दे भी सकते है और ले भी। अफसोस की तुम्हारे पिता इसी सिद्धांत की बली चढ़े थे। वह संगठन के कुछ ऐसे रहस्य जान गए थे, जो उन्हें नहीं जानने चाहिए थे। फलस्वरूप संगठन कि रक्षा हेतु हमें विवशता के चलते वो करना पड़ा जो हम नहीं करना चाहते थे।"

"विवशता... रहस्य... सिद्धांत... बलि..." मैं मृत्युंजय को घूरते हुए एक-एक शब्द जोर देकर कहते गई। "संगठन के ऐसे कौन से रहस्य थे कि जिनकी रक्षा के लिए किसी की जान लेने कि आवश्यकता पड़ गई, किसी का गुप्त होना तभी आवश्यक होता है जब वो अनुचित हो या फिर उसे डर लगता हो। संगठन किस बात से डरता है?"

"कुछ रहस्य इतने मूल्यवान होते हैं कि उनकी रक्षा अनिवार्य होती है। संगठन सैकड़ों वर्षों की मेहनत का परिणाम है।" मृत्युंजय ने कहा। "आपका संगठन एक भ्रम मात्र है, एक झूठा विश्वास जिसे संगठित तौर पर हजारों लोग ढो रहे हैं। इनके रहस्य और कुछ नहीं, एक पेंडुलम है जिसे दिखा कर तुम इस संगठन के सदस्यों को वशीकृत रखते हो और शायद तुम स्वयं इसके प्रभाव में हो। अफसोस इस झूठे भ्रम की रक्षा में मेरे पिता और न जाने कितने मासूमों कि जान गई है।" मेरी आँखें छलक आई थीं।

"हो सकता है कि तुम सही हो, मगर फिर भी जब कोई विश्वास एक जनसमूह द्वारा लंबे समय तक अपनाया जाता है, वह सत्य बन जाता है। एक ऐसा सत्य जिसे नकारना नामुमकिन होता है। संगठन एक ऐसा ही सत्य है। सही या गलत हम इसे नकार नहीं सकते।"

"...लेकिन तुम यह सब मुझे क्यों बता रहे हो?" मैंने भरी हुई आवाज में कहा। "जिस बात को तुमने इतने समय तक गुप्त रखा उसे आज बताने कि जरूरत कैसे महसूस हुई?"

"प्रायश्चित..." उसने बिलकुल धीरे से कहा। "तुम्हारे पिता की हत्या मेरा सबसे निष्कृष्टम निर्णय था, जिसका मुझे आज तक अफसोस है। अवंतिका से मेरा जो भी रिश्ता रहा हो, रणवीर से मेरा कभी बैर नहीं रहा। उसकी हत्या का पाप आज भी मेरी अंतरात्मा को कचोटता है। उस दुष्कर्म का संताप मेरी आत्मा को अग्नि की भाँति जलाता है।"

वह आगे बोला, "इसलिए मैंने अंतस को तुम्हें यहाँ लाने के लिए कहा था, ताकि मैं तुमसे अपने अपराधों के लिए क्षमा मांग सकूं। इससे शायद मुझे कुछ शांति मिल सके।" उसने बिलकुल दुखी होकर कहा, जैसे उसे सच में इसका अफसोस हो।

"तुम्हें लगता है मैं तुम्हें माफ कर दूंगी?" मैंने उसे घूरकर कहा। "नहीं... बिलकुल नहीं। कुछ गुनाहों कि कभी माफी नहीं होती। तुम मुझे जो

चाहो वो सजा दे सकती हो।” उसने हाथ जोड़ते हुए कहा। उसकी आँखों से आंसुओं कि कुछ बूंदे छलक आई थीं। “मुझे इस भार से मुक्ति चाहिए।” उसने कातर दृष्टि से मेरी और देखकर कर कहा जैसे मेरा निर्णय जानना चाहता हो। मैं बिलकुल तटस्थ थी।

“तुम पुलिस में समर्पण कर दो।” मैंने निर्दयता से कहा। “वो मेरी और देखने लगा जैसे उसे ऐसे निर्णय कि अपेक्षा न थी।”

“ठीक है, जैसा तुम चाहो। मगर...” उसने एक पल रुककर मुझे देखा। “मेरी एक अंतिम इच्छा है... मैं मेरे पिता और तुम्हारी माँ को सूत्र साधना कि असफलता के कलंक से मुक्ति दिलाना चाहता हूं। अवंतिका की पुत्री और नित्यानंद का पुत्र अगर सूत्र साधना में सफल हो जाते हैं, तो उन पर लगे कलंक हमेशा के लिए मिट सकते हैं। मैं सूत्र साधना करना चाहता हूं।” उसने मेरी ओर देखकर कहा।

“तुम फिर से ग्यारह जिंदगियां दांव पर लगा रहे हो?” मैंने उससे सीधा प्रश्न किया। अब तक के घटनाक्रम से मेरे मन में उसके प्रति भय बिलकुल खत्म हो चुका था।

“नहीं, ऐसा कुछ नहीं होगा। मेरे पिता से यह गलती हुई थी कि उन्होंने बाकी सूत्रों को एक माध्यम मात्र माना था, किन्तु मैंने सभी सूत्रों को व्यक्तिगत रूप से दीक्षा दी है। वे सब समान रूप से समर्थ है जितना कि ग्यारहवां सूत्र। वे सब अपनी रक्षा कर सकते हैं।” उसने कुछ विश्वास और गर्व से कहा।

“मैं तैयार हूं।” मैंने कुछ सोचकर कहा। “मगर तुम्हारी परिणीत निश्चित है,” मैंने उसे फिर से याद दिलाया कि मैं किस शर्त पर सहमत हुई हूं? उसने हां में सर हिलाया।

मृत्युंजय के जाते ही मैं अंतस के पास गई। मैं उसे बताना चाहती थी कि मृत्युंजय ने खुद अपना गुनाह कबूल कर लिया है। मुझे इतना परेशान देखकर वह समझ गया कि कुछ गंभीर मामला है। वो मेरी ओर जिज्ञासा से देखने लगा।

“मृत्युंजय ने खुद मेरे पिता की हत्या की बात कबूल ली है।” मैंने झुंझलाते हुए कहा। मुझे समझ नहीं आ रहा था कि मैंने जो निर्णय लिया वो सही था या नहीं। “और तुमने क्या कहा?” उसने दरवाजा बंद करते हुए कहा। “यही कि वह पुलिस में समर्पण कर दे।” मैंने गर्व के भाव से कहा।

"और वो मान गया?" उसने मेरे चेहरे के भाव पढ़ते हुए पूछा। "हां... मगर वो पहले सूत्र साधना करना चाहता है।" उसने मुझे इस तरह देखा मानो पूछ रहा हो कि मेरा निर्णय क्या है?

"वो अपने पिता को सूत्र साधना कि असफलता के कलंक से मुक्त करना चाहता है।" मैंने अपने निर्णय का कारण उसे बताया। "और तुम क्या चाहती हो?" उसने कहा। "मैं भी अपनी माँ के लिए वही चाहती हूं, मैं सूत्र साधना करूँगी।" मैंने स्पष्ट किया।

"वो तो तुम वैसे भी करने ही वाली थी।" अंतस ने मुस्कुरा कर कहा। मैं उसे घूरने लगी, जैसे उसकी मुस्कराहट का रहस्य जानना चाहती हूं। "तुमने यह नहीं सोचा कि जब तुम पहले से ही सूत्र साधना के लिए तैयार थी, तो मृत्युंजय ने तुम्हें सच बताकर व्यर्थ का खतरा क्यों लिया?" मैं उसे प्रायश्चित वाली बात बताना नहीं चाहती थी। क्योंकि मुझे खुद पर विश्वास नहीं था।

"मैंने तुमसे पहले ही कहा था मृत्युंजय छल में पारंगत है। अंतर्मन पर नियंत्रण का तीसरा सिद्धांत...!" उसने मुझे याद दिलाया। "कृत्रिम भ्रम पैदा करो। एक नियंत्रित छल, जिससे व्यक्ति को लगे कि सिर्फ यही भ्रम है।" मैं अंतस को ताकने लगी, क्योंकि मुझे कुछ भी समझ नहीं आया था।

"मृत्युंजय जानता था कि हो सकता है कि तुम पहले से उसके बारे में जानती हो और अगर ऐसा है तो तुम उसके प्रति सचेत भी हो। इसलिए उसने स्वयं तुम्हें बताया ताकि तुम उसके प्रति निश्चिंत हो जाओ।" उसने रुककर मेरी ओर देखा।

"विश्वास ही वो गुप्त मार्ग है, जिससे हम किसी के अंतर्मन में प्रवेश कर सकते है।" अंतस ने कहा। "तो अब?" मैं मुंह खोले उसे देखने लगी। मुझे तो अब कुछ भी समझ में नहीं आ रहा था।

"मैं तुम्हें किसी से मिलवाना चाहता हूं।" उसने दरवाजा खोल कर बाहर निकलते हुए कहा। मैं भी उसके पीछे-पीछे चल दी। हम एक गुप्त मार्ग से संगठन में पहुंचे और एक कमरे के दरवाजे के सामने खड़े हो गये। अंतस ने दरवाजा खोला तो सामने जमीन पर दस लडकियां बैठी थीं, उनके सामने एक लड़की हमारी तरफ पीठ करके बैठी थी। सबकी आँखें बंद थी। हमने कुछ देर प्रतीक्षा की।

"दिव्या! ताश्री तुमसे मिलना चाहती है।" उनके आँखें खोलने पर अंतस ने कहा। दिव्या ने मुस्कुराकर मेरी ओर देखा।

Resources :

1. Shanti Mantra (Pieceful) - Uma Mohan http://m.youtube.com/watch?v=- BwxnF...hl=en-GB&gl=IN

   [1] Believe nothing just because a so-called wise person said it. Believe nothing just because a belief is generally held. Believe nothing just because it is said in ancient books. Believe nothing just because it is said to be of divine origin. Believe nothing just because someone else believes it. Believe only what you yourself test and judge to be true.

   santthoshkumar.blogspot.in/2012/09/buddha-said-believe-nothingjust.html?m=1

2. This Atman cannot be attained by the study of the Vedas, or by intelligence, or by much hearing of sacred books. It is attained by him alone whom It chooses. To such a one Atman reveals Its own form. - 2.23.20 Katha Upanishada

   http://en.m.wikipedia.org/wiki/Katha_Upanishad[2]

   The verses in the second and third Mundakams, also assert that the knowledge of soul (self) and Brahman "cannot" be gained from chanting the Vedas, but only comes from meditation and inner introspection for meaning. [30]

   http://en.m.wikipedia.org/wiki/Mundaka_Upanishad

25. जाग्रति

सूत्र साधना का समय आ चुका था। हम सब उसी बड़े हॉल में थे। वहाँ से सारे कम्प्यूटर हटा कर जगह बना दी गई थी। वहाँ हजारों तांत्रिक खड़े थे। सामने एक मंच बनाया गया था, जहाँ मैं और मृत्युंजय बाकी दस लड़कियों के साथ खड़े थे। मंच पर ही एक हवन कुंड बनाया गया था। जिसके एक तरफ मेरे बैठने की व्यवस्था थी। वही सामने कतार से बाकी सूत्रों के बैठने की व्यवस्था की गई थी। सामने ही एक बड़ा सा आसन था, जो शायद मृत्युंजय ने स्वयं के लिए लगवाया था। शायद वो अब भी विशेष होने के मोह से मुक्त नहीं हो पाया था। सभी लोग काले वस्त्रों में थे। मुझे भी वैसे ही कपड़े पहनाए गए थे। मेरे असली कपड़े, मोबाइल सब इन्होंने पहले ही ले लिए थे। अंतस यहाँ मौजूद नहीं था, उसे होना भी नहीं था। मृत्युंजय ने आगे आकर गरजती हुई आवाज में बोलना शुरू किया।

"उस रात्रि कि तरह जो सूर्योदय के पूर्व सर्वाधिक अंधकारमय होती है।

उस दिवस कि भांति जो बरसात से पहले सर्वाधिक गर्म होता है।

उस लोहे कि तरह जो ढलने से पहले सबसे जादा कमजोर होता है।

इन सबकी तरह हम सब श्रेष्ठ होने से पूर्व पतित है। लोग हमें महान या पतित के रूप में देख सकते है। मगर हम वही हैं, जो हम बनना चाहते हैं। हम महान नहीं हैं और शायद बन भी ना पाएं मगर इसका अर्थ तो नहीं कि हम इसका प्रयास ही न करें।"

"जय महाकाल"

"जय महाकाल" सभी लोगों ने एक स्वर में कहा। मैं अपनी जगह पर बैठ गई। वो लडकियां और मृत्युंजय भी अपनी जगह पर बैठ गए। एक तांत्रिक आया और हवन की आग जलाने लगा। "इसकी कोई जरूरत नहीं है।" मैंने उसे रोकते हुए कहा। मृत्युंजय मुझे घूरने लगा। सभी लोग कानाफूसी करने लगे।

"तुम सब मेरी आँखों में देखना।" मैंने अपना चश्मा उतारते हुए उन दसों लड़कियों से कहा।

मेरी आँखों के सामने उजाला हुआ और मैं एक मरुस्थल में थी। चारों तरफ रेत ही रेत थी। सांय-सांय कर गर्म हवाएं चल रहीं थी। बस रेत के बड़े-बड़े टीले दिखाई दे रहे थे। आसमान बिलकुल खाली था। कहीं बादल का एक टुकड़ा भी नहीं था। मैं आगे चलने लगी। कुछ चलने पर मुझे दूर कुछ दिखाई दिया। मैं और पास गई, तो यह साफ दिखने लगा था। यह एक महल था। पूरा रेत से बना हुआ महल! मेरे सामने जाते ही उस महल का दरवाजा खुल गया। सामने एक बड़ा सा हॉल था। मेरे अन्दर जाते ही वो दरवाजा वापस बंद हो गया।

यहाँ अंदर भी रेत ही रेत थी, पर चारों तरफ कुछ दरवाजे थे। मैं एक दरवाजे की तरफ बढ़ गई। अंदर एक गलियारा था, जिस पर कुछ अजीब पेंटिंग्स लगी हुई थीं। मैं उन पेंटिंग्स को देखते हुए आगे बढ़ने लगी। ये कुछ अजीब से निशान थे, जिन्हें समझाना मेरे बस से बाहर था। मैं जैसे ही कुछ आगे बढ़ी मेरे पीछे एक और दरवाजा बंद हो गया। मैं रुक कर उसे देखने लगी, तभी मुझे एक आवाज सुनाई दी। ऐसा लगा जैसे कोई मदद के लिए पुकार रहा हो। मैं तेजी से उस ओर भागी। वहां पहुंची तो देखा कि एक जेलनुमा कमरे में मेरे पिता पड़े थे और उनके सीने में चाकू गड़ा हुआ था। मैं उनके पास गई, तो उन्होंने कहा, 'भागो ताश्री! वो यहीं है।' मैंने पीछे मुड़कर देखा तो वही तांत्रिक खड़ा था काले कपड़ों में, गले में माला, लाल आँखें, हाथ में त्रिशूल। मैं उसे देखकर भागने लगी। वो भी मेरे पीछे ही भागने लगा।

"तुम ग्यारहवां सूत्र हो" वो चिल्ला रहा था। मैं जैसे-जैसे आगे बढ़ रही थी मेरे पीछे दरवाजे बंद होते जा रहे थे। तभी मैं अचानक रुक गई। वो तांत्रिक भी मुझसे कुछ कदम दूर ही रुक गया। "तुम ग्यारहवां सूत्र हो"

उसने धीमी आवाज में कहा, जैसे वो भी दौड़ते-दौड़ते थक गया हो।

"मैं ताश्री हूं।" मैंने उसके पास जाते हुए कहा। "मैं कोई ग्यारहवां सूत्र नहीं हूं गुरुदेव!" मैं उनका चेहरा साफ देख सकती थी। यह वही चेहरा था, जो उस तस्वीर में था। "हम सभी हैं।" उन्होंने मुस्कुराकर कहा और रेत बन कर फर्श पर गिर गए। वहाँ सिर्फ वो त्रिशूल बचा था, जो उनके हाथ में था।

"मेरे अंतर्मन में तुम्हारा स्वागत है ताश्री।" एक आवाज गूंजी। यह मृत्युंजय की थी। *"जिज्ञासा एक बुरी चीज है ताश्री! यह अक्सर हमसे वही करवाती है, जो हमें नहीं करना चाहिए।"* मैंने वो त्रिशूल उठा लिया।

"किसी के अन्तर्मन पर नियंत्रण का सबसे आसान तरीका है, उसके डर को समझना। हम डर के प्रयोग से व्यक्ति को खिलौने कि तरह नचा सकते हैं।" उसने कहा। मैं इस कमरे की दीवारों को देखने लगी, जो पूरी तरह से रेत से बनी हुई थी। इस महल को बहुत ही सोच समझकर बनाया गया था। रेत कोई निशान नहीं छोड़ती। यह भावशून्यता का प्रतीक है, बल्कि मृत्युंजय के पूरे अंतर्मन में ही कहीं पानी नहीं था, यादों को छिपाने का एक सोचा समझा तरीका... यह एक स्वनिर्मित अंतर्मन था, जिसका एक-एक हिस्सा मृत्युंजय ने खुद तैयार किया था और मैं अब उसके छल के सबसे मजबूत किले में कैद थी। एक अंतिम दरवाजा बंद हुआ और अब मैं एक छोटे से कमरे में कैद थी।

"यह सब किसलिए? तुम आखिर चाहते क्या हो?" मैंने दरवाजे कि सलाखें पकड़ते हुए कहा।

"पहिए की खोज किसने की थी?" वो मेरे सामने सलाखों के उस पार प्रकट हुआ। "वह कौन था, जिसने पहली नाव बनाई थी या फिर वो जिसने पहली खेती की होगी? घडी का आविष्कारक, कपड़ों, या पहले कागज और पेन का या फिर तुम्हारे चश्मे के लेंस का, इन सब के आविष्कारक कौन थे? कौन थे जिन्होंने ये सृजन किए थे? हम नहीं जानते। इतिहास सृजनकर्ताओ को याद नहीं रखता, वह सिर्फ विनाशकों को याद रखता है।" उसकी आवाज इतनी तेज थी कि पूरे महल में गूंज रही थी, मगर उसके चेहरे पर एक अजीब सी गंभीरता थी।

"कौन सा युद्ध कब हुआ? कौन जीता, कौन हारा? कितने लोग मरे। हम यह याद रखते हैं। पहला और दूसरा विश्वयुद्ध! इन्हें तो हमने समय

मापने कि इकाई बना दिया। हम विनाशकों को महिमामंडित करते हैं, उनकी मूर्तियाँ लगाते हैं, उनकी याद में कविताएं सुनाते हैं। और सृजनकर्ता? वे इतिहास की धूल में दब कर रह जाते हैं।" वो एक पल रुका और फिर बोलता रहा।

"मेरे पिता एक अच्छे इंसान थे। वे सृजन करना चाहते थे, मगर अफसोस इतिहास उन्हें याद नहीं रखेगा। यह उसकी विशेषता ही नहीं है। मैं वो भूल नहीं करूँगा। मैं कुछ ऐसा करूँगा कि इतिहास सदियों तक मुझे याद रखेगा। तुम्हें एक उपहार मिला है ताश्री! तुम्हारी आँखों में एक अद्भुत शक्ति है। यह शक्ति कुछ मनचलों से स्वयं का बचाव करने या फिर किसी के अंतर्मन से खेलने तक सीमित नहीं रहनी चाहिए। इसका उचित प्रयोग होना चाहिए। दुनिया को पता चलना चाहिए कि तुम चमत्कार हो, तंत्र का चमत्कार! हजारों तांत्रिकों की मेहनत का परिणाम! लोगों को पता चलाना चाहिए कि तंत्र शास्त्र और तांत्रिक कोई मजाक नहीं। वो कुछ ऐसा अद्भुत भी कर सकते हैं। हमें तुम्हारी ताकत को दुनिया के सामने लाना होगा।" वो मेरी ओर देखने लगा जैसे मेरी प्रतिक्रिया जानना चाहता हो।

"तुम विज्ञान कि बात कर रहे हो, मैं तुम्हें विज्ञान के बारे में बताती हूं।" मैंने कुछ पल सोचा और कहा।

"1997 में नासा ने अंतरिक्ष में वायेजर नाम का एक यान प्रक्षेपित किया था। यह यान अभी पृथ्वी से करोड़ों किलोमीटर दूर है और आने वाले वर्षों में हजारों वर्षों तक ब्रम्हाण्ड की यात्रा करता रहेगा। इस यान में एक रिकार्ड है, जिसमें पृथ्वी से जुडी आवाजें, चित्र आदि हैं। ताकि भविष्य में अगर किसी बुद्धिमान जीव को यह मिले, तो वह पृथ्वी के बारे में जान सके और यकीन मानो मृत्युंजय उस रिकॉर्ड में किसी भी विनाशक का नामों निशान तक नहीं होगा। वहाँ सिर्फ सृजनकर्ता ही हैं।" *यह महत्वपूर्ण नहीं है कि इतिहास किसे याद रखता है, महत्वपूर्ण यह है कि भविष्य किसे याद रखता है। यह हमारे ऊपर है कि हम क्या बनना चाहते हैं? अपने इतिहास की परछाई या फिर भविष्य की चमक! "उसने आश्चर्य से मेरी ओर देखा और फिर मुस्कुराया, जैसे मेरी बात उसे कोई नादानी लगी हो।"*

"मैं जानता था तुम नहीं मानोगी, इसीलिए मैंने यह योजना बनाई थी। काल के क्रम में सिर्फ शक्तिशाली बचता है, कमजोर हमेशा विलुप्त हो जाता

है। तुम इस शक्ति को संभालने के योग्य नहीं हो। इसलिए अब तुम्हारा अंतर्मन हमेशा के लिए यहीं कैद रहेगा। मैं तंत्र कि सहायता से तुम्हारी शक्ति वहां मौजूद हजारों तांत्रिकों तक पहुंचा दूंगा। उनमें से प्रत्येक के पास वह ताकत होगी, जो तुम्हारे पास है और तब विश्व को तांत्रिक समाज की ताकत पता चलेगी। हम एक शक्तिशाली समाज बनकर उभरेंगे, जो युगों तक जाना और माना जाएगा। हम ही भविष्य हैं।" उसने ठहाका लगाकर कहा।

मैंने अपना सर झटका। मृत्युंजय, मैंने जितना सोचा था उससे भी अधिक खतरनाक था। उसने सोच समझकर एक छल रचा था, ताकि वो मेरा फायदा उठा सके और मैं आसानी से उसके जाल में फंस गई थी। मैं इधर-उधर देखने लगी, मगर मुझे कुछ भी ऐसा नहीं दिख रहा था जिससे यहाँ से बाहर निकला जा सके। तभी मुझे कुछ याद आया। मैंने अपनी आँखें बंद की।

"कोई फायदा नहीं है। तुम किसी भी हालत में यहाँ से बाहर नहीं निकल सकती।" मृत्युंजय ने मुझे आँखें बंद करते हुई देखकर कहा।

"तुमने इस महल को कितनी भी बारीकी से क्यों ना बनाया हो मगर तुमने एक भूल कर दी।" मृत्युंजय मुझे घूरने लगा। "तुमने इसे रेत से बनाया है।" मैंने अपनी आँखें खोल दी। बाहर बादलों के गरजने कि आवाज आई। मृत्युंजय ने दौड़कर खिड़की से बाहर देखा।

"यह असंभव है, इस रेगिस्तान में कभी बारिश नहीं होती।" उसने कहा।

"तुम भूल गए मृत्युंजय, *हम दूसरों के अंतर्मन में ज्यादा शक्तिशाली होते हैं।* हम अभी तुम्हारे अंतर्मन में है।" बाहर तेज बारिश शुरू हो गई। इस महल की दीवारें, छत सब गलने लगे। कुछ ही देर में सिर्फ रेत ही रेत बची थी।

"मैं ताश्री हूं बेवकूफ!" मैंने मुस्कुराकर मृत्युंजय की तरफ देखकर कहा। ऊपर काले बादलों से घिरा आसमान दिख रहा था। चारों तरफ उस महल के बड़े-बड़े टुकड़े दिख रहे थे। मैं वहाँ से बाहर निकलने लगी।

"तुम कुछ भी हो, यहाँ से बच कर नहीं जा सकती।" वह गुस्से से मेरी तरफ बढ़ने लगा। "तुम्हें लगता है तुम अपनी बेटी से लड़ पाओगे? मैंने कहा। "तुम मेरी बेटी नहीं हो।" मृत्युंजय ने झल्ला कर कहा।

“मैंने ऐसा कब कहा?” मैंने आसमान की तरफ देखकर कहा। वहाँ से उड़ते हुए घोड़ों से बंधी एक बग्घी आ रही थी, जिसे दिव्या चला रही थी। “क्षमा करना हमें पहुँचने में विलंभ हो गया।” जैसे ही वो बग्घी जमीन पर उतरी, दिव्या ने उतरते हुए कहा। “नहीं तुम बिल्कुल सही समय पर आई हो।” मैंने मुस्कुराकर कहा।

“तुम यहाँ क्या कर रही हो?” मृत्युंजय ने गुस्से से दिव्या कि तरफ देखते हुए कहा। “यही सवाल तो मैं भी आपसे पुछ सकती हूं। ताश्री को पहले ही आपके गलत इरादों का अंदेशा हो गया था। इसलिए उसने मुझे पहले ही अपने अंतर्मन में बुला लिया था। ताश्री को जाने दीजिए पिताजी।”

“मैं जो कुछ भी कर रहा हूं, तंत्र और तांत्रिक समाज की भलाई के लिए कर रहा हूं। तंत्र विलुप्त होने की कगार पर है और उसे बचाने का यही एक मात्र रास्ता है।” मृत्युंजय बोला।

“तंत्र को किसी की रक्षा कि आवश्यकता नहीं है, कम से कम आप जैसे रक्षक की तो नहीं।” दिव्या ने घृणा से कहा। “तुम्हें इसका परिणाम भुगतना पड़ेगा।” मृत्युंजय ने गुस्से से कहा।

“क्यों नहीं... ताश्री, तुम जाओ, इनसे मैं निपट लूंगी।” दिव्या के कहते ही मैं बग्घी पर सवार हो गई।

“अलविदा मृत्युंजय! फिर मिलते हैं।” मैंने मृत्युंजय से कहकर आंखें बंद कर ली। एक सफेद प्रकाश हुआ और मैं एक घास के हरे-भरे मैदान में थी। मैंने घोड़ों की लगाम खींची और वे हवा में उड़ गए। पहले जंगल, फिर समुद्र, पहाड़ के ऊपर से उड़ते हुए हम बर्फ की सफेद चोटियों तक पहुँच गए। अंत में हम गुफा तक पहुंचे। मैंने बग्घी को खोलकर जाने का इशारा किया। वो जाने को तैयार नहीं थे।

“तुम अपना मकसद पूरा कर चुकी हो अब तुम लौट जाओ, मेरी चिंता मत करो, मैं जल्द ही लौट आऊंगी।” उन्होंने हाँ में सर हिलाया और फिर हवा में उड़ गए।

मैं कुछ देर उन्हें उड़ते हुए देखती रही। फिर मैंने गुफा कि तरफ देखा और फिर एक निःश्वास लेकर गुफा कि तरफ बढ़ गई। कुछ अंदर जाने पर मुझे एक दरवाजा दिखा। यह बंद था। मैंने थोड़ा ढूंढा तो मुझे वो पत्थर दिख गया, जिस पर त्रिशूल का निशान था। मैंने अपने हाथ में जो त्रिशूल था,

उसे उस निशान पर रख दिया। "ठहरो... कौन हो तुम?" एक आवाज गूंजी।

"मैं ताश्री हूं।" मैंने कहा। "यहाँ क्यों आई हो?" उस आवाज ने गरजते हुए पूछा। "मुझे रुद्र से मिलना है।" मैंने एक पल रुककर कहा। "रुद्र किसी से नहीं मिलते।" उसने कहा। "तुम तो पात्र भी नहीं हो।"

"हम सब हैं, मुझसे किसी ने कहा था।" मैंने असमंजस में कहा। "ठीक है। मेरे एक प्रश्न का उत्तर दो, फिर तुम अंदर जा सकती हो।" उसने थोड़ा ढीले पड़ते हुए कहा। "तुम अगर कोई आध्यात्मिक पहेली पूछने वाले हो तो रहने दो, मैंने कोई शास्त्र-वास्त्र नहीं पढ़े हैं।" मैंने बेरुखी से कहा।

"मैं तुमसे वो पूछ ही नहीं सकता, जो तुम्हें ज्ञात न हो, मैं तुम हूं।" वह कुछ देर रुका और फिर बोलना शुरू किया।

"एक लड़का और लड़की एक दूसरे से बहुत प्यार करते थे। वो उस दिन एक समुद्री तूफान में फंस गए। किसी तरह लकड़ी के एक टुकडे के सहारे उस टापू के किनारे पहुंचे। उस सुनसान टापू पर उस लड़के और लड़की के अलावा और कोई भी नहीं था। कुछ आगे चलने पर उन्हें एक खूबसूरत महल दिखाई दिया, जिसके पास ही एक सुंदर फलों का बगीचा था। इस महल में वो सारी सुविधाएं थीं, जिसके कोई ख्वाब देखता है। लड़की खुशी से झूम उठी, उसने निर्णय किया कि वो अब यहीं रहेंगे, वापस नहीं जाएंगे। लड़के ने उसकी आँखों में देखा और मुस्कुराया। उसने अपनी जेब से चाकू निकाला और लड़की के सीने में उतार दिया।"

"लडके ने लड़की को क्यों मारा, जबकि वो उससे बहुत प्यार करता था?" मैं उसके सवाल का एक-एक शब्द बहुत ध्यान से सुन रही थी, मगर अंत तक आते-आते मैं चौंक गई।

"ये कैसा बेतुका सवाल है?" मैंने मन ही मन कहा। मैं अपने दिमाग पर जोर डालने लगी, मगर उस सवाल का कोई जवाब नहीं सूझा। लड़का अगर लड़की से प्यार करता तो, वो उसे क्यों मारेगा? अगर लड़की को कोई खतरा था, तो उसे लड़की को बचना चाहिए था, मारने से क्या होगा?

"क्या हुआ?" मुझे परेशान देखकर फिर से वो आवाज आई। "बड़ा अजीब सवाल है। मुझे नहीं लगता है कि मैं इसका जवाब जानती हूं। तुम कोई दूसरा सवाल पूछो।" मैंने निराश होकर कहा। "कोई दूसरा सवाल नहीं है, सिर्फ एक ही सवाल है। *एक ही होता है,* जिसका जवाब ढूंढना होता है।

मैंने कहा था तुम जवाब जानती हो, बस तुम्हें समझना है।"

"नहीं! मैं नहीं जानती।" मैंने झुंझलाकर कहा। "तब तुम वापस लौट सकती हो।" उस आवाज ने कहा।

"नहीं मैं वापस नहीं लौट सकती। यहाँ तक पहुँचने के लिए मैंने बहुत मेहनत की है। कोई दूसरा रास्ता नहीं है?" मैंने घबराकर कहा। मुझे लगा था मैं मेरी माँ से बेहतर हूं, मगर मैं तो उतना भी नहीं कर पाई थी जो उन्होंने आसानी से कर दिया था। मुझे खुद पर गुस्सा आ रहा था।

"कोई दूसरा रास्ता नहीं है।" उस आवाज ने कहा। "हमेशा से एक दूसरा रास्ता होता है।" मैंने विश्वास से कहा और अपनी आँखें बंद की। वो दरवाजा मुड़ने लगा, कुछ ही देर में वो टूटकर नीचे गिर गया।

"मैंने कहा था न!" मैंने मुस्कुराकर कहा और आगे बढ़ गई।

"आगे सब कुछ वैसा ही था जैसा मेरी माँ ने कहा था। एक पानी का तालाब, आगे हरा-भरा मैदान और उससे आगे एक पर्वत। यह बाहर के वातावरण से बिल्कुल अलग था। मैंने एक बार उस पर्वत कि तरफ देखा और फिर आगे बढ़ने लगी। काफी देर चलने के बाद आखिर मैं उस पर्वत के ऊपर पहुँच ही गई। मगर यह क्या? यहाँ तो कुछ भी नहीं था। थोड़ा-सा खुला मैदान और फिर आगे एक गहरी खाई।"

"यह क्या है, रुद्र कहाँ है?" मैंने झल्लाकर कहा। "वो यहीं हैं, मगर तुम उन्हें तब तक नहीं देख सकती जब तक तुम उस सवाल का जवाब नहीं ढूंढ लेती।" फिर से वो आवाज गूंजी।

"क्या बकवास है? मैं इतनी मेहनत से यहाँ आई हूं, तुम ऐसा कैसे कर सकते हो?" मैंने गुस्से से कहा। "मैंने तुम्हें पहले ही कहा था। तुम्हें जब उस सवाल का जवाब मिल जाए, तुम वापस आ सकती हो।" एक तेज रोशनी चमकने लगी। "नहीं।" मैं जोर से चिल्लाई। वो रोशनी चारों तरफ फैल गई और मेरी आँखें खुल गई।

सूत्र साधना को शुरू हुए तीन घंटे हुए थे। मेरे जागने के आधे घंटे पहले ही मृत्युंजय भी जागा था, मगर इस आधे घंटे में ही उसने अपना खेल रच दिया था। जब मुझे होश आया, तब मैंने देखा कि वो दस लडकियां बेहोश पड़ी हुई थी, मगर वे सभी सुरक्षित थीं। सारे तांत्रिक गुस्से से मेरी ओर देख रहे थे।

"तुम रुद्र से मिली?" मेरे जागते ही मृत्युंजय ने पूछा। उसकी आवाज इतनी शालीन थी, जैसे कुछ हुआ ही न हो। मैंने ना में सर हिला दिया। "तुम मिल भी नहीं सकती थी।" वह गुस्से से बोला।

"मैंने कहा था साथियों इस लड़की ने छल किया है। यह अपवित्र है।" मृत्युंजय ने मेरी ओर घृणा भरी नजरों से देखकर सभी तांत्रिकों को संबोधित करते हुए कहा। अचानक मुझे ध्यान आया कि मैंने चश्मा नहीं पहना है, मगर मैं किसी के अंतर्मन में नहीं थी। "संगठन की वर्षों की मेहनत इस लड़की की वासना की अग्नि में स्वाहा हो गई।" मृत्युंजय ने आवेश में कहा। सभी तांत्रिक आपस में बात करने लगे जैसे कोई निर्णय ले रहे हों। इसको इसके किए का दंड मिलना चाहिए। एक तांत्रिक चिल्लाया।

"हां... सूत्र साधना कि असफलता के कारक को दंड मिलना ही चाहिए।" दूसरा तांत्रिक भी चिल्लाया और फिर कोहराम मचने लगा। "बेशक मिलना चाहिए।" मैंने उठकर कहा। "सूत्र साधना की असफलता के कारक को दंड मिलना ही चाहिए। मृत्यंजय ही वो व्यक्ति है, जिसने मेरे अंतर्मन में घुसपैठ की।" मैंने अपना बचाव करते हुए कहा।

"उल्टा चोर कोतवाल को डांटे।" मृत्युंजय ने हंसते हुए कहा। "यह लड़की अपनी असफलता का भार मुझ पर लादना चाहती है। मैं ही वो व्यक्ति हूं, जिसने इस साधना के लिए सर्वाधिक परिश्रम किया। भला मैं इसे असफल क्यों बनाना चाहूंगा? तुम असफलता के कलंक से बचने के लिए बकवास बातें करती रहो, बल्कि हकीकत यह है कि इसकी असफलता की मात्र तुम जिम्मेदार हो।" मृत्युंजय के चेहरे पर उसकी कुटिलता साफ नजर आ रही थी।

"जिम्मेदार वही होते हैं, जो प्रयास करते हैं।" मैंने मृत्युंजय कि आँखों में आँखे डालकर कहा। इस बार वो मेरी आँखों में खुद के प्रति नफरत साफ देख सकता था। "क्यों हर बार साधना के लिए बाहर से कुछ मासूमों को बुलाया जाता है?" मैंने सभी तांत्रिकों की तरफ देखकर गरजते हुए पूछा। "क्यों आप तांत्रिकों में से कोई इस साधना का सूत्र नहीं बनता?" सब मेरी ओर ही देख रहे थे। "क्योंकि आप जानते हैं कि इस साधना में जान का खतरा है। आप इसकी सफलता का फल तो लेना चाहते हैं, मगर इसकी असफलता का दंश नहीं सहना चाहते। किसी पर असफलता का

लांछन लगाना आसान होता है, मगर कोशिश करना मुश्किल होता है।"

मुझे लगा था कि मेरी इस बात का उन पर कोई असर होगा, मगर उन्हें यह मेरी असफलता पर सफाई भर लगी। दरअसल इंसान वही बात सुनता है, जो उसे अच्छी लगती है। फिलहाल मेरी हर बात उनका गुस्सा और बढ़ा रही थी।

"इसे मृत्युदंड मिलना चाहिए।" मृत्युंजय ने मेरे पास आते हुए कहा। "हां इसे मृत्यु दंड मिलना चाहिए।" फिर से एक तांत्रिक ने हां में हां मिलाई।

"मृत्युदंड... मृत्युदंड..." और सभी एक स्वर में चिल्लाने लगे। हर इंसान के मन में एक गुस्सा भरा होता है, उसे बस एक अवसर चाहिए। उस गुस्से को बाहर निकालने के लिए, फिलहाल वो अवसर मैं थी।

"मैं मृत्युंजय हूं।" मृत्युंजय ने मेरे पास आकर धीरे से कहा। "तुम छल में कभी मुझसे नहीं जीत सकती।" उसके चेहरे पर एक विजयी मुस्कान थी।

"हां... मगर तंत्र में जीत सकती हूं।" मैंने मुस्कुराकर कहा। मैंने एक पल के लिए अपनी आँखें बंद की और फिर दुबारा खोल कर उन तांत्रिकों की ओर देखने लगी। उनके चिल्लाने की आवाज कम पड़ने लगी और सब मंत्रमुग्ध होकर मेरी ओर देखने लगे। कुछ देर बाद एक-एक कर वो सब बेहोश हो गए। एक मिनट से भी कम समय में सारे तांत्रिक जमीन पर पड़े थे। मृत्युंजय हक्का-बक्का मुझे यह सब करते देख रहा था।

"रवि!" मैंने कहा तो मृत्युंजय मेरे मुंह से अपना असली नाम सुनकर चौंक गया। "मुझे नहीं मालूम की तुम तंत्र को कितनी गंभीरता से लेते हो, मगर यह मेरे लिए एक रोचक विषय हैं।" मैंने उसकी आँखों में देखा और कुछ ही पल में वो भी जमीन पर पड़ा था। उस हॉल में हजारों तांत्रिक एक साथ बेहोश पड़े थे। उनकी साँसों की आवाज के अलावा कोई आवाज नहीं थी। मैं हमेशा से यह करना चाहती थी, यह मेरी सम्मोहित करने की ताकत की पराकाष्ठा थी। मगर मेरा सर तेजी से दर्द कर रहा था और शायद मुझे डर भी लग रहा था। शायद भय स्त्री का स्वाभाविक गुण है।

मैं तेजी से वहाँ से बाहर निकली और अंतस के कमरे की तरफ बढ़ी, जहाँ वह दिव्या के साथ मेरा इंतजार कर रहा था। यह अंतस की ही योजना थी कि दिव्या को मेरे अंतर्मन में भेजा जाए। वो जानता था कि मृत्युंजय कोई न कोई छल अवश्य करेगा और ऐसे में सिर्फ उसकी बेटी ही उसे रोक

सकती है। मैं उसके कमरे तक पहुंची और दरवाजा खोला, तो देखा कि दिव्या लेटी हुई थी और उसके पास ही अंतस बैठा था।

"इसे अभी तक होश नहीं आया?" मैंने अंदर प्रवेश करते हुए कहा। "हमें निकलना होगा। मामला काफी बिगड़ चुका है।" वो चुपचाप गुमसुम बैठा हुआ था, मैंने ध्यान से देखा तो पता चला कि दुखी भी था। "क्या हुआ?" मैंने उसके पास जाकर पूछा। उसकी आँखों में आंसुओं कि बुंदें थी, जिन्हें देखकर मैं जडवत हो गई। मुझे किस अनहोनी कि आशंका हो रही थी। "क्या हुआ अंतस?" मैंने उसे झकझोरते हुए कहा। उसकी आँखों से आंसुओं कि धारा बहने लगी। "वो नहीं रही।" अंतस ने टूटे हुए शब्दों में कहा। "दिव्या... वो..." उसने एक बार दिव्या की तरफ देखा और फिर मेरी ओर।

"क्या बकवास कर रहे हो? ऐसा कैसे हो सकता है?" मैं दिव्या को हिलाने लगी, मगर उसमें कोई हलचल नहीं थी। उसकी धड़कन बंद थी और शरीर ठंडा पड़ चुका था।

"ऐसा नहीं हो सकता, यह तो सूत्र साधना कि हिस्सा भी नहीं थी फिर इसके साथ ऐसा कैसे हो सकता है?" मेरे भी आंसू बहने लगे थे। मेरे लिए यह स्वीकार करना असंभव था कि मेरी वजह से किसी कि जान भी जा सकती है। मैं तंत्र को आज तक एक खेल मानते आई थी, मगर आज पहली बार मुझे इसकी गंभीरता का एहसास हुआ था। पहली बार इसकी वजह से मेरे किसी अपने की जान गई थी और आज मुझे महसूस होता है कि इसकी पीड़ा कैसी होती है? मेरी माँ वर्षों तक इस दर्द के साथ रही थी।

कुछ देर बाद जब मैं संभली तो मुझे याद आया कि मैं एक और बड़ा खतरा पीछे छोड़कर आई थी। अगर मृत्युंजय यहाँ पहुँच गया, तो उसे एक पल नहीं लगेगा यह साबित करने में कि दिव्या कि मौत के जिम्मेदार मैं और अंतस हैं।

"हमें चलना होगा अंतस! यहाँ रहना अब हम दोनों के लिए खतरनाक है।" मैंने उसे वास्तविकता का आभास कराते हुए कहा।

"सूत्र साधना का क्या हुआ?" उसने कुछ देर बाद खुद को संभालते हुए मुझसे पूछा। "मैं असफल रही और मृत्युंजय सबको यह यकीन दिलाने में सफल रहा कि इसकी वजह हम दोनों हैं।" मैं कहते-कहते रुक गई। "मतलब...?" उसने अपेक्षानुरूप प्रश्न किया।

"मैं तुम्हें सब बता दूंगी, फिलहाल यहाँ से चलो। वो लोग किसी भी वक्त आ सकते हैं।" मैं दरवाजे की तरफ बढ़ गई। अंतस ने अंतिम बार दिव्या की तरफ देखा और फिर मेरे साथ निकल गया। "तुम्हारा चश्मा कहाँ है?" अचानक अंतस को ध्यान आया, तो उसने अपनी नजरें फेरते हुए कहा।

"मुझे अब उसकी जरूरत नहीं। मैं स्वयं पर नियंत्रण रखना सीख चुकी हूं।" अंतस ने सही कहा था असफल सूत्र साधना भी कुछ ना कुछ फल अवश्य देती है, शायद यह उसी का परिणाम था कि मैं अपनी ताकत को नियंत्रित कर पा रही थी।

यह आधी रात का वक्त था। पूरे कॉलेज परिसर में शांति पसरी थी। यहाँ के विद्यार्थियों को तो इस बात की भनक ही नहीं थी कि यहाँ कितनी बड़ी घटना घट चुकी है। मगर आसमान में काले बादल थे और ठंडी हवाएं भी चल रहीं थी। हम कॉलेज के गेट तक पहुँच ही थे कि हमें किसी की आवाज सुनाई दी।

"रुको।" हमने मुड़कर देखा, वहाँ वेद खड़ा था। मैं और अंतस दोनों उसे देखकर चौंक गए। यह कैसे बच गया, जबकि सारे तांत्रिक तो बेहोश थे? हो सकता है शायद यह वहाँ मौजूद ही न हो।

"कहाँ जा रहे हो अंतस?" उसने पास आकर कहा। अंतस को देखकर ऐसा नहीं लग रहा था जैसे कि वो वेद को देखकर डरा हो, मगर उसके चेहरे पर एक अजीब बेचैनी झलक रही थी।

"वो असफल रही, तुम्हें अब लौटना होगा।" वेद ने धीमी आवाज में कहा। "मैं अब भी इसकी मदद कर सकता हूं।" अंतस ने मेरी ओर देखकर कहा। उसकी आँखों में अजीब रहस्य था। मुझे इनकी बातें समझ नहीं आ रही थीं।

"वो तुम्हारा काम नहीं है, तुम्हारा काम खत्म हो चुका है। तुम्हारे पास नंबर है। इस सब को यहीं खत्म करो और वापस जाओ।" कहते हुए वेद ने पिस्तौल निकाल ली और अंतस पर तान दी। "वरना मुझे मजबूरन यह करना पडेगा।" नंबर के बारे में सुनकर मैंने आश्चर्य से अंतस की ओर देखा। मगर वो लगातार वेद की तरफ ही देख रहा था, जैसे उसे आँखों ही आँखों में कुछ समझा रहा हो। बरसात शुरू हो गई थी।

“हमें देर हो रही है,” मैंने अंतस की तरफ देखकर कहा। “मुझे एक पल लगता वेद को बेहोश करने में, मगर मुझे मामला थोड़ा पेचीदा लग रहा था। इसलिए मैंने पहले अंतस की स्वीकृति लेनी चाही।”

“एक सेकेंड।” उसने ऐसा कहकर फुर्ती से आगे बढ़ते हुए वेद की पिस्तौल को नीचे गिरा दिया। उसने वेद के पास जाते हुए अपने अंगूठे से जोर से वेद की दोनों आँखों के बीच दबाया। वेद कुछ ही पल में बेहोश होकर नीचे गिर गया। यह सब इतनी जल्दी हुआ कि मुझे कुछ समझ ही न आया। मैंने आश्चर्य से अंतस कि तरफ देखा। उसने मेरी ओर देखा और उसके बाद हम वहां खड़ी एक कार उठाकर भाग निकले।

“वेद कहाँ लौटने की बात कर रहा था?” जब हम वहाँ से इतनी दूर निकल गए कि हम खतरे से बाहर लग रहे थे, तो मैंने अंतस से पूछा। अचानक जोर से ब्रेक लगा। सामने एक गाय आ गई थी। मेरी साँसे फूल गईं। अंतस अब भी शांत बना हुआ था।

“साधना में क्या हुआ था?” अंतस ने पूछा। “उसने मुझसे एक प्रश्न पूछा जिसका जवाब मुझे मालूम नहीं था। थोड़ी देर बाद मैंने अंतस को वही लड़के और लड़की वाली कहानी सुनाई, जो मुझे साधना के वक्त उस आवाज ने सुनाई थी। कहानी सुनाने के बाद मैंने अंतस से सवाल किया, कोई लड़का अपनी ही प्रेमिका की जान क्यों लेगा?” अंतस ने एक बार मेरी ओर देखा और फिर सामने देखने लगा।

“ताश्री! कुछ सवालों के जवाब हमें खुद ही ढूंढने होते हैं। यहाँ तुम्हारा सवाल है, जवाब भी तुम्हारा ही होना चाहिए। हो सकता है मेरा जवाब दूसरा हो और तुम्हारा दूसरा।” मैं फिर से खामोश बैठ गई। अंतस से पूछने से तो अच्छा था कि मैं मृत्युंजय से ही पूछ लेती। कम से कम वो जवाब तो देता। तभी उसने फोन निकालकर किसी को फोन किया। “हैलो पुलिस स्टेशन...”

★★★

नंदिनी और ताश्री को बैठे एक घंटा हो चुका था। अँधेरा ढल चुका था, बाहर बादलों की गर्जन साफ सुनाई दे रही थी, जो कि ताश्री के चेहरे की शांति के साथ विरोधाभास कर रही थी। अंतस चाय बना कर लाया था।

"संगठन ने दुबारा तुम्हें कभी ढूंढने की कोशिश नहीं की?" नंदिनी ने चाय का प्याला उठाते हुए कहा।

"मुझे ढूँढ़ना संगठन का पहला लक्ष्य है, मगर जो कोई भी यहाँ आता है, अपनी याददाश्त के कुछ नुकसान के साथ ही लौटता है। आप पहली वो इंसान हैं, जो मेरी मर्जी के बिना यहाँ तक पहुंची हैं।" ताश्री ने अंतस की तरफ देखकर कहा, जैसे उसकी गलती पर उसे उलाहना दे रही हो।

"वैसे तुम्हें मेरे केस में इतनी दिलचस्पी क्यों है? मेरा मतलब है कि तुम्हें मेरे बारे में पता कैसे चला?" ताश्री ने चाय का घूंट भरते हुए कहा। उसे देखकर कहीं से भी ऐसा नहीं लग रहा था कि वो एक पुलिस अफसर से बात कर रही है। ऐसा लगता था कि कोई दो पुरानी सहेलियां मिली हैं।

"मुझे तुम्हारी डायरी मिली थी, जिसे पढ़कर मुझे तुम्हारे बारे में पता चला और फिर एक के बाद एक ऐसी घटनाएं हुई कि मैं इस केस से जुड़ गई। फिर मुझे ऐसा लगा कि यह मेरा अंतिम लक्ष्य है।" नंदिनी ने ताश्री की आँखों में देखकर कहा। ताश्री की आँखों में एक अजीब कशिश थी, जो सामने वाले को नजर रोकने पर मजबूर कर दे।

"अवंतिका आंटी ने तो आपको हमारे बारे में नहीं बताया, फिर आप यहाँ तक कैसे पहुंची?" अंतस ने नंदिनी का ध्यान भंग करते हुए पूछा। उसके चेहरे पर एक मुस्कान तैर गई।

"मैं यहीं पली-बढ़ी हूं। यह अनाथ आश्रम ही वर्षों तक मेरा घर रहा है। जब मैंने ताश्री के घर पर इसकी तस्वीर देखी, तो इसके पीछे यहाँ के संस्थापक की मूर्ति थी। जिसे देखकर मैं समझ गई कि तुम दोनों यहीं हो।"

"आप अंजनी मौसी को जानती थी?" ताश्री ने थोड़ा आगे झुककर कहा। "हां, मगर तुम उनकी बहन की बेटी हो यह बात मुझे आज ही पता चली।"

ताश्री ने अंतस की ओर देखा और उन्होंने आँखों ही आँखों में कुछ इशारा किया। "क्या हुआ?" नंदिनी बोली।

"नंदिनी अगर आप बुरा न मानो, तो मैं आपकी आँखों में देख सकती हूं?" ताश्री ने कहा। "क्यों, तुम मेरी याददाश्त मिटाना चाहती हो?" उसने हंसकर कहा।

"नहीं उसके लिए मुझे पूछने कि जरूरत नहीं। मुझे बस कुछ जानना है।" ताश्री ने सीधा बैठते हुए कंहा। "ठीक है।" नंदिनी को थोड़ा डर लग रहा था। मगर उसे ताश्री पर विश्वास था। ताश्री ने कुछ मिनटों तक उसकी आँखों में देखा और फिर सामान्य हो गई। नंदिनी को लगा जैसे उसने कुछ देर झपकी ली हो।

"नंदिनी! आपको मेरी डायरी कहाँ मिली।" ताश्री ने उसके सामान्य होने पर पूछा। "मेरे टेबल के ड्रॉर में। क्यों?" नंदिनी ने आशंकित होते हुए पूछा। उसे लग रहा था कि कुछ न कुछ तो जरूर है। *"तुम्हें कभी आश्चर्य नहीं हुआ कि दो साल पुराने केस के पेपर तुम्हारे टेबल के ड्रॉर में क्या कर रहे थे?"*

ताश्री ने नंदिनी के चेहरे के भाव पढ़ते हुए कहा। "आप मुंबई जैसे बड़े शहर में इतना अच्छा काम कर रही थीं, तो आपको जयपुर जैसे छोटे शहर में क्यों बुलाया गया?"

"यह मेरा गृहनगर है इसलिए।" नंदिनी खुद संशय में थी। "और आपने इसके लिए कोई आवेदन भी नहीं किया था।" वह आश्चर्य से ताश्री कि तरफ देखने लगी।

"तुम कहना क्या चाहती हो?" नंदिनी बोली। "मेरी डायरी मिलते ही आपका राणा के घर जाना, फोन करते ही चतुर्वेदी का खुद आपके थाने आ जाना। आपके हवलदार का उसी हॉस्पिटल में एडमिट होना, जहां याग्निक काम करता था। विजय का ठीक याग्निक के घर के सामने जीप रोकना, आपको डिनर कराने के लिए पूजा के रेस्तरां में ही लेकर जाना। आपको क्या लगता यह सब एक संयोग मात्र है?" ताश्री ने नंदिनी को घूरते हुए कहा।

"तुम कहना चाहती हो कि..." नंदिनी की साँसे फूलने लगीं थीं। "उस ड्राईवर तक रस्सी पहुंचाने वाला और कोई नहीं विजय ही था।" ताश्री ने अपनी पलके झपकाते हुए कहा। "विजय ही वेद सागर है।" ताश्री ने अंतस की तरफ देखकर कहा, तो वह भी चौंक गया। नंदिनी की आँखों में पानी भर आया था।

"मगर मैं ही क्यों?" नंदिनी ने भार्राते हुए कहा। "आपके अलावा कोई और हो भी नहीं सकता था। आप अंजनी मौसी को जानती थी, आप याग्निक को जानती थी, आप इस शहर में पली-बढीं थी और सबसे बड़ी बात आप

एक अच्छी इंसान हैं। संगठन को इस काम के लिए आपसे बेहतर कोई और नहीं मिल सकता था। मृत्युंजय ने आपसे एक पहेली कही थी। संगठन के इस रणक्षेत्र में आप अर्जुन और विजय वह सारथी था, जो आपसे युद्ध लड़वा रहा था। संगठन जानता था कि वो मुझे कभी नहीं ढूंढ सकता और इसीलिए उन्होंने एक सोची समझी साजिश के तहत आपका इस्तेमाल किया। असली छल आपके साथ हुआ है नंदिनी।" ताश्री ने एक निःश्वास लेकर कहा।

"...और मुझे हमेशा इसका अफसोस रहेगा।" तभी एक आवाज गूंजी। यह आवाज विजय की थी। उसने अपनी आँखों पर काला चश्मा लगा रखा था और हाथ में पिस्तौल थामे खड़ा था। ताश्री, अंतस और नंदिनी तीनों एक साथ खड़े हुए।

"तुमने दरवाजा ठीक से बंद नहीं किया?" ताश्री ने तीखी नजरों से अंतस को देखकर कहा। "कैसे हो छोटे?" विजय ने पिस्तौल अंतस की तरफ घुमाते हुए कहा। "स्वागत है आपका बड़े भाई।" अंतस ने मुस्कुराकर कहा।

"मुझे माफ करना नंदिनी तुम एक अच्छी इंसान हो और तुम्हारा फायदा उठाते हुए मुझे कभी अच्छा नहीं लगा, मगर कुछ उद्देश्य इतने महान होते हैं कि उनकी प्राप्ति में कुछ त्याग करने पड़ते हैं।" नंदिनी बस गुस्से से विजय की ओर देख रही थी। वो बहुत कुछ कहना चाहती थी, मगर उसे कुछ नहीं सूझ रहा था। अजीब बात थी वक्त ने दोबारा उसे उसी मोड़ पर लाकर खड़ा कर दिया था।

"तुम्हारा खेल खत्म हुआ अंतस। उसे अलविदा कह दो।" विजय ने पिस्तौल लोड करते हुए कहा। "रुको।" ताश्री ने चिल्लाते हुए कहा। "दिव्या की मौत का जिम्मेदार अंतस नहीं, मैं हूं।"

बाहर बादल गरजने लगे थे और बरसात शुरू हो चुकी थी। लगातार बिजलियाँ चमक रहीं थी। ऐसा लग रहा था प्रकृति आज अपना रौद्र रूप दिखाने वाली थी।

"उससे कोई फर्क नहीं पड़ता।" विजय बोला। "अब भी सब ठीक हो सकता है। बस इसे एक और बार मौका चाहिए।" अंतस ने विनती करते हुए कहा।

"तो अभी करो। या तो तुम यह खत्म करो या फिर मैं।" बाहर हवाएं तेजी से चलने लगी थी, खिड़की दरवाजे खड़खड़ाने लगे। ताश्री को समझ

नहीं आ रहा था कि आखिर हो क्या रहा है? अंतस काफी देर विजय को देखता रहा जैसे कोई निर्णय ले रहा हो।

"मैं करूँगा।" अंतस ने आगे बढ़ कर विजय के हाथ से पिस्तौल ले ली और ताश्री पर तान दी। ताश्री बिल्कुल आश्चर्यचकित हो गई। उसे यकीन नहीं हो रहा था कि अंतस ने उस पर पिस्तौल तान रखी है। नंदिनी के भी हाथ-पाँव फूल गए।

"यह क्या कर रहे हो अंतस? तुम्हारा दिमाग तो खराब नहीं हो गया?" नंदिनी ने चिल्लाते हुए कहा।

"वही जो तुम्हें करना चाहिए था।" विजय ने मुस्कुराकर उसकी ओर देखकर कहा। अंतस ने अपनी आँखें बंद कर ली। ताश्री बस अंतस को देखे जा रही थी। बरसात अपने चरम पर थी और उसका पानी धीरे-धीरे घर में घुसने लगा था। अचानक एक कांच का गुलदस्ता फर्श पर गिरा। नंदिनी ने उधर देखा, तो वह टेबल जिस पर वह गुलदस्ता पड़ा था ऊपर हवा में उठने लगा था। धीरे-धीरे घर का सारा सामान ऊपर हवा में उठने लगा। नंदिनी ने ताश्री की तरफ देखा। वह अब भी अंतस की ओर देख रही थी। बिना किसी डर के, बिना किसी घबराहट के अपनी परिणिति की प्रतीक्षा में।

"एक लड़का और लड़की एक दूसरे से बहुत प्यार करते थे।" अंतस बुदबुदाने लगा। मगर ताश्री यह साफ सुन सकती थी। अंतस ने फिर वही एक लड़के और लड़की की कहानी दोहराई। कहानी के खत्म होते ही उसने अपनी आंखें खोली और गोली चला दी। गोली लगते ही ताश्री दो कदम पीछे हटी और फिर सोफे पर गिर गई। सारा सामान धम्म से जमीन पर गिर गया।

"नहीं!!!" नंदिनी जोर से चिल्लाई। ताश्री ने आखिरी बार अंतस को देखा, वो मुस्कुरा रहा था।

आँखें बंद करते ही एक सफेद प्रकाश हुआ और वो उसी जगह खड़ी थी, जहां वो सूत्र साधना के अंतिम चरण पर पहुंची थी। उस पर्वत के शिखर पर जहां एक सपाट मैदान था और आगे एक गहरी खाई थी।

★★★

अंतस ने अपनी आँखें खोली, तो वो एक हॉस्पिटल के बेड पर था। उसके सर से कुछ तार जुड़े हुए थे, जो पास ही पड़ी एक मशीन से लगे थे और

उसी मशीन से निकले कुछ तार पास ही के बेड पर पड़ी एक लड़की के सिर से जुड़े थे। यह ताश्री थी। अंतस को होश आते ही उस कमरे में हलचल मच गई और दो व्यक्ति दौड़कर उसके पास आ गए। इनमें से एक अवंतिका थी और दूसरी एक नर्स, जिसने अंतस को सहारा देकर उठने में मदद की।

"मुझे कितना वक्त लगा?" अंतस ने अपनी आँखें दबाकर रोशनी के हिसाब से उन्हें संयोजित करते हुए पूछा। "एक सप्ताह हुआ है। मुझे लगा आप भी कोमा में चले गए।" उस नर्स ने अंतस के सिर से तार हटाते हुए कहा।

"कुछ हुआ डॉक्टर अंतस, मेरी बेटी ठीक तो हो जाएगी न?" अवंतिका ने आतुरता से पूछा। अंतस ने एक बार ताश्री की तरफ देखा। वह शांत चित लेटी हुई थी। "मैंने पूरी कोशिश की थी।" अंतस ने दुखी होकर अवंतिका की तरफ देखा। "अब यह सिर्फ उसके ऊपर है।" "मगर आपने तो कहा था कि आप उसे कोमा से बाहर ला सकते है!" अवंतिका ने दुखी होकर कहा।

"देखिए मैं सिर्फ कोशिश कर सकता हूं और आप सोच भी नहीं सकती कि मैंने कितनी कोशिश की थी।" अंतस ने ताश्री की ओर देखकर एक निःश्वास लेते हुए कहा। "मगर अभी भी एक उम्मीद बाकी है।" अंतस ने खड़े होते हुए कहा। अवंतिका निढाल सी ताश्री के बेड पर बैठ गई।

"हां... वो लॉकर का पासवर्ड... 2121 है।" अंतस ने अवंतिका की तरफ देखकर कहा। "मुझे मालूम है... वो तो मैंने आपकी काबिलीयत जाँचने के लिए माँगा था।" अवंतिका ने ताश्री के सिर पर हाथ फेरते हुए कहा। अंतस ने हां में गर्दन हिलाया और तेजी से बाहर निकल गया।

"नर्स मेरे घर से क्या खबर है?" अवंतिका को एक आवाज दूर जाती हुई सुनाई दी। "हां दिव्या मैडम ने आज सुबह ही फोन किया था।"

ताश्री उस पर्वत के शिखर पर खड़ी थी, जहां सामने एक गहरी खाई थी। ठंडी हवाएं चल रही थी। "तुम्हें उस सवाल का जवाब मिल गया?" वो अनजान आवाज गूंजी।

"बिलकुल!" ताश्री ने कदम आगे बढाए और उस खाई के मुहाने पर जाकर खड़ी हो गई। "तुमने सही कहा था। मैं तब तक रुद्र को नहीं देख सकती, जब तक मैं उस सवाल का जवाब नहीं ढूंढ लेती।" ताश्री ने उस खाई के अंदर देखते हुए कहा। यह एक गहरी, अँधेरी खाई थी जिसके अंदर

कुछ भी देख पाना मुमकिन नहीं था। "वो हमेशा से यहीं था, मगर मैं उसे देख ही नहीं पाई। मेरी माँ ने सही कहा था, वह कुछ नहीं है।"

"तो तुम्हें उस सवाल का जवाब मिल गया।" उस आवाज ने निश्चितता के साथ कहा।

"हाँ... क्योंकि वो लड़की सपने में थी।" ताश्री ने मुस्कुराकर कहा और फिर उस खाई में कूद गई।

"।। स।।"

मनस्त्वं, व्योमत्वं, मरुदशी, मरुत्सारथीदशी, त्वं आपस, त्वं भुमि, त्वयी परिणताय, नहिपरम्, त्वमेव सात्वानं, ऋणमणिपुं, विश्ववभूषा, चिदानन्दाकारम्, शिवेन्दति, भावेनविग्नशे।

"।। हं।।"

समाप्त

स्वप्न और वास्तविकता के मध्य एक सूक्ष्म अंतर होता है
और जब हम यह अंतर पहचान लेते हैं, हम जाग जाते हैं।

Source - Seventh chakra (Sahasaraara-crown chakra) Uma Mohan

पुनश्चः

सबसे पहले मैं इस कहानी को पढ़ने हेतु आपका सहृदय आभार व्यक्त करता हूं। अपेक्षा करता हूं कि आपको यह कहानी पसंद आई होगी।

मैंने पूरा प्रयास किया था कि कहानी जितनी हो सके आसान हो एवं बिना किसी स्पष्टीकरण के भी सबको समझ में आ जाए, मगर आध्यात्मिक एवं मनौवैज्ञानिक मूलभूतों पर आधारित होने के कारण कुछ पाठको को कहानी का अंत समझने में कुछ दिक्कत हो सकती है। अतः में एक छोटा सा पूर्वांत दे रहा हूं, जो कि पूरी कहानी स्पष्ट कर देगा। यहाँ यह बात ध्यान देने लायक है कि यह एक संभावित पूर्वांत है एवं इसके अलावा भी कोई अन्य स्पष्टीकरण संभव है। अतः आपने जो सोचा था वह भी सही है।

सबसे पहले हमें इसके अंत की पृष्ठभूमि समझनी होगी। कुंडलिनी उर्जा के जागरण में छः चक्रों की जागृति अपेक्षाकृत सरल है। कोई भी साधक बिना किसी विशेष समस्या के अग्नेय तक पहुँच सकता है, परंतु सहस्रार की जागृति जटिल है। भगवान बुद्ध को बुद्धत्व की प्राप्ति इसी का उदाहरण है। यह एक स्वतः प्रक्रिया है, जो कि उचित समय पर या सक्षम व्यकि के संपर्क में आने पर स्वयं ही जागृत हो जाती है। इसीलिए साधना में गुरु की आवश्यकता बताई गई है। अग्नेय से सहस्रार में प्रवेश की प्रक्रिया को कूदना बताया गया है। जैसे की कोई व्यक्ति किसी खाई में कूदता है।

ताश्री एक आम कॉलेज जाने वाली लड़की है, जिसके पिता की कुछ वर्ष पूर्व सड़क हादसे में मृत्यु हो चुकी है एवं अब उसकी माँ ही उसे पाल रही है। एक दिन कॉलेज जाते वक्त ताश्री का एक्सीडेंट हो जाता हैं और वो कोमा में चली जाती है। काफी इलाज के बाद भी वह कोमा से बाहर नहीं आ पाती।

एक दिन अवंतिका को पता चलता हैं कि शहर में एक डॉक्टर हैं। उन्होंने एक विशेष मशीन तैयार की है, जिसकी सहायता से किसी भी व्यक्ति को कोमा से बाहर लाया जा सकता है। वो डॉक्टर के पास पहुंचती है। डॉक्टर अंतस उन्हें बताते हैं कि कोमा वास्तव में एक अनंत सपने की तरह है, जिसमें मरीज उलझ कर रह जाता हैं एवं नींद से बाहर नहीं आ पाता। डॉक्टर अंतस अपनी मशीन की सहायता से उस सपने के भीतर एक और सपना तैयार करते हैं एवं मरीज को इस बात का अहसास दिलाने की कोशिश करते हैं कि यह सब एक सपना मात्र है। मगर इसमें दिक्कत यह है कि मरीज के दोनों सपनों को एक साथ तोड़ना होता है, क्योंकि सिर्फ एक सपना टूटने पर मरीज पुनः अपने पुराने सपने अर्थात कोमा में पहुँच जाएगा।

अवंतिका इस इलाज के लिए तैयार हो जाती है, मगर फिर भी उन्हें अंतस की काबिलियत पर पूरा यकीन नहीं होता। अतः वो अंतस को ताश्री के लॉकर का कोड पता करने को कहती है, जो कि ताश्री या फिर उसकी माँ को ही पता होता है।

अंतस पहले ताश्री के केस का अच्छी तरह से अध्ययन करते हैं एवं सपना तैयार करते हैं। उसे इसके दौरान चार सिद्धांतों का पालन करना होता है जिन्हें अध्याय 'दिव्या' में बताया गया है। वह कुछ ताश्री के असली जीवन के पात्र लेते हैं जैसे की उसकी माँ, मौसी, पूजा, रोहित एवं कुछ काल्पनिक पात्र लेते हैं जैसे की राणा, मृत्युंजय इत्यादि। वह किसी भी आपातकालीन परिस्थिति से निपटने के लिए अपने अंतर्मन का रक्षक भी नियुक्त करता है *वेद।* वह ताश्री को एक अनोखी शक्ति का भ्रम भी दिखाता है, जिससे वह किसी के भी दिमाग में देख सकती हैं। इसका कारण यह हैं कि सपने में कर्ता का अन्य पात्रों से महत्वपूर्ण होना आवश्यक है, ताकि वह स्वयं को दूसरे से अलग समझे एवं सपने में ज्यादा समय तक बनी रहे। अंतस सपने को ताश्री के एक्सीडेंट से ठीक पहले शुरू करता है, जब वो कॉलेज जाने के लिए निकली थी। जिससे उसे यकीन हो जाए की यह सब कुछ सच है।

फिर वह ताश्री के लिए उद्देश्य पैदा करता है, यानि की उसके *असली पिता की खोज,* ताकि ताश्री उस उद्देश्य में उलझ कर रह जाए एवं सपने की वास्तविकता की परवाह करना छोड़ दे। इसके बाद वह *संगठन* एवं *सूत्र साधना* का एक कृत्रिम भ्रम पैदा करता है, ताकि वह सिर्फ उसी को भ्रम

माने एवं अन्य सब सत्य ही समझे। अगले चरण में वह ताश्री के उद्देश *सूत्र साधना की सफलता* से स्वयं के उद्देश को जोड़ देता है। अर्थात जाग्रति ताश्री का *कोमा से बाहर आना* क्योंकि ताश्री के कोमा से बाहर आने का एक ही रास्ता था ताश्री का *उस खाई में कूदना।*

मगर ताश्री इसमें असफल रहती है। वह उस खाई में कूद नहीं पाती। वापस अपने सपने में ही आ जाती है। अंतस का काम यही समाप्त हो चुका था। दिव्या की मौत इस बात का इशारा थी कि ताश्री असफल रही एवं उसके साथ अंतस को भी लौट जाना था, मगर वह ताश्री के प्यार में इतना डूब जाता है कि वह हकीकत में लौटने से इनकार कर देता है। वह इस सपने को ही हकीकत मान लेता है। वेद उसे रोकने की कोशिश भी करता है, मगर वह उसे भी निष्क्रिय कर देता है। एवं ताश्री के अंतर्मन की गहराइयों में खो जाता है।

कुछ समय बाद वेद पुनः सक्रीय होता है। वह विजय का छद्म रूप धारण करता हैं एवं ताश्री के अंतर्मन के रक्षक को ढूंढता है - *नंदिनी।* मगर वेद के उलट नंदिनी एक अपरिपक्व रक्षक थी। वह सपने और हकीकत का अंतर तक नहीं जानती थी। मगर विजय उसकी सहायता से ताश्री के अंतर्मन के पात्रों से जुड़ता है एवं अंतस और ताश्री की खोज शुरू करता है।

वह धीरे-धीरे उन सारे पात्रों की मदद से सारी कड़ियां जोड़ता है एवं अंततः अंतस को ढूँढने में कामयाब रहता है। वह अंतस को सपने से बाहर निकालने ही वाला होता है कि अंतस एक अंतिम कोशिश करता है। ताश्री को कोमा से बाहर लाने की। वह एक पहेली तैयार करता है, उसे एक झटके के रूप में इस्तेमाल करता है और ताश्री आखिरकार खाई में कूद जाती है। इसका साफ मतलब यह है कि वह उसे होश में लाने में कामयाब रहा।

उम्मीद है इस स्पष्टीकरण के पश्चात आप कहानी समझने में सक्षम होंगे।